Roman | Skarabæus

Kirstin Breitenfellner

Der Liebhaberreflex

Roman

Skarabæus

„Das Herz ist ein komisches Organ, erst wenn es gebrochen ist, schlägt es seinen eigenen Ton; wenn es nicht bricht, versteinert es."

(Hannah Arendt, Denktagebuch)

Erstes Kapitel
Die Sätze

Am Bahnhof habe ich mir heute wie jeden Samstagmorgen ein Croissant und einen Stapel Zeitungen gekauft, wieder zu Hause, wie jeden Samstag, einen Kaffee und ein weiches Ei gekocht und angefangen zu lesen. Ich vertrage zurzeit kaum mehr etwas anderes als Zeitungen. Zeitungen, Magazine, Zeitschriften. Die Welt in der Zeitung oder durch die Zeitung gesehen ist ein faszinierendes Objekt, eine Küchenschabe oder eine Spinne und manchmal auch ein Schmetterling. Ich inspiziere dieses Insekt von vorne und von hinten, von oben und von unten, berühre seinen Bauch, schaue ihm in die Augen, öffne seine Flügel, bin versucht, ihm ein Bein auszureißen, und sehe dann doch davon ab.

Obwohl, was in den Zeitungen steht, zumeist oberflächlich oder belanglos ist, lernt man doch ungemein viel daraus. Über das Leben. Und über die Menschen. Was sie interessiert und was sie treiben. Was sie umtreibt. Mein Gehirn hat dann das ganze Wochenende über genügend Stoff, den es drehen und wenden kann, hin und her wälzen, um die größtmögliche Zahl von Schlüssen daraus zu ziehen. Die Welt ist natürlich kein Insekt, trotzdem gelingt es mir manchmal beinahe, sie wie ein solches zu betrachten. Nicht mit interesselosem Wohlgefallen, aber mit selbstlosem Interesse.

Diesmal jedoch riss mich etwas Unvorhergesehenes aus meiner gewohnten geistigen Nahrungsaufnahme. Als ich mich gerade bemühte, Umblättern und Eiauslöffeln in einen Koordinationszusammenhang zu bringen, fiel mein Blick auf ein Gesicht. Ich ließ das Eigelb, heute von idealer Weichheit, auf meine Hose tropfen und musste erst einmal ins Bad. Dann nahm ich das Gesicht genauer unter die Lupe, das meine Aufmerksamkeit auf eine Art und Weise erregt hatte, die man keinesfalls als interesselos bezeichnen kann, im Gegenteil, mein Herz fing so heftig an zu klopfen, wie es schon lange nicht mehr geklopft hatte. Vermutlich kann man ein paar Monate nicht ernsthaft als lange Zeit bezeichnen, aber ich hatte schon fast vergessen, wie es sich anfühlt, wenn dieser kräftige Muskel plötzlich ins Stolpern gerät und nicht mehr in seinen normalen, das heißt unter der Schwelle der Wahrnehmung liegenden Rhythmus zurückfinden will.

Eigentlich habe ich noch nichts wirklich Schlimmes erlebt. Ich bin in geordneten Verhältnissen aufgewachsen, nicht geschlagen und nicht nennenswert gedemütigt worden, meine Eltern und meine beiden Schwestern leben noch und sind gesund. Ich arbeite, verdiene Geld und bewohne eine nette, nicht zu kleine Altbauwohnung in einer mitteleuropäischen Stadt, einer Großstadt beinahe, mit Kinos, Bars und allem, was zu einem hinreichend abwechslungsreichen Leben dazugehört. Na gut, ich bin ein paar Mal enttäuscht worden, das heißt, ein paar Beziehungen sind gescheitert – aber das ist ja nichts Weltbewegendes mehr, sondern vielmehr das Allernormalste.

Trotzdem habe ich das dumpfe Gefühl, schon zu viel gelitten zu haben, schon so viele Tode gestorben zu sein, dass ein Teil von mir womöglich nie mehr daraus erwachen wird. Kann, sagen wir einmal, eine moslemische Frau, die ich natürlich nicht ernsthaft beneiden würde, auf diese Weise einsam, auf diese Weise enttäuscht, auf diese Weise verzweifelt sein? Wenn ihr Mann sterben sollte, hat sie immer noch ihre Kinder, ihre Eltern, die Cousinen, die Nichten und Neffen. Ihr Leben kann nicht scheitern an sich selbst, so wie unser Leben, unsere hart erkämpfte, selbst entworfene Biografie, der nie zu Ende geschriebene Lebensentwurf scheitern kann.

Genau genommen, aber das vergesse ich immer, habe ich schon jemanden verloren. Andreas Poigenfürst, meinen Ehemann. Aber das kommt mir immer noch so unwirklich vor, als ob er einfach in eine andere Stadt oder ins Ausland verzogen wäre. Schließlich waren wir ja schon getrennt, als er den Unfall hatte. Poigenfürst hatte mich verlassen oder sich vielmehr aus dem Staub gemacht, wegen oder mit einer anderen, je nachdem, wie man es betrachtet. Die wenigsten Männer bringen eine Trennung ja ohne diesen Vorwand zustande. Da wir damals noch nicht geschieden waren, habe ich sogar eine Kleinigkeit von ihm geerbt. So viel, dass ich meine Miete zahlen und von dem Zubrot als Korrektorin ganz gut leben kann. Das macht meinen Plan, den Rückzug, wie ich ihn nennen will, natürlich leichter.

Denn ich werde mich zurückziehen. Das ist mir heute Morgen wie Schuppen von den Augen oder vielmehr wie Buchstaben, wie ein klarer Satz aus der Zeitung gefallen. Aus dem Interview. Dabei hat es mit dem Wortlaut dieses Gesprächs, das nicht einmal besonders bemerkenswert war, wenig zu tun und mit Andreas Poigenfürst noch viel weniger. Eher vielleicht noch mit Thomas und Angela, dem Liebhaber und der Selbstmörderin, diesen beiden Menschen, die ich vielleicht am meisten geliebt habe und die ich dennoch nie verstehen werde, diesen beiden Menschen, die mir eine Zeit lang am nächsten standen und die sich auf so unterschiedliche Weise aus meinem beziehungsweise ihrem eigenen Leben verabschiedet haben. Auch Angela hat mich verlassen. Nein, Angela hat sich verlassen. Und Thomas: Thomas hat sich vielleicht nie gehabt.

Es war das Gesicht, das mich getroffen hat. Dieses Gesicht eines ehemals schönen, heute womöglich noch schöneren älteren, um nicht zu sagen alten Mannes, der sich seines Charmes bewusst ist, aber trotzdem so dreinzuschauen versteht, als ob er davon nichts wüsste. Der Mann, in dessen Gesicht, in dessen dunkle Augen mein Blick hineinkippte wie in eine tiefe Grube, ist ein bekannter Schauspieler, ein Schönling und Bonvivant. Ich habe den Schauspieler, ein Schwarm meiner Mutter!, früher nie sonderlich beachtet, und doch wusste ich in dem Moment, als ich sein Gesicht sah, dass das Interview der einzige Artikel des Magazins sein würde, der mich heute interessierte.

Eigentlich waren es zwei Gesichter, zwei Porträts, die bei näherer Betrachtung kaum etwas gemeinsam hatten. Der Mann auf dem linken, im Profil zu sehen, die schmalen Lippen geschlossen, die schon buschig werdenden Augenbrauen neben der feinen langen Nase durch die Beleuchtung einzeln und glänzend hervortretend, schaute entschlossen nach vorne. Ein Mann, der weiß und immer schon gewusst hat, was er will, der unbeirrbar seinen Weg geht. Auf dem rechten Foto blickte ein ganz anderer Mensch mit leicht geöffneten, elegant geschwungenen Lippen auf die Betrachterin. Denn das Gegenüber dieses Mannes war, in seiner Vorstellung, immer eine Frau, das sah man deutlich. Die Augen, obwohl klar und weit geöffnet, schienen wie die eines sanften Knaben, träumend wie geschlossen, halb fragend, halb suchend. Sie schauten mir mitten ins Herz, dessen taube Wände sich mit Blut füllten, auseinander schnellten und sich dann blitzartig zusammenzogen in einem schmerzlich-schönen Krampf, der sich nicht mehr lösen wollte. Würde ich ihm wieder verfallen, hilflos und diesmal wirklich wissend?

Ich starrte ins Leere und erschrak, denn die beiden Porträts hatten sich vor meinem inneren Auge unbemerkt zu einer Reihe verlängert, einer endlosen Reihe, wobei das rechte Foto, das zugewandte, liebende, nur eine vorübergehende Abweichung des linken, entschlossenen, rücksichtslosen zu sein schien. Das linke Bild sagte: Ich. Mit verdecktem Ausrufezeichen. Das rechte: Du. Mit einem erst allmählich erkennbaren Fragezeichen. Das rechte fragte: Soll ich mein Leben ändern? Das linke antwortete: Ich habe es dir doch schon so oft gesagt: Es ist gut so, wie es ist. Es ist die einzige Möglichkeit.

Nein, ich werde ihm, ich werde solch einem Menschen nicht noch einmal auf den Leim gehen. Ich werde mich nicht mehr aus der Bahn werfen lassen von ihm, von einem Menschen, der sich selbst nie aus der Bahn werfen lassen würde. Der nicht einmal aus dem Konzept kommt. Darin ist er mir voraus. Er macht einfach immer weiter. Er variiert, aber innerhalb des Systems. Bloß mit halbem Auge auf das Leben zu schauen, das hat mich nie interessiert. Ich wollte immer ganz hinein. Deshalb habe ich mich ja auch wider besseres Wissen oder vielmehr böses Ahnen auf Thomas eingelassen. Auf ein Paradox. Deshalb habe ich damals nicht die ganze Wahrheit gesehen. Nicht nur, weil ich sie nicht sehen wollte. Aber ich greife vor.

Ich wandte mich von den Fotos ab und dem Interview zu. Es war lang, die Antworten arrogant und ohne Informationsgehalt, das heißt, dass man weder etwas Neues noch etwas Bemerkenswertes erfuhr. Zwei Sätze hakten sich jedoch sofort in meinem Kopf fest. Zwei Sätze, wie sie unterschiedlicher nicht sein könnten. Sie sprangen mich an und machten alles anders.

In diesem Moment wusste ich, dass ich mein Leben ändern werde. Oder vielmehr nicht mein Leben, sondern meine Haltung zum Leben. Aber das bedeutet nicht, dass ich mich selbst ändern will. Weil ich mich etwa falsch fände. Ich will mich nicht ändern, ich will nur manches nicht mehr tun, nicht mehr mitmachen, weil ich glaube, etwas verstanden zu haben. Und ich will nachdenken, weil ich das Gefühl habe, vieles noch nicht verstanden zu haben.

Irgendwo habe ich gehört oder gelesen – hat man nicht das meiste, was man weiß oder zu wissen glaubt, irgendwo einmal gehört oder gelesen? –, es sei das Schwerste, einem anderen Menschen auch nur einen einzigen Moment, ein einziges Gefühlsmoment seines Lebens wirklich begreiflich zu machen. Dass es einen ganzen Roman von vielen hundert Seiten brauchen würde, bis jemand mit einiger Berechtigung behaupten könnte: Jetzt verstehe ich oder kann mir zumindest vorstellen, was der andere in dieser Sekunde gefühlt, was sich in seinem Kopf abgespielt haben muss und in seinem Herzen, in seinen Nervensträngen, Muskelfasern und in seinem Adergeflecht. Oder bis der innere Gerichtshof, der in jedem Menschen, der sich noch nicht aufgegeben hat, ununterbrochen tagt, begreift, warum man so gehandelt hat, wie man gehandelt hat. Ob hier eine Schuld oder nicht zumindest eine grobe Fahrlässigkeit vorliegt und welches Gesetzeswerk, welche Paragrafen hier anzuwenden wären …

Ich heiße Agnes Poigenfürst, und als ich diese beiden Sätze las, wusste ich, dass ich mein Leben ändern musste. Ändern würde. Dabei habe ich vor nicht allzu langer Zeit schon damit angefangen. Aber diese beiden Sätze, der eine gelinde gesagt dumm, der andere von großer Klarsicht, haben den Becher zum Überlaufen gebracht, haben mir einen Schlag in den Magen versetzt, unter dem ich in die Knie gegangen bin. Ich werde mich verabschieden. Nicht vom Leben, so wie meine Freundin Angela, die Selbstmörderin. Nein, ich bringe mich nicht um. Daran habe ich nicht einmal eine Sekunde lang gedacht. Aber wovon sonst?

Ich habe einmal gelesen, dass man die Hoffnung aufgeben soll. Auf einer englischen Internetseite, wenn ich mich recht erinnere. Give up hope! Mit einem Ausrufezeichen. Kurz und bündig, wie das Kläffen eines kleinen, gefährlichen Köters. Ich habe es damals nicht verstanden. Ich dachte, es sei kindisch, nicht mehr zu hoffen. Ich dachte, es sei zu schwer, nicht mehr zu hoffen. Sagt man nicht zu einem Menschen, der ganz unten ist, dass es wichtig sei, gerade jetzt die Hoffnung nicht zu verlieren, das heißt, an eine lichte Zukunft zu glauben? Dass es jetzt nur noch bergauf gehen könne und einmal so werden würde, wie er es sich vorgestellt hat?

Give up hope! Vielleicht beginne ich nun zu verstehen. Die Hoffnung stellt sich vor die Zukunft. Sie lässt einen im Dunkeln tappen, aber in einem freundlichen, warmen Dunkeln. Hoffnung betäubt. Hoffnung täuscht. Und irgendwann kommt unweigerlich der Zeitpunkt der Ent-Täuschung. Wo das, ich muss es so sagen: Licht der Wahrheit über einen hereinbricht, ohne dass man Zeit hatte, seine Augen daran zu gewöhnen. Dann sieht man auch im Hellen nichts mehr.

Kann man sich vornehmen, nicht mehr zu hoffen? Oder geschieht es von selbst, wenn man, wie ich, müde geworden ist oder vielmehr mürbe?

Als ich das Interview zu Ende gelesen hatte, stand ich auf, ging ins Bad und betrachtete mein Gesicht im Spiegel, suchte nach den Spuren des Schmerzes, der gescheiterten Lebensansätze. Aber ich sah nur eine gewisse Müdigkeit in meinen immer noch jugendlichen, aber nicht mehr mädchenhaften Zügen, vor allem um die Augen, die stiller geworden sind durch die viele Aufregung, die großen Hoffnungen und mit diesen Schritt haltenden Enttäuschungen. Danach setzte ich mich wieder an den Küchentisch, löffelte mein kalt gewordenes Ei aus, auf das ich mich schon die ganze Woche gefreut hatte, suchte die beiden Sätze, unterstrich sie mit einem Kugelschreiber und riss dann die Seite aus. Ich hatte zwar keine Ahnung, was ich damit tun wollte, aber mir war klar, dass es einiges gab, über das ich noch nachdenken musste, über das ich noch nicht genug oder noch nicht ehrlich genug nachgedacht hatte.

Aber nun endlich zu den Sätzen, dem dummen und dem klugen, die für sich gesehen überhaupt nichts erklären. Ich weiß nicht einmal, ob der Schauspieler, dieser Lebemann und Frauenheld, in dessen Augen mein Blick gekippt war wie in eine Grube, weil er mich an jemanden erinnerte, den ich glaubte, vergessen zu haben, ob also der Schauspieler sich ihrer Dummheit und Klugheit bewusst war, als sie ihm einfielen oder er sie womöglich der Bequemlichkeit halber bloß aus seinem Antwortrepertoire herausfischte. Diese beiden Sätze haben den Becher zum Überlaufen gebracht, und ich fand mich in einem leeren Gefäß wieder, in einem wohlbekannten Schmerz, in einer Grube, die Thomas hieß. In einer Grube, die Thomas verließ, nein, verlassen hatte.

Thomas hatte Augen aus rehbraunem Samt und mit einer Tiefe, in die man hineinfällt, einen Blick, in den man sich vertrauensvoll fallen lässt und aus dem man dann nicht mehr aufstehen kann, weil einem die Glieder eingeschlafen sind. Thomas war mein Liebhaber, so wie der Schauspieler offensichtlich der Liebhaber vieler Frauen gewesen ist. Dass so schöne Augen lügen können, kann keine Frau glauben. Aber sie tun es. Sie versprechen Nektar (oder wie man das nennen will) und lassen einen verdursten. Man kippt in sie hinein und achtet des Messers nicht, das man sehr wohl aufblitzen gesehen hat, unten, in der Hand. Ich bin sehenden Auges ins Messer gelaufen.

Aber ich will endlich zu den Sätzen kommen, zuerst dem dummen, der direkt auf den klugen folgte. Genau diese Reihenfolge, diese Vernichtung der Klugheit durch die Dummheit, hat meinen Magen, der schon längere Zeit geschmerzt hat, zu einem letzten Aufjaulen veranlasst, zu einem Aufschrei, den ich schließlich nicht mehr überhören konnte.

„Wenn ein Mann Sie um einen Ratschlag für den richtigen Umgang mit Frauen bitten würde", fragte der Interviewer den Schauspieler (wahrscheinlich brannte ihm diese Frage schon seit Jahren auf der Zunge, hatte den Schauspieler nur deswegen treffen wollen, um endlich diesen einen Ratschlag, diesen Ritterschlag zu erhalten) – „Wenn ein Mann Sie um einen Ratschlag für den richtigen Umgang mit Frauen bitten würde, was würden Sie ihm dann sagen?"

„Im Leben eines jeden Mannes kommt der Augenblick der Wahrheit", antwortete der Schauspieler – ich horchte auf –, „und dann heißt es: lügen, lügen, lügen. Aber das ist leider nicht von mir."

Ein Satz wie ein Faustschlag auf den Stammtisch, aber der Schauspieler, ein kultivierter Mensch und Shakespeare-Verehrer, schien es nicht einmal zu bemerken, geschweige denn sich dafür zu genieren. Ich bin weit davon entfernt, solche Altherrenweisheiten ernst zu nehmen, ihretwegen etwa in feministische Rage zu geraten und meinen Körper auch nur mit einem Quäntchen Adrenalin zu verpesten. Natürlich lügen nicht alle Männer. Aber vielleicht, so schoss es mir in diesem Moment durch den Kopf, nicht zum ersten Mal in meinem Leben natürlich, vielleicht hat er einfach Recht, und es gibt es wirklich keine wahre, keine aufrichtige Kommunikation zwischen Frauen und Männern. Dann würde man sich selbst einen Dienst erweisen, wenn man die Hoffnung aufgäbe, einmal einen Mann zu treffen, der einen ganz versteht.

Ich bin zweiunddreißig Jahre alt, schon „etwas angejahrt", wie sich mein Vater an meinem letzten Geburtstag ausgedrückt hat, und ich muss gestehen, dass ich schon seit einer Weile an der Existenz eines Dings, eines Zustands namens Liebe zweifle. Einer Kommunikation nicht zwischen Frauen und Männern, sondern zwischen Frau und Mann. Aber dazu später mehr.

Ich weiß, solche Ankündigungen sind so lästig wie billig, aber eine Erzählung funktioniert im Gegensatz zum Gehirn oder zu einer Homepage eben leider nur chronologisch und nicht simultan, nur zeitlich und nicht räumlich. Sie spinnt sich entlang einem Faden, obwohl ihre Räume wie in einem Gebäude übereinander liegen, ineinander übergehen, mit Fluren, Feuerleitern und Stiegenhäusern verbunden sind. Mit Links, würde man heute sagen, zwischen denen man tatsächlich beliebig hin und her springen kann.

Kurz habe ich mit den Gedanken gespielt, meine Geschichte in einer Homepage zugänglich machen. Dann könnten diejenigen, die sich, sagen wir, für das Thema Thomas interessieren, gleich den Thomas-Link anklicken und müssten nicht warten, bis ich mich bequeme, endlich mit der ganzen Thomas-Geschichte herauszurücken. Aber ich weiß jetzt schon, dass ich an der Menge der möglichen und notwendigen Links scheitern würde. Die Seite wäre zwar benutzbar, in keinem Fall aber das, was man heutzutage in verhunztem Englischdeutsch User-freundlich nennt.

Außerdem könnte ich mir dann nie sicher sein, ob diese neugierigen „User" auch schon das wissen, was sie meiner Meinung nach wissen sollten, um die Thomas-Geschichte ganz zu verstehen oder so zu verstehen, wie ich sie verstanden haben möchte. Deswegen nehme ich sie lieber an der Hand und komme zum zweiten Satz, der chronologisch gesehen der erste war und den ich klug genannt habe oder klarsichtig. Er war die völlig überraschende Antwort auf die oft gestellte Frage nach dem Ruhm, der Bedeutung des eigenen Ruhms für das Leben des Schauspielers.

„Am berühmtesten ist man ja als Kind in der eigenen Familie", sagte der Schauspieler und fügte gleich hinzu: „So berühmt wie als Kind wird man nie wieder."

Also ist alles umsonst, dachte es in mir, als ich diesen Satz las. Es wird nie wieder so werden, wie es einmal war. Selbst wenn man einmal reich und berühmt wird (was heutzutage alle wollen). Man kann nie wieder dieselbe Zufriedenheit, denselben Stolz, dieselbe Befriedigung spüren wie als Kind, vorausgesetzt natürlich, man ist in einem Elternhaus aufgewachsen, wo die Kinder uneingeschränkt bewundert und gefördert worden sind. So wie der Schauspieler und so wie ich.

Sein Leben lang strengt man sich vergeblich an, um diese Bewunderung wiederzuerlangen. Die anderen, die früh Unterdrückten, Verunsicherten hingegen laufen den Rest ihrer Zeit etwas nach, was sie nicht bekommen haben und wovon sie glauben, dass es ihnen noch zusteht: Anerkennung, und sei es in Form von Geld, von Macht. Damit können wir Privilegierten, die die echte Anerkennung, den einzigen uneingeschränkten Ruhm einmal gekostet haben, uns nicht mehr zufrieden geben.

Nicht dass das alles für mich eine neue Erkenntnis gewesen wäre. Aber manchmal switchen Erkenntnisse (manche dieser bei Puristen verpönten Wörter aus dem Bereich der neuen Medien erzeugen ein passenderes Bild im Kopf als die guten alten, historisch gewachsenen Begriffe, hier, weil wir uns quasi in einem technischen Bereich, dem Apparat Gehirn, befinden und „switchen" die Vorstellung einer leichten, unmerklichen Bewegung ohne Aufbringung mechanischer Energie erweckt, die zugleich den Moment des Plötzlichen beinhaltet und mir deshalb passender erscheint als „wandern", „wechseln" und Ähnliches), manchmal switchen also Erkenntnisse, die man schon lange als richtig angekreuzt hätte in einem Multiple-Choice-Test, durch einen nichtigen Anlass aus der vorsprachlichen Wahrnehmung oder der hintersten Abstellkammer des Gedächtnisses ins Bewusstsein und dringen von dort gleich bis in die Eingeweide vor. Weil man reif ist für die Erkenntnis? Und für ihre Konsequenzen?

Warum haben mich diese beiden an sich nicht besonders aufregenden und auch nicht außergewöhnlich intelligenten Sätze so aus der Bahn geworfen? Ich weiß es nicht. An den Sätzen selbst lag es jedenfalls nicht. Vielleicht tauchen alle wirklichen Erkenntnisse unerwartet und unverhofft auf. Vielleicht haben die beiden Sätze, ein Katalysator, der für das Ergebnis ohne Bedeutung, ja dort nicht einmal mehr nachweisbar ist, das gestaltlose, wabernde Ideen-Gefühle-Gemisch in meinem Kopf bzw. in meinem Bauch, das sich schon seit geraumer Zeit zusammengebraut hat, zu einer wahrnehmbaren Gestalt, einer Gesamterkenntnis aufstocken lassen. Oder, anders gesagt, dem dicken Gedankenbrei einen Ausgang, einen Ausfluss verschafft und damit Eingang in eine Idee, die zwar schon vorhanden war, die ich aber noch nicht als tauglich zur Lösung meines unspezifischen Gesamtproblems Leben erkannt hatte.

Denn mein Leben ist ein Problem in vielerlei Hinsicht. Das ist wohl normal, wenn man auf die Mitte dreißig zugeht und sich langsam herauskristallisiert, was man nicht erreicht hat, was man nicht mehr erreichen will und was man gar nie erreichen hätte können. Zum Beispiel ist nicht mehr so sicher, was ich einmal für selbstverständlich gehalten habe.

Spätestens zur Jahrtausendwende, das war mir früher ganz klar, wenn wir Schwestern wieder einmal unser

Lieblingsspiel spielten und ausrechneten, wie alt wir dann sein würden, würde ich einen Beruf, einen Mann, ein Haus und Kinder haben.

„Ich bin dann zweiunddreißig“, sagte ich mit Schaudern, „fast so alt wie Jesus.“

„Und ich vierunddreißig – älter als Jesus!“, rechnete Sylvie triumphierend.

„Und du dreißig“, sagte ich zu unserer Kleinen.

In diesem biblischen Alter würden wir alle, Sylvie, Anabel und ich, das war uns ebenfalls bewusst, nicht nur längst wissen, worauf es im Leben ankommt, sondern auch keinerlei Spaß mehr haben.

In ein paar Wochen ist es nun so weit. Die Jahrtausendwende ist da. Obwohl: Ich habe neulich gelesen, dass in der Geschichtsschreibung zirka dreihundert Jahre fehlen, sozusagen im Nachhinein dazuerfunden wurden. Dann hätte Karl der Große nie gelebt, Jesus wäre erst vor siebzehnhundert Jahren gestorben und wir bräuchten keine Jahrtausendwende zu feiern und hätten keinerlei Grund, Bilanzen zu ziehen. Die Idee, so abstrus sie klingt, hat mir gleich gefallen, vor allem dass das so genannte finstere Mittelalter nicht existiert haben soll. Ich konnte mir noch nie vorstellen, dass die Leute dreihundert Jahre unmotiviert herumgewandert und kulturell und geistig versumpft sein sollen. Aber das nur in Parenthese. Denn die Jahrtausendwende wird auf jeden Fall gefeiert werden, und zwar ausgiebig. Und ich werde die Gelegenheit nutzen, um Bilanz zu ziehen.

Nehmen wir also an: Die Jahrtausendwende ist da. Und ich habe: nichts. Bin ich das, was ich nie werden wollte, eine frustrierte Frau, die, um beim Beispiel Mutterschaft zu bleiben, der Demütigung ausgesetzt ist, dass ihre so genannte biologische Uhr zu ticken beginnt, die, was ich allerdings nie angestrebt habe, eventuell keine wirkliche Karriere mehr machen wird?

Soll ich nun mein Skript umschreiben? Meine Ziele ändern? Oder die Idee der Oberhoheit über das eigene Leben aufgeben? Weil man das eigene Leben nie in den Griff bekommen kann, auch wenn man einen Mann hätte und ein Kind und eine Karriere: Der Mann könnte einen verlassen, das Kind sterben und die Karriere futsch gehen, durch eine Krankheit zum Beispiel.

Sobald man begreift, dass das Leben endlich ist und das Glück immer vom Tod zurechtgewiesen wird (und das kann sehr früh im Leben geschehen), weiß man auch, dass alles umsonst ist. Aber man vergisst es, solange man jung ist und also noch voller Hoffnung, gerne und immer wieder, weiß es im Kopf, aber nicht im Bauch und im Herzen, mit allen Sinnen, dem Sinnesgeist sozusagen, der Gesamtkörperintelligenz. Ich selbst zum Beispiel habe lange gebraucht, um zu begreifen, wie das Leben funktioniert. Dass man in der Schule nicht unbedingt darauf vorbereitet wird. Dass es falsch war zu glauben, dass man nur gescheit und brav sein muss, und dann wird alles gut.

Nein, ich bin nicht frustriert, denn wer frustriert ist, will etwas vom Leben, und ich habe soeben beschlossen, mich weiter, mich ganz zurückzuziehen, *nicht* mehr zu wollen. Das ist etwas anderes, als *nichts* mehr zu wollen. Ich bin weder frustriert noch angewidert vom Leben, wie ich es mit siebzehn manchmal war, ich ziehe nur meine Schlüsse, und zwar immer mehr mit selbstlosem Interesse als mit gierigem Ekel, wie ich hoffe.

Auch unglücklich wäre das falsche Wort für meinen Zustand. Dies ist kein Bericht vom Unglück, vom Absturz, vom Scheitern. Das an die Adresse jener Connaisseure, die sich an fremdem Unglück nicht satt hören und lesen können, die nur der Schilderung des Unglücks Wert und allgemein menschliches Interesse zugestehen. Dieser Bericht handelt nicht von einer Frustrierten, nicht von einer

Wahnsinnigen, nicht von einer, die den Weg ins Leben nicht mehr zurückfindet. Es ist bloß die Bilanz einer Normalneurotikerin zu einer imaginären Jahrtausendwende. (Und der Bericht über eine Scheiternde, über Angela, die sich unser Millennium und noch so manch anderes – ihren Wahnsinn, den Weg zurück ins Leben – erspart hat. Die es vorgezogen hat, nicht weiterzukämpfen.)

Dies ist auch kein Lamento darüber, dass man alt wird und seine Träume nicht verwirklicht hat, sich mit einem, sagen wir einmal, Korrektorinnendasein in einer gemütlichen mitteleuropäischen Stadt begnügt und nicht mehr davon träumt, Filmstar oder Weltreisende zu werden. Klagelieder der Art wie „Was waren wir jung und hatten Träume – und was ist aus uns geworden" gibt es genug. Die so genannte Verspießerung ist ein notwendiger und unbedenklicher Vorgang, wenn er von der Anpassung an die Realität und nicht von Resignation angetrieben wird. Mit dreißig, vierzig, fünfzig immer noch die gleichen Flausen im Kopf zu haben wie mit zwanzig, das wäre bedenklich.

Meinetwegen bin ich desillusioniert, denn die Desillusionierung ist ein Prozess, der notwendigerweise mit dem Erwachsenwerden einhergeht. Vielleicht bin ich erst in diesem Moment erwachsen geworden, als die beiden banalen Sätze des Schauspielers das Gebräu in meinem Hirn zu jener Gestalt aufstocken ließen, die ich jetzt in Worte zu fassen versuche.

Es tut, wenn ich es recht bedenke, gar nicht so weh, wie ich befürchtet hatte. Ein kurzer Ruck, wie wenn man sich ein Haar herausreißt, aber es bleibt keine Wunde zurück – ein Haar, das eventuell schon länger an Spliss litt, oder das erste graue, erstaunlich robuste Haar, das ich neulich fand. Habe ich mich also jahrelang umsonst an meinen Träumen festgeklammert, aus Furcht vor einem Schmerz, der jetzt gar nicht eingetreten ist?

„Umsonst" wäre übrigens auch so ein Wort, von dem aus ich auf einer Homepage Links legen müsste zu anderen Umsonst-Erlebnissen und -Ergebnissen, die zusammen ein Netz von Täuschungen und Enttäuschungen bilden würden, die das Leben verdecken, wie es wirklich ist: banal und gleichgültig. Es weigert sich in jedem Fall, es einem Recht zu machen. Wer darin eine Logik zu erkennen versucht, ist auf verlorenem Posten.

Dass etwas oder auch alles nicht so ist, wie es sein sollte, darauf kann man auf unterschiedliche Weise reagieren. Man kann sich umbringen, so wie Angela.

„Wenn die Welt nicht so ist, wie ich sie haben möchte, ziehe ich es vor, nicht mehr zu leben."

„Wenn ich keine Lösung mehr sehe, kann es auch keine geben."

Angela hat nur die Konsequenzen aus ihren Schlüssen gezogen. Was aber, wenn ihre Schlüsse falsch waren, wenn sie zu logisch waren?

Diese Perspektive entspricht vielleicht nicht der Ansicht über den Selbstmord, die in Zeitungen gern vertreten wird, dass nämlich die Familie oder noch besser die Gesellschaft mit ihrer Anonymität und Rücksichtslosigkeit schuld sei, wenn jemand sich das Leben nimmt. Man sonnt sich in schaurig-schönem Mitleid mit dem Opfer, und dem dingfest gemachten Täter, dem Schuldigen, tun diese Vorwürfe auch nicht weh: Denn *die* Gesellschaft gibt es nicht. Deswegen möchte ich die Angelegenheit ausschließlich vom Individuum aus betrachten, das sich entscheidet, sich aus dem Leben zu verabschieden, während tausend andere es in derselben Situation vorziehen weiterzuleben. Angela hat genau gewusst, dass ihre Freunde, ihre Schwester, ihre Tante, ihre Kollegen ihr jederzeit beistehen würden, und hartherzig, misstrauisch und egozentrisch jede Hilfe zurückgewiesen.

Wenn etwas oder alles nicht so ist, wie man es haben wollte, kann man sich aber auch einreden, dass man sich die Dinge, die man nicht bekommen hat, gar nicht mehr wünscht. Man kann seine Wünsche reduzieren auf einen Bereich, in dem es keinen Schmerz, keine Verletzung und keine Enttäuschung gibt. Auf das reine Vergnügen. Auf die reine Gegenwart. Woran man vorbeispaziert, das pflückt man sich ab, eventuell macht man sogar einen Umweg dafür, aber man erwartet nichts. Wie Thomas. Aus Liebe mach Sex, aus Freude Spaß – das ist auch eine Art, seine Hoffnungen aufzugeben.

Sex verhält sich zu Liebe wie Wissen zu Selbsterkenntnis, habe ich einmal gelesen. Thomas war für alles zu haben, an allem interessiert, nur nicht an sich selbst. Er hatte sich entschlossen, nur das Schöne zu sehen und das Unzulängliche, das Unerfüllbare zu ignorieren. Dabei hat er sich selbst vor allem für eines gehalten: für unzulänglich. Thomas ist, obwohl er studiert hat und durchaus intellektuelle Interessen pflegt, ein rein sinnliches Geschöpf. Er hat bei mir etwas gewittert, das er dann letztlich doch nicht haben wollte. Er hatte einen Traum, den er vergessen hatte abzutöten, nein, den er verabsäumt hatte, zu Ende zu denken. Thomas hat falsch gedacht. Und ich habe es für Liebe gehalten.

Am Anfang stehen immer die Fragen. Wer keine Fragen stellt, wird auch keine Antworten finden. Wer keine Fragen hat, hat auch nichts zu erzählen. Wie kann jemand zwei so unterschiedliche Sätze in einem Atemzug aussprechen wie der Schauspieler, in einem Interview von nicht mehr als einer halben Stunde? Und warum sollen gerade diese Sätze mein Leben ändern? Warum will ich mich wirklich zurückziehen? Bin ich wütend auf das Leben, wie Angela, die Selbstmörderin? Oder enttäuscht, wie Thomas, der Liebhaber? Oder beides? Was ist, wenn es stimmt, dass man weder in der

Welt noch bei einem einzelnen Menschen jemals wieder die Rolle spielen wird, die man bei seinen Eltern gespielt hat? Und warum lügen die Menschen sich gegenseitig an, Männer Frauen und Frauen Männer und alle sich selbst?

Leider sind die wichtigsten Fragen trivial. Zum Beispiel: Wie können so schöne Augen so schamlos lügen? So unerkannt? Oder: Können nur schöne Augen lügen? Es gibt Fragen, die man nicht sinnvoll stellen kann. Und es gibt einfach zu beantwortende Fragen. Zum Beispiel: Warum ist es so kränkend, wenn das eigene Leben wie in einem Trivialroman abläuft? Antwort: Weil jeder etwas Besonderes sein will und anders als die anderen. Besser. Ganz außergewöhnlich und mit keinem allgemeinem Maßstab zu messen. Weil jeder glaubt, dass er eine natürliche Anwärterschaft auf das Glück hat. Zumindest solange er jung ist. Aber warum rennt man dann manchmal sehenden Auges ins Unglück?

Ich war nicht mehr so jung, in den vollen Zwanzigern, aber ich hatte noch nie einen Mann wie Thomas getroffen. Ich kannte nur Burschen, Männer, die so alt waren wie ich und die man nur schwer dazu bekam, sich einem zuzuwenden, wenn sie gerade nicht bumsen wollten oder wenn die erste Verliebtheit abgeflaut war, also durchschnittlich nach ein bis zwei Jahren, weshalb ich mich dann schnell von ihnen trennte. Die oft grantig und unausstehlich waren und sich nur für sich selbst, allenfalls noch für ihre Karriere interessierten. Meistens nicht einmal für das, denn ich habe Philosophie studiert, lernte also nur Philosophiestudenten kennen, die sich allerdings für Philosophen hielten und es ablehnten, einem schnöden Brotberuf nachzugehen. Immer versuchte ich etwas zu tun, damit die Männer mich liebten, ich strickte Pullover, als man sich dafür noch nicht genieren musste, bastelte Geschenke, kochte auf, und natürlich waren meine Freunde – ich hatte vier, vielleicht fünf seit meinem sechzehnten Geburtstag – in mich verliebt, manchmal sogar sehr. Sie bewunderten mich auch, aber ich hatte nie das Gefühl, dass sie sich mir zuwandten, mich aufhoben und einbetteten. Bis ich Thomas traf.

Thomas war der erste Liebhaber, den ich kennen lernte, ein Frauenmann, ein Mann, der erst wirklich lebt, der sich nur selbst erlebt, wenn er seine Wirkung bei Frauen spürt. Nicht auf Frauen. Der Frauenmann ist nicht eitel wie der Macho, er fühlt sich nicht gut, weil er Frauen zu gefallen, sondern weil er in ihnen Gefühle zu erwecken vermag. Er ist süchtig nach den Gefühlen von Frauen und vervollkommnet im Laufe der Jahre die Kunst, Gefühle zu erwecken, bis zu einem Stadium, in dem weder er selbst noch die Frau sagen könnten, ob die Leidenschaft, die Romantik zwischen ihnen gewachsen und aufgeblüht ist oder im Reagenzglas gezüchtet wurde. Der Liebhaber hat etwas von einem Wissenschaftler, aber noch mehr von einem Künstler, einem Virtuosen, der Kunst am lebenden Objekt bevorzugt, an Objekten, die man nicht anfassen, aber trotzdem oder vielleicht gerade deswegen umso besser formen kann: an Gefühlen.

Ich hielt mich für unbestechlich. Es kam mir nicht der leiseste Verdacht, dass es sich um ein Spiel handeln könnte. Ich wusste vor allem nicht, dass man sein Herz öffnen, sich ganz fallen lassen kann und dennoch ohne Einsatz spielen. Das Spiel, in das ich wie in eine Wirklichkeit eintrat, hat mich verdorben und korrumpiert. Ich leide, Jahre später, immer noch an den Nachwirkungen. In den Augen des alternden Schauspielers, den behexenden, verzaubernden Samtaugen, die ich fürchte, indem ich mich vor mir selbst fürchte, habe ich Thomas wiedergesehen. Ja, ich habe ihn geliebt. Und er war glücklich mit mir. Vielleicht zum ersten Mal in seinem Leben. Vielleicht zum letzten Mal in seinem Leben. Denn ich bin überzeugt, dass auch in ihm etwas zerbrochen ist damals. Ich bin überzeugt, dass er immer noch damit beschäftigt ist, das nicht zu sehen. Er kann Spiel und Wirklichkeit immer noch nicht auseinander halten.

In der ersten Zeit nach der Trennung dachte ich, dass Thomas eine Chance, seine letzte Chance verpasst hätte. Aber womöglich hat er niemals eine besessen. Vielleicht war er auch gar nicht glücklich, und ich habe mir das nur eingebildet. Vielleicht hatte er seinen Spaß – und basta.

Neben dem Studium las ich damals schon Korrektur, seit kurzem auch bei einer kleinen Theaterzeitschrift. Es war mein dritter Tag.

„Das ist also die neue Lektorin."

Ich erschrak, als ich plötzlich einen Mann in der Türe stehen sah, der aussah wie Robert Redford in seinen besten Jahren, und das sind bei einem Mann, der länger braucht als eine Frau, um den Kopf von den größten Flausen zu reinigen, die Mittvierziger. Der Mann strahlte, zeigte seine Fältchen, die in einem Kreis um seine kastanienbraunen Augen wuchsen, fuhr sich durch das dichte, dunkle Haar und blickte sich dann neugierig, aber entspannt im Raum um.

Die Hauptwaffe des Liebhabers ist sein angeborener Charme, dessen Wirkung er eines Tages verblüfft entdeckte. Schon seine Kindergärtnerin konnte ihm nicht böse sein. Da sein Charme dem Liebhaber alle Türen geöffnet hat, hat er nie die Notwendigkeit verspürt, sich anzustrengen oder andere Qualitäten zu entwickeln. Ein Liebhaber ist kein Karrierist und Ehrgeizling, er bleibt auf der Ebene stehen, auf die ihn seine natürlichen Fähigkeiten gespült haben, und das ist immer eine Ebene zu hoch für seine beruflichen Fähigkeiten. Dort ist er zufrieden und wird von seinen Mitarbeitern wegen seiner Umgänglichkeit auch gerne geduldet.

Thomas war Chef vom Dienst, Finanz- und Personalchef des „Theaterbretts". Er hatte kein Bewerbungsgespräch mit mir geführt, sondern mich einfach auf eine Empfehlung telefonisch engagiert. Ich hatte seine Stimme gleich sympathisch gefunden.

„Das ist also die neue Lektorin", sagte er und schaute mich erwartungsvoll an. „Hoffentlich ist sie mit dieser kleinen Kammer zufrieden."

„Korrektorin", konterte ich halb lachend, halb verlegen mit Betonung auf dem ersten O und hoffte, ihm nun nicht den Unterschied erklären zu müssen.

Aber er grinste mich nur an und musterte mich kaum verhohlen von unten bis oben, wobei seine Augen wie zufällig an meinen Brüsten hängen blieben. Ich wurde rot. Nach dem Weckerläuten hatte ich ein bisschen zu lange nachgedöst und dann schnell in irgendwelche Klamotten springen müssen. Oft schimpfe ich mit mir, dass ich so wenig Zeit darauf verwende, mich zu stylen, wie man heutzutage sagt, aber ich habe einfach nicht genug Zeit für so etwas. Jeans, Shirt, Jacke, ein bisschen Lippenrot und dann noch schnell eine Kette oder einen Ring – das ist mein übliches Katzenstyling, wenn es keinen besonderen Anlass gibt oder ich morgens mit dem Bedürfnis aufwache, mich schön zu machen.

„Eine hübsche Kette haben Sie da, Frau Korrektorin", sagte er, ebenfalls das erste O betonend, „sehr, wie soll ich sagen, ungewöhnlich."

Ich liebe ausgefallenen Schmuck, dicke Ringe und Ketten mit großen vereinzelten Elementen (die einzige Extravaganz, die ich mir leiste), und fühlte mich sofort erkannt. Ich sah zum Fenster hinaus, aber Thomas' mittelgroße, leicht athletische Gestalt stand auf meiner Netzhaut, und ich wurde sie nicht mehr los.

Ich wusste damals noch nicht, wie das Spiel, das Verführungsspiel, das Ekstasespiel, das Spiel des Aufgewühltwerdens, funktioniert, eigentlich nicht einmal, dass es auch in Wirklichkeit und nicht nur in Fernsehserien und Romanen existiert. Ich wusste nicht, dass manche Männer einen sechsten Sinn für die geheimen Vorlieben und Schwächen von Frauen entwickelt haben und dass es nur bedingt mit Einfühlungsvermögen zu tun hat, wenn man sich von ihnen erkannt fühlt.

Trotzdem wusste ich schon in diesem ersten Moment, der das Bild von Thomas' Gestalt, seinem sympathischen, schalkhaften Lachen in meine Netzhaut eingebrannt hatte, in dem ich aus dem Fenster sah und nicht wusste, ob ich lachen oder weinen, davonlaufen oder ihm in die Arme stürzen sollte, dass dieser Mann mir das Herz brechen würde. Ich sah seinen Ehering und wusste, dass die Beziehung zum Scheitern verurteilt war, wie man so schön sagt. Dass ich am besten gleich wieder gehe. Aber ein kleiner erlebnishungriger Dämon flüsterte mir zu: Warum nicht? Man muss Erfahrungen machen, man darf sich nicht verschließen vor dem Leben. Ich blieb.

Thomas stand in der Tür in seinem blau-braun melierten Tweedsakko, das er im Theater und auf einer Ranch mit der gleichen Selbstverständlichkeit hätte tragen können.

„Geht die Frau Korrektorin denn auch mit fremden Männern Kaffee trinken?", fragte er.

„Wenn sie brav sind", hörte ich mich antworten. Ich war schon hineingekippt. Das war sein Ton. Thomas beherrschte die Kunst des eindeutig-uneindeutigen Dialogs aus dem Effeff. Immer konnte man, was er sagte und schrieb, als Einladung oder Kompliment verstehen. Aber hätte man ihn darauf festnageln wollen, hätte er die Hände, das war mir klar, nach oben gedreht und mit der unschuldigsten Miene gesagt:

„Man wird doch wohl scherzen dürfen?"

Oder, was ich am meisten fürchtete: „Was, hast du das als Liebeserklärung verstanden? Das tut mir Leid. So war das nicht gemeint."

Ich hatte im November angefangen beim „Theaterbrett". In der verwinkelten, abgenutzten Altbauwohnung mit dem improvisierten Mobiliar hatte ich mich vom ersten Tag an wohl gefühlt. Mit meinem kleinen Büro, nicht größer als sechs Quadratmeter, fühlte ich mich beinahe wie eine richtige Angestellte. Thomas stand jetzt oft in meiner Tür.

Wir gingen Kaffee trinken, erst einmal, dann mehrmals die Woche. Wir schrieben uns Mails, erst mehrmals die Woche, dann täglich. Ich ließ ihn reden und tat so, als ob ich nichts merkte. Wir ließen uns nichts anmerken, aber wir wussten: Es gab kein Zurück mehr. Am letzten Tag vor Weihnachten fand ich ein Päckchen auf meinem Schreibtisch. Meine Ohren brannten, ich öffnete es und fand einen Bestseller über eine Dreiecksgeschichte.

„Liebe Agnes!

Ich hoffe, dass du dieses Buch mit genauso roten Ohren liest wie ich!

Ich sage nicht: Frohe Weihnachten. Ich sage: Bis Januar.

Thomas"

Die ganzen Ferien dachte ich darüber nach, was Thomas damit gemeint hatte. Ich war wütend und erregt. Ich las das Buch nicht, aus Trotz. Als er mich im Januar anrief und fragte, ob mir das Buch gefallen habe, sagte ich, dass ich noch nicht dazu gekommen sei hineinzuschauen. Aber in dieser Jahreszeit könne man warme Ohren ja brauchen.

Warum hatte ich diesen Satz anfügen müssen? Manchmal knirschte ich mit den Zähnen. Ich war ihm nicht gewachsen, von der ersten Minute an. Ich wollte ihm gewachsen sein. Ich hasste sein Versteckspiel und bewunderte ihn dafür. Diese Art zu sprechen, diese zweideutige Eindeutigkeit, war mir fremd gewesen, bis ich Thomas traf. Aber schon in den ersten Dialog klinkte ich mich wie von selbst, wie selbstverständlich ein. Ich fand Spaß an diesem leichten, ironischen Ton, einen teuflischen, einen Zauberkasten-Kinderspaß. Ich kicherte innerlich, wenn wir unter dem Tisch die Füße aneinander rieben, während die Kollegen, mit denen wir zu Mittag aßen, nichts merkten, weil wir oben, im Vernunftleben, distanziert plauderten. Ich kam mir gewagt vor und genierte mich vor mir selbst. Aber es war befriedigend und, wie soll ich sagen, lehrreich, zu handeln, zu hasardieren mit Thomas, voller Andeutungen, listig, heimlich und unverfroren. So hatte ich mich bis dahin nicht gekannt. Ich machte mit, bei etwas Schlauem und gleichzeitig Schäbigem, dem Leben. Es schmeckte prickelnd und süß. Es schmeckte scharf. Erst später drangen die Bitterstoffe durch.

Thomas schrieb mir nichtige kleine Briefe, in denen jedes Wort eine Schablone war und jedes Wort mich mitten ins Herz traf. Wenn ein Mann gut sprechen kann, werde ich hilflos.

Thomas schickte mir, obwohl wir Türe an Türe saßen, auch im Büro gerne Mails. Zum Beispiel:

„Preisfrage: Was fällt Ihnen ein zu: a) Tramezzini, b) Himbeerlimonade und c) Stadtpark?“

Und ich tippte ohne nachzudenken „12.30 Uhr!“ und klickte auf „Send“. Sofort bereute ich meine Unvorsichtigkeit. Kurze Zeit später saßen wir mampfend und grinsend auf einer Bank in der Wintersonne, den Atem vor dem Mund und wohlig fröstelnd mit den Füßen aufstampfend. Ich hatte mich noch nie so leicht gefühlt.

Oder ich bekam ein „Horoskop für Feuer-Oktopus":

„Liebe: Was für ein Tag. Heute am frühen Nachmittag (14 Uhr!) begegnen Sie zwei Verehrern gleichzeitig. Sie werden, obwohl verschiedenen Geschlechts (!), gleichermaßen um Ihre Gunst kämpfen. Seien Sie aber vorsichtig, was Ihnen anfänglich so gut gefällt, kann Sie am Ende verzehren!

Gesundheit: Da Jupitereinfluss gerade in dieser Jahreszeit zu leichter Verkühlung führen kann, sollten vor allem die Oktopusse der ersten Dekade auf heißen Ingwer- oder Grüntee nicht verzichten.

Erfolg: Sie finden überraschend einen Mäzen, der Ihren heutigen Auftritt finanziell ermöglicht."

Beim Japaner ums Eck verzehrten wir den Tintenfisch in roter scharfer Soße mit Stäbchen, von einem Teller essend, was den kopfnickenden Wirt beschämte. Aber wir lachten bloß und ließen den Reis, den wir vergeblich abzubestellen versucht hatten, einfach stehen.

Wieder an meinem Computer, gab ich in der Suchmaschine im Internet die Begriffe „Oktopus" und „Geschlecht" ein. Ich hatte mich nicht getraut, Thomas zu fragen, was er mit „verschiedenen Geschlechts" (mit Ausrufezeichen!) gemeint hatte. Der Artikel, auf den ich stieß, verwirrte mich nur noch mehr. Wollte Thomas mir etwas sagen? Was wollte Thomas von mir?

„Die Antike verfügte mit den naturkundigen Berichten von Plinius und Aristoteles schon über recht genaue Kenntnisse der Biologie des Kraken. Das Tier galt als

Symbol der Liebe und rief anfangs offenbar weder Schrecken noch Ekel hervor. Auf zahlreichen Münzen, Vasen und in der Töpferkunst von Knossos, Mykenä und Zypern finden sich Tintenfische als ornamentales Meeresmotiv. Man schätzte besonders seine Geschicklichkeit und deutete diese als Umsicht und Scharfsinn, ja sogar als Seelenstärke. Andererseits wurden erste Sagen vom grausamen, in die Tiefe des Meeres ziehenden Kraken gesponnen. Zwar beziehen sich das sechsköpfige gefräßige Monster Scylla bei Homer oder auch das schlangenbehaarte Haupt der Gorgo eher auf Fabelwesen aus dem Reich der Phantasie, aber der Krake war sicherlich eine Anregung dafür.

Dem Christentum war die Gabe zu List und Täuschung nicht geheuer. Der Krake, der seine Beute durch Tarnung täuscht, verkörpert schließlich den Teufel selbst oder die sündhaften Frauen, weil er den unvorsichtigen Menschen das Verhängnis nicht erkennen lässt. Der Krake wird zum Symbol für den Versucher, Verräter, Lügner und Geizhals, welcher besonders gern Schätze hortet, die er seinen Opfern abgepresst hat. Letztere Metapher hat sich bis in heutige Zeiten gehalten.

Das Fleisch des Kraken galt seit den Griechen als aphrodisisch. Und ein Lebewesen, das mit so vielen Armen umschlingen und mit so vielen Mündern saugen kann, musste zwangsläufig zum Symbol der Liebe werden. Im entfernten Japan diente die imaginierte Lüsternheit des Kraken als Motiv für einen berühmten Holzschnitt von Hokusai. Zwischen den Schenkeln einer hingestreckten Frau hängt der Krake gierig am Geschlecht dieser zweifellos verzückten und ekstatischen Beute. Ohnmächtig vor Lust geben sich die Partner der Berührung an so vielen Stellen gleichzeitig hin.

‚Meine Wünsche werden endlich wahr, Tag der Tage, endlich habe ich dich ergriffen. Dein Körper ist reif und voll, wie wundervoll. Saugen, saugen und nochmals saugen. Nach unserem Meisterstück werde ich dich zum Drachenpalast des Seegottes bringen und ewig umklammern', spricht der Oktopus zu dem Mädchen in dem dazugehörigen Gedicht. Die verstrickte Perlentaucherin, die in einer weiteren, sprachlich noch direkteren Strophe bekennt, bisher für die Männer der Oktopus gewesen zu sein, kann sich der Überwältigung der vielen saugenden Tentakel nicht erwehren."

Wie lange wir umeinander herumschlichen, wie zwei Katzen, zwei müde und doch hungrige Wildkatzen, hellwach und lauernd, kann ich nicht mehr genau sagen. Irgendwann habe ich dann eingewilligt, mit ihm ins Kino zu gehen. Ich wusste, ich war verloren. („Geht die Frau Korrektorin denn auch mit fremden Männern ins Kino?" „Nicht mit allen!") Das Licht ging aus, und unsere Münder trafen sich, wie lange schon verabredet und lang, lang aufeinander eingespielt, in der Mitte, weit geöffnet. Gierig und fordernd, aufmerksam und zärtlich suchten unsere Zungen den Mundraum ab. So schamlos habe ich noch nie einen Mann geküsst.

Thomas konnte küssen. Dieser Satz ist nicht trivial, denn nur wenige Männer beherrschen diese Kunst. Thomas erweckte jede Faser in meinem Mundraum, die weiche Haut auf der Innenseite der Wangen, den Gaumen, das Zahnfleisch, zum Leben. Thomas konnte mit seiner Zunge Antworten säen. Ich liebe dich, sagte seine Zunge, dieses lüsterne, muskelstarke Stück Fleisch, das so empfindsam sein kann. Ich möchte mit dir von einem Boot ins Meer springen. Ich möchte dich umschließen. Ich möchte meinen Kopf in deinen Ellenbogen legen. Ich auch, ich auch, ich auch, wiederholte meine Zunge.

Als Thomas mich zum ersten Zungentanz aufforderte, so zart, so forsch, voll stockender Versprechungen, die im nächsten Moment losstürzten und neue und neue Kaskaden, nein, Sturzbäche von Empfindungen auslösten, wusste ich, dass ich darauf, genau darauf gewartet hatte, seit ich Frau bin. Wir tanzten ohne Choreographie, vertrauensvoll und unvermittelt improvisierend wie eine alte Jazzband, aber gleichzeitig frisch, voller Lebensmut und Mutwillen. Einmal ließ ich mich von ihm führen und herumschwingen, willfährig wie noch nie, dann wieder er sich von mir. Thomas war das, was im Englischen mit dem zärtlich-sachlichen Wort „responsive" bezeichnet wird: Er konnte auf eine nicht nachgiebige, sondern lustvolle Weise mitgehen, mit jemandem, mit etwas, mit einer Stimmung. Manchmal tanzte ich ein Solo, in das er nach einer Weile einstieg, dann wieder ging er in Führung. Die Tonart, der Takt ergaben sich wie von selbst.

Jeder kennt dieses Gefühl, wenn an einem langen, arbeitsreichen und doch öden Nachmittag der Wunsch in einem auftaucht, etwas zu essen oder zu trinken, ein Stück Schokolade, eine Tasse heißen Tee. Es ist die Vorstellung, die Hoffnung, dass einen einmal etwas ganz ausfüllen könnte, von der Mundhöhle aus den ganzen Körper inwendig füllen und erfüllen. Aber schon beim Schlucken macht sich neben dem Wohlbehagen ein altbekanntes Gefühl der Leere breit, und man weiß, ganz tief drinnen, dass diese Leere mit jedem weiteren Stück Schokolade, jedem weiteren Schluck Tee weißer und weiter werden wird. Insofern ist jede Näscherei, jede Mahlzeit, letztlich unbefriedigend, und wenn man die Hoffnung nicht aufgibt und weiterisst, verwandelt das mit jedem Bissen sich erneuernde Versprechen auf Erfüllung, eine Fata Morgana, sich in Völlegefühl und Ekel. Der Grat zwischen Hunger und Übersättigung ist so hauchdünn, dass niemand, nicht einmal ein Äquilibrist sich länger als ein paar Sekunden auf ihm halten könnte. Man spürt, dem idealen Sättigungsgefühl ganz, ganz nahe gekommen zu sein – das meine ich jetzt nicht ernährungs-, sondern sehnsuchtstechnisch –, und schon hat man es überschritten.

Als Thomas und ich uns im dunklen Kino nach einigen Minuten voneinander lösten, um den Beginn des Films nicht zu verpassen, spürte ich, wie die Befriedigung begann, sich in mir niederzulassen und auszubreiten. Und sie flaute nicht mehr ab. Noch am nächsten Tag konnte ich ihren Nachhall fühlen und schmecken. Und dann schrie jede Nervenzelle nach Wiederholung.

Es war die reine Verzweiflung, ein Jahr lang, durchsetzt von Inseln dessen, was ich in Ermangelung eines anderen Wortes reines Glück nennen muss. Glück ist nicht langweilig, wenn man es hat. Glück ist nur langweilig zu beschreiben – wie sich unsere Schritte aufeinander abstimmten, als wir zum ersten Mal aus einem Lokal auf die Straße traten, Thomas' fürsorgende Blicke, seine Augenwinkel, die sich auf eine Weise nach außen und nach unten zogen, dass es mir den Brustkorb zusammenschnürte, seine zärtlichen, forschen Hände mit den groben Knochen, Thomas' Gewicht, wenn er auf mir lag.

Mein Glück mit Thomas begann mit einem Schlag, als er sich mir zuwandte, aber es stumpfte nicht ab, wie ich es von meinen Burschen kannte. Ich hatte keine Zeit, mich daran zu gewöhnen. Mein Glück mit Thomas tat weh, denn die Falltiefe des Schmerzes war seinen Höhenflügen an- und abgemessen, von denen ich herabstürzte und zu denen ich mich das nächste Mal, mit beschädigten und immer demolierteren Flügeln, wieder aufschwang. Bis ich mich nur noch an den Rändern des Schmerzes entlanghangelte, in einem taumelnden, jauchzenden und schreienden Zustand, aus dem ich mich nicht mehr befreien konnte.

Aber das Schlimmste war nicht die Kürze der Stunden, die Länge der Abschiede, das Durchgreifen der Einsamkeit. Das Schlimmste war, etwas zu fühlen, das Beste, Feinste, Tiefste vielleicht zum ersten Mal uneingeschränkt zu fühlen, es aber gleichzeitig nicht *denken* zu können. Die Ausweglosigkeit zu sehen.

Ich wusste, wie es enden würde: mit einem Klischee. Einer Frau mit vorzeitig gebrochenem Herzen und einem Mann, der zu seiner Familie zurückkehrt. Zu einer Frau, die stärker ist als er. Wie er sie hassen muss, wenn ihr Prinzip, das der Verharrung, wieder einmal gesiegt hat. Und sie ihn, wenn sie erfährt, warum ihre Ehe wieder einmal entspannter war, besser funktionierte. Wie Rosalie von Tümmler – ein Name, genauso altmodisch und behäbig wie mein eigener –, die „Betrogene" bei Thomas Mann, die unverhofft eine zweite Blüte erlebt und dann feststellen muss, vom Endstadium einer Krankheit bösartig gefoppt worden zu sein. Menschen lügen. Und Symptome können trügen.

Es ist so schwer, an die Wahrheit heranzukommen. Denn schon vor dem eigenen Empfinden steht man wie vor einem Unwetter, in dem die Argumente, die Gefühle, die Gefühlsgedanken durcheinander gewirbelt werden, einer dunklen Gewitterfront, die sich irgendwann einmal entladen muss, sei es in einem Blitz der Erkenntnis oder an einem Blitzableiter namens Ignoranz.

Heute bin ich mir sicher, dass es besser ist, bestimmte Erfahrungen nicht zu machen. Ich bin keine Spielerin, im Gegenteil. Spiele langweilen mich. Ich nehme alles sehr ernst.

Wir mussten heimlich lieben, ein Spiel mit nicht nachlassendem Kitzel, nicht nachlassender Befriedigung, mit steigender Begierde. Aber es sollte sich herausstellen, dass ich nicht spielen kann mit meinen eigenen Gefühlen, nicht einmal unter Thomas' Anleitung. Anfangs genoss ich die neu gewonnene Leichtigkeit, machte ungekannte Bockssprünge. Als ich begriff, dass jede Faser von mir begann, Thomas zu begehren, musste ich mich hinsetzen. Es war klar: Ich wollte ihn haben, und zwar ganz. Aber ich stand sofort wieder auf. Ich konnte mich jetzt nicht mit diesem Problem beschäftigen. Jemanden haben zu wollen, der nicht zu haben war. Und schon gar nicht mit dem leisen Verdacht, dass meine erste große Liebe vielleicht nur das Produkt eines perfiden Settings sein könnte, das ihre Intensität in immer höhere, in unerträgliche Höhen trieb. Eine Überdosis, nach der ich auf Entzug kommen könnte.

Ich wusste von Anfang an, dass ich ihn nicht bekommen würde. Und trotzdem versuchte ich, die Wahrheit, die richtige Antwort, aus ihm herauszuküssen, herauszulecken. Dass er mich liebte. Aber die Wahrheit hat ihren Sitz nicht in der Mundhöhle, sondern im Herzen. Ich bin mir nicht sicher, ob ich jemals wirklich zu Thomas' Herz vorgestoßen bin. Je gieriger meine Küsse wurden, desto mehr entzog er sich mir.

„Ich liebe es, aufgewühlt zu werden", sagte Thomas einmal.

Das ist das Wort, dachte ich, und ein trockenes Lachen blieb mir in der Kehle stecken. Am liebsten hatte Thomas Filme und Romane, die von Treue und Ehre handelten, von Verrat und von Tapferkeit. Was hat das für ihn bedeutet? Diese Frage hätte ich ihm gerne gestellt, aber ich wollte mir seine Antwort ersparen. Eine Antwort, die keine gewesen wäre, die mir Recht gegeben hätte und mich damit abprallen, nein abglitschen hätte lassen. Thomas war weich, er wollte besitzen und er wollte sich besitzen, durchschütteln lassen von Gefühlen, die entweder anderen gehörten oder bis auf das Sinnliche entblößt waren.

Thomas spielte tagsüber und in den kurzen Stunden nach Feierabend mit mir sein eigenes Melodram, seine eigene Love-Story, und wenn er später zu seiner Frau, zu seiner Familie zurückkehrte, aufgewühlt und durchgeblasen wie nach einem guten Film, war er müde und befriedigt genug, um einen weiteren ereignislosen Eheabend durchzustehen.

Aber Thomas ist kein Zyniker, Thomas ist in seinem tiefsten Herzen Romantiker. Er wollte nicht „nur" eine Affäre haben, ein fremdes Herz benutzen. Thomas ist Melancholiker, aber ein Melancholiker, der sich seines Zustands nicht bewusst ist. Ganz hinten, in seinem hintersten Hinterkopf hat seine eigentliche, eine melodramatische Idee von der wahren Liebe nie aufgehört zu toben und Verwirklichung zu fordern.

Thomas war seiner eigenen Sehnsucht nicht gewachsen. Man sah sie ihre Pfeile, ihre Haken durch seine traurigen Augen hinaus in die Wirklichkeit schicken. Aber da war nur Leere. Seine Sehnsucht war auf alles und also auf nichts gerichtet. Wenn ich diesen Blick auffing, überschwemmte mich das Bedürfnis, Thomas zu halten, zu streicheln, ihn zu trösten, ihm alles zu geben, auch das, was nicht zu haben ist.

Der Liebhaber glaubt, dass er alles will, Frau und Freundin, Geborgenheit und Freiheit. Aber er irrt sich. Denn er ist sensibel und fürchtet nichts so sehr wie die Enttäuschung, den Schmerz. Dafür ist er bereit zu verzichten. Ja verzichten, denn obwohl der Liebhaber dieses Wort aus seinem Sprachschatz verbannt hat, hat er den größten Verzicht geleistet.

Er hat sich, so denke ich es mir jedenfalls, eines Tages geschworen, hinkünftig nur noch das zu wollen, was er bekommen kann. Vergnügen. Der Liebhaber ist inkonsequent. Aber er kann sich hingeben. Er besitzt eine Leichtigkeit, die einen aus jeder Depression holen kann. Thomas hob mich in hochfliegende Gefühlsturbulenzen mit seinem Leicht-Sinn. Thomas lehrte mich zu genießen. Der Liebhaber hat ein Gefühl für Stimmungen. Er kann sich verlieren, an den Augenblick, an das Unvorhergesehene. Und ich, Schülerin dieses Meisters der Winde, versuchte seine Kunst mit- und nachzuspielen. Es war nicht schwer. Aber mit der gleichen Kraft, mit der er mich nach oben, in die Bodenlosigkeit zog, hielt ich ihn auf der Erde und bei den Tatsachen, mit meiner Schwermut, mit meinem Schwer-Mut, mit meinem Mut zur Schwere.

Wir hielten einander in der Waage. Thomas brauchte meine Klarheit, meine Geistesgegenwärtigkeit und meinen Verstand. Denn ich bin leichter als Thomas, der mit seinem Leichtsinn nur über seine Niedergeschlagenheit hinwegspringt, über ihr tanzt und um sie herum. Eigentlich ist Thomas ein depressiver, ein tief trauriger Mensch. Nicht klinisch natürlich, er lag niemals im Bett mit Kopfschmerzen, im Gegenteil, er verbreitet, wo er hinkommt, seinen Charme und seine gute Laune. Aber manchmal griff er sich, unbeobachtet, auf eine Weise an die Schläfe, die all meine Streichelinstinkte, mein Mitleidsbegehren (der dunkelste Posten im Gefühlshaushalt einer Frau) mit einem Mal aus dem Tiefschlaf riss. Thomas war der traurigste Mensch, den ich je gekannt habe. Er stand wie ein Löwendompteur vor seinem eigenen Herzen, seiner Wahrhaftigkeit, und grinste in den Zuschauerraum, derweil der gezähmte Lebensmuskel nur noch matt lächelnd durch die Stäbe starrte.

Thomas wollte nie etwas über sich selbst wissen. Und ich, ich habe bisher geglaubt, alles über mich zu wissen: wer und wie ich bin, denn ich glaubte zu wissen, was ich wollte. Jetzt bin ich mir nicht mehr so sicher. Ich habe gesagt, dass ich nicht mehr wollen will. Denn aus dem Wollen entsteht nur Unglück. Das sagt jedenfalls Schopenhauer. Der Wille kann nie befriedigt werden, weil es seine Natur ist, immer mehr zu wollen, sobald er etwas bekommen oder erreicht hat. Und wie die Welt wirklich ist, werden wir nie erfahren, weil wir sie nur durch das Gitter unserer Vorstellung wahrnehmen, das wiederum der Wille entwirft.

Wahrscheinlich gebe ich diesen aufsässigen, fanatischen Wahrheitssucher, der als einer der Ersten den Sinn abgeschafft hat im Abendland, jetzt nicht ganz korrekt und wissenschaftlich fundiert wieder. Es ist schon über zehn Jahre her, dass ich das Buch gelesen, nein inhaliert habe. Dann habe ich es wieder vergessen. Ich wollte ja schließlich LEBEN. In Großbuchstaben. Und mit Fleisch und Blut. Damit habe ich die Liebe gemeint. Immer war ich vernünftig, nur in der Liebe nicht. Jetzt will ich es einmal anders herum versuchen. Ich glaube nicht mehr an den Ratschlag des Bestsellerautors, von dem mir Thomas das Buch geschenkt hat: dass man auf das Herz hören soll, auch wenn sein Ruf in die Irre führt. Ich will niemandem mehr folgen, sondern einen Schritt zurückzutreten, um zu sehen, was ist. Eine vernunftbestimmte Handlung setzen. Dazu will ich all meinen Mut zusammennehmen.

Thomas ist feige. Ich hatte oft das Gefühl, ihn allzusehr zu durchschauen, und das tat weh. Ich verachtete ihn heimlich, von der ersten Minute an, mit dem klaren Teil meines Herzens, der gegen seine Schmeicheleien, seinen Reichtum an überraschenden kleinen Ideen, gegen die heißen kleinen Glücksströme in den Nerven immun war. Ich verachtete ihn für seine Feigheit, für seine kindische Hoffnung, nie wieder verletzt zu werden.

Aber vielleicht bin ich mit meiner Aussteigerphantasie genauso feige wie Thomas. Mit meinem großartigen

Versuch, alles erklären zu wollen. Vielleicht ist meine großspurige Thomas-Analyse auch nicht viel mehr als eine Vorstellung, die mindestens so viel über mich verrät wie über ihn.

Verachte ich Thomas, weil ich ihn durchschaue? Angela zum Beispiel durchschaue ich gar nicht. Vor Angela habe ich Respekt. Angela hat geglaubt, dass sie nichts will. Aber das ist nicht wahr.

Angela und ich haben zusammen bei unserer liberalen Tageszeitung Korrektur gelesen. Sie war außerordentlich schnell und genau und mit Abstand die beliebteste Person in der ganzen Redaktion, ein Umstand, den sie, darauf angesprochen, still, aber nachdrücklich geleugnet hätte. Angela war nicht nur beliebt, weil sie gut war, sondern weil unsere ehrgeizigen, selbstbezogenen Redakteure und Journalisten glaubten, dass Angela bescheiden sei.

Natürlich, Angela war immer freundlich und lehnte nie einen Auftrag ab. Sie konnte sehr demütig lächeln. Angela lächelte immer, wenn sie mit jemandem sprach. Aber sie sprach so leise, dass man sich fast jeden Satz wiederholen lassen musste. Dass Angela ungewöhnlich hübsch war, sah man erst auf den zweiten Blick. Sie hatte große wasserblaue Augen und weiches aschblondes Haar, durchsichtige, manchmal rötlich schimmernde Haut und so schmale Gelenke und Gliedmaßen, dass man fürchtete, sie zu zerbrechen, wenn man sie berührte.

Angela hatte sich entschlossen, nichts mehr zu wollen, Karriere, Erfolg, Vergnügen. Aber nicht weil sie so bescheiden war, sondern weil sie alles wollte. Weil sie einmal alles gewollt und es nicht bekommen hatte. Angela war ein einziger Widerspruch. Sie konnte hilflos wirken wie ein kleines Mädchen. Angela zog die Männer magisch an. Sie tasteten nach ihren Außengrenzen und fanden keine. Erregt und rücksichtslos drangen sie in dieses anscheinend gefahrlose, freie Feld ein. Angela hat mit vielen Männern geschlafen, aber keiner von ihnen hat sie je erreicht.

„Es macht mir nichts aus, mit einem Mann zu schlafen“, sagte sie einmal.

Warum muss ich gerade an diesen Satz die ganze Zeit denken?

Angela war eine einzige Grenze. Nachdem sie die Welt durchschaut und erkannt hatte, dass es keine Gerechtigkeit gibt und man nie das ganze Glück bekommen kann, hatte sie sich geschworen, auf alles zu verzichten. Nicht aus Resignation oder Angst vor dem Schmerz, wie Thomas, sondern revoltierend, enttäuscht und verbittert. Niemand wollte so absolut wie Angela. Sie war in keiner Weise bereit, irgendwelche Abstriche zu machen, ihr Urteil zu ändern, sich dem Unvollkommenen, dem Unwürdigen anzuschließen.

Lieber wollte sie nicht mehr leben. So wie manche Schriftsteller oder Schauspieler, die meist eine sehr genaue Vorstellung davon haben, wie das Leben zu sein hat – dass es ihnen, dass die anderen ihnen zu hofieren haben –, wie also Stars es manchmal vorziehen, nicht mehr zu leben, als einem unauffälligen, ungelobten Beruf nachzugehen oder auch nur einfach ihre Millionen unbeachtet und friedlich auszugeben und aufzuleben. Angela war nicht geltungssüchtig, im Gegenteil, außer vielleicht vor ihrem inneren Gerichtshof. Und der fällte sein Urteil am liebsten über das Leben als solches, auch auf die Gefahr hin, dass dieses Urteil, dieses kompromisslose Todes-Urteil auch das Ende seiner obersten Richterin bedeutete.

Natürlich könnte man einwenden, dass Angela krank war, als sie sich aus dem Fenster stürzte, aber das wäre zu leicht. Ich möchte Angela ernst nehmen, auch wenn ich über die Dämonen, die ihr Gehirn besetzt hielten, ihr

Selbstgefühl aufputschten und gleichzeitig betäubten, während Angela mir lächelnd gegenübersaß und verantwortungsbewusst fremde Texte korrigierte, nur Vermutungen anstellen kann. Was weiß ich schon von ihr und von Menschen, die es vorziehen, nicht mehr zu fühlen, als das zu fühlen, was sie fühlen? Was weiß ich schon über die wunde Stelle, an der sie sich gewaltsam etwas aus dem Kopf geschlagen hat, um sie danach mit ihren Urteilen zu verbinden. Oder darüber, ob nicht sie selbst, sondern jemand anderes sie ursprünglich aus ihrem Körper, aus der Welt geschlagen hat, sodass sie den Haltegriff nicht mehr fand außer in einer feindschaftlichen Verbindung zu ihrem zerbrechlichen Körper, einem Modelkörper, den sie hasste und dem sie mit den feinen Schnitten einer Rasierklinge ein kompliziertes Netz von Linien aufschrieb, das nicht einmal sie selbst zu lesen verstand. Mit Schnitten, die kaum bluteten, denn sie hasste Blut und wusste nicht, ob sie enttäuscht sein sollte oder erleichtert, dass ihre Wunden nicht weinen wollten.

„Wann tust du das?“

„Wenn ich das Gefühl habe davonzufliegen“, antwortete sie auf meine hilflose Frage, mit der ich mein Entsetzen zu verbergen versuchte, als sie mir zum ersten und letzten Mal die kryptische Inschrift auf ihrem Dekolleté, auf ihren Armen zu lesen gab. Jetzt wusste ich, warum Angela nur langärmelige weiße T-Shirts trug. Angela wollte nicht, dass man sie ansah. Sonst hätte sie noch glauben müssen, dass es sie gab.

Was hat sie mir sagen wollen, als sie ihr Dekolleté aufknöpfte und ihre Ärmel aufrollte? Oder hat sie mir gar nichts sagen wollen? Vielleicht hat Angela gar nicht mich gemeint. Wie dieser Abschiedsbrief, den man auf ihrem Schreibtisch fand, an niemanden adressiert und, obwohl er ein Du anspricht, anscheinend an niemanden (oder an alle) gerichtet. Oder an sich selbst.

Angela war ein Engel. Aber ein Racheengel. Sie hat sich an sich selbst, an ihrem eigenen Wollen gerächt. Sie hat, davon berichtet der Brief, am offenen Fenster gegen sich selbst gekämpft, gegen das „überbordende Überlebenwollen", wie der Brief seinen Gegner mit unverhohlener Verachtung nennt, gegen dieses starke Tier, das unerkannt in ihr saß und sich erst rührte, als sie in den Abgrund sah. Dieser Widerstand aus ihrem schmalen Körper, dessen Existenz die Selbstmörderin so gerne ignoriert hätte, überraschte sie und spornte sie umso mehr an. Was wollte der? Über sie herrschen? Das war ja gelacht.

Ich stelle mir vor: Vor dem Fenster ist der Selbstmörderin das Lachen vergangen. Das Lächeln hatte sie schon länger eingestellt, am ersten Tag, alleine in der Wohnung, als sie beschlossen hatte, die Türe nicht mehr zu öffnen und das Telefon nicht mehr abzuheben. Diesen letzten Kampf wollte Angela mit sich alleine ausfechten, so wie sie alles mit sich alleine ausgefochten hatte. Angela glaubte nicht an Verständigung, sie glaubte an den Verstand.

Angela ist grausam. Ich bewundere sie, aber voller Abscheu. Niemand hat sich selbst, sein eigenes Wollen so radikal verneint wie Angela. Niemand hat so radikal gewollt wie Angela. Angela wollte sich besiegen, auch wenn sie sich dabei verlieren würde. Bis zu dem Augenblick, wo sie sich probeweise aus dem Fenster beugte, um das Terrain zu sondieren, zu prüfen, ob die Fallhöhe auch ausreichen würde zur endgültigen Zerschmetterung ihres größten Feindes, ihres Leibes, während sie sich also aus dem Fenster beugte und der Wind durch ihr langes, weiches Haar strich, wusste sie noch nicht, dass etwas in ihr stärker sein würde als sie selbst.

Dieser Unbekannte, den sie später so hilflos „überbordendes Überlebenwollen" nannte, dieser Unbekannte und dann allzu Bekannte riss ihr den Kopf zurück, schwindlig von einer ungeahnten Tiefe. Sie sah an sich herunter. Er saß im Magen, der plötzlich zu revoltieren angefangen hatte, als ob er aus dem Hals springen wollte. Er saß im Kiefer, der auf einmal schmerzte, als ob er alle Zähne auswerfen wollte. Jetzt, wo sie erstmals zuzubeißen hatten. Die Selbstmörderin hatte bis dahin nicht gewusst, dass man sich nicht so mir nichts, dir nichts aus dem Leben stehlen kann, bloß weil man erkannt hat, dass es nichts bringt und nichts wert ist und man sowieso einmal tot sein wird und also besser jetzt …

Wochenlang, das deutet der Brief an, muss sie täglich, wenn es dunkel wurde, in den Ring gestiegen sein gegen den Abgrund, gegen ihren Magen, ein Kampf ebenbürtiger Gegner. Was ihn letztendlich und endgültig entschieden hat, darüber verrät der Brief nichts. Es heißt, sie sei auf die kleine betonierte Fläche des Innenhofs gesprungen, nicht auf die trockene Erde direkt unter ihrem Fenster, auf der immergrüner Efeu wächst. Die Selbstmörderin musste Mut schöpfen, um Schwung zu holen. Sich einfach fallen, plumpsen zu lassen war zu riskant. Und die Selbstmörderin wollte kein Risiko eingehen. Warum hat sie keine Tabletten genommen, sich nicht die Pulsadern aufgeschnitten? Diese Frage stelle ich mir wieder und wieder. Es gibt so viel sanftere Arten, aus dem Leben zu scheiden. Konnte Angela nur mit diesem nicht wieder zurückzunehmenden Akt, dem Sprung auf nackten Stein, ihre Selbstachtung wiederherstellen?

Angela denkt absolut. Angela ist Moralistin. Sie hat die Welt in Gut und Böse eingeteilt, in Täter und Opfer. Sie hat gerne geurteilt und schnell verurteilt und zum Schluss kaltblütig einen Gedanken, ein Urteil, das eigene Todesurteil, gegen das Leben getauscht, die Klarheit ihres eigenen Gesetzbuchs gegen die Ungerechtigkeit des Dschungels namens Leben. Ich stelle mir vor, dass sie nur siegen konnte (wenn hier überhaupt jemand gesiegt hat), weil es ihr gelang, ihren Feind auszutricksen oder vielmehr zu überrumpeln. Tabletten zum Beispiel kann man, hätte es wieder herauskotzen können, das überbordende Überlebenwollen, auch Wunden an den Handgelenken einfach zuhalten, aber aufwärts, wieder zum Fenster zurückfliegen …

Diese Vorstellung ist vielleicht absurd, um nicht zu sagen makaber, aber wenn man den Körper einmal vom Fenster gestoßen hat, kann er nicht mehr zurück. Man kann es bereuen, für die kurze Sekunde des freien Falls, in der der Magen nach oben gequetscht wird und das Herz zu erdrücken droht, aber nicht rückgängig machen. Was hätte Angela wohl getan, wenn ein hurtiger Schutzengel oder eine gute Fee sie wieder hinaufgetragen und ihr drei Wünsche freigestellt hätte für ein Leben, das akzeptabel oder sogar lebenswert wäre? Ich glaube, nein, ich bin überzeugt davon, dass sie ärgerlich geworden wäre. Sie hatte mit dem Leben, dem Nichtabsoluten abgeschlossen, sie hatte mit dem Absoluten einen Pakt gegen das Leben geschlossen. Sie konnte sich gar nicht mehr wünschen, dass das Leben gerecht oder einfach schön sein würde oder sogar spannend. Angela war nicht neugierig. Ich kenne keinen Menschen, der so wenig neugierig war wie Angela.

Auch der Liebhaber war kein neugieriger Mensch. Auf neue Sinnesempfindungen vielleicht, aber nicht auf das Leben. So wie die Selbstmörderin mit der Sicherheit ihres Gesetzbuches gibt sich der Liebhaber mit der Sicherheit von Vergnügen und Genuss zufrieden. Oder weiß er nur, dass er dem Schmerz, der Enttäuschung nicht gewachsen sein würde? Aber schon zu sagen „Er weiß“ ist eigentlich falsch im Gegensatz zur Selbstmörderin, von der ich überzeugt bin, dass sie alles wusste, denn Thomas hat sich nie Rechenschaft über das gegeben, was er tat und wollte. Vielleicht ist das sogar sein Hauptcharakterzug. Thomas ist warmherzig, liebenswürdig und sympathisch, aber er gibt sich keine Rechenschaft. Thomas weiß nicht, er tut einfach, was ihm in den Sinn kommt. Thomas ist ein Filou. Er nimmt, was er bekommen kann, und wenn er jemanden verletzt, sagt er mit der unschuldigsten Miene:

„Ich will dir aber nicht weh tun."

Und macht weiter. Er kennt die Wirkung seines Charmes und weiß aus Erfahrung, dass ihm bis jetzt noch jedes Mal verziehen wurde. Aber er ist weit drinnen nicht von sich überzeugt, er achtet sich nicht. Insofern hat auch den Liebhaber das moralische Gefühl nie ganz verlassen. Thomas würde nie jemandem absichtlich weh tun. Thomas würde nie ein Verbrechen begehen, auch wenn er sicher wäre, dass es nicht entdeckt würde. Jedenfalls nicht bewusst.

Seit er denken kann, grübelt der Mensch darüber nach, wie er glücklich werden kann. Und darüber, warum er nicht glücklich ist, darüber, was er nicht bekommen kann. Leben ist Leiden, diesen Stehsatz sieht jeder ein und will doch kaum jemand so stehen lassen. Ich glaube niemandem mehr, der über dreißig Jahre alt ist und behauptet, nicht glücklich sein zu wollen. Er lügt, lügt sich in die eigene Tasche, oder er ist immer noch nicht über die Pubertät hinausgekommen, in der es vorkommen kann und auch verzeihlich ist, dass man sich in einem elitären Leiden sonnt. Natürlich, jeder glaubt an etwas, das ihn glücklich machen kann: einen sportlichen Sieg, ein Hilfsprojekt in Afrika, den Nobelpreis. Aber leider kommt man nach einer Weile meistens drauf, dass man sich geirrt hat, dass man auf ein falsches Glück gesetzt hat, eines, das nie eintritt, eines, das nicht anhält, eines, das schal ist.

„Ich könnte nicht mehr von so wenig Geld leben", sagte Thomas einmal zu mir. Deswegen könne er sich nicht scheiden lassen.

Ich habe ihn damals verachtet. Aber wer unglücklich ist, das weiß ich mittlerweile, will nicht arm sein. Mittlerweile bin ich selbst nahe daran zu denken, dass ich nicht mehr mit so wenig Geld leben möchte wie in meiner Studentenzeit. Dabei habe ich damals gar nicht gelitten, sondern mich gefreut, wenn etwas billig war, ich etwas geschenkt bekam oder überhaupt nichts ausgeben musste. Damals habe ich noch nichts gewusst von den Wonnen des Einkaufens.

Das Interview, habe ich gesagt, sei nur der letzte Tropfen gewesen, der das Fass zum Überlaufen gebracht habe. Und mich in dem Entschluss gefestigt, mich endgültig zurückzuziehen. Angefangen hat alles eigentlich schon im Sommer, als ich mit Tibor in Amerika war. Wir hatten auf einer Reise durch die Vereinigten Staaten Freunde aus Odessa besucht, die mittlerweile in Philadelphia leben, einer der amerikanischsten Städte, wenn man das Amerika der sauberen weißen Einfamilienhäuser und der sauberen weißen Kirchen meint, das Amerika der Rasensprinkler, wo alles aussieht wie frisch gewaschen. Jedenfalls diesseits des imposanten Flusses Delaware. Jenseits wohnen die Schwarzen, müssen die Angestellten einer neuen Freizeitanlage mit dem Bus zum Gelände gefahren werden, weil der Weg dorthin, sagten Sascha und Irina, zu gefährlich ist.

Sascha und Irina sprechen nicht abschätzig über die Schwarzen. Sie wissen ganz genau, dass sie selbst nicht zu den Weißehausbesitzern gehören, jedenfalls noch nicht, und sind dankbar, dass sie einreisen durften. In ihrem neuen gebrauchten Auto fuhren sie uns durch die Stadt und zeigten uns das Viertel, in dem sie am liebsten wohnen würden.

„It's my dream", sagte Irina, die erstaunlich schnell Englisch gelernt hat und gerade eine Fortbildung zum Project Manager begonnen hatte.

Ob sie ihre – in meiner Phantasie so schöne, romantische – Heimatstadt am Schwarzen Meer vermisse?

„Not a bit", lachte Irina und konzentrierte sich darauf, ihr amerikanisches Traumhaus wiederzufinden.

Weiße Häuser im Kolonialstil standen vereinzelt in gedämpftem, von der Realität sanft abgeschirmtem Licht hoher Bäume in einer Hügellandschaft. Man glaubte, im Paradies zu sein, und doch stimmte irgendetwas nicht. Europäer sind geneigt, die Nase zu rümpfen über die naive amerikanische Imitation der Topographie englischer Grafschaften und anderer historischer Anlagen und Gebäude. Nicht, weil es Nachbildungen sind, weder original noch originell, sondern weil die Originale geschönt werden. Hier gibt es nirgends dunkelgraue Gemäuer, keinen Hauch von Gespenstern und schon gar keinen Geruch nach Feuchtigkeit. Alles ist frisch gestrichen, hell und hygienisch. Die Häuser stehen wie Fremdkörper in einer gezähmten Landschaft. Sascha, ehemals Pianist und heute Programmierer von Krankenhauscomputern, fuhr uns durch Philadelphia wie durch seine eigene Spielzeugidealstadt:

„Das ist ein historischer Ort", sagte er stolz, als wir an der Independence Hall vorbeifuhren, die auf einem öden Platz von Bürohäusern umrandet ist, wenn ich mich recht erinnere, und den Charme eines klassizistischen Mausoleums verströmt.

„Hier wurde die amerikanische Unabhängigkeit verkündet."

Wir sagten nichts.

„Wisst ihr", sagte Sascha nach einer Weile, „wir wären auch lieber nach England oder Deutschland oder Frankreich gegangen. Aber die wollen uns nicht. Und hier", seine Augen sahen mit einem Mal traurig aus, „wird man mit einem Akzent wenigstens nicht schief angesehen. Ich habe im Krankenhaus nicht das Gefühl, nicht dazuzugehören.“

Er verfiel wieder in Nachdenken.

„Vielleicht“, fuhr er fort, „ist der gemeinsame Nenner hier nicht sehr groß, in Wahrheit besteht er aus dem Traum vom Glück des Geldes, einem sauberen weißen Haus.“

Er sagte tatsächlich „sauber“ und „weiß“, die Wörter, die mein Kopf die ganze Zeit gebetsmühlenartig wiederholt hatte. Wir schwiegen höflich.

„Und Verfassungspatriotismus“, fuhr er fort, und sein Blick klarte sich auf. „Von Letzterem könnten wir uns in Europa übrigens ruhig eine Scheibe abschneiden – und in Russland sowieso. Die Spielregeln sind hier einfach. Aber dafür darf jeder mitspielen.“

Ich dachte das Wort „Gehirnwäsche“ und schämte mich. Was weiß ich schon von der Emigration.

„Außerdem“, fügte Sascha nach einer Weile hinzu, „kann man Amerikaner sein, ohne einer zu werden.“

Abends ließen wir uns zu einem Ausflug nach Atlantic City überreden, in die Casinostadt, das Las Vegas der armen Leute.

„Dorthin karren sie die russischen Auswanderer mit Bussen“, sagte Sascha, „um die Hallen vollzukriegen. Umsonst, und dann bekommen sie noch fünf Dollar in Quarterdollars zum Spielen in die Hand gedrückt. Wir fahren auch manchmal mit.“

„Und immer hoffe ich zu gewinnen“, lachte Irina, „obwohl ich jedes Mal alles bis auf den letzten Cent verspiele.“

Der Highway war so bequem wie die Landschaft reizlos, sodass ich schnell einschlief und erst wieder aufwachte, als die Stadt, es war schon dunkel, in der Windschutzscheibe auftauchte: eine von roten Lämpchen umrandete Silhouette aus spitzen Dächern und runden Kuppeln, über der ein so gelber, so dicker Mond stand, dass ich einen Augenblick an seiner Echtheit zweifelte. Dann wurde mir schlagartig klar, dass in nicht träumte, sondern vielmehr auf die wirklichste Wirklichkeit, einen Wahrheit gewordenen Traum zufuhr, das bunt schillernde Pendant des (in beiderlei Hinsicht) weißen Philadelphia, auf eine Geisterstadt ohne Geist, sozusagen, und ohne Scham.

Trotzdem kam ich mir vor wie in einem Märchen. Ich war hundemüde, von den Eindrücken des Tages, vom Jetlag, von einem kleinen Streit mit Tibor. Im weitläufigen Parkhaus verlief sich zunächst das Gefühl, wenn nicht in ein Märchen, so doch in eine Wunderwelt, in eine Bastelburg der Jetztzeit geraten zu sein, so groß und glänzend, wie kein Bauset für Kinder es je sein könnte. Aber als wir das erste Riesengebäude, ein Schloss mit dem Namen Showboat, betraten, war es wieder da. Tibor und ich schauten uns an und mussten losprusten.

„Ich bin schwer beeindruckt“, gestand Tibor.

„Ich auch“, sagte ich und hakte mich bei ihm ein. „Vielleicht gewinnen wir ja wirklich etwas und kaufen uns dann eine Villa und gehen nie mehr arbeiten.“

Für eine Sekunde glaubten wir tatsächlich daran, und ein euphorischer Schub schwemmte uns in die große Halle voller Leuchter und glitzernder Lichter, in der unzählige Spielautomaten standen. Im nächsten Moment beschlich uns ein bedrückendes Gefühl. Es war wunderbar, aber irgendetwas, etwas Entscheidendes fehlte. Wie zwischen den weißen Häusern in Philadelphia, auf deren Veranden man niemanden sitzen sah. Vielleicht war es die Tatsache, dass nur jeder zwanzigste Automat besetzt war. Je genauer man die Spielenden betrachtete, desto trüber senkte sich die Stimmung des Saals auf einen nieder. Jugendlich wirkende Damen im Pensionsalter in den traurigsten rosa Pullovern der Welt, in Shorts, aus denen verwelkte Beine ragten, saßen neben alten Männern in Turnschuhen und grauen Sweatshirts, die aussahen wie frühzeitig gealterte kleine Buben. Keine Russen weit und breit. Oder erkannte man sie schon nicht mehr?

Junge Pärchen von außerordentlicher Leibesfülle spazierten mit Kindern vorbei, die ebenfalls übergewichtig waren, aber auf eine Art und Weise, wie ich sie bei uns zu Hause noch nie gesehen hatte oder erst in letzter Zeit. Die Kinder hielten Popcorntüten in der Hand und durften deshalb nicht zu den Automaten. Sie sahen aus, als ob man an normale, zierliche Kinder eine Luftpumpe gesetzt und sie einfach aufgeblasen hätte. Nicht fett, sondern drall und von unnatürlicher Größe. Aber nicht wie unter Hochdruck stehend, sondern eher wie betäubt, mit langsamen Bewegungen und einer satten Zufriedenheit in den Gesichtern, dem Gegenteil eines begeisterten Kinderlachens. Das war das Traurigste an Amerika: diese Seniorenwellness in den Gesichtern von Kindern, die sich von allem Anfang an mit dem weichen, süßlichen, faden Geschmack des gefahrlosen Konsums zu vergnügen, nein eher begnügen lernen. Kindergreise als Gegenstücke zu den Greisenkindern.

Die Luft war viel zu kalt hier drinnen und fühlte sich leer an. Als ob etwas abgesaugt würde und gleichzeitig wieder nachgefüllt, aber auf eine Weise, dass nichts übrig blieb zum Atmen außer einer bakterienfreien Polarluft, in der sich die Lungen zusammenzogen. Die Hoffnung, schoss es mir in den Kopf. Mir wurde heiß für eine Sekunde, und dann kroch die Kälte über meine unbestrumpften, in Sandalen steckenden Füße in den ganzen Körper. Hier sitzen sie und hoffen. Auf das Glück.

Auf das große Glück, das ihre kleine Rente aufbessert, oder auf das große Glück, das einem eine Villa verschafft und ein arbeitsfreies, angstfreies Leben. Hätte man unter diesen Menschen eine Umfrage gemacht, so hätte sicher niemand genau sagen können, warum er hierher kam und was er sich hier erhoffte. To have fun, ich bin nur da, um ein bisschen Spaß zu haben. Daran ist vor allem richtig, dass es ums Haben geht. Wie in der Wendung: to have sex. Auch bei uns reden mittlerweile in Talkshows die Leute nur noch davon, wie oft sie Sex haben – früher hieß das: Liebe machen.

Hier saßen sie, wie Fleisch gewordene Plastiken von Duane Hanson, desillusionierte lebensgroße Wachspuppen-Putzfrauen, -Cheergirls und -Urlauber mit Fotoapparaten vor den dicken Bäuchen. Hier saßen sie und schauten ins Leere, ins Narrenkastl, wie man in Österreich so schön sagt, wenn jemand tagträumend vor sich hin starrt, aber in ihren traurigen Augen leuchtete trotz der arktischen Kälte ein Hoffnungsschimmer.

Hier saßen sie und froren in ihrer eigenen Klimaanlage, obwohl es draußen herrlich warm war. Hier saßen sie und hofften, wo sie doch wussten, dass man mit einem Quarterdollar nicht viel mehr gewinnen kann als die paar Dollars, die man vorher verspielt hat. Sie saßen hier um des hohen Klingeltons willen, der das Rasseln vieler schwerer Münzen ankündigt und immer wieder eine kurze helle Aufwallung in der Stirn, eine kurze Beschleunigung des Blutflusses hervorruft, die mit jedem Geldstück, das im Rachen des Apparats verschwindet und nicht wieder herausprasselt, schwächer und schwächer wird. Es ist die Sucht, seinen Verstand zu betäuben um eines kurzen Stoßes, einer Art Elektroschock willen, der sich nach Leben anfühlt und nicht länger vorhält als ein paar Minuten.

Ich will nicht darüber klagen, dass alles vergeblich ist, aber an den Spielautomaten habe ich so etwas wie Vergeblichkeit, auch die Vergeblichkeit der Erkenntnis von Vergeblichkeit, zum ersten Mal *gesehen*. Der Mensch will sich betrügen und betrügen lassen. Trotzdem habe ich vor den Apparaten in Atlantic City die ehrlichsten Gesichter der ganzen Amerikareise gesehen. Gesichter, in denen sich Trauer und Hoffnung abwechselten, solange die Menschen nicht aufstanden, um an der Bar wieder ihr normales, und das heißt hier immer leicht hysterisches, zumindest übertrieben grinsendes, positive Gefühle ausstrahlendes, herauspressendes Gesicht zu zeigen.

Einmal habe ich in unserer Stadt eine Gruppe Amerikaner gesehen. Ich erkannte sie schon aus der Ferne, dabei trugen sie gar keine Turnschuhe. Als sie an mir vorbeigegangen waren, wusste ich: Es sind die Augen. Kein Volk, keine Gruppe von Menschen öffnet die Augen so aktiv und unerbittlich wie die Amerikaner, zeigt, nicht nur beim Sprechen und Lachen, so unablässig ihre Zähne. Aber nicht um zuzubeißen. Alle Gesichtsöffnungen sind auf Empfang gestellt, ein bodenloser Schlund, in den man alles hineinwerfen kann und aus dem nichts wieder herauskommt, aus dem die Lebensenergie aber trotzdem beständig entweicht. Manche Menschen öffnen die Augen so sehr, dass sie nichts mehr sehen.

Obwohl wir uns entschlossen hatten, uns zu amüsieren, wollte es Tibor und mir nicht gelingen, das Spiel mitzuspielen. Es machte keinen Spaß. Nachdem wir zwei Dollar verloren hatten, gaben wir es auf und spazierten mit Sascha und Irina die feuchte Atlantikpromenade entlang. Es war ein windiger Abend an diesem ungeschützten Flecken Erde. Gewalttätig schlug das schwarze Wasser an die hell erleuchtete Küste. Wir schlenderten an einem überdimensionalen Porträt von Donald Trump und einem Taj-Mahal-Double vorbei und betraten den schon am Eingangsportal mit Nationalflaggen geschmückten Westernpavillon, in dem lebensgroße Goldgräberpuppen mit greisen Häuptern nickten und Eisenbahnschienen durch eine indianerfreie Prärie zogen. Sogar die Automaten sahen hier stolzgeschwellt aus. Auf die Geschichte ihres Landes, eines Landes, das, ureinwohnerbefreit, vier Prozent der Welt-Bevölkerung Heimat gegeben hat und ein Viertel aller Welt-Gefangenen produziert, sind die Amerikaner genauso stolz wie auf ihre Verfassung. Wieder ein Beweis dafür, dass es meist nur Zufall ist, wenn die Menschen auf die richtigen Sachen stolz sind.

Am nächsten Tag, auf der Rückfahrt nach New York, erklärte Tibor mir, dass er doch kein Kind wolle. Es war ein Schlag in den Magen und vor die Brust, erst zwei Tage später konnte ich wieder atmen und eine Entscheidung treffen. Die letzten zwei Tage in New York wollte ich nicht nachdenken. Wir waren nett zueinander und stürzten uns ins Nachtleben. Wieder zu Hause, erschöpft von all den Eindrücken, vom Fliegen, dem Nettsein, dem Unausgesprochenen, trennte ich mich von ihm, noch auf dem Flughafen. Ich wollte keine Szene, ich wollte nur ein paar Fragen beantwortet haben. Was das heiße, dass er zu alt sei.

„Mit vierzig?", fragte ich. „Oder im Kopf?"

Tibor antwortete nicht. Er hatte sich bereits verabschiedet.

„Außerdem sehe ich mich nicht in der Rolle", murmelte er nur.

„Warum hast du mir dann gesagt, dass du unbedingt ein Kind willst?", fragte ich.

„Weil ich damals geglaubt habe, es zu wollen", sagte Tibor. „Ich weiß es nicht."

Ich wusste auch nichts mehr. Hatte er mich belogen oder sich selbst? Und war die Tatsache, dass ich mich von ihm getrennt hatte, wie meine Schwester Sylvie mir später vorgeworfen hat, ein Beweis dafür, dass ich ihn nicht liebte, dass ich ihn nur als Vater eines Kindes benutzen wollte? Ich liebe Tibor. Aber ich kann nicht mit einem Mann zusammen sein, der so etwas von mir verlangt. Der von mir verlangt, auf so etwas zu verzichten.

Ich hatte nicht gewusst, dass dieser banale Wunsch, der Kinderwunsch, solch eine Macht über mich haben würde. Aber im dem Moment, als Tibor ihm mit seinem Nein zu Leibe rückte, richtete er sich in seiner ganzen Größe vor mir, nein in mir auf. Ich wollte schreien, ich wollte davonlaufen. Aber vor sich selbst kann man nicht davonlaufen.

„Ich bin Künstler", fügte Tibor hinzu, „ich brauche die Zeit für mich selbst."

Ich sah ihn nur an und wusste: Widerstand war zwecklos. Und dass ich den Wunsch, von dem ich nicht weiß, woher er herkam und wie er so unbemerkt in mir groß werden konnte – denn ich bin keineswegs davon überzeugt, dass man nur mit Kindern glücklich werden kann –, nicht mehr loswerden würde. Er war stärker als ich, und er saß so tief in mir drinnen, dass mir mit einem Mal klar war, er würde sich nicht einmal mit der größten Liebe herausreißen lassen. Ich fürchtete um mein Leben, für einen kurzen, melodramatischen Augenblick. Aber ich entschied mich, einen kühlen Kopf zu behalten.

„Das ist deine Entscheidung", sagte ich. „Dagegen kann ich nichts machen."

„Wir hätten es so schön haben können", sagte ich. „Wir hätten so viel Spaß haben können. Du bist ein Idiot."

Ich wollte ihn schütteln, so wie ich damals Andreas Poigenfürst geschüttelt habe, aber ich tat es nicht. Manche

Sachen kann man nur einmal machen. Und dann weiß man für immer, dass sie nichts nützen.

Ich bin völlig ungeeignet für halbe Sachen. Vielleicht bin ich misstrauisch und schwer zugänglich. Aber wenn man mich bekommt, bekommt man mich ganz. Meine Schwester Sylvie nennt mich absolutistisch, weil ich auf diesem Gebiet keine Kompromisse schließe. Ich habe nichts gegen Kompromisse, nur gegen solche, die einem die Basis entziehen. Ich gebe nicht nur einen Teil von mir her. So einfach ist das. Da lebe ich lieber allein. Und Sylvie kann das halten, wie sie will. Sie wird schon ihre Gründe haben, warum sie lieber Affären hat als eine Beziehung.

Es war der schwerste Akt meines Lebens. Mich ganz kühl von einem Mann zu trennen, den ich liebe. Mir bei lebendigem Leibe mit messerscharfer Vernunft das Herz herauszuschneiden, ein wild pochendes, nicht ein schon abgestorbenes Herz wie damals bei Thomas. Kein angestorbenes, wie damals bei Poigenfürst. Die Liebe zu einem Mann, der auch mich liebte, wie er behauptete. Aber was soll das für eine Liebe sein, die eine unmögliche Entscheidung von einem verlangt? Kind oder Liebe – man kann sein Herz zwar herausreißen und in einem Reagenzglas konservieren sozusagen, aber nicht in der Mitte durchschneiden.

„Was, wenn er dich dann in zehn Jahren verlässt, wenn es zu spät ist für ein Kind?“, flüsterte mir mein kleiner Dämon ins Ohr, derselbe, der mich damals dazu angestachelt hatte, die Thomas-Erfahrung nicht sausen zu lassen. Auch diesmal hatte der Dämon Recht und Unrecht zugleich. Nach welchen Kriterien soll man seine Entscheidungen treffen? Wenn das Herz einen in die Irre führt und alle verbindlichen Lebensregeln, das Einmaleins der guten Lebensführung, außer Kraft gesetzt worden sind?

Man beginnt einfach kühl zu rechnen: Was man zu verlieren hat und was man gewinnen kann, wie ein Broker der Aktien seines eigenen Lebens. Aber das eigene Leben ist eine höchst unsichere Wertanlage geworden, die unsicherste, sensibelste aller Aktien mit einem kaum vorhersehbaren Kursverlauf. Für einen Mann auf ein Kind zu verzichten, das scheint schon absurd. Aber auf ein Kind zu verzichten und dann nicht einmal den Mann zu haben, diese Möglichkeit ist eine neue fixe Größe in der Wahrscheinlichkeitsrechnung, in der Kursprognose im Hinblick auf die Gewinnausschüttung. Eine neue Möglichkeit der Fehlkalkulation, eine Frucht unserer schwer erkämpften Freiheit, die uns nicht nur viel gegeben, sondern auch so vieles genommen hat. Ich jedenfalls habe in diesem Fall auf alle Spekulationen verzichtet und meine Anteile gleich ganz verkauft. Ich habe lieber gleich auf beides verzichtet, auf Mann und Kind. Seitdem laufe ich wie benommen durch das Leben.

Ich habe Tibor vor einem Jahr auf einer Vernissage kennen gelernt, zu der mich Marina mitgenommen hatte, eine Kollegin, die bei unserer Zeitung das Veranstaltungsprogramm zusammenstellt. Tibors Eltern sind Ungarn, und ich war zwar noch nie in Ungarn, aber ich stelle mir vor, dass Tibor sehr ungarisch ist. Stolz und humorvoll, hochmütig und warmherzig zugleich.

„Schau mal, der sieht doch eigentlich ganz gut aus, schöne Haare zumindest", hatte Marina geflüstert und auf eine schmale Gestalt am anderen Ende des Raumes gezeigt, als wir mit einem Glas Rotwein und einer Zigarette unschlüssig am Buffet standen. Marina hat kohlrabenschwarz gefärbtes Haar, ist immer ein bisschen zu stark geschminkt und hat eine Art, bei der man nicht weiß, ob man sie herb oder unbeholfen finden soll. Ihre Haut ist sehr trocken, und sie raucht entschieden zu viel. Aber ich mag sie, irgendwie rührt mich Marina. Manchmal fühlt man sich angezogen von Menschen, mit denen man eigentlich nichts gemeinsam hat.

Ich schaute mir den Mann an, auf den Marina gedeutet hatte. Er war nicht eigentlich hübsch, aber seine Gestalt hatte genau die Mischung aus Zartheit und Männlichkeit, die mir gefällt. Eher drahtig, nicht ganz so athletisch wie Thomas, sondern biegsamer, feiner.

„Das sind Dauerwellen“, sagte ich zu Marina. „So schöne Locken kann man nicht haben.“

Ich wollte an diesem Abend überhaupt niemanden kennen lernen. Schon gar keinen selbstgefälligen, pathetischen Künstler, hatte ich mir geschworen, bevor ich die Galerie betreten hatte. Ich wollte keinen Mann. Ich war noch zu erschöpft von Andreas' Weggang. Ich war zu erschöpft, mir neue Gefühle zu leisten.

Aber um Tibor sollte ich nicht herumkommen. Ich musterte ihn abweisend, als Marina es nicht lassen konnte, ihn in ein Gespräch zu verwickeln, und bemühte mich, kein bisschen charmant zu sein, antwortete einsilbig. Dieser Möchtegernkünstler in seinem lässigen Jackett starrte die ganze Zeit auf meine Füße. Ich bin doch zu auffällig angezogen, dachte ich und bereute, die hohen schwarzen Stiefel, den kurzen Wollrock und den knappen roten Kapuzenpullover herausgekramt zu haben. Wie ein Girlie! War ich nicht schon zu alt für so kecke Sachen?

Ich kam mir deplatziert vor und studierte in dem Spiegel, vor dem wir standen, heimlich seine Augen. Sie waren von einem ins Farblose gehenden Blau, weit auseinander stehend unter einer breiten, hohen Stirn, die in einem merkwürdigen Gegensatz zu seinem verschmitzten Mund, zu seiner zarten Nase stand. Nein, diese Augen gefielen mir nicht. Sollte Marina ihn sich angeln. Sie war, nach ihrer Scheidung, sowieso auf der Suche. Ich ließ die beiden allein, inspizierte, Beflissenheit vortäuschend, die Exponate, bis ich auf eine Gruppe von Skulpturen stieß, die mich aus meiner Teilnahmslosigkeit rissen.

Es waren Augen, Augen, die aus ihren Höhlen geschält waren, Augäpfel, die an dünnen Nervenenden zusammengebunden waren, Augenbündel aus Wachs, Gips und Stoff, wie es aussah, und das Merkwürdige war, dass jedes dieser Augen einen anderen Ausdruck hatte. Dabei hatte ich bis dahin geglaubt, dass nur die Umgebung der Augen, die Fältchen, die Stirnhöhlen und so weiter, den Augen einen bestimmten und bestimmbaren Ausdruck verleihen könnte. An den Wänden hingen Skizzen, Innenansichten von Augäpfeln und von Augenhöhlen. Der Eindruck, den ich mitnahm, war eine große Ehrlichkeit und Direktheit. Dann las ich den Namen des Künstlers. Ich hätte gerne mit Tibor gesprochen über diese Augen, darüber, woran man sehen kann, ob Augen lügen. Aber ich wollte allein sein und verabschiedete mich unter dem Vorwand, Kopfschmerzen zu haben.

„Ein Girlie muss früh ins Bett", versuchte ich zu scherzen.

Nicht einmal die Scherze gelangen mir an dem Abend. Was musste dieser Tibor von mir denken? Auf dem Nachhauseweg verfolgte mich sein verdatterter Blick.

Am nächsten Morgen bekam ich einen Anruf.

„Hallo, hier ist Tibor. Du weißt, wer ich bin?"

Ich war verblüfft. Ob ich Lust hätte, einen Kaffee trinken zu gehen, wollte er wissen.

„Warum nicht!", sagte ich. „Ich wollte dich sowieso etwas fragen. Zu diesen Augen."

Wir haben im Kaffeehaus am nächsten Tag dann über alles Mögliche geredet, nur nicht über seine Kunst. Tibor ist nicht eitel. Man kann mit ihm wunderbar reden.

Tibor ist ein schroffer Mensch. Er kann sich nicht verstecken. Aber er kann, wenn er will, auf eine solch zärtliche Weise ehrlich sein, ehrlich-romantisch sozusagen, dass man verstummt, weil man diese seltene Blume nicht zerstören, diesen rauen, modulierten Gesang nicht beenden will durch Antwort und Gegenrede. Dabei verträgt Tibor durchaus Widerspruch.

Ich habe geglaubt, dass Begehren stumm ist. Bis ich Tibor traf. Wenn Tibor sprach, war ich ihm am nächsten. Wenn wir morgens aufwachten, er sich auf mich legte und wir uns ineinander schlangen und sanft aneinander rieben, bis ich nicht mehr wusste, woher der Rhythmus kam und welcher Arm, welches Bein meines war und welches seines, und unsere Worte direkt aus den Gliedern kamen. Einmal, als ich auf Tibor lag, fühlte mein Bauch sich plötzlich so weich und muskelleer an, dass ich am liebsten gesagt hätte: Jetzt weiß ich, wie sich mein Bauch als Säugling angefühlt hat, als er lächelnd und empfänglich dalag und die regen Beinchen vertrauensselig aus ihm herausstrampelten. Aber ich schämte mich und schwieg.

Tibor war nervös. Tibor ärgerte sich über Kleinigkeiten. Tibor war acht Jahr älter als ich und kam aus einer ganz anderen Welt, aus einfachen, ländlichen Verhältnissen, und doch hatte ich sofort das Gefühl, ihn zu kennen, ihn zu verstehen. Ich habe geglaubt, dass Tibor ehrlich ist. Dass er sich nicht verstellen kann. Nach zwei Wochen wusste ich mehr über Tibor als über Thomas nach zwei Monaten und über Poigenfürst nach zwei Jahren. Aber ich habe mich wohl getäuscht. Hat Tibor mich belogen, als er sagte, dass er sich ein Kind von mir wünsche? Oder hat er es damals selbst geglaubt? Wie Thomas, als er sagte, dass er sich scheiden ließe? Und Poigenfürst, als er mich heiratete? Ist es dumm, dem anderen zu vertrauen, wenn man weiß, dass er sich nicht einmal selbst vertrauen kann? Ich habe immer alles geglaubt, was Männer zu mir gesagt haben. Manche nennen das naiv, aber was bleibt einem sonst für eine Wahl?

Tibor hat sich nicht versteckt, wie der Liebhaber und wie Poigenfürst sich je auf ihre Weise versteckt haben. Tibor hat sich mir ganz zugemutet, aber auf eine andere Weise als meine Burschen, meine Schul-, meine Studentenfreunde. Nicht blind und rücksichtslos, sondern mit offenen Augen. Tibor ist stur und ungezwungen, ängstlich und revolutionär. Aber ein Revolutionär, der weiß, was Höflichkeit ist, der nicht kindisch aneckt, sondern einfach neue Wege geht. Tibor liebt Tiere, vor allem Hunde und Katzen. Tibor ist so scheu, so eigensinnig wie eine Katze und so vertrauensvoll und anhänglich wie ein Hund. Vielleicht erfahre ich jetzt endlich, was Liebe ist, durchfuhr es mich, als ich mit meinem Babybauch auf Tibor lag: wenn man jemanden ganz akzeptiert, mit seinen Stärken und Schwächen.

„Tibor belügt sich doch nur selbst", meinte meine jüngere Schwester Anabel, als ich mich nach unserer Trennung bei ihr ausheulte. „Er läuft vor sich selbst davon."

Ich sagte nichts. Anabel wollte mich nur trösten. Diesen Satz hätte sie besser zu Christian gesagt, dem Vater ihres Kindes! Und selbst wenn es wahr wäre, tut es nichts zur Sache. Es tröstet mich nicht. Es geht mich nichts mehr an. Ob Tibor auch sich selbst verraten hat oder nur mich. Ob Thomas nur mich oder auch sich selbst verraten hat. Ich glaube, seit ich vor Andreas Poigenfürst auf den Knien lag, nicht mehr daran, dass man irgendjemanden zu irgendetwas bringen, geschweige denn zwingen kann, zu Mitgefühl oder dazu, etwas zu erkennen, schon gar nicht sich selbst. Kein noch so kluger Lebensratgeber kann einen Menschen ändern, wenn er keine Fragen hat, so wie ein Kochbuch nicht satt macht. Ich habe schon zu viele so genannte Beziehungsgespräche geführt, darüber, was mir fehlt und was ich mir wünsche. Mit den Burschen, mit Thomas und dann mit Poigenfürst, meinem Ehemann. Bei Tibor war ich schon zu müde zum Streiten. Ihn zu überreden und zu überzeugen, mir einen Herzenswunsch zu erfüllen. Zu hoffen, dass er seine Meinung noch ändert.

„Was ist nur los mit den Männern?“, sagte Sylvie neulich. „Ich kenne so viele tolle Frauen, die keinen Mann haben. Aber wenn ich mir die Männer, die frei herumlaufen, so ansehe: Bierbauch, Ansatz zur Glatze … Langsam muss man schon auf die Jungmänner zurückgreifen.“

Sylvie macht es sich oft zu leicht. Aber manchmal frage ich mich auch, ob Männer und Frauen zusammen leben können, ganz ohne Zwang und ohne die Lügen, Lügen, Lügen, die der Schauspieler, dieser Herzensbrecher, für so unumgänglich hält.

Aber warum nehme ich diese Schauspieler überhaupt so ernst? Sind Schauspieler nicht bekanntlich in der Mehrzahl unglückliche Menschen, die den meisten Menschen außer einem gewissen Bekanntheitsgrad nichts voraushaben? Höchstens vielleicht die fragwürdige Fähigkeit zu lügen, ohne sich selbst zu verraten, professioneller lügen zu können als andere? Die mit dem Leben, der Wirklichkeit also, im Allgemeinen weniger gut zurechtkommen als der Durchschnittsmensch, also eigentlich herzlich wenig dazu prädestiniert sind, ihm Ratschläge über das richtige Leben zu geben? Und schon gar nicht in puncto Liebe. Nirgends gibt es mehr scheiternde, von Vornherein zum Scheitern verurteilte Beziehungen wie unter Schauspielern.

Früher, ja früher hat man die Schauspieler, dieses fahrende Volk, verachtet. Aber heute, wo sie dank Zelluloid die Möglichkeit haben, durch diese einst vergänglichste aller Künste unsterblich zu werden, und zwar als Person, als Physiognomie, Gestik und Gang, also als das, was man gerne für „sich selbst" hält – heute erstarren wir vor Neid. Unsterblich zu werden, ohne sich der Mühe zu unterziehen, ein Werk zu schaffen. Ist es nicht geradezu ideal? Nicht nur als Name in einem Lexikon, sondern *selbst* unsterblich zu werden, ewig jung zu bleiben, begehrenswert und begehrt. So voller Gefühle, voller ungefährlicher Gefühle zu sein, die nicht die eigenen sind. Einmal alles zu spüren und es dann einfach wieder abzuschütteln. – Nur gut, dass diese Rechnung nicht aufgeht. Wenn die Schauspieler auch noch glücklich wären, wie sollten wir das aushalten? Wo wir doch die unerfüllbaren Träume mehr lieben als die erfüllbaren. Wo wir uns doch gerne die innere Leere vom Lärm der großen Welt, ihrem Kreischen und Stöhnen, diesen schrillen Tönen überdecken lassen …

Als ich Tibor kennen lernte, spürte ich zum ersten Mal, dass der Tinnitus in meinem Ohr – wie ich dieses nicht nachlassende, unvernünftige Schreien meiner Gefühle nach den Thomas-Höhenflügen nennen möchte – aufhörte. Aufhörte, wider besseres Wissen nach Thomas zu rufen, in völliger Verkennung der Tatsache, dass Thomas-Höhepunkte nicht ohne Thomas-Schmerz zu haben sind und es nie waren. In meiner zweijährigen Ehe mit Poigenfürst hatte dieses Schreien nie aufgehört, keine Sekunde. Ich hatte ihn gern, sehr gern sogar, aber im Stillen habe ich immer gewusst und mich dafür geschämt und gehasst, dass ich auf und davon sein würde, wenn, ja, wenn …

Als ich mit Tibor zusammen war, ging ich eines Morgens über die Straße und blieb verwundert stehen. Es war still, mit einem Mal. Ich hatte es gar nicht bemerkt. Und in diesen stillen Raum trat Tibor ein, als wenn er immer schon für ihn da gewesen wäre.

Ich hasse Tibor. Ich will nicht mehr an ihn denken. Hass, habe ich gelesen, sei gefrorene Liebe. Das kann schon sein. Aber ich habe es mir nicht ausgesucht, ihn zu hassen.

Tibor fing ohne Kommentar an, seine Sachen zu packen, als wir vom Flughafen nach Hause kamen. Und ich habe ihn gehen lassen. Seit Monaten habe ich nichts mehr von ihm gehört. Wenn er mich vermissen würde, hätte er mich schon längst angerufen, denn Tibor ist nicht feige. Er würde einen Fehler zugeben, trotz seiner Sturheit, wenn er ihn erkannt hätte. Ich kann nicht mehr warten, mir sinnlose Hoffnungen machen. Ich bin zu müde, um etwas zu unternehmen. Ich glaube nicht mehr, dass man sein Leben selbst in die Hand nehmen und so kontrollieren kann.

Neulich sah ich eine alte Frau in dem kleinen Park vor meiner Haustür, die sich in der fahlen Novembersonne für eine Minute auf eine Bank setzte, ihr seidenmattes Gesicht in die wärmenden Strahlen hielt und dann noch eine ganze Weile den spielenden Kindern zuschaute. Vielleicht ist das das Glück: Wenn eine gesunde Neunzigjährige nur noch beobachtet und vielleicht zum ersten Mal in ihrem Leben wirklich genießen kann, was sie sieht. Interesselos. Eine alte Frau, die nichts mehr will und auch nichts mehr wissen will. Gedankenloses Sehen, Ruhe.

Zweites Kapitel
Sitzen und Gehen

An diesem Tag, an dem mich die Augen des Schauspielers an Thomas erinnerten, habe ich keine Zeitungen mehr gelesen. Ich bin ins Kino gegangen, um auf andere Gedanken zu kommen, bevor ich darüber nachdenken wollte, wie ich mein Leben nun ändern würde. Korrigieren. Schließlich bin ich ja Korrektorin. Aber als Korrektorin weiß ich: Aus einem schlechten Text lässt sich auch mit der besten Korrektur kein guter machen.

Nein, ich will nicht mein Leben korrigieren, sondern meine Gedanken. Dazu ist dieses befreite, angenehm müde Gefühl, mit dem man aus dem Kino kommt, die beste Voraussetzung. Das Kino ist eine Gehirnwaschanlage, in die niemand gezwungen werden muss, denn es bewirkt ein Jammern und Schaudern, eine Katharsis ohne Risiko. Und führt deswegen auch nicht notwendigerweise zu einer Erkenntnis. Aber in dem leeren Raum, den es im Schädel hinterlässt, nehmen, jedenfalls bei mir, gerne neue Ideen Platz. Wenn ich aus dem Kino komme, kann ich besser denken, besser anfangen, eine Sache ganz von vorne durchzudenken.

Ich sagte also Ruhe. Mir fiel spontan einiges ein, wovon ich gerne meine Ruhe hätte. Auf dem Weg vom Kino nach Hause durch unsere große, freundliche Stadt erstellte ich eine Liste mit dem Titel „Aufzugebendes“.

Als Erstes das Schreiben. Ich habe früher viel geschrieben und schreibe immer noch ab und zu für die Zeitungen und Zeitschriften, die ich Korrektur lese. Gleich nach dem Studium habe ich damit angefangen, mit dem Schreiben, und ein paar Artikel in philosophischen Fachzeitschriften veröffentlicht. Über Schopenhauer und Kant, beides Philosophen, für die sich kein Mensch mehr interessiert: Der eine ein zwanghafter Pessimist, während wir in einem Zeitalter des zwanghaften Optimismus leben, der andere ein Langweiler, der einem mit schlechtem Gewissen kommt und mit Regeln, denen man sich aus Vernunft unterwerfen soll. (Aus Vernunft! Diese Kategorie ist, so heißt das in unserer Journalistensprache: megaout.) Ich habe schnell begriffen, dass das Publizieren nichts bringt. Man kann alles oder nichts behaupten, Kant falsch oder richtig auslegen – den anderen ist das egal. Und sein eigenes Leben bekommt man dadurch auch nicht in den Griff. Durch Fragen wie: Was kann ich wissen? Was soll ich tun? Was darf ich hoffen? – Hoffen darf man alles, nur nützen tut es nichts.

Dieser Kongress über das „Monster" hat mir den Rest gegeben. Allein schon dieser lächerliche Titel, einer dieser traurigen Versuche von Geistesarbeitern, in Kontakt mit dem Leben zu kommen, das sie sich als das wirkliche vorstellen. So war es auch dort. Blasse, dickliche Wissenschaftler und gebräunte, überschlanke Wissenschaftlerinnen hielten Vorträge über Missgeburten, Insekten, den durchleuchteten Fötus und die Menschenfresserei, kurz: über das Andere, über das sie mit solcher Faszination, mit solcher Begeisterung zu extemporieren verstehen, dass man den Eindruck bekommt: Das Andere ist immer das Bessere, will sagen: Echte. Nicht normal, so wie man selbst. Wären die gerne Missgeburten?

Der Ausspruch, der mich der Wissenschaft Ade sagen ließ, fiel in der Schlussdiskussion. Das Monster, kreisten die vier Diskutanten am runden Tisch, allesamt Größen des hiesigen Kulturlebens, das Thema langsam ein, sei das Gestaltlose. Geld sei monströs (weil gestaltlos!). Der Rinderwahn sei monströs (wegen der Verfütterung von Tiermehl an Tiere!). Der Computer sei monströs (weil er Bilder und Text verarbeiten kann – nein, so was!).

Warum die Atomenergie, die Adoption von Kindern durch Homosexuelle und die Monstranz monströs sein sollten, habe ich vergessen. Wenn langsam alles monströs ist, wollte ich gerade denken, als der Satz fiel, der das alles zusammenfasste beziehungsweise auf den Punkt brachte:

„Das Monströse ist monströs und also der Normalfall."

Alle nickten. Und ich beschloss, Journalistin zu werden. Ich dachte, das hätte mehr mit der Realität zu tun. Ich dachte, wie alle Journalisten, dass ich damit etwas bewirken könnte. Zum Beispiel die Leser von meiner Meinung überzeugen.

Aber mit dem Schreiben ist es so eine Sache. Schreiben macht unglücklich. Nicht nur weil man widerlegt wird oder der Redakteur einem schon wieder den ganzen Artikel umgeschrieben hat, sondern auch, weil so viele Leser nicht mal im Traum daran denken, sich der eigenen Meinung anzuschließen. Oder sie glauben einem gleich alles – und das ist erst recht langweilig. Trotzdem macht Schreiben süchtig. Denn wenn sich auf diese Weise auch nicht die Mitmenschen und nicht einmal die Welt in Schach halten lässt, so doch wenigstens der Begriff, das Wort. Man kann es nach Herzenslust herumkommandieren und immer siegen lassen. Schreiben macht glücklich. Es verschafft einem das Gefühl von Macht. Und es macht einen zornig auf die Welt, die Menschen, die sich nicht so einfach befehlen lassen wie die Begriffe. Man ist zuerst ein begeisterter Schreiber, dann wird man ein zorniger und zum Schluss ein zynischer Schreiber. Und dann hört man auf zu schreiben. Ich höre jetzt schon auf. Bevor ich zornig und zynisch werde. Ich war eine echte Journalistin, ich habe meine Meinung immer für richtig gehalten – oder zumindest für wichtig. Jetzt bin ich mir da nicht mehr so sicher.

Ich schreibe auch kein Tagebuch mehr. Vor einigen Monaten las ich in meinen alten Tagebüchern und war entsetzt über ihre Großspurigkeit, über ihre Wehleidigkeit. So etwas kann man keinem zumuten, nicht einmal sich selbst. Wenn ich trotzdem einen Gedanken habe oder einen Satz lese, den ich nicht vergessen möchte, schreibe ich ihn schon seit einiger Zeit auf einen kleinen Zettel und stecke ihn in eine alte Teedose, die bald überquillt. Daneben steht die Zitatedose. Ich sammle schon eine Weile Zitate von Schauspielern, Schriftstellern, Politikern und so weiter – alles, was mir auffällt. Es scheint unzusammenhängend zu sein, aber wenn ich meine Zettel durchblättere, entdecke ich jedes Mal Zusammenhänge. Vielleicht werde ich eines Tages ein Buch daraus machen, ein Lexikon über die Menschen meiner Zeit, darüber, was sie glauben, denken und immer noch zu hoffen wagen. Ein Kompendium aktueller Torheiten.

Ich schreibe, um meine Aufzählung von Dingen fortzusetzen, die ich nicht mehr mache, die ich verweigere, auch keine Briefe mehr. Höchstens Mails. Das ist natürlich nichts Besonderes, niemand schreibt mehr Briefe. Briefe haben den Anspruch, etwas zu sagen zu haben – oder wenigstens zu berichten. Deshalb befällt einen diese lächerliche Hemmung, diese Beklemmung, wenn man das leere Blatt vor sich ausbreitet. Eine Mail hingegen ist nur ein Lebenszeichen. – Hallo, es gibt mich noch! Lass mal wieder was von dir hören! Und dann schreibt man sich, manchmal jedenfalls, plötzlich fest, schreibt Dinge, von denen man vorher noch nicht wusste, dass man sie gedacht hat, dass sie einen überhaupt beschäftigen. Man schreibt Dinge, die man dem anderen nie sagen würde, wenn man ihm dabei ins Gesicht schauen müsste. Die man auch nicht in einem Brief schreiben würde, wo sie dann feststehen, gebannt auf Materie und nicht so einfach wieder mit einem Druck auf die Delete-Taste zu entfernen.

Wenn ich in der Redaktion auf Texte warte, wechsle ich Mails mit meinen Schwestern. Briefe haben wir uns nie geschrieben, obwohl wir auch früher schon in verschiedenen Städten gewohnt haben. Anabel lebt jetzt zwar nicht weit von hier, aber wir sehen uns nicht mehr so oft, seit sie das Kind hat. Und Sylvie ist meistens irgendwo im Ausland. Sie wird wohl noch eine Weile durch die Welt tingeln müssen, von Stipendium zu Stipendium, wenn sie ihre Karriere als Architektin fortsetzen will. Zumal sie sich weigert, Häuser zu entwerfen, die man auch bauen kann. Sylvie sieht die Architektur radikal als Kunst an, als „Auslotung des Raumes", wie sie sagt. Manchmal wundere ich mich, dass meine kluge große Schwester so stur ist. So arrogant.

Neulich schrieb Sylvie mir in einer Mail, dass sie sich noch nie so einsam gefühlt habe wie jetzt. Ich wusste gar nicht, dass Sylvie jemals einsam war, habe sie vielmehr immer um ihre Unabhängigkeit beneidet.

Sylvie schickt mir öfters Rundmails, diese Unsitte, bestehend aus so genannten Lebensweisheiten. Mal philosophisch-tiefschürfend, mal witzig-ironisch sein wollende Traktate, die fast immer mit Drohungen darüber enden, was derjenigen passieren wird, die die Mail nicht weiterschickt – denn es sind meistens Frauen, die sich solche Mails schicken. Oder mit Verheißungen für die brave Weiterleitung: Glück, Geld oder sogar einen Mann kann man als Belohnung bekommen! Ich habe keine der Mails weitergeschickt und bin also wohl selbst schuld an meinem derzeitigen Unglück …

Einige dieser Rundmails sind gar nicht so dumm, manche sogar sehr komisch, so komisch, dass Angela und ich manchmal im Büro nicht mehr aufhören konnten zu lachen. Ja, sogar Angela hat gelacht über diese dämlichen Mails und war gerührt von ihren kleinen Weisheiten. Zum Schluss, als Angela nicht mehr ans Telefon ging, aber noch Mails beantwortete, habe ich ihr Rundmails weitergeleitet, um sie aufzuheitern.

„Es geht mir gut, mach dir keine Sorgen", antwortete sie jedes Mal. „Enthusiasmiert, deine A."

Aber nicht nur deshalb habe ich all diese Rundmails aufgehoben. Ich nähre die geheime Hoffnung, auch aus dieser kleinen Sammlung einmal so etwas wie eine Symptomatik der Zeit erstellen oder herauslesen zu können. Denn sie handeln ausschließlich von den zwei, nein drei Hauptthemen, den unsichersten, den meistdiskutierten, bis zum Erbrechen durchgewalkten Themen unserer Zeit: Frauen, Männern und dem Sinn des Lebens (den, wie die Liebe, jeder sucht und niemand mehr findet).

Zum Beispiel die Mail mit dem Titel „Wir sind Königinnen", die mir Sylvie schickte, wie immer in einer miserablen Übersetzung aus dem amerikanischen Englisch und voller schauderlicher Tipp- und Rechtschreibfehler. Da fühlt sich die Dreijährige „wie eine Königin", die Zwanzig- bis Sechzigjährige „zu dick, zu dünn, zu klein, zu groß, zu glatt, zu lockig", und erst die Achtzigjährige schließlich „setzt sich einfach den lila Hut auf und geht aus, um ihren Spaß zu haben mit der Welt". Wie in Atlantic City, dachte ich, als ich endlich zur Pointe dieser elend langen Mail vorgedrungen war, da sitzen sie in rosaroten Pullovern und glauben, sie hätten Spaß mit der Welt. Und dass wir sehr bescheiden geworden sind. Wir wollen alles und geben uns am Ende mit ein bisschen Spaß zufrieden.

Ich werde also nicht mehr schreiben, sondern nur noch Korrektur lesen. Korrekturlesen ist eine saubere Arbeit. Man weiß, woran man sich zu halten hat (den Duden), man sieht den Text von seiner technischen Seite (ist er fehlerfrei?) und schont seine Gefühle und Gedanken. Einen Text zu korrigieren ist eine befriedigende Arbeit, so wie ein Uhrwerk zu reparieren. Man entfernt hier ein Stäubchen, befestigt dort ein Schräubchen, und nun kann der Leser lesen, ohne vom Gerät, der Schrift, abgelenkt zu werden.

Im Gegensatz zu Sylvie reizt mich auch das Reisen nicht mehr. Früher war ich ganz wild darauf, fremde Länder kennen zu lernen. Aber obwohl ich bisher nur in den USA, in Marokko und Lhadak war, habe ich das Gefühl, schon alles zu kennen, die ganze Welt, die sich an allen Ecken und Enden zu gleichen beginnt. Lieber begebe ich mich auf Reisen im Kopf, in den Kopf, denn der eigene Kopf ist doch der unbekannteste aller Kontinente. Jeder will zwar seinen eigenen Kopf durchsetzen – aber wissen, was drinnen ist, den eigenen Kopf erforschen oder erobern, den vielleicht gefährlichsten aller Kontinente? Was, wenn er mitten in der Suche verloren ginge? Dann hätte man ja nichts mehr durchzusetzen!

Ich will, um die Liste vorläufig zu vervollständigen, mich auch nicht mehr fotografieren lassen. Es gibt genügend Bilder, die meine Entwicklung von einem ganz normalen, recht niedlichen Säugling zu einer ganz normalen, nicht so übel aussehenden Frau dokumentieren. Ich habe keine Lust, über das Altern nachzudenken und meinen Wert aus einer Abbildung abzuleiten. Ab Mitte dreißig ist es wichtig, dass man im Badezimmer freundliches Licht hat und nicht zu viel spricht über die Details des Alterungsprozesses und die ihn begleitende Verzweiflung, höchstens mit seiner besten Freundin. Alles andere ist würdelos. So würdelos, wie dem Unabwendbaren, dem Naturgegebenen zu viel Bedeutung beizumessen.

Ich weiß: Es ist leicht, Dinge abzulehnen. Und ich will es mir nicht leicht machen. Ich will überhaupt nichts mehr machen.

Ich spazierte vom Kino nach Hause und dachte darüber nach, auf welche Weise ich nicht mehr mitmachen wollte. Eigentlich will ich ja gar nichts ablehnen, das Schreiben, das Reisen, die Globalisierung, das Altern – und die Männer schon gar nicht. Die Globalisierung ist nicht aufzuhalten, das Altern ebenfalls, das Reisen ist einer unserer schönsten Genüsse, das Schreiben ist vielleicht das Beste, was wir haben, und hätten wir die Liebe nicht …

Nichts mehr zu wollen – nur weil man erkannt hat, dass das Wollen zu nichts führt –, nicht geliebt zu werden, keinen Erfolg zu haben, nicht schön zu sein: Das kann niemand. Ich will nicht *nichts* mehr wollen, ich will *nicht* mehr wollen. Nicht mehr hoffen. Gibt es das? Meine Gedanken drehten sich an diesem Abend nur noch im Kreis.

Die besten Einfälle kommen mir nachts, kurz vor dem Wegkippen in den Schlaf, oder beim Aufwachen. Tagsüber denke ich glasklar und halte den Kopf hoch oben in den Wolken. Meine Schwestern nannten mich immer „die Analystin", seit ich den Mathepreis gewonnen hatte in der Schule. Ich muss alles auseinander nehmen und sitze dann mit den Einzelteilen da.

„Du bist der einzige Mensch, von dem ich mir nicht vorstellen kann, dass er verrückt wird", sagte Anabel einmal zu mir.

Dabei träume ich nachts, dass ich in einem Moor versinke, dass die Bremsen meines Autos nicht funktionieren und ich hilflos den Berg hinunterrase, direkt auf den Wald zu. Dass ich verrückt werde oder dass unsere Mutter verrückt wird oder, sehr selten, unser Vater. Dass jemand von uns verrückt wird und damit die ganze Familie tyrannisiert. Dass mein Schulfreund auftaucht, der wirklich verrückt geworden ist. Nur am Rande des Schlafes, am ehesten am frühen Morgen, wenn mein Kopf schon wieder ins Licht zurückgekehrt ist, ins

Trockene, aber noch nicht abgehoben hat vom Rumpf, habe ich wirklich tragfähige Ideen. Leider vergisst man diese Ideen auch am häufigsten wieder.

Als ich am Sonntagmorgen aufwachte und die Augen des Schauspielers, Thomas' Augen immer noch auf mich gerichtet fühlte, wusste ich, dass mir solch eine Idee entglitten war. Aber es hat keinen Sinn, sich deswegen Vorwürfe zu machen. Man muss warten, bis sie von selbst wieder auftaucht. Wenn es eine wichtige Idee war, wird sie zurückkehren.

Beim Frühstück stieß ich in meinem Stapel noch ungelesener Samstagszeitungen auf ein Interview mit einem anderen Schauspieler, den ich wirklich attraktiv finde. Dabei ist er alles andere als hübsch: klein, stämmig und etwas pockennarbig. Er sieht intelligent aus, auch wenn er gerade jemanden verprügelt, und er hat das reizendste Lächeln, das man sich vorstellen kann. Aber er lächelt sehr selten – und dann, ohne seine Zähne zu zeigen. Wegen dieses Schauspielers würde ich sogar einen Kriegs- oder Actionfilm anschauen, denn in solchen spielt er, leider, meistens mit.

Er stammt aus Brooklyn. Wahrscheinlich kann er deswegen so gut prügeln und schießen, schloss ich. Dabei ist er, wie ich aus dem Interview erfuhr, in seine Prügelkünste nicht hineingeboren worden, er hat sie sich mühsam erkämpfen müssen. Gegen den Willen seiner jüdisch-orthodoxen Eltern, bei den Marines. Ein Militärfan, und das freiwillig, nein mutwillig! Ich rümpfte die Nase.

„Was haben Sie da gelernt?“, fragte der Interviewer, der ebenfalls innerlich die Nase rümpfte.

„Es war ein Moment der Transformation“, sagte der Schauspieler. „Wo ich Mut zeigen und Angst überwinden musste, wo Opfer von mir verlangt wurden und ich mich entschied, diese Opfer zu bringen. Das hat mein Leben verändert.“

Und dann erzählte er von dem „Night Combat Course“ nach der Grundausbildung, nachts in den Sümpfen, mit unzähligen anderen Jungmännern.

„Es war stockdunkel, man konnte die eigene Hand nicht vor Augen sehen. Unser Ausbildner stand vor uns, eine schmale Silhouette gegen den Nachthimmel. Ich habe seine Worte nie vergessen: ‚Ihr fürchtet euch vor der Dunkelheit‘, sagte er. ‚Wir alle fürchten uns vor dem, was wir nicht kennen. Deshalb sage ich, zu jedem von euch: Kenne die Dunkelheit. Und lerne, darin zu leben.‘“

Und das hätten sie dann getan. Ein bisschen pathetisch, dachte ich, und meine Nase zog lange Falten. Rambo-romantisch, typisch amerikanisch. Was sollte das heißen: Opfer bringen? Für wen?

Auch der Interviewer stellte irgendeine hilflose, verständnislose Frage. Die Antwort des Schauspielers, der später in Vietnam gekämpft hat, stelle ich mir vor, war stark gekürzt. Der Schauspieler, stelle ich mir vor, hatte mit einem verächtlichen Zucken im Mundwinkel etwas gesagt wie:

„Im Dschungel würdet ihr alle nicht eine einzige Minute überleben. Weil ihr alle schlaft. Wacht endlich auf!“

Zu lesen stand etwas wie: „In der Nacht muss man wachsam sein, denn im Krieg geht es um Leben und Tod.“

So achten unsere Zeitungen darauf, dass niemand erschreckt wird durch unerwartete, unpassende Antworten.

Wachsam, dachte ich, ein Wort aus dem Mittelalter, wo überall noch Räuberbanden, Pest und Hungersnot lauerten. Ein Wort, das nicht mehr zu gebrauchen ist. Abends, kurz vor dem Wegdämmern, kurz bevor ich in den Sumpf der Träume fiel, stand es in meinem Kopf wieder auf. Zusammen mit dem Satz: Kenne die Dunkelheit. Ich hörte ihn glasklar. Es klang alttestamentarisch. Kenne die Dunkelheit. Und lerne, darin zu leben.

Die Dunkelheit, dachte ich noch, ist das in einem durchschnittlichen, unaufregenden, ungefährlichen heutigen Leben nicht die eigene Seele, der eigene Kopf, das eigene Herz … Muss man also seinen Kopf kennen lernen und lernen, mit ihm zu leben … Wachsam … Ach, dieser Kitsch …

In dieser Nacht hatte ich wirre Träume. Ich war mit meinen beiden Schwestern auf einem Ball der Marines. Die Männer trugen Uniformen und bewegten sich wie Puppen. Aber es waren eigentlich fast keine Männer da. Nur Frauen.

„Damenwahl", brüllte der General – so nannte ich ihn jedenfalls im Traum – auf dem kleinen Podest, wo auch die Kapelle saß, ins Mikrofon. Die Damen, allen voran Sylvie in einem auffälligen roten Kleid, sprangen auf und rannten wie verrückt herum. Nur Anabel blieb bescheiden wie immer an ihrem Tisch sitzen und wartete. Ich selbst spürte eine zentnerschwere Last mich nach unten ziehen. Es war unmöglich aufzustehen. Meine Füße fühlten sich in den hübschen Ballschuhen geschwollen an, wie am Boden festgewachsen. Da bahnte sich plötzlich der Schauspieler den Weg zu uns. Seine Pockennarben glänzten im Scheinwerferlicht.

Mein Herz stockte. Wen würde er auffordern? Ach nein, es war ja Damenwahl. Wir hatten die Chance, ihn aufzufordern. Würden wir den Mut aufbringen? Anabel schwieg und blätterte in einer Zeitung. Interessierte sie sich nicht für ihn oder wollte sie mir etwa den Vortritt lassen? Ich schaute dem Schauspieler tapfer ins Gesicht. Aber vor mir stand plötzlich Tibor. Ich wusste: Er konnte mich nicht auffordern, es war ja Damenwahl. Aber ich konnte ihn auch nicht auffordern, denn ich hatte ihn schon aufgefordert. Die Reihe war an ihm. Tibor sah mich nur mit dunklen Augen an und drehte sich dann wortlos um und ging. Ich erwachte schweißgebadet.

Ich habe gesagt, dass ich nachdenken will. Nachdenken. Das klingt gut und gleichzeitig so lächerlich. Heutzutage wollen doch alle irgendetwas herausfinden: Wer sie sind. Oder etwas finden: sich selbst. Oder sich etwas nehmen: endlich Zeit für sich. Alle nehmen sich so wichtig, rennen in Esoterikseminare und Meditationskurse. Oder machen eine Gesprächstherapie, wollen ihre Gefühle ausleben, sie über Leuten ausschütten, die nichts dafür können. Gefühle, die sie nicht einmal vorher angeschaut haben.

Eine Gesprächstherapie habe ich längst hinter mir. Fünf Jahre lang war es sehr nett, über meine kleinen Neurosen zu reden, meinen strengen Vater und meine hilflose Mutter, über das, was mir vorenthalten wurde – und das war natürlich vergleichsweise wenig. Dann wurde mir klar, dass ich mit meinen Unzulänglichkeiten und Ängsten alleine weiterleben muss.

Natürlich, viele haben ein schlechtes Selbstbewusstsein, und es kann hilfreich sein, es ein wenig aufzupäppeln. Aber meistens wird dieses kleine, miese Ich doch entschieden zu wichtig genommen. Es wird gefüttert, ohne in den Käfig hineinzuschauen, ohne jeglichen Diätplan. Das glitschige Tier zu erforschen, das in diesem Käfig haust, ist nie eine nette Sache. Deshalb wollen die meisten eigentlich gar nichts finden, sondern lieber ein bisschen herumjammern und sich als Opfer fühlen.

Das Ich ist ein Hund in einem Gefängnis. Es bellt sinnlos herum, rennt im Kreis und will Liebe. Es ist eine Katze, die solipsistisch am Fenster sitzt und ihr Fell pflegt. Es ist ein Babykänguru, das nur schnell in die große Tasche will. Die eigentlichen Fragen kann kein Therapeut beantworten: Warum wir leben und wie wir sterben sollen. Oder warum wir sterben und wie wir leben sollen. Ich will nicht herausfinden, wer oder wie ich bin, sondern wie ich denke. Aber wie?

Ich könnte mir, dachte ich, zum Beispiel vornehmen, meine Gedanken regelmäßig unter die Lupe zu nehmen, eine halbe Stunde am Tag, in einer Art dilettantischen Meditation. Aber nicht, weil ich inneren Frieden finden will, ich bin ja keine Buddhistin. Da könnte ich mir gleich Mondsteine auf den Nabel legen oder solche Sachen. Ich glaube weder an die Magie der Steine noch daran, dass Leben Leiden ist – die erste von Buddhas vier edlen Weisheiten. Und an die muss man ja glauben als Buddhist, auch wenn die Buddhisten behaupten, an nichts zu glauben.

Dabei wäre es gar nicht so schwer, daran zu glauben – denn dass das Leben Leiden ist, sieht jeder ein, auch wenn es vielleicht nicht einmal stimmt. Was man auch noch gerne einsieht, zu gerne wahrscheinlich: dass man, wie die Buddhisten annehmen, aus eigener Kraft zum Ziel kommen kann, zur Erleuchtung. Dass man nicht wie in unserem alten Christentum, das auch ich mit der Muttermilch eingesogen habe und das später, als ich es wieder ausspucken wollte, in mich zurückgestopft, hineingeprügelt wurde, dass man also nicht wie in unserem zwar tatsächlich jüngeren, aber in letzter Zeit so angejahrt wirkenden Christentum nur Ziele vorgesetzt bekommt, die man sowieso nicht erreichen kann. Ein guter Mensch zu werden zum Beispiel, wie Jesus. Denn sagt man, ich bin wie Jesus oder will es werden, ich will mein Kreuz der Verantwortung selbst tragen, heißt es gleich: Du kannst ja gar nicht wie Jesus werden, das ist Anmaßung und Sünde. Ich nenne so etwas Sadismus.

Darüber habe ich neulich mit Marina gestritten, die sofort die Gnade ins Feld geführt hat, die Gnade, erlöst zu werden, obwohl man kein guter Mensch ist. Marina ist

Protestantin. Und Buddhistin. Das ist bei ihr kein Widerspruch. Und auch nicht die Gnade, ein Widerspruch in sich, wie ich finde, der mich noch mehr empört als alles andere. Gnade ist Abhängigkeit und Willkür. Wenn ich nicht einmal was tun kann für meine Erlösung. Aber ich will ja gar nicht erlöst werden. Ich will nur frei sein.

Nach dem Aufwachen, noch schweißnass und verstört von meinen Träumen, meinen Marineoffiziersträumen, war es mir mit einem Mal ganz klar: Ich werde die Hoffnung aufgeben. Um frei zu sein. Ich weiß, dass es nicht leicht ist, nicht mehr zu hoffen. Vielleicht noch schwerer, als sich umzubringen. Vielleicht ist es unmöglich.

Give up hope! Ich hatte damals noch einen Satz abgeschrieben von der Internetseite, aus der mich dieser Satz erstmals ansprang und gleichzeitig von mir abprallte. Nämlich, dass kein unglücklicher Mensch, kein unglückliches Bewusstsein je erleuchtet werden kann. Das hat mir eingeleuchtet. Obwohl ich, wie gesagt, gar nicht erleuchtet werden will, ich stelle es mir unangenehm vor, irgendwie unmenschlich.

Außerdem reden heute entschieden zu viele Leute von der Erleuchtung. Oder sie rennen ins Fitnessstudio. Die einen sitzen auf dem Kissen, die anderen treten Räder und stemmen Gewichte. Die einen wollen die Zeit anhalten und die anderen keine Zeit verlieren, indem sie nebenbei noch fernsehen oder Musik hören. Und die ganz Schlauen, die belegen nach dem Fitnesstraining gleich noch einen Meditationskurs.

Aber es stimmt, das mit dem Unglück und der Erleuchtung. Wer unglücklich ist, hat keine Einsicht, weil er alles von innen sieht und nicht von außen, weil er nur an sich denkt und nicht an andere. Ich will herausfinden, was ich wirklich denke, nicht über mich, sondern zu all den Dingen, zu denen ich in der Einleitung mögliche Links gelegt habe.

Aufmerksamkeit ist das natürliche Gebet der Seele, sagt Malebranche, aber ich bin ja nicht religiös. Ich will nicht beten, mich nicht versenken, sondern mich losdenken. Vor allem, weil sich meine ersten Freunde schon festzudenken beginnen, von jugendlichem Revolutionstrotz ohne Übergang in den Altersstarrsinn, der lieber urteilt als sieht, der lieber am Leben leidet als zuzugeben, falsch gedacht zu haben, der sich an seinen Tagträumen festklammert, nach dem Motto von Thomas' Bestsellerautor:

„Hätte ich nur nach meinen Träumen gehandelt, wäre ich glücklich geworden."

Aber sind Träume nicht immer unerfüllbar? Und lieben die Menschen denn irgendetwas mehr als ihre unerfüllbaren Träume? Sie bewahren uns vor dem Leben, vor uns selbst – und vor ihrer Erfüllung. Die Träume sind, so scheint es mir manchmal, das einzige Unzerstörbare in einem Menschenhirn. Jedenfalls von außen. Man kann sich nur entscheiden, sie selbst zu zerstören. Vielleicht ist das die einzige Freiheit, die wir besitzen: die Freiheit, etwas aufzugeben. Aber genau davon will niemand etwas wissen. Kämpfen ist cool. Aufgeben ist uncool. Ich will aber nicht mehr kämpfen.

Ich lag im Bett und war verzweifelt. Passte das alles zusammen, was ich mir so zusammendachte? Hatte ich das Recht aufzugeben? Wo ich doch noch nichts wirklich Schlimmes erlebt habe? Mein Kopf fühlt sich trotzdem schwer an, so voller Schlacken und Ablagerungen, einer ekelhaften, amorphen Masse, die man vielleicht gar nicht analysieren kann. Erkenne dich selbst! Das steht schon am Tempel von Delphi. Früher rannte man zum Orakel und heute rennt man zum Therapeuten. Weil man glaubt, falsche Gefühle zu haben. Dabei sind es die Gedanken, die falsch sind.

Ist die Hoffnung ein Gedanke oder ein Gefühl? Vielleicht ist die Hoffnung eine Idee.

Ich lag im Bett und fürchtete mich. Nicht vor der Wahrheit, sondern vor den Worten. Vor dem, was ich beobachten würde. Denn man kann sich doch nur auf die Schliche kommen, wenn man weiß, was man in Worten, was man wortwörtlich denkt. Aber, fragte ich mich, verleihen Worte nicht selbst dem Hässlichen Schönheit? Trösten sie nicht sogar dort, wo sie von der Trostlosigkeit handeln, schöpfen sie nicht auch dort Sinn, wo sie die Sinnlosigkeit beschwören? Ist damit mein Projekt von Vornherein zum Scheitern verurteilt? Gut wäre, wenn man die Gedanken, die die Herrschaft im eigenen Kopf führen, unschädlich machen, abwählen könnte. Dazu müsste man sie allerdings erst einmal finden. Aber bräuchte man dazu nicht mindestens ein ganzes Leben? So oder so ähnlich dachte es in meinem morgendlichen Traumkopf, der oft etwas sprunghaft denkt, obwohl ihm alles sehr stringent vorkommt.

Ich startete trotzdem gleich am nächsten Tag mit meiner dilettantischen Meditation. Gedanken zu benennen – schaden konnte das ja nicht. Eine halbe Stunde pro Tag schien mir für den Anfang zu lang, eine Viertelstunde musste reichen. Ich setzte mich also am Montag nach dem Aufstehen mit überkreuzten Beinen auf eine Decke, froh, dass mich niemand so sah, und begann meine Gedanken zu beobachten. Ich war sehr neugierig. Aber das Ergebnis war niederschmetternd. Meine Beine begannen nach fünf Minuten zu kribbeln, um nach dieser ersten, beinahe unerträglichen Attacke schnell taub zu werden. Mein Rücken tat weh, und eigentlich hatte ich nur einen Impuls: aufzuspringen und zurück ins warme Bett zu flüchten.

Aber das war nicht das Schlimmste. Dank meiner fünfjährigen Therapie war ich überzeugt, mich in meinem Gefühlshaushalt, meinem Innenleben einigermaßen auszukennen, den kleinen Ängsten und großen Träumen. Ich hatte mich geirrt. Ich hatte keine Ahnung, was für ein Müll an Gedanken da täglich, nein stündlich und minütlich ausgespien wird. Gedänkelchen, die um Nichtigkeiten kreisen, die letzte Beschwerde des Redakteurs, dass ich irgendwo einen Fehler übersehen habe, die kleine Falte, die ich unter meinem rechten Auge entdeckt habe, ob ich mich bei einer Werbeagentur bewerben sollte, weil die mehr zahlen, und so weiter. Langweilige Gedanken, aber auch böse kleine Gedanken, voller Neid, Stolz und Eitelkeit. Und jedem Gedanken folgte ein Urteil auf dem Fuß. So unsicher, so boshaft war ich? Zum Beispiel musste ich den Gedanken benennen, dass ich meinen Nachbarn heiraten würde, wenn seine Frau an Krebs sterben sollte. Und die ist kerngesund! Auch die Urteile waren kleine, nichtige, demütigende Urteile, zu banal, um wiedergegeben zu werden.

Als ich mich am folgenden Tag, bereits Dienstag, wieder hinsetzte mit überkreuzten Beinen, war ich schon viel weniger neugierig. Und in mir wollte etwas noch viel heftiger aufspringen und davonlaufen. Ich zwang mich zurück und erfuhr – nichts Neues. Dieselben kleinen, nichtigen, demütigenden Kapriolen wie am Vortag. Am Mittwoch musste ich mich schon zwingen, mich hinzusetzen. Wenn der Mensch so viel Schwachsinn im Kopf hat, dachte ich erbost, wie kommen diese Buddhisten dann darauf, dass es sich lohnt, das kennen zu lernen, zu sortieren? Ist das nicht genauso sinnlos, wie Joghurtbecher zu waschen und zu sammeln fürs Recycling, die sowieso hinterher auf der Deponie landen, weil damit einfach nichts anzufangen ist?

Am Donnerstag war ich etwas weniger entnervt und erstmals eher gelangweilt als entsetzt. Entsetzt? Das lernen wir ja in der Schule: Jeder Mensch ist einzigartig! Man denkt also brav, dass man etwas Besonderes ist, dass man großzügig und weitherzig ist. Statt dessen ist man kleinlich und neidisch. Der gegenwärtige Augenblick enthüllte sich mir jedenfalls nicht als schön, sondern als schrecklich. Im Kopf herrscht kein Friede, sondern die Hölle. Kein Glasperlenspiel, sondern Joghurtbechergescheppere. Die Hölle als Burleske, als Schmierenkomödie. Allerdings fühlte ich mich nach der „Sitzung" am Donnerstag zum ersten Mal ruhiger, beinahe gelassen. Trotzdem sehe ich mein Projekt „Meditation" erst einmal als gescheitert an. Ich will ja etwas Neues, Relevantes erfahren und nicht das Allertrivialste.

Um meine Fragen, die Fragen zu Angela, zu Thomas, zu Poigenfürst, zur Hoffnung und zur Freiheit zu beantworten, werde ich auf eine altbewährte Methode zurückgreifen: das Gehen. Vielleicht ist das ergiebiger. Bei nichts kann man besser denken als beim Gehen. Gerade weil man nicht aktiv denkt. Beim Gehen denkt es sich in mir am besten. Beim Gehen legen sich mir immer wieder Schlüsse nahe, drängen sich sozusagen im Vorbeigehen auf, die ich, still sitzend, nie wahrgenommen hätte. Obwohl sie so nahe liegen. Oder gerade deswegen.

Also Gehmeditationen. Ich gehe gerne, nicht nur durch den Wald, nein auch durch Fußgängerzonen, durch Kaufhäuser, durch Museen. Gehen und schauen, dann denkt es sich mir fast von selbst, und zwar nicht weg von der Welt, sondern in sie hinein, nicht gegen das Leben, das passiert mir eher, wenn ich zu Hause denke, sondern weiter mit ihm, mit seinen Verwirrungen. Unter den Arkaden des Shoppingcenters entlanggehen, im Dialog mit sich selbst – kein schlechtes Motto, oder? Ich werde es gleich ausprobieren!

Ich weiß: Eigentlich sind Gehmeditationen etwas anderes. Da soll man ja, glaube ich, aufhören zu denken. Ich aber will erst wirklich anfangen damit.

Drittes Kapitel
Die Jagd

Bis zum Shoppingcenter waren es noch elf Stationen. Ich starrte ins Fenster, um mich abzulenken. Früher, als ich noch Pickel hatte, habe ich mich gerne in mein U-Bahn-Spiegelbild versenkt. Es hat mich aufgebaut, wenn ich deprimiert war, weil ich mir dort so hübsch und glatt vorkam. Seit einiger Zeit erschrecke ich, wenn ich aus Gewohnheit vor den Gesprächen und Gesichtern meiner Mitinsassen in die spiegelnde Fläche flüchte. Sehe ich so aus?, frage ich mich entsetzt und fixiere die Zeitung oder meine Schuhe.

Das ist die Wende: Wenn du in der U-Bahn nicht mehr hübscher, sondern hässlicher bist als in Wirklichkeit. In Wirklichkeit? Auch in mein Gesicht will die Zeit anscheinend diese kleinen welligen Reliefs und diese Furchen arbeiten, die ich früher immer nur bei anderen sah. Zuerst, wie immer, um die Augen. Wie konnte ich nur darauf kommen, dass sie mich übersehen würde? In der erbarmungslosen Reflexion der U-Bahn-Fenster habe ich ihr geduldiges, unmerklich entstehendes Werk zum ersten Mal wahrgenommen, habe ich zum ersten Mal mein zukünftiges Gesicht gesehen. Ich sah ganz deutlich diese kleinen Dellen unter meinen Augen und wusste, dass ich nicht mehr jung bin. Nicht mehr sehr jung jedenfalls.

Einige Monate später konnte ich sie spüren, ohne hinzusehen. Ich habe oft versucht vorauszusehen, auf welche Weise ich altern werde. Meistens kann man ahnen, ob ein Gesicht in Schönheit zerknittern, an Würde gewinnen oder ob es einfach zerfließen wird in diese unschöne Landschaft, die aussieht wie ein Daunenbett nach einer langen, unruhigen Nacht. Wie bei Schuhen. Manche Schuhe werden einfach sanft weicher, andere bekommen hässliche Ausbeulungen, noch andere wiederum kräftige Furchen. Das eigene Gesicht kann man sich leider nicht aussuchen. Und es konsumiert sich von selbst.

Vielleicht sind uns deshalb die Dinge, die Waren so wichtig. Waren kann man selbst aussuchen und selbst konsumieren – und mit manchen kann man sogar versuchen, sein Gesicht zu verschönern.

Der Shoppingtrip hat den Familienspaziergang im Schlosspark, den Ausflug zum Wildtiergehege, den Museumsbesuch, diese leidigen Pflichtübungen, die Sylvie, Anabel und mir noch allwochenendlich abverlangt wurden, sang- und klanglos abgelöst. Der Einkauf vereint die Familie, Eltern und Kinder, Ehepartner, Enkel und Großeltern, auf eine ungeahnte Weise. Welches Kind musste je gezwungen werden, mit ins Shoppingcenter zu gehen und danach ins Selbstbedienungsrestaurant?

Da ich etwas für Volksaufläufe übrig habe, findet man auch mich dort häufig, wenn ich meine Samstagszeitungen ausgelesen habe oder zumindest die interessanten Artikel aussortiert. Ich liebe die paradoxe, verwirrende Atmosphäre unseres Einkaufszentrums, das aussieht wie jedes Einkaufszentrum dieser Welt, eine Mischung aus nobler, klinischer Kühle und einem flohmarkthaften Gewusel, gebaut aus Beton, Metall, Glas und Marmor und markiert oder degradiert oder noch besser konterkariert von bunten Dekorationen, Papiertütenknäueln, Fettflecken und dem Geruch von Achselschweiß.

Ich bin eine passionierte Spaziergängerin, die es nicht lassen kann, ständig nach schönen Dingen Ausschau zu halten – gemaserten Steinen, Muscheln, ungewöhnlichen Blättern, Samen oder kleinen Waldbeeren –, und gebe es deswegen nur ungern zu: Einkaufen ist aufregender als Spazierengehen. Beim Einkaufen liest man nicht nur bescheiden auf, was die Natur liegen gelassen hat. Man ist auf der Jagd. Man bedient sich, und zwar ungeniert. Man geniert sich, dachte ich in diesem Moment, überhaupt immer weniger. Für Lärm, für schlechtes Benehmen, für die öffentliche Preisgabe von Intimitäten. Die U-Bahn zwingt einen da oft zu unangenehmer Zeugenschaft: Von der Abendplanung über Gewichtsprobleme bis zu Beziehungskrisen, alles wird lautstark am Handy abgehandelt. Ich will das nicht hören. Ich versuche, meine Ohren auf taub zu stellen, aber das klappt nur, wenn ich in guter Verfassung bin. Heute klappte es nicht.

Es klingelte ununterbrochen in diesen schrillen, piepsenden Melodien, die selbst vor Bach und den Beatles nicht Halt machen. Das Einkaufszentrum liegt etwas weiter außerhalb der Stadt, und irgendwann auf der Fahrt musste ich eingenickt sein.

Ich erwachte und erschrak. War das nicht gerade die Melodie von „Sgt. Pepper's Lonely Hearts Club Band" gewesen? Und hatte ich die nicht gerade gehört, im Traum? Auf einem Clubbing mit einem bekannten, sehr dicken Schauspieler, der in einer Krimiserie den Kommissar spielt? In einem Extrazimmer, wo ich eigentlich ein Interview mit ihm machen sollte, lag er plötzlich neben mir. Nackt. Ich hatte noch nie einen so großen Haufen Fleisch gesehen. Er machte große, einsame Augen und gestand mir plötzlich und völlig unerwartet, dass er sich in mich verliebt hätte. Was sollte ich tun? Ich mochte ihn ja, ich mag intelligente Männer. Nicht, dass ich mich ekelte, aber er war mir ein wenig unheimlich, ein Ballon, der bald abheben würde, der einen erdrücken konnte.

Da spitzten sich die unsäglichen, unnatürlich wulstigen Lippen des Schauspielers und näherten sich langsam meinem Gesicht. Ich wollte ihn nicht kränken. Einen Kuss konnte ich ihm ja geben. Unsere vorgeschobenen Münder begegneten sich für eine Sekunde. Es war gar nicht so feucht. Ich war erleichtert. Als ich später mit ihm tanzte, war ich bereits ein wenig stolz, mit einem, wie heißt das: Publikumsliebling gesehen zu werden. Und die Musik war auch nicht schlecht. Sie spielten „She loves you" und „Sgt. Pepper", und plötzlich stand Tibor am Rand der Tanzfläche. Tibor würde ja wohl nicht eifersüchtig ... Er wusste doch, dass ich den Schauspieler nicht brüskieren durfte. Ich wollte Tibor einen Blick des Einverständnisses zuwerfen, aber da war er schon wieder verschwunden. Was hatte das zu bedeuten?

Ich zog mein Handy aus der Tasche und wollte Tibors Nummer anwählen, oder war es die von Thomas? Aber mein Handy hatte plötzlich ein anderes Display und so kleine Tasten, dass es mir kaum gelang, den PIN-Code einzutippen. Ich hatte gar nicht gewusst, dass ich so wulstige Finger hatte. Da wurde mir siedend heiß klar, dass ich nicht mein eigenes, sondern ein fremdes Handy in der Hand hielt und dass dieses unbekannte Handy auf keinen Fall die Nummer von Tibor – oder war es Thomas? – gespeichert haben konnte. Auswendig wusste ich sie nicht mehr. Wahrscheinlich war Tibor wieder nach Afrika gefahren, zu seinen Antilopen und Affen, Löwen und Panthern ...

Ich starrte aus dem Fenster, die U-Bahn fuhr bereits
überirdisch, sodass ich wenigstens nicht mehr von meinem eigenen Gesicht irritiert wurde. Draußen rauschte ein Plakat unseres Zoos mit dem neuen Affenhaus vorbei, und ich erinnerte mich daran, dass Tibor mir einmal erzählt hat, dass er als Kind Affenforscher

oder Kriminalkommissar werden wollte. Ich kann mir Tibor als beides gut vorstellen. Wie er die unschuldigen Tiere und die schuldigen Menschen aus der Ferne und mit großer Aufmerksamkeit beobachtet und dann seine Rückschlüsse zieht. Es macht Spaß, mit Tibor zu reisen, vor allem in Städte. Wir gehen nur durch die Straßen, setzen uns in ein Café, beobachten die Leute und lassen die Häuser und Plätze auf uns wirken. Natürlich gehen wir auch manchmal in ein Museum. Aber Tibor betrachtet die Bilder dort nicht anders als die Straßenköter oder eine interessante Brückenkonstruktion.

Die U-Bahn ließ ihre Bremsen quietschen. Ich drehte mich um. Der Mann hinter mir, bekleidet in einer Trainingshose, hatte gerade sein Handy hervorgekramt und hielt es sich ans Ohr. Das kleine Gerät verschwand in seiner dicken, von der Arbeit aufgequollenen Hand. Ich starrte ins Fenster und dann gleich wieder auf meine Schuhe. Der Mann redete etwas von „Sonderangebot" und „einmaliger Gelegenheit".

„Aber natürlich braucht man einen Computer!", brüllte er jetzt. „Irgendwann brauchen wir sowieso einen, für Kevin, für die Schule!"

Shopping ist schon eine bemerkenswerte Sache. Es verbindet nicht nur, wie das Handy, Jung und Alt auf eine neue Weise, sondern ist auch eine der letzten Tätigkeiten, die im Menschen, und da möchte ich mich gar nicht ausschließen, uralte Gefühle, den Adrenalin- und Was-weiß-ich-noch-Ausstoß von Jägern und Sammlern hervorzurufen vermag. In unserer Zeitung wird im Halbjahresabstand ausführlich darüber philosophiert.

Aber es stimmt. Wer jagt, vergisst die Zeit. Wer seine Beute erlegt hat, fühlt sich, wenigstens für einen Moment, allmächtig. Einkaufen ist ein Fest, unser einziges verbleibendes Ritual. Einkaufen macht glücklich und ist in Schlussverkaufszeiten, wenn die Ware zum Freiwild wird, naturgemäß am reizvollsten. Nicht, weil dann alles so billig ist und das Raffen ein Rausch, sondern weil das Einkaufen komplizierter, ja zur Herausforderung wird. Die Geschäfte wissen das genau und setzen den Schlussverkauf jedes Jahr um ein, zwei Wochen früher an. Wie soll das nur weitergehen?, fragte ich mich in einem kurzen Anfall von Verzweiflung. Auch angesichts meines drohenden Verfalls im U-Bahn-Fenster. Der Zug hielt im Souterrain des Shoppingcenters, ich stieg aus und fuhr die Rolltreppe zu den Arkaden hinauf.

Wie soll es weitergehen? Diese Frage hatte ich mir auch nach meiner zweiten Woche ergebnisloser Sitzmeditation stellen müssen. Ja, ich muss zugeben, dass ich aus reiner Neugier doch weitergemacht habe. Aber ich sah nur: dieselben alten Sätze rotierend oder bestenfalls frei flottierend im Schädelrund. Um auf andere Gedanken zu kommen, hatte ich am Morgen beschlossen, einkaufen zu gehen. Wenn man so durch die Geschäfte und zwischen den Kleiderständern herumstreift, seinen Blick schweifen und also frei flottieren lässt – denn es ist sinnlos, jedes einzelne Stück anzuschauen: Man muss lernen zu warten, bis der Blick von selbst irgendwo hängen bleibt! –, wenn man also den Blick schweifen lässt, nichts Bestimmtes und doch alles anschaut, aber nicht anvisiert, vergisst man alles um sich herum.

Es ist ein seltsamer Schwebezustand, eine Art von Selbstvergessenheit. So muss sich eine Löwin fühlen, wenn sie, noch satt von der letzten Mahlzeit, den Blick über die Savanne schweifen lässt und plötzlich einer Antilope gewahr wird. Da sie sich bewusst ist, dass der nächste Hunger ihrer Kleinen nicht weit ist, sie es aber noch nicht eilig hat, wird sie ohne Hast, nur aus Lust sozusagen, auf das grazile Tier zuspringen, einfach aus Freude über die leichte, zusätzliche, eben günstige Beute.

Wie anders hingegen die Suche nach etwas Bestimmtem! Der Blick, von Gier geleitet, ist unfrei und macht unglücklich. Nie wird man den richtigen olivgrünen Anorak finden, wenn man einen olivgrünen Anorak sucht. Das ist das Rätsel des Einkäuferdaseins, das Einkaufseinmaleins.

Als Sascha und Irina mich zum ersten Mal besuchten, zum ersten Mal vom Schwarzen Meer aus die Grenzen des damaligen Ostblocks überschritten in das Warenparadies namens goldener Westen, war es ein zweifacher Schock für sie. Oder ein dreifacher. Das Paradies hat sie überfordert. Oder besser: Sie hatten es sich falsch vorgestellt: die Sache mit dem Einkaufen. Der erste Schock: Es gab wirklich alles. Nachts im Traum erstickten Irina Kleiderberge, verfolgten sie tanzende Konservenbüchsen, türmten sich in ihrem Flur Berge von Schuhen, sodass sie die Türe nicht mehr öffnen konnte. Schuhe verfolgten sie auf der Straße, hingen an Zaunpfählen. Nach zwei Tagen war sie nahe daran, nach Hause zu fahren, aber das vor allem wegen des zweiten Schocks: Als sie begriff, dass man sich nur theoretisch alles kaufen konnte, weil es einfach mehr Waren gibt, als der Durchschnittsmensch und vor allem der Besucher aus dem Osten Geld besitzt. Ein schöner Anorak etwa kostete das ganze Ersparte, das Irinas Eltern ihr mitgegeben hatten, fast einen Jahreslohn. Ich hatte sie darauf vorbereiten wollen, damals, bei meinem ersten Sprachkurs in Odessa, als wir uns kennen lernten. Aber ich hatte gleich gemerkt, dass sie mich nicht verstehen wollten. Sie hatten sich die Idee des real existierenden Paradieses nicht verderben lassen wollen.

Der dritte, für Sascha und Irina völlig unvorhersehbare Schock bestand darin zu sehen, wie schwierig Einkaufen ist, wenn man nicht gezwungen ist, das zu nehmen, was gerade da ist. Irina betrat das nächstbeste Geschäft auf der Suche nach einem Anorak. Natürlich gab es einen. Es gab zwanzig verschiedene Modelle, aber keiner gefiel ihr. Hatte sie sich im Westen geirrt? Irina wusste damals noch nicht, dass man mindestens zwanzig Geschäfte abklappern muss, bis man auf den richtigen Anorak stößt. Sie hatte noch keine Vorstellung davon, dass Angebot und Ansprüche eine parallele Kurve aufweisen. Dass Einkaufen auch im Überfluss Arbeit ist, eine nagelneue Kulturtechnik, die die Befriedigung einer jahrtausendealten Leidenschaft verschafft.

Das Richtige zu finden kann manchmal schwieriger sein, als bloß etwas aufzutreiben. Manchmal findet man eine ganze Saison lang keinen Anorak, obwohl man jeden Samstag durch ein anderes Kaufhaus, Shoppingcenter oder Boutiquenviertel schlendert. Das ist Luxus, aber Luxus, der Arbeit macht. Man muss nachdenken, Kriterien finden und erfinden, Entscheidungen fällen, verschieben und wieder aufheben.

„Ich habe immer geglaubt, dass das Leben im Westen leicht ist, Luxus eben – aber es ist anstrengend!“, sagte Irina im vierten Geschäft und hob mit einem Ausdruck komischer Verzweiflung ihre Hände.

„Deswegen“, sagte ich, „überlassen sich die Leute hier so gerne den Entscheidungen anderer. Zum Beispiel von Zeitschriften – nicht aus Dummheit, aus Bequemlichkeit. Sie kaufen das Angebot aus dem Prospekt oder bestellen den Anorak auf der ersten Seite des Versandhauskatalogs.“

Irina seufzte. Aber sie hatte sich schon damit abgefunden, dass es Energie kostet, den richtigen Anorak zu finden.

„Na gut“, meinte sie, „ich habe schon verstanden, dass du es für Phantasielosigkeit hältst, den erstbesten Anorak zu kaufen.“

„Für Kulturlosigkeit“, konterte ich.

„Und *davon* habe ich wahrhaftig die Nase voll!“, lachte Irina, und wir zogen weiter ins nächste Geschäft. Sascha seilte sich unterdessen in ein Kaffeehaus ab.

Irina fand ihren Anorak im sechsten Laden. Er war sogar um ein Drittel reduziert.

„Jetzt geht es erst los“, klärte ich sie auf. „Du musst dir überlegen, ob du gleich zuschlagen willst oder ob sie ihn noch weiter reduzieren werden in den nächsten Tagen. Wie viele in deiner Größe gibt es noch? Wird morgen noch einer da sein?“

„Halt“, rief Irina, „so weit bin ich noch nicht. Das ist ja ein Fortgeschrittenenkursus in Kapitalismus! Ich nehme den Anorak jetzt!“

Glücklicherweise konnte ich sie doch überreden, ein Exemplar ihrer Größe in einem Winkel unterzubringen und erst am übernächsten Tag wiederzukommen. Und siehe da: Der Anorak war um fünfzig Prozent reduziert. Wir zogen das versteckte Teil aus seiner Ecke und gingen zur Kasse, wo ich Irina mit dem Kleiderbügel den Ritterschlag zur Jägerin und Fallenstellerin erteilte.

„Jetzt bin ich markttauglich“, meinte Irina mit ironischer Genugtuung, indem sie ein Wort benutzte, das sie am Tag zuvor entdeckt hatte.

„Darauf kannst du dir was einbilden“, meinte ich.

„Und meiner Mama auch noch was mitbringen, immerhin“, meinte Irina.

„Aber die Gewinner“, fuhr sie mit einem Anflug von Traurigkeit fort, „bleiben doch immer die Geschäfte. Da hatte unser Lehrer in Marxismus-Leninismus schon Recht …“

Als wir in Philadelphia waren, erinnerte Irina mich lachend an unsere kleine Lehrstunde.

„Damals dachte ich schon, dass ich weiß wer was kapiert hätte, dass ich nun ein Profi sei. Aber da hatte ich noch keine Ahnung, dass man für gutes Einkaufen nicht nur Talent, sondern auch Erfahrung braucht. Dass man manchmal ein neues Geschäft betritt und sofort weiß, dass man hier einmal etwas finden wird. Aber man muss Geduld haben. Es kann monate- oder jahrelang dauern, bis sich dieses bei mir stets untrügliche Gefühl bewahrheitet."

Ja, Einkaufen befriedigt und entspannt. Selbst wenn man nichts sucht und nichts findet. Vielleicht gerade dann. Wenn man ein paar schöne Stücke gekauft hat, begleitet von einem Schub Euphorie, überkommt einen zu Hause meist ein kleiner Katzenjammer, denn beim Shopping geht es ums Kaufen, nicht ums Besitzen. Zu Hause gefallen einem die Stücke oft nicht mehr, oder sie lassen sich doch nicht so ohne weiteres eingemeinden in die gewartete Kleiderkollektion, die eigene Garderobe, man schilt sich, unnötig Geld ausgegeben zu haben, und so weiter. Anders, wenn man mit leeren Händen nach Hause kommt. Man macht sich einen Kaffee, blättert noch einmal die Zeitung durch und ist stolz, der Versuchung widerstanden zu haben.

Heute hingegen, das war mir klar, würde ich mich zu Hause aus einem anderen Grund ärgern, ärgern darüber, nicht zugeschlagen zu haben im entscheidenden Augenblick, unprofessionell gehandelt zu haben. Denn ein Profi wie der Mann mit der Trainingshose aus der U-Bahn weiß, dass man manchmal Dinge kaufen muss, die man nicht braucht oder lange nicht brauchen wird. Und dafür war ich heute entschieden nicht stark genug. Schon im zweiten Geschäft, der Filiale einer großen Modekette, blieb mein Blick an solch einem Stück hängen, einer weißen Bluse. Ich hasse Blusen, vor allem weiße. Aber diese hier, ohne Kragen und Knöpfe, nur mit einem Schlitz am Ausschnitt, war nicht nur ungewöhnlich unbrav für eine Bluse, sondern auch bügelfrei, also eine weiße Bluse, die keine weiße Bluse ist. Kaum verschnitten, nicht teuer und trotzdem fast elegant. Mir war sofort klar, dass ich zugreifen musste. Dass ich mich in einem Jahr, wenn ich für ein Fest genauso ein Stück brauchen könnte, grün und blau ärgern würde.

Aber ich bin weitergegangen. Ich war nicht in der Lage, mich anzustellen und der Umkleidekabine auszusetzen. Die größte Hürde beim Einkaufen sind nämlich die Kabinen. Schon beim Warten im stickigen Gang beginne ich zu schwitzen. Wenn ich dann die enge Kammer betrete, fühle ich mich so ungepflegt, dass ich kaum in den Spiegel zu schauen wage. Ich weiß, was mich erwartet. Ich möchte weglaufen, aber ich tue es nicht. Wo ich schon so weit vorgedrungen bin. Es ist ein grausames Spiel, denn das Licht in den Umkleidekabinen wird ausschließlich von Sadisten installiert. Unter grellen Neonleuchten starrt mich ein aufgedunsener, müder Mensch mit rötlich-blassem Teint an, und ich muss viel Willens- und Einbildungskraft aufbringen, um mir vorzustellen, wie dieses Monster, ich selbst, unter normalen Bedingungen aussehen würde. Das geht nur, indem ich jegliches Stück Mensch, das aus dem Kleidungsstück herausschaut, ausblende.

Das Kabinenlicht ist die Rache der Händler. Sie wissen, dass der Kunde in jedem Fall kauft, wenn er einmal bis hierher gelangt ist und das Teil passt. Sie haben sich abgesprochen. Anders kann ich es mir nicht erklären.

Auch im Geschäft bemühe ich mich normalerweise, nicht unnötig in den Spiegel zu schauen. Anders heute. Im Sinne meines neuen Programms – unerschrockene Aufmerksamkeit! – betrachtete ich mich im nächsten

Laden, einer etwas nobleren Kette, in einem versteckt stehenden Spiegel. Ich war nicht unzufrieden. Ich bin mittelgroß, habe dunkles langes Haar und eine ganz passable Figur. Vielleicht etwas kräftig im Vergleich zu Angelas Feingliedrigkeit, besonders um die Hüften. Mein Teint ist, außer in Kaufhausspiegeln, hell und ebenmäßig. Wenn meine Augen nicht wären, könnte man sagen, ich sähe hundert Prozent durchschnittlich aus. Mein linkes Auge ist grün, das rechte blau, mit einem braunen Tupfer in der Mitte.

Ich bin zweiunddreißig Jahre alt, und ich sehe aus wie zweiunddreißig. Das ist das Normalste der Welt. Man wird älter und sieht älter aus. Nie wird man eine fünfzigjährige Frau für dreißig halten, auch wenn sie „gut erhalten" ist und durch eine glückliche Erbmasse wenig Falten hat. Da nützen alle Beteuerungen nichts. Die Natur hat schon dafür gesorgt, dass man bestimmte Zeichen lesen kann. Wenn wir ein Fell im Gesicht hätten, wäre das schon schwieriger … Aber Frauen denken viel zu viel über solch haarige Dinge nach wie das Alter. Das ist würdelos, und noch würdeloser ist es, öffentlich darüber zu jammern. Wie über den Sex. Alle jammern, dass niemand mehr Spaß dabei hat. Aber wenn man beständig darüber nachdenken muss, ob seine abrasierten Beinhaare, Brusthaare, Achselhaare und Schamhaare schon wieder stechen, zu nass sind oder was weiß ich, hat man wirklich keine Zeit mehr dazu, Spaß zu haben. Keinen Kopf dazu.

Eine bekannte Schauspielerin, die auch als Model gearbeitet hat, sagte neulich in einem Interview:

„Der Gedanke, zehn Jahre jünger aussehen zu müssen, ist nicht sehr elegant."

Ich sah mich mit hängender Zunge einem fahrenden Zug hinterherlaufen. Elegant sah das wirklich nicht aus.

„Kann ich Ihnen helfen?“, riss mich eine aufgedonnerte Verkäuferin jäh aus meinen Gedanken. Sie trug spitze Schuhe mit so dünnen, hohen Absätzen, dass ihre Knöchel sogar im Stehen zur Seite sackten, und ein enges Tigershirt über einem kurzen Röckchen, aus dem die Hüftknochen hervorstanden. Früher habe ich mich gefürchtet vor diesen zudringlichen Wesen. Dann habe ich mir diesen abwesenden Blick eingelernt, mit dem ich nun durch sie hindurchschaue, während ich abweisend murmele:

„Danke, ich schaue mich nur um.“

Statt durch sie hindurchzusinken, blieb mein Blick heute an der Verkäuferin hängen, an ihrer, wie es mir in meiner empfindlichen Verfassung vorkam, Prostituiertentracht. Warum man wohl so aussehen will? Ich sah die Verkäuferin auf einem Canapé bei einem Vorstadtfotografen liegen und sich mit Weichzeichner ablichten lassen für ihren Ehemann, mit dem sie nur ungern ins Bett geht. Nicht weil er immer so grob ist. Sie macht sich nichts aus dem Akt, sie hasst dieses Schwitzen und stürzt danach gleich unter die Dusche.

Nach der Trennung von Tibor habe ich tagelang auf dem Sofa gelegen, unfähig, irgendetwas zu fühlen und zu denken, und mir Nachmittagsshows angeschaut, in denen kleine fünfzehnjährige Nataschas und Jasmins auftreten, die sich schon als perfekte Luder gebärden. So voll geschminkt, wie ich es noch nie war, mit BHs über den noch kaum vorhandenen oder bereits operierten Brüsten und Kennermiene unter ihren sorgfältig gezupften Augenbrauen reden sie über Beziehungen und Enttäuschungen. Und was sie von einem Mann alles erwarten. Die Armen, sie sind noch bei der Originalliste. Sie wissen noch nichts von der revidierten Liste, von all den Missverständnissen.

Ich schaute die Verkäuferin an, die sich an der nächsten Ecke posiert hatte, mit den Fußgelenken kippend in diesen Schühchen, die wie Waffen in die Welt staken und in denen man sich trotzdem nicht bewegen kann, vor allem nicht fliehen. Sie beobachtete mich, oder ich bildete mir das nur ein – dass sie Mitleid mit mir hatte, einem Wesen mit breiten Hüften und ohne Make-up. Bestimmt würde sich diese Tussi wundern, warum ein Beau wie Thomas sich in mich verliebt hat. Die Tussi hasst sich, wenn sie sich morgens im Spiegel sieht. Dabei sehen nicht einmal Models morgens gut aus. Dabei werden auch die Frauen, die für die schönsten gehalten werden, im Photoshop nachbehandelt, bis sie aussehen wie heilige Jungfrauen, Ikonen, ohne Schweiß und Blut und Haare. Was ist echt? Je weniger wir es wissen, desto mehr sehnen wir uns danach. Und die Artdirektoren müssen zum verwackelten Bild zurückgreifen, um diese Sehnsucht zu befriedigen.

Weiß die Tussi nicht, dass Männer lieber Frauenhintern als Knabenhüften anfassen? Oder will sie gar keinen Mann, diese ätherische Heilige, diese Büßerin, die stolz darauf ist, ohne uns, ohne die Gesellschaft, ohne den Sinnesgenuss auszukommen? Ich weiß es von Sylvie, die gehungert hat in ihrer Jugend: Nicht zu essen macht high. Man erfreut sich an sich selbst. Man hat sich unter Kontrolle. Deshalb ist es so schwer, eine magersüchtige Frau zu verführen. Auch Angela war magersüchtig. Man konnte sie haben, aber nicht verführen.

Aber ich will gar nicht über die Tussi spotten und noch weniger über die Medien. Das ist ein zu billiges Geschäft. Es ist zwecklos, die Medien zu verweigern, man muss sie nutzen, man muss seine Schlüsse aus ihnen ziehen.

Zum Beispiel dem Fernsehen. Auch wenn es langweilt, auch wenn man einen ganzen Abend glotzen muss, um zu einem einzigen Schluss zu kommen, und nicht wie in der Zeitung den interessanten Artikel mit einem Blick ausmachen kann und den Rest wegwerfen.

Der eine Schluss? Zum Beispiel, dass immer mehr Menschen immer mehr tun, um gesehen zu werden, um andere zu übertrumpfen. Und sei es mit ihren Defekten, mit ihren Lastern und Absonderlichkeiten, mit ihren Streits und ihren gescheiterten Beziehungen. Und warum? In der Hoffnung (da haben wir sie wieder, die Hoffnung – aber ich hatte sie nie aus den Augen verloren, ich hatte sie immer im Augenwinkel!), in der Hoffnung also, berühmt zu werden, wenigstens für die viel zitierten fünfzehn Minuten, ausgezeichnet zu werden durch eine Aufzeichnung. Aufgezeichnet zu werden und auf diese Weise weiterzuleben, vervielfältigt in den Köpfen der vielen und eingeprägt in ein paar Meter Zelluloid. Eine Art moderner Magie, durch die man unsterblich wird, wie Heilige, die nicht verwesen.

Der alternde Schauspieler hat in dem Interview, das mein Leben verändert hat durch den dummen und den klugen Satz, erzählt, dass seine Schwester, ebenfalls Schauspielerin und dereinst weltberühmt, nur noch zu Hause sitzt und sich Filme mit sich selbst als junger, schöner, attraktiver Frau ansieht. Die Schauspielerinnenschwester betet ihre eigene Jugend an. Natürlich: Die meisten Menschen sehnen sich nach ihrer Jugend zurück. Aber auch die meisten Menschen können einem Irrtum aufsitzen. Denn die Begeisterung über das, was einem damals zu Füßen zu liegen schien, war ein leeres Versprechen, bloße Gier nach etwas, über das man dann wie über glühende Kohlen hinweggeeilt ist, in der Hoffnung, irgendwo anzukommen. Aber man kommt nie irgendwo an, außer an seinem eigenen Lebensende. Außer an dem Punkt, wo man glaubt, dass dort alles besser war, von wo man losgestürmt ist, wo man damals, in seiner Jugend, auf keinen Fall sein wollte. An dem Punkt, wo man nie hinwollte, denn wer will schon alt sein und nicht jung.

Ich stolperte. Die Schwelle des klimatisierten Geschäfts und meiner Unfähigkeit, mich für eine Bluse zu entscheiden, hatte mich in eine nach altem Fett riechende Wirklichkeit entlassen. Ich kaufte mir eine Portion Pommes am Stand gegenüber. Pommes beruhigen. Ich steckte mir einen nach dem anderen dieser kleinen warmen Barren in den Mund, getaucht in süßlichen Ketchup, und plötzlich dachte es sich in mir, dass Sylvie, Anabel und ich an einer Schwelle stehen, an der Schwelle der Erkenntnis, dass nichts von dem, nicht viel jedenfalls von dem eingetroffen ist, was wir erwartet haben, dass es vielleicht nie eintreffen wird. Angela hat vor dieser Schwelle kehrtgemacht.

Wer jung ist, ist dumm. Wer jung ist, sieht nur rosa Wolken. Oder schwarze Wolken. An der Schwelle beginnen sich langsam die Zwischentöne herauszukristallisieren. So wie bei der Erschaffung der Welt, wo Gott laut der Genesis am ersten Tag das Licht und die Finsternis erschaffen hat, aber erst am vierten Tag die Himmelskörper – und damit die Nuancen von Licht. Seitdem gibt es keine absolute Finsternis mehr. Seitdem liegt die Welt im Zwielicht. Und erst recht seit der Erschaffung Evas.

Irina, die diese Theorie von ihrer Schwester Vera, der Dichterin, hat, sagt, dass Gott erst zufrieden war, als er Eva geschaffen hatte. Denn Eva war neugierig. Erst Eva hat sich die Freiheit genommen, vom Baum der Erkenntnis zu essen und somit eine Tat zwischen Gut und Böse zu setzen. Eva hat Gott nicht gelangweilt, im Gegensatz zu den Engeln und zu Adam, diesen phantasielosen Geschöpfen. Endlich konnte Gott jemanden aus dem Paradies hinauswerfen und die Welt rundum in Gang setzen. Endlich hatte Gott einen Film, bei dem er nicht mehr wusste, wie er ausgehen würde. Gott konnte sich zurücklehnen, und die Welt nahm ihren Lauf.

Ich rieb mir meinen geschwollenen Knöchel, verlagerte das Gewicht auf das andere Bein und versuchte, den Ketchup am Fließen zu hindern. Aber meine Gedanken, die flossen unkontrolliert, klecksten in so verschiedene Wörter, Orte, Erinnerungen hinein, dass ich mich fragte, was das zu bedeuten hatte. Nichts wahrscheinlich. Nur dass ich verwirrt war.

Zum Beispiel fiel mir ein, dass Anabel mir einmal gestanden hat, dass sie die Phase der Verliebtheit am liebsten überspringen würde. Sie war achtzehn und hatte Christian, den Schuft, gerade erst kennen gelernt.

„Wenn man verliebt ist, sieht man den anderen doch nur in rosa Wolken. Das ist doch Betrug“, ereiferte sie sich, „Selbstbetrug.“

„Und dann kommt man drauf, dass der Kerl, in den man sich verliebt hat, ein Schwein ist, oder was?“, hatte ich geantwortet, indem ich zu spotten versuchte über meine ernste kleine Schwester.

Damals konnten wir nicht ahnen, dass Christian sich einmal wirklich als Schuft erweisen würde. Nicht einmal er selbst konnte das ahnen. Damals war ich entsetzt über meine kleine Schwester. Wollte sie nicht leben? Jetzt denke ich, dass Anabel schon damals etwas begriffen hatte, über das Zwielicht, über das Zwiegesicht der Liebe. Auch wenn sie nicht begriffen hatte, dass man sich trotzdem hineinstürzen muss. Ich jedenfalls werde mich wieder verlieben. Davon bin ich überzeugt. Auch wenn meine Gier danach langsam nachlässt. Der Übertritt in die prosaische Phase des Lebens?

Mein ganzes Leben bin ich einen Berg hinaufgerannt, kreischend vor Erwartung. Ich dachte: Bald werde ich den Gipfel erreicht haben. Jetzt fängt das Leben an. Dann stand ich oben, sah in das Tal hinab, und die Neugier hörte mit einem Schlag auf. Sicher sieht Sylvies Gipfel anders aus als meiner. Und der von Anabel. Anabel ist auf einen spitzen Bilderbuchgipfel zugeklettert. Sylvie läuft immer am Kamm entlang, aber der Gipfel kommt nicht. Mein Berg ist eher ein Tafelberg. Anabel sah gleich das ganze Tal vor sich. Sylvie wird es vielleicht nie sehen. Und bei mir lag es, durch die Hochebene, noch ein Stück weit entfernt. Ich sah nur das Ende des Tals, nicht den Abhang.

Wenn man das ganze Tal vor sich sieht, ist die hoch auffliegende, von Absturz, von Abrutschen bedrohte Zeit vorbei. Denn im Tal fliegen keine gebratenen Wachteln herum, sondern da wachsen – so blöd das klingt – bloß Kartoffeln, die man ausgraben und kochen muss, deren unaufdringlichen, feinen Geschmack man ergründen muss. Dafür kann man sich daran nicht überessen. Kartoffeln schmecken nicht so besonders, aber sie schmecken immer, sie sind nahrhaft wie ein Stück Wahrheit, verglichen mit einem Wachtel-Tagtraum.

Meine Jugend war zu Ende, als Thomas sich von mir trennte. Thomas stieß mich hart die steile Wand hinab. Thomas nahm mir meinen Glauben. Thomas war mein Geliebter und ich seine Geliebte, mit allem, was dazugehört. Seitdem weiß ich, dass mir kein eigenes Schicksal zusteht. Dabei habe ich vom Schicksal noch nie etwas gehalten. Ich glaube nicht, dass einem etwas zusteht oder vorherbestimmt ist, sei es von Gott oder den Genen oder der Gehirnstruktur. Alles hätte auch anders kommen können, könnte auch anders sein, und man könnte jedes Mal auch anders handeln. Ein Schicksal hat nur der, der angefangen hat zu denken, aber nicht weit genug denkt. Und ich will bis ans Ende denken.

Beim Denken stößt man unweigerlich auf Allgemeines. Dabei will jeder vor allem eines: etwas Besonderes sein. Thomas hat mein gieriges kleines Ego empfindlich gekränkt. Ich war eine Geliebte, wie sie in jedem Trivialroman steht.

Hätte ich das damals gewusst, wäre ich nicht so neugierig gewesen. Dabei bin ich heute, vielleicht auf andere Weise, noch viel neugieriger. Früher, als ich noch vieles, manchmal alles abgelehnt habe, hat mich vieles nicht interessiert: andere Meinungen, die Doppeldeutigkeit der Dinge. Früher war es mir ein Rätsel, dass jemand zum Militär gehen will, Eulen sammelt oder in einer Fernsehserie mitspielen möchte. Jetzt beginne ich langsam zu verstehen. Es fällt mir schwerer, auf jemanden herabzuschauen. Jeden Tag entdecke ich etwas Neues, und zwar lauter Dinge, die ich schon gewusst habe. Das ist das Erstaunliche. Ja, früher habe ich es gewusst und trotzdem nicht glauben können. Dass Tante Greta, Papas Schwester, leidenschaftlich kleine Porzellaneulen sammeln kann. Jetzt sehe ich es.

„Die Jugend wäre eine noch viel schönere Zeit, wenn sie etwas später im Leben käme", hat Charlie Chaplin gesagt, und der war Komiker. Wenn die Jugend später im Leben beginnen würde, würde man zumindest nicht alles so bitterernst und melodramatisch nehmen.

Ich schlenderte weiter durchs Shoppingcenter. Im Wühlkasten einer Boutique hatte ich ein rotes T-Shirt gefunden und erstanden (ohne Anprobieren!), in der Buchhandelskette daneben eine CD mit finnischen Tangos und war dann plötzlich zusammengezuckt, weil ich glaubte, Thomas' Haarschopf gesehen zu haben. Das passiert mir in letzter Zeit wieder häufiger. Ich zucke unvermittelt zusammen, mein Herz fängt an zu schlagen, und im gleichen Moment realisiere ich, dass es mit einem dunklen Haarschopf oder einem kamelfarbenen Mantel zusammenhängt. Mein Herz braucht dann lange, um seinen eigenen Rhythmus wiederzufinden.

Ich ging in die nächste Sushi-Bar. Am Nebentisch saß eine Magersüchtige mittleren Alters vor einem Brettchen Mini-Sushi, die sie mit langen Fingern und noch längeren Stäbchen aufklaubte. Man sah, wie die klaren, symmetrischen Formen, diese kühle weiß-rosa Glätte von Fisch und Reis sie befriedigte. Sie hielt die Stäbchen so weit wie möglich entfernt vom Körper. Als sie das dritte Sushi, das mit der Garnele, in das Näpfchen mit Sojasauce tunkte, brach die Hälfte des Reiskörpers ab, und die braun-schwarze Brühe spritzte auf den Tisch.

Ich ließ mir die Karte bringen, die zu meiner Überraschung auch koreanische und vietnamesische Speisen enthielt. Zum Beispiel Kim-chi. Tränen traten mir in die Augen. Ich wischte sie verstohlen und die Wimperntusche schonend ab, die Frau am Nebentisch warf mir einen mitleidigen Blick zu. Nicht einmal weinen kann man in Ruhe, dachte ich und wünschte mir für einen Augenblick, mich für einen Fisch-Burger bei McDonald's entschieden zu haben. Aber ich hatte ja meinen Hinschautag, Samstag. Die Woche über gönne ich mir zurzeit, außer in meiner Viertelstunde Dilettantenmeditation, kuschelweiche Betäubung. Zeitungen, Kino, Happy Hours in der Bar mit Freunden, wo ich meinem Faible für Longdrinks mit Rohrzucker und Limettensaft nachgebe.

Jetzt also: Hier bleiben und Kim-chi bestellen, dieses essigsauer eingelegte scharfe Gemüse, hinein in die Wahrheit, in die Erinnerungen, dunkel und diffus wie aufgestöberter Sand in einem Teich. Warum habe ich keine Konsequenzen gezogen, damals? Wie viel Schmerz, wie viele Stunden, Tage, Monate der Hoffnung hätte ich mir ersparen können, hätte ich damals schon die Hoffnung aufgegeben, hätte ich erst gar nicht damit angefangen zu hoffen?

Thomas und ich kannten uns erst ein paar Wochen. Er war mit seiner Familie nach Rom gefahren, eine von langer Hand geplante Reise zu irgendeinem runden Hochzeitstag. Was hätte ich dagegen tun können? Als er zurückkam, schickte er mir gleich eine Mail:

„Im Palast des Mächtigen, am elften Tage
des zweiten Mondes im Jahre des Drachen

Seid gegrüßt, Licht des Lichtes, Morgen des Morgens, Lächeln des Lächelns, verehrteste Prinzessin Ningau!

Chal-ee-seo-seo-yo? Ein Viertelmond ist bereits ins Land gegangen, seit ich Unwürdiger mit Ihnen Verehrteste die Ihnen zu Ehren Ningau genannte Speise mit höchstem Genuss und den feurigen Oktopus dazu verzehrt und den Reis als Zeichen des Hochmuts und Überflusses stehen gelassen habe. Ich möchte vielfach ko-map-sum-ni-da für die mir erwiesene Ehre Ihrer Gesellschaft rufen und eine Einladung auf ein erneutes Fest in Ihrem hoffentlichen Beisein aussprechen. Zumal ich Ihnen etwas zu überreichen habe …

An-nyong-hee-ka-sae-yo!
Staub des Staubes
Ihr unwürdiger Diener
Kim-chi

PS: Treffen wir uns im Rennenden Zimmer zur dreizehnten Stunde?“

Ich habe es schon gesagt. Thomas war der erste Mann, der sich mir zugewandt hat. Das hat mich entwaffnet. Der Liebhaber würde nie etwas tun, was eine Frau nicht will. Er lässt ihr die Illusion, die Sache in der Hand zu haben, ihn wirklich gewollt zu haben. Aber er umwirbt sie hartnäckig und mit Charme, eine Mischung, die Frauenherzen schmelzen lässt zu einer leicht formbaren Masse. Und schon ist aus einer stolzen Vertreterin des weiblichen Geschlechts eine Geliebte geworden.

Der Liebhaber ist kein Stümper. Er sagt einem gleich, was Sache ist: dass er verheiratet ist und Kinder hat und sich nie scheiden lassen wird. Deshalb kann man ihm keine Vorwürfe machen. Der Liebhaber hat alles perfekt durchdacht, was ihn allerdings nicht daran hindert, sich als planlos zu bezeichnen. Für die Zeiten seiner Abwesenheit, und das ist leider ein Großteil der Zeit, denkt er sich liebenswürdige kleine Aufmerksamkeiten aus, die einen trösten sollen und diese Wirkung auch nie verfehlen. Man stellt sich vor, wie der Liebhaber mit seiner Familie am Tisch sitzt oder mit seiner Frau auf dem Sofa und an einen denkt.

„Ich muss die ganze Zeit an dich denken", sagt der Liebhaber am nächsten Tag, und er lügt nicht einmal, denn das hindert ihn daran, an seine Ehe und den Rest seines Lebens zu denken, etwas an der Beziehung zu seiner Frau zu verändern, in der nichts mehr „läuft", wie er es nennt. (Außer dass er davonläuft, aber das habe ich mir verkniffen zu sagen.)

„Ich muss auch an meine Frau und meine Kinder denken", sagt er, und man versteht ihn.

Welche Frau will schon einen herzlosen Mann zum Liebhaber haben!

Nie hätte ich gedacht, dass ich mich so über Blumen und Pralinen freuen würde. Ja, der Liebhaber schenkt Blumen und Pralinen, aber nicht irgendwelche, denn er hat einen ausgezeichneten Geschmack. Seine Rosen sind von einem ungewöhnlichen, facettenreichen Kirschrot, und seine Pralinen stammen von Traditionskonditoreien.

Als ich mit dem Liebhaber beim Japaner saß und wir Kim-chi zur Vorspeise bestellt hatten, als Hauptspeise Ningau mit Gemüse und Oktopus ohne Reis, den der japanische Kellner uns trotzdem hartnäckig brachte, zog Thomas das Päckchen aus der Tasche. Das kleine Päckchen, den Anfang vom Ende. Aber das wusste ich damals noch nicht. Denn damals wusste ich noch nicht, dass der Liebhaber sich einem zwar ganz zuwendet, aber kein Gegenüber ist. Der Liebhaber interessiert sich mehr für die Jagd als für den Besitz. Besitz langweilt den Liebhaber. Der Liebhaber ist nämlich, obwohl er viel Geld braucht, kein Materialist. Er jagt Sensationen. Erst im Nachhinein habe ich begriffen, dass ich den Köder, die Falle, hätte erkennen müssen. Denn so phantasievoll und risikobereit der Liebhaber auch sein kann – bei der Jagd verlässt er sich auf die bewährten Köder: Blumen, Schmuck, Konfekt und Komplimente.

Ich sah das Päckchen, die goldene Schleife über mattblauem Papier, und wurde rot. Mir schwante Böses. Ich wollte nie von einem Mann Schmuck geschenkt bekommen, schon gar nicht von einem Mann, der ein schlechtes Gewissen hat. Es war einer der peinlichsten Momente meines Lebens. Ich versuchte zu lächeln. Kurz hoffte ich, für ihn und für mich, dass es etwas anderes sei, aber ich wusste, es konnte nichts anderes sein. Ich wollte Thomas nicht kränken, aber ich kann so schlecht heucheln. Ich kann überhaupt nicht heucheln, schon gar nicht, wenn mich jemand so erwartungsvoll, so voller Liebe anschaut.

Ich wollte schon damals nicht hinsehen, und ich muss zugeben, dass ich an diese Szene seitdem nie mehr gedacht habe. Vielleicht, weil sie so harmlos, ja lächerlich war. Ein Liebhaber schenkt seiner Geliebten Schmuck. Wie viele Menschen haben solch einer Szene schon beigewohnt, in ihrem eigenen Leben oder im Fernsehen. Trotzdem zitterte meine Hand, als ich das Band löste und das Kästchen öffnete. Meine Miene erstarrte für den Bruchteil einer Sekunde.

„Und, wie gefällt es dir?", drängte Thomas.

Er strahlte. Ich versuchte zu lächeln. Es muss kläglich ausgesehen haben. Denn Thomas' Blick verdüsterte sich, er wurde rot.

„Es gefällt dir nicht, oder?"

Am rührendsten ist der Liebhaber, wenn er einen Fehler gemacht hat. Er wird rot und streicht sich mit dem rechten Zeigefinger über die Augenbraue. Man verzeiht ihm noch in derselben Sekunde.

„Na ja", stammelte ich, „bis jetzt mochte ich Gold nie so besonders."

Ich konnte Gold nicht ausstehen. Und schon gar keine Perlen im Ohr! Wie hatte ihm das nur passieren können? Ich hatte immer geglaubt, Thomas sei aufmerksam. Dabei zog er ein Programm durch. Als ich den Schmuck auspackte, sah ich die anderen Geschenke des Liebhabers zum ersten Mal in einer Reihe, wie in einem Abspann, an mir vorbeiziehen. Es stimmte, er hatte mir wirklich nur Blumen, Parfüm, Süßigkeiten und einmal sogar, ja, Unterwäsche geschenkt. Ich schämte mich und schäme mich jetzt noch, wenn ich daran denke.

Seit diesem Moment weiß ich, dass Thomas nicht mich sah, sondern eine Idee, *seine* Idee einer Geliebten. Seitdem war mein Begehren nicht mehr ungetrübt, heftiger noch, aber nicht mehr klar. Seitdem wusste ich, dass ich umsonst hoffte. Ich wollte nicht aufgeben, ich wollte denken, dass seine Frau der Grund war, dass seine Angst vor seiner Frau, dass seine Schwäche der Grund war. Es war ein Schock. Der Schmuck hat gar nicht zu mir gepasst.

Ich erinnere mich genau an Thomas' Gesichtsausdruck, ungläubig und bestürzt zugleich. Als ich drei Jahre alt war, habe ich einmal meinem Vater mit einem Wattestäbchen das Ohr säubern wollen. Er lag auf dem Sofa und schlief, ich steckte ihm das Stäbchen begeistert in den Gehörgang, stolz auf die Idee, es meiner Mutter gleichzutun und ihm zu helfen. Mit einem hellen Schrei schreckte mein Vater auf. Er hat nicht geschimpft, aber vielleicht war das gerade das Schlimme. Es hatte so schön gekitzelt, als meine Mutter das Stäbchen in meinem Ohr hin und her gedreht hatte. Und ich hatte nicht gewusst, dass es innen, ganz tief drinnen diesen spitzen Schmerz gab.

Ich kann mich schlecht verstellen. Und der Liebhaber hat die Fähigkeit, Stimmungen zu lesen und Gedanken zu raten. Thomas sah sofort, dass mein Lächeln nicht echt war, dass er etwas falsch gemacht hatte. Der Liebhaber will alles, nur niemandem weh tun. Das ist sein Dilemma, denn er tut allen weh – und sich selbst vielleicht am meisten. Vielleicht gibt es auch Liebhaber, die sich wohl in der Rolle fühlen, sich auf Kosten anderer zu vergnügen, die sich lachend nehmen, was sie haben wollen. So ein Liebhaber ist Thomas nicht. Er ist kein Mistkerl, nur ein Filou. Thomas ist nicht cool, im Gegenteil. Wenn er gerührt ist, und das geschieht sehr leicht, aus nichtigem Anlass, wird der Liebhaber hilflos. Das ist seine ergreifendste Seite. Der Liebhaber lässt sich gern rühren, aber nicht von der Wahrheit.

Wahrscheinlich wollte ich mich an ihm rächen, als ich ihm damals, mit den Perlen im Ohr, zwischen denen sich mein eigenes Lächeln so fremd anfühlte, die Geschichte vom Oktopus erzählte. Vor ein paar Jahren hatte Sylvie mich mit griechischen Freunden auf einen Segeltörn mitgenommen. Abends holten die Jungs oft Fische an Bord in einem kleinen Netz, in dem sich am vorletzten Tag ein Oktopus verfing. Oktopusse muss man ja weich klopfen, bevor man sie grillen kann, und so nahmen Sylvie und ich den Oktopus, schwammen zu einem kleinen Felsen und legten ihn dort ab, um ihn mit einem Stein zu bearbeiten. Da kam plötzlich von unten, unbemerkt, ein anderer, viel kleinerer Oktopus herauf. Er kroch zu seinem toten Artgenossen und stupfte ihn so behutsam mit einem seiner Fangarme an, dass Sylvie und ich erstarrten. Ich wollte in Tränen ausbrechen.

„Komm, wir hauen ab“, sagte Sylvie.

„Aber wir können den Toten doch nicht hier liegen lassen“, stammelte ich und brach wirklich in Tränen aus, als ich „den Toten“ gesagt hatte.

Wir nahmen ihn mit, in unserem Plastiksack. Sylvie isst seit diesem Tag keine Oktopusse mehr.

„Und ich habe auch keine Oktopusse mehr gegessen. Bis ich dich getroffen habe“, sagte ich zu Thomas.

Für einen Augenblick genoss ich sein verdattertes Gesicht. Mit solchen Geschichten kann Thomas nichts anfangen. Mit unangenehmen Geschichten. Er will sich die Laune nicht verderben lassen durch unnötige Zweifel. Er glaubt, frei zu sein, wenn er die Augen verschließt.

Aber ich kann Thomas nicht quälen. Deshalb wechselte ich, als er nichts sagte und unmotiviert in die Speisekarte starrte, schnell das Thema und versuchte wieder zu lächeln. Thomas sah mich erleichtert und dankbar an.

„Ich glaube, wir nehmen heute sogar eine Nachspeise“, sagte er betont gut gelaunt, und ich ließ ihn gewähren.

Ich bemühte mich, mein Lächeln, tapfer und trotzig, aufrechtzuerhalten, seitdem, aber auch das Armband aus schwarzen Achaten, das er mir am nächsten Tag brachte, konnte es nicht wiedergutmachen. Ich wollte so tun, als ob nichts geschehen wäre, aber das Armband erinnerte mich beständig daran. Ich trug es aus Höflichkeit, um Thomas nicht zu kränken.

Es ist ein vertracktes Ding mit der Hoffnung. Give up hope! Wenn ich es gekonnt hätte. Zuerst gelang es mir nicht, weil ich das Glück, dieses nie gekannte, prickelnde, warme Hochgefühl, das Glück, in Thomas' schöne Augen zu schauen, das Glück, mich in seinem Mundraum zu verlieren, halten wollte. Weil wir jeden Montag in aller Frühe übereinander herfielen wie zwei hungrige Tiere und an nichts anderes mehr denken konnten den Rest der Woche.

Weil wir, nachdem wir wieder aufgestanden waren, beim Frühstück nebeneinander saßen, vertraut wie ein altes Ehepaar. Weil sich unsere Gliedmaßen, nicht nur, als wir das erste Mal gemeinsam aus einem Café auf die Straße gingen, von selbst in einen Rhythmus einpendelten, der mir so bekannt vorkam, dass ich mich beinahe davor fürchtete. Wegen dieser von ständigen Abschieden beschnittenen, blutenden, teuer erkauften Glücksmomente.

Das ist das Dilemma der unglücklichen Liebe: Man kann schwerer damit aufhören als mit einer glücklichen. Zuerst hofft man, weil es so schön ist. Und zum Schluss kann man nicht mehr aufhören zu hoffen, weil man nicht glauben kann und will, dass all das Leiden, dass der tote Rand, die nicht erfüllte Zeit umsonst gewesen sein soll, man einem Irrtum aufgesessen und wohlig warm umhüllt, aber blind in eine Situation galoppiert ist, die all den unersättlichen Hoffnungen Hohn spottet. Wann ist der Zeitpunkt, eine unglückliche Liebe zu beenden? Es gibt keinen Zeitpunkt, das spürte ich bald. Denn gerade in einer unglücklichen Liebe täuscht einen die Hoffnung am hartnäckigsten.

Ich wusste, dass Thomas ewig so weiterleben konnte. Und ich wusste, dass ich nicht aufhören konnte, Thomas zu begehren. Ein Begehren, das mich in eine immer tiefere Lähmung hineinzog, in diese kribbelnd-tote Glückslähmung, die man am ganzen Körper spüren kann, wenn man zu schnell atmet beim Liebemachen. Mein Kopf war gelähmt oder vielmehr geladen. Ich brauchte eine Abfuhr. Ein Gewitter oder zumindest einen Blitzableiter.

Das Einzige, was mir einfiel, war ein Ultimatum: Sie oder ich! – Wie theatralisch! Ich wusste nicht, was er tun würde, nur dass etwas geschehen musste, das uns von unserer Sturmfahrt, dieser Berg- und Talfahrt, dieser Achterbahn erlöste. Das Überraschendste war, dass er sich für mich entschied. Und das für mich heute am wenigsten Überraschende ist, dass er sich, nachdem er seiner Frau gesagt hatte, dass er mit mir leben wolle, von mir trennte, von mir trennte und zu ihr zurückkehrte, als uns endlich nichts mehr im Wege stand. Als wir ausgestiegen waren aus der Achterbahn und mit dem Cabriolet hätten davonfahren können, den Wind um die Nase, als uns nichts mehr im Wege stand, außer wir selbst.

Es muss schmerzlich für Thomas gewesen sein zu sehen, dass er nicht einmal imstande war, das einzulösen, was er sich selbst versprochen und sich mit mir unzählige Male ausgemalt hatte: ein neues Leben zu beginnen. Was der Liebhaber nicht weiß: Liebe ist weniger geteilte Freude als geteiltes Leid. Wenn er nach Hause ging, blieb ich mit meinem Schmerz allein. Der Liebhaber kann sich einem nicht so zumuten, wie er ist. Vielleicht bleibt er deswegen immer ein Mann, wie Frauen ihn sich wünschen. Ein Mann, der einen ernst nimmt, ein Mann, der einem Blumen schenkt, ein Mann, mit dem man sich sehen lassen kann, ein Mann, der seine Launen nicht an einem auslässt. Nur bekommt man ihn nicht, wie in dieser Rundmail. Angela und ich haben nicht mehr aufgehört zu lachen, als Sylvie sie mir schickte. Sylvie behauptet, sich diese Mail selbst ausgedacht zu haben. Ich weiß nicht, ob das stimmt.

Sylvie hat sich schon bald diese zynische Schale zugelegt, die Single-Karrierefrauen in amerikanischen Serien zur Schau zu tragen pflegen, bis der „Richtige" kommt und sie endlich unter die Haube schlüpfen können. Aber Sylvie, unser Wuschel, wie wir sie immer nannten wegen ihrer dichten Mähne, ist wirklich cool. Sylvie würde nie heiraten.

„Lohnt sich nicht", sagt Sylvie kurz und bündig und lehnt sich mit ihrem Zigarillo zurück. „Heute hat man nichts als Scherereien damit und keinen Vorteil. Außer es ist ein Millionär. Dann würde ich es mir schon überlegen. Dafür müsste ich nicht mal Ralph aufgeben."

Ralph ist Sylvies derzeitige fünfundzwanzigjährige Affäre.

Ich wollte immer so unabhängig sein wie Sylvie, aber ich weiß, dass mir das nie gelingen wird. Sylvie ist natürlich nicht ganz so cool, wie sie sich gibt, aber Sylvie braucht keinen Mann. Sie würde nie mit einem Mann zurechtkommen, der sich einem ganz zumutet. Sogar ein Liebhaber ist ihr zu anstrengend, deshalb bevorzugt Sylvie Affären.

Hier die Mail in ihrer ganzen Länge:

Was ich mir von einem Mann wünsche, Originalliste (Alter: 22): 1. gut aussehend; 2. charmant; 3. finanziell unabhängig; 4. ein aufmerksamer Zuhörer; 5. clever; 6. gut in Form; 7. zieht sich gut an; 8. weiß schöne Dinge zu schätzen; 9. macht aufmerksame Überraschungen; 10. phantasievoller, romantischer Liebhaber

Was ich mir von einem Mann wünsche, überarbeitete Liste (Alter: 32):1. nett aussehend; 2. öffnet Autotüren, rückt den Stuhl für mich; 3. hat genug Geld für ein nettes Abendessen; 4. hört mehr zu, als er redet; 5. lacht über meine Witze; 6. trägt ohne Schwierigkeiten Lebensmitteleinkäufe; 7. besitzt mindestens eine Krawatte; 8. weiß ein selbst gekochtes Essen zu schätzen; 9. erinnert sich an Geburtstage und Jahrestage; 10. ist wenigstens einmal pro Woche romantisch

Was ich mir von einem Mann wünsche, überarbeitete Liste (Alter: 42): 1. nicht zu hässlich; 2. fährt nicht los, bevor ich im Auto sitze; 3. arbeitet regelmäßig und gibt beim Abendessen nur gelegentlich an; 4. nickt mit dem

Kopf, wenn ich rede; 5. erinnert sich meistens an das Ende der Witze, die er erzählt; 6. ist gut genug in Form, um die Wohnungseinrichtung neu zu arrangieren; 7. trägt ein Hemd, das seinen Bauch bedeckt; 8. weiß, dass man Champagner nicht mit Schraubverschluss kauft; 9. vergisst nicht, den Toilettensitz runterzuklappen; 10. rasiert sich an den meisten Wochenenden

Was ich mir von einem Mann wünsche, überarbeitete Liste (Alter: 52): 1. hält die Haare in Ohren und Nase kurz; 2. rülpst nicht und kratzt sich nicht in der Öffentlichkeit an seinen intimen Zonen; 3. leiht sich nicht allzu oft Geld; 4. schläft nicht ein, wenn ich lüfte; 5. erzählt die gleichen Witze nicht zu oft hintereinander; 6. ist gut genug in Form, um die Couch am Wochenende mal zu verlassen; 7. trägt meistens zusammenpassende Socken und frische Unterwäsche; 8. weiß ein gutes Abendessen vor dem Fernseher zu schätzen; 9. erinnert sich an meinen Namen; 10. rasiert sich an einigen Wochenenden

Was ich mir von einem Mann wünsche, überarbeitete Liste (Alter: 62): 1. kleine Kinder haben keine Angst vor ihm; 2. erinnert sich daran, wo das Bad ist; 3. sein Unterhalt kostet nicht viel; 4. schnarcht nur ein wenig; 5. erinnert sich, warum er lacht; 6. seine Form ist gut genug, dass er allein stehen kann; 7. trägt normalerweise Kleidung; 8. mag weiches Essen; 9. erinnert sich daran, wo er seine Zähne abgelegt hat; 10. erinnert sich daran, dass Wochenende ist

Was ich mir von einem Mann wünsche, überarbeitete Liste (Alter: 72): 1. Er atmet. 2. Er trifft in die Toilette.

„Was ich mir von einem Mann wünsche“ heißt das „Subject“ der Mail. Seit ich sie bekam, weiß ich: Der

Liebhaber ist und bleibt sein Leben lang zweiundzwanzig. Eine Frau, die einmal einem Liebhaber verfallen ist, kann sich nur noch schwer mit einer „überarbeiteten Liste“ zufrieden geben. Sie zieht es oft vor, keinen Mann zu haben oder die Bedingungen des Liebhabers so lange zu akzeptieren, bis sie von einer Jüngeren abgelöst wird. Denn das wird sie immer. Eine Frau, die einmal einem „zweiundzwanzigjährigen“ Liebhaber verfallen ist, muss aufpassen, dass sie nicht untauglich wird für das Liebesleben, für Männer, die vielleicht nicht so sind, wie in diesen bösen Listen, aber die sich einem zumuten, wie sie sind. Ich habe höllisch aufgepasst, aber wer einmal von einem Liebhaber gekostet hat, hat einen neuen Reflex, den Liebhaberreflex. Man kann sich ihm nur mit großer Willenskraft, mit der ganzen Klarheit der Vernunft entgegenstemmen.

Der Liebhaberreflex ist eine Bewegung, die ins Leere schlägt. Thomas hat eine tiefschwarze Lücke in meinem Leben hinterlassen, aber eine Lücke, die er mit seiner Gegenwart nicht mehr füllen könnte. Er hat mir gezeigt, wie die Hoffnung funktioniert und dass sie einen böse foppt. Der Liebhaber hat die Hoffnung in mir hinterlassen, dass es einen Mann wie den Liebhaber wirklich gibt. Aber der Liebhaber war ein Konstrukt meiner unsinnigen Hoffnungen, ein Kunstprodukt. Meine Gefühle, diese Ansammlung von unzurechnungsfähiger Materie, halten ihn immer noch für real.

Wenn ich den Liebhaber auf der Straße treffen würde, was mir das Schicksal, der Zufall, bisher erspart hat, würde ich wider besseren Wissens seinen schönen traurigen Augen erneut verfallen. Aber zum Glück weiß mein Kopf jetzt mehr, er würde nicht mehr auf das Gefühlsgeschwätz hören, er würde dem Reflex widerstehen und meinen Beinen befehlen davonzulaufen und meinem Mund, einen unverbindlichen Gruß auszusprechen im Vorbeigehen. Denn ich bin jetzt frei, aber so frei wie eine Alkoholikerin, die sich im Angesicht der Versuchung jedes Mal aufs Neue befehlen muss, diesen Kelch, aus reiner Vernunft, vorübergehen zu lassen.

Ich weiß nicht, ob Thomas Gefühle hat. Er schrieb mir Karten, noch zwei Jahre später. Wahrscheinlich, um sein Gewissen zu beruhigen. Nach der Trennung saß Thomas vier Wochen lang jeden Morgen, wenn ich mit dem Fahrrad zur Arbeit fuhr, im Kaffeehaus nebenan, direkt im Fenster. Ich wusste nicht, was er von mir wollte. Ich ahnte, dass er so weitermachen wollte wie bisher. Ich wusste nicht, ob ich gerührt oder wütend sein sollte. Ich weiß heute noch nicht, ob ich gerührt oder wütend sein soll. Aber ich blieb nicht stehen, darauf bin ich noch heute stolz. Thomas ist einsam, obwohl er alles hat, Frau und Freundin, Freiheit und Geborgenheit. Aber Thomas wird sein Leben nie ändern.

Ich bin sicher, dass Thomas wieder eine Freundin hat. Eine nette, keine dumme Freundin. Thomas interessiert sich nicht für Tussis. Das ist seine größte Stärke oder vielmehr seine größte Schwäche, denn deswegen richtet er auch so großen Schaden an. Und deswegen wird er sich auch nie ändern. Das Ernsthafte in ihm selbst interessiert ihn nicht.

Sogar Anabel war verstört, als sie Thomas zum ersten Mal traf – Anabel, die das Stadium der Verliebtheit am liebsten übersprungen hätte.

„Als du auf der Toilette warst“, gestand sie mir, „habe ich mir seine Augen angeschaut. Thomas hat verboten schöne Augen.“

Und für einen Moment haben ihre Augen geleuchtet wie seine. Dabei leuchten Thomas' Augen gar nicht. Sie sind von einem satten, matten Braun, und man kann in ihnen versinken wie in einem Samtpolster. Sie leuchten nicht, sie strahlen. Sie strahlen dich an und sagen dir jedes Mal von Neuem: Es ist schön, dass es dich gibt, es ist schön, dass du so bist, wie du bist. Solche Zuversicht strahlen sie aus. Sie sind kein Spiegel, weil sie nichts reflektieren. Man taucht in sie ab, um sich zu vergessen. Für eine Weile verschwimmt die ganze Welt. Thomas' Augen sind Scheinwerfer, die einen ins günstigste Licht setzen. Und wie die Scheinwerfer eines Profifotografen können sie lügen. Man genießt das Rück-Strahlen und weiß gleichzeitig: Ich bin es nicht. Das bin nicht ich. Aber für einen Moment gönnt man sich diese schöne Illusion, sonnt sich in diesem Kunstlicht, in diesem Künstlerlicht.

Denn der Liebhaber ist ein Künstler, ein Künstler, der keine Werke hervorbringt, ein Lebenskünstler. Er beherrscht die große Kunst, das Leben zu genießen, ohne mit dem Schmerz in Berührung zu kommen. Er sitzt auf einem Ast und schaukelt mit den Beinen. Dass der Ast morsch ist und eines Tages zwangsläufig abbrechen wird, schert ihn nicht. Er blickt in die Sonne und pflückt sich eine der neben ihm hängenden Früchte. Er pflückt, was er erreicht. Aber die süßeste Frucht bekommt er nie, denn die hängt ganz oben. Da müsste er etwas riskieren, nicht sein Leben, aber seine Sicherheit. Der Liebhaber sagt sich nicht: Ich bleibe lieber hier unten und esse, was ich bekommen kann. Er leugnet die Existenz dieser höchsten, süßesten Frucht. Das ist bequemer, denn sie ist das Einzige, was nicht in sein Konzept passt. Er blickt nicht hinauf, aber er spürt ihren Schatten auf seiner Schulter liegen. Die süßeste Frucht ist der blinde Fleck des Liebhabers. Sie ist kein Feigenblatt, sondern sein Lindenblatt, denn sie macht ihn verwundbar, seine einzige Stelle, die nicht in Drachenblut gebadet ist. Sie ist seine Achillesferse. Deshalb kann er nicht mehr vom Baum steigen und weglaufen. Er ist ein Gefangener.

Der Liebhaber glaubt, unverwundbar zu sein, wenn er sich nach den Wünschen der Frau richtet. Wenn du willst, komme ich, sagt er. Und wenn du nicht mehr willst, bist du mich sofort los. Keine Frau kann so denken. Das Geheimnis des Liebhabers besteht darin, dass er sich das wünscht, wovon er weiß, dass er es auch ganz sicher bekommen kann. Das gute Essen, die schnelle Liebe, das erbauliche Buch. Denn der Liebhaber ist ein Leser, ein kultivierter Mensch. Am liebsten lässt er sich von Büchern aufwühlen, beinahe noch lieber als vom Leben und von der Liebe, an die er nicht glaubt oder nur in den halben Stunden der Ekstase.

In der schönen Literatur ist der Liebhaber übrigens überproportional vertreten – aber er wird immer falsch beschrieben. Wahrscheinlich deswegen, weil die Autoren keine Liebhaber sein können, denn ein Liebhaber schreibt kein Buch. Liebhaber in Büchern von Männern sind allermeistens keine Liebhaber, sondern Frauenhelden, Lebemänner, die jeden Tag eine andere Schönheit vernaschen. Aber der Frauenheld ist kein Liebhaber. Der Frauenheld denkt an seine eigene Lust und wahrscheinlich noch viel mehr an sein Bild bei anderen Männern. Ein echter Liebhaber jedoch denkt ausschließlich an die Lust der Frau.

Ein Mensch, der zu seiner Geliebten als derselbe Mensch kommt, als der er sein Haus verlassen hat, ist kein Liebhaber, habe ich irgendwo gelesen. Der Liebhaber belügt seine Ehefrau, seine Geliebte und sich selbst, aber er empfindet sich keineswegs als Verräter, denn er erfindet höchstens Notlügen, zum Schutze aller Beteiligten.

„Ich war am Wochenende im Schwimmbad", erzählt er, „kennst du dieses Bad mit den herrlichen alten Kiefern? Sie haben das beste Eis der Welt. Ich kaufe mir immer Erdbeer und setze mich dann auf den untersten Ast. Man kann von da aus die ganze Stadt überblicken."

Aber er unterschlägt, dass seine Familie dabei war, dass er das Eisritual jeden Sommersonntag mit seiner Tochter zelebriert.

Auch die Geschichten für seine Frau, warum er am Montag so früh im Büro sein, warum er heute schon wieder Überstunden machen musste, sieht er nicht als Lügen an, sondern als Schonung, als gute Tat. Es scheint ein ausgeklügeltes System zu sein. Trotzdem ist der Liebhaber spontan. Er sagt ausschließlich Dinge, die ihm gerade eben in den Sinn gekommen sind. Seine Sätze laufen nicht durchs Gehirn, sondern entstehen direkt hinter seinen tadellosen Zähnen. Deshalb kann er eine Liebschaft nie lange geheim halten oder nur mithilfe seiner Frau, die sich gerne belügen lässt.

Man kann einen solchen Menschen nicht als böse bezeichnen, im Gegenteil, er ist der liebste und warmherzigste Mensch, den man sich denken kann. Der Liebhaber sieht sich nicht als Herr über seine Taten und kann also nicht zur Verantwortung gezogen werden.

„Mein Sohn war schon mit dreizehn erwachsener als ich", sagt er und ist stolz darauf.

Dass er es schließlich ist, der sich eine Geliebte genommen und seine Frau betrogen hat, die er jetzt belügen muss? Aber er konnte nicht anders! Es ist über ihn gekommen! Und geht es der Geliebten jetzt nicht schon viel besser, seit sie von ihm getröstet wird? Und ist er nicht viel netter zu seiner Frau, seit er die Geliebte hat? Er hat die stickige Luft zu Hause kaum mehr ausgehalten!

„Manche Männer brauchen eine Mama *und* ein anderes Kind zum Spielen", sagte Sylvie in ihrer gewohnten Lakonik, als ich ihr von meinem Kummer mit Thomas erzählte.

Der Liebhaber ist ein schwacher Mensch. Aber er versteht es, sich nicht greifen zu lassen. Das ist seine Stärke, deswegen hat er so viel Macht. Er ist herrisch und devot zugleich. Der Liebhaber ist immer ein paar Jahre älter als die Frau, er vermittelt ihr eine Geborgenheit, die er ihr gar nicht geben kann. Er kann auch besser zuhören als ein junger Mann, der sein Leben noch vor sich hat. Der Liebhaber ist alt, weil er schon dort angekommen ist, wo er immer bleiben wird, er tritt, im Gegensatz zu einem jungen Mann, nie in Konkurrenz zu seiner jungen Geliebten. Im Gegenteil, er bewundert sie und lässt sich Ratschläge von ihr geben. Schließlich ist er ihr dankbar, dass sie seine Bedingungen akzeptiert.

Auch seine Ehefrau bewundert der Liebhaber dafür, dass sie seine Bedingungen akzeptiert. Dass sie ihn aushält im Gegensatz zu ihm selbst, dass sie ihn geheiratet hat, obwohl er sie schon vor der Hochzeit betrogen hat. Sie weiß, dass alle seine Affären vorübergehend sind, dass er zu ihr zurückkommen wird. Sie hält es nicht für Liebe, sie denkt an die Kinder. Er weiß, dass sie ihm verzeihen wird, auch wegen der Kinder, aber nicht nur. Er weiß, dass sie ihn hasst, mittlerweile, aber er weiß auch, dass er die Bezauberung, wegen der sie ihm damals, als sie beide noch jung waren, verfallen ist, jederzeit wiederzuerwecken vermag. Er kommt ihr mit Erinnerungen, er bereut, er nennt die Kinder. Es ist eine Sicherheit, die ihnen beiden die Luft abschnürt, so lange, bis der Liebhaber wieder eine – soll ich sagen: Abwechslung, Ablenkung findet, die er für Liebe hält. Jedenfalls für kurze Zeit. Ich habe die Frau des Liebhabers nie getroffen. Aber so stelle ich es mir vor. Sie müssen sich hassen, wie zwei, die nicht durch Liebe, sondern durch die Verirrungen der Liebe aneinander gekettet sind.

Der Liebhaber ist der einzige Mann, der mir geschadet hat – er hat ein Verlangen in mir wach gerufen, das er selbst nicht einlösen konnte. Er hat mich kosten lassen vom Baum einer bösen Erkenntnis. Von einem Baum, dessen Frucht einen alles vergessen lässt für einen Moment. Eine giftige Frucht, eine Droge. Für ihren Genuss nimmt man die nachhaltige Schädigung seiner Gesundheit, seines Gehirns in Kauf.

Aber ich kann mir trotz allem nicht wünschen, den Liebhaber nicht kennen gelernt zu haben. Er hat in mir ein Verlangen geweckt, das er nicht zu stillen bereit gewesen ist, das er selbst nicht stillen konnte und das sich vielleicht gar nicht stillen lässt. Trotzdem scheint mir, dass ich von ihm gelernt habe, was Glück ist. Ein Glück, das durchzogen ist von Schmerz und deshalb umso süßer scheint. Vielleicht ist das Glück, das menschliche Glück, immer aus Zucker und Dreck gemischt.

Noch nie war ich einem Menschen so nahe wie Thomas, außer vielleicht Tibor. Ich will dieses Glück wieder spüren. Aber es lässt sich nicht herbeileiden durch unsinnige Hoffnungen, das habe ich mittlerweile verstanden. Und wenn man es eingefangen hat, fängt das Leiden erst an. Deshalb habe ich jetzt beschlossen, nicht mehr zu hoffen, nicht mehr auf etwas hoffen, von dem ich nicht wissen kann, ob es kommt. Zum Beispiel auf Tibor. Auf diese Beute lauere ich nicht mehr. Ich werde auch keine Fallen mehr stellen, aber ich werde meine Augen offen halten und diesen Ruhezustand so lange wie möglich genießen, so wie ich, nichts suchend, durch die Kleiderreihen gehe. Wenn es einem egal ist, ob man etwas findet, kann man das Shoppen am meisten genießen. Wenn man

nicht gewinnen will und nichts zu verlieren hat.

Wer aber liebt, hat keine Ruhe. Wer liebt, hat Angst. Das ist das Unglück am Glück. Kann man Glück haben und Ruhe? Ich habe es versucht. Aber dazu später. Zu Poigenfürst später. Poigenfürst – auch so eine dunkle Sandwolke in meinem kleinen Lebenswasser, die ich nicht gerne aufrühre, der Lehm, in dem ich beinahe stecken geblieben wäre.

Ich stand an der Bushaltestelle. Meine Taschen waren prall gefüllt. Lauter unnötiges Zeug, aber Dinge, die man immer wieder brauchen kann: ein Deo, eine Tube Schuhcreme, zwei Handtücher, ein paar Filzpantoffeln, eine Haarspange, ein Dekanter und eine Flasche Bordeaux. Das kann nie schaden. Wie mit den Erkenntnissen. Manchmal glaubt man, dass es nichts nutzt, etwas zu wissen oder über etwas nachgedacht zu haben, dass all die Denkerei Zeitverschwendung ist, vor allem wenn das „Problem" sich erledigt zu haben scheint. Aber es gibt Dinge, die man immer wieder brauchen wird. Es ist gut, wenn man sie zu Hause hat, zum Beispiel weiße Blusen. Sie hängen jahrelang im Schrank, und dann wird man plötzlich zu einer Hochzeit eingeladen.

Als der Bus einfuhr, erwachte ich aus meinen Tagträumereien. Ein kleines Mädchen zeigte lachend mit dem Zeigefinger auf mich.

„Warum lachst du?", fragte ihre Mutter gerade, „das ist doch praktisch, wenn man sich selbst als Ablage verwenden kann."

Praktisch, dachte ich, auch keine schlechte Kategorie. Ich pflege meine Papiertaschen nämlich auf dem aufgestellten Fuß, auf der Ferse, abzustellen, wenn die Straße nass ist.

„Da weiß man, wozu man noch gut ist", scherzte ich, als ich hinter den beiden in den Bus einsteigen wollte.

Aber ich überlegte es mir anders und ging zurück, um die weiße Bluse zu kaufen. Ich habe sie sogar anprobiert und mich dabei im Spiegel betrachtet. Es war gar nicht so schlimm. Als ich mich, um die Weißeblusentüte bereichert, im Bus hinsetzte, durchfuhr mich ein kleiner Schreck. Der Mann mit Thomas' Haarschopf ging draußen vorbei.

Ich sah Thomas vor mir, unter den Arkaden im winterlichen Krakau, unsere einzige gemeinsame Reise, den kalten Atem vor dem Mund und dann in unserer Hotelsuite im Bett liegend, verschwitzt und glücklich. Thomas' überraschtes, stolzes Gesicht, als er mich beim Billard besiegte in dem Krakauer Lokal. Auf der Bergwanderung, wo er den Fotoapparat in die Wiese legte und den Selbstauslöser aktivierte. Thomas lachend auf mich zulaufend, damit er noch aufs Bild kam. Thomas in der Küche der Wohnung, wo ich damals mit meinem schwulen Freund wohnte, die Tarte-Form in der Hand und eine Schürze umgebunden, denn Thomas ist ein hervorragender Koch.

Ich stelle mir den Liebhaber vor, im Bett, in meinem kleinen Schlafzimmer hinter der Küche, über mir, unter mir, neben mir, in dem Krakauer Grandhotel, auf der Bergwiese, am Ufer unseres Flusses im Sommer. In mir, auf mir. Der Liebhaber konnte mir in die Augen sehen, wenn wir miteinander schliefen, das können nicht viele Männer. Ich weiß, dass Thomas mich damals, im Hotel, auf der Wiese, im Schlafzimmer, am Fluss wirklich gesehen hat. Ich werde Thomas nicht vergessen. Ich weiß, dass Thomas mich nicht vergessen hat. Ich möchte Thomas sagen, dass ich ihn liebe, nein, dass ich ihn schätze, seine Leichtigkeit, seine Warmherzigkeit und seinen Humor. Es ist gut, dass Thomas mich verlassen hat. Er wäre mir nicht gewachsen gewesen.

Viertes Kapitel
Jahrtausendwende

„Hoffnung ist der farbenfrohe Pyjama, den wir uns über die Beulen und Schrammen des Tages ziehen."

Manchmal, wenn ich auf einen Artikel warte, der nicht und nicht daherkommt, surfe ich aus Verzweiflung auf diesen Internetseiten, wo irgendwelche Leute Zitate sammeln. Da stehen Goethe-Sätze in trauter Eintracht neben Aussprüchen von Schauspielern und Hotelkettenbesitzern, Bibelverse neben den Reden Buddhas. Nach dem Motto: „Das Leben ist eine Gemischtwarenhandlung, und die Religionen besorgen den Schlussverkauf."

Sätze trösten, wenn man schon an nichts mehr glaubt. Für jedes Problem, für jede Situation lässt sich ein Satz finden – und schon kann man wieder beruhigt einschlafen. Sätze sind Allheilmittel. Aber leider hält ihre Wirkung meistens nicht lange vor.

„Stellen Sie jeden Tag ein Zitat vor sich auf dem Schreibtisch auf. Das ist die beste Meditation: Vitaminration für Seele und Geist", empfehlen die Homepagebetreiber deswegen. Gestern gab ich den Begriff Hoffnung in die Suchmaschine ein und erhielt nur Unsinn wie:

„Das schönste Geschenk macht man, wenn man einem anderen Hoffnung und Zuversicht schenkt."

Die Botschaft: Leute, hofft, dann ist das Leben nicht so schwer. Ich hingegen sage: Wer hofft, ist dumm. Wer hofft, ist unmündig. Wer hofft, bleibt Untertan. Hoffnung macht abhängig, das haben die Mächtigen schon immer gewusst. Deshalb reden die Päpste und die Könige (und heute die Politiker) so gerne davon, dass sie den Menschen Hoffnung geben wollen. Leute, hofft, dann könnt ihr (dann können wir) besser schlafen! Mir ist jeder verdächtig, der mir Hoffnung geben will. Wie komme ich dazu! Und vor allem: Wie kommt er dazu?

In puncto Nachtruhe haben die Hoffnungsverfechter allerdings Recht. Seit ich ohne diesen Schlafanzug, sozusagen nackt, ohne Hoffnung, ins Bett gehe, kann ich nicht mehr schlafen. Mit der Hoffnung ist es ein merkwürdiges Ding. Wer hofft, ist beruhigt, aber wer hofft, der leidet auch. Er denkt die ganze Zeit über das nach, was er noch zu bekommen oder nicht zu verlieren hofft. Das kann nicht beruhigen.

Auch mit der Nachtruhe ist es ein merkwürdiges Ding. Nicht nur, dass man überhaupt schlafen muss. Als Kind hat mir das manchmal große Angst eingejagt. Ich lag im Bett und dachte: Wenn ich jetzt einschlafe, kann ich diesen Gedanken nicht mehr zu Ende denken. Dann bin ich weg. Jetzt .... Jetzt ... Natürlich konnte ich dann nicht mehr einschlafen. Je länger man über das Einschlafen nachdenkt und je mehr man beim Einschlafen denkt, desto weniger kann man schlafen. Das ist eine Binsenweisheit. Seitdem ich das läppische Interview mit dem alternden Schauspieler gelesen habe, dem Bonvivant und Liebhaber, der mich an Thomas erinnerte, kann ich nicht einschlafen. Wahrscheinlich denke ich zu viel.

Ich liege im Bett und versuche, nicht mehr zu denken. Aber es dauert kaum fünfzehn Sekunden, da saust der nächste Gedanke durchs Hirn. Im Sinne meines Hinschauprogramms schaue ich hin, was ich entdecke, ist jedoch meistens nicht der Rede wert. Nur diese peinlichen, kleinlichen Rotationsgedanken. Also versuche ich mich auf meinen Körper zu konzentrieren. Aber was sich da abspielt, ist auch nicht gerade beruhigend. Habe ich das früher nicht bemerkt? Seit einer Woche spüre ich meine Waden. Aber erst, wenn ich mich hinlege und die Augen schließe. Es pocht hinauf und hinunter, zuerst an der Außenseite, dann weiter hinten, aber ich kann diese Morsezeichen nicht entziffern. Es ist unheimlich, wenn der eigene Körper eine Sprache spricht, die man nicht versteht.

Gestern habe ich geträumt, dass Poigenfürst zurückgekommen ist. Ich war wieder mit ihm zusammen, küsste ihn und roch seinen süßlichen Schweiß, einen Geruch, der nicht unangenehm ist und den ich dennoch nie mochte. Nicht einmal im Schlaf hat man seine Ruhe. Meine Schwester Sylvie geht nie vor eins ins Bett und nie, ohne zwei, drei Gläser Wein getrunken zu haben.

„Ich will nicht mit mir selbst konfrontiert sein, wenn ich ins Bett gehe", sagt sie. „Ich will schlafen."

Es ist wieder Samstag, in den Zeitungen nichts Bemerkenswertes. Ich habe mich zu einem Spaziergang entschlossen, obwohl es schon früher Nachmittag ist. Die Sonne wird bald untergehen. Ich fühle mich nicht gut, bin müde und verschnupft, rieche nichts mehr und kann auch langsam nichts mehr denken. Wenn die Sonne untergeht, muss ich immer an meinen einzigen und zugleich letzten Ausflug mit Angela denken. Es war am Tag der Sonnenfinsternis, einem Mittwoch Anfang August. Dienstag abends war Poigenfürst aus der Schweiz zurückgekommen.

Ach nein, Dienstag abends, am Tag vor der Sonnenfinsternis, sind Tibor und ich aus New York zurückgekommen. Es war mein schwärzester Tag. Dabei bin ich davon überzeugt, dass die Sonnenfinsternis damit überhaupt nichts zu tun hat. Trotz der hysterischen Prognosen der Nostradamus-Freaks ist die Welt auch damals nicht untergegangen. Es ist weit und breit kein Schreckenskönig in Sicht, und ob ein neues Zeitalter angebrochen ist, lässt sich noch nicht feststellen. Aber ich wollte gar nicht von Tibor erzählen. Ich wollte von Poigenfürst erzählen. Mir kommen die Erinnerungen durcheinander.

Andreas Poigenfürst ist kurz vor Weihnachten zurückgekommen. Am dreiundzwanzigsten Dezember. Am vierundzwanzigsten wollten wir zu meinen Eltern fahren. In dieser Nacht habe ich kein Auge zugetan. Ich konnte nicht schlafen, weil in meinem Kopf die Gedanken tobten. Andreas' schwerer, süßlicher, nasser Geruch hing im Raum, und ich glaubte zu ersticken.

Mit den Gerüchen ist es ja auch so eine Sache. In der Natur oder in früheren Zeiten mögen sie etwas bedeutet, auf etwas hingewiesen haben. Wenn ich, wie jetzt gerade, am dritten Samstag nach dem Interview und schon im dritten Jahrtausend gelandet oder vielmehr gestrandet, durch die Stadt schlendere, auch um die ersten Angebote des Winterschlussverkaufs zu begutachten, bin ich immer verwundert, wenn ich etwas rieche. Nicht so sehr darüber, wie etwas riecht, sondern dass es, abgesehen von den Abgasen, die einem an windstillen Tagen den Atem nehmen, überhaupt Gerüche gibt.

Die städtischen Duftnoten sind leider meistens keine Wohlgerüche. Es sind Belästigungen. Der faulige Geruch der vorbeifahrenden Müllabfuhr, das süßsaure Odeur von Urin und Erbrochenem in den Unterführungen, der muffige Geruch von Hunden, der feine, aber schwer zu ignorierende Zigarettenrauch morgens auf der Rolltreppe oder der scharfe Geruch der Obdachlosen in der U-Bahn im Winter. Gerüche und Ekel liegen so nahe beieinander wie Intimität und Scham. Als ich heute früh Richtung Innenstadt fuhr, saß ein Obdachloser vor mir. Trotz Schnupfen wäre mir beinahe schlecht geworden. Es ist so traurig, wenn man aufstehen und weggehen muss, weil ein Mensch so riecht, wie ein Mensch eigentlich gar nicht riechen kann, gar nicht riechen dürfte. Als ich mich unauffällig ans hintere Ende des Wagens schlich, hoffte ich, dass der Obdachlose, dessen Oberkörper und Kopf haltlos nach vorne baumelten, mich nicht bemerkt hatte.

Manchmal, wenn ich so wie heute ziellos durch die Straßen streife, auf einer unbekannten Einkaufsfährte oder auf dem Weg ins Kino, springt mich ein Geruch an wie eine Beleidigung. Gerüche kennen keine Zurückhaltung. Sie treten an einen heran, ohne anzuklopfen. Wie kann ein Gegenstand oder ein Mensch, der fest und nicht gasförmig ist, über einen so langen Zeitraum so viele Partikel von sich schleudern? Ich versuche es mir bildlich vorzustellen – diesen Regen, diese Fontäne von Atomen, die ungeniert in einen fremden Körper eindringen, zumindest bis in die Gänge des Riechorgans. Ich habe in der Zeitung gelesen, dass Substanzen von der Nase ohne Umweg über das Blut direkt ins Hirn transportiert werden. Das kann ich mir gut vorstellen.

Meine Nase funktioniert gut, vielleicht zu gut. Ich rieche alles und bin mir nicht sicher, ob ich so direkt auf die Dinge gestoßen werden will. Es scheint mir nicht fair, zum Beispiel dem Obdachlosen gegenüber. Natürlich gibt es auch schöne Gerüche in der Stadt, den zarten Duft frisch gebackenen Brotes und den nahrhaften, ganz ähnlichen Geruch, der am Morgen aus der Bierbrauerei um die Ecke strömt, ganz zu schweigen vom Flieder im Frühling. Aber auch diese Gerüche sagen nichts mehr. Dass der Flieder blüht, ist eine Zier des Stadtlebens, aber es tut nichts zur Sache. Als Kind habe ich bei meinen Großeltern auf dem Land am meisten den Geruch des Misthaufens geliebt. Ich ging jeden Tag so nahe wie möglich daran vorbei, sog die betäubende, faulige Luft ein und fragte mich, ob ich mich ekeln sollte.

Andreas Poigenfürst war der neue Anwalt des „Theaterbretts", Thomas selbst hatte ihn wegen irgendeiner Ehrbeleidigungsklage engagiert. Ich bin Poigenfürst zum ersten Mal bei der Weihnachtsfeier begegnet, ein paar Monate nachdem Thomas sich von mir getrennt hatte und dann zu einem anderen Verlag gewechselt war. Andreas Poigenfürst saß mit dem Rücken zur Wand in der Mitte des langen Tisches und strahlte eine große Zufriedenheit aus. Er *saß* in seinem Körper, einem warmen, etwas stämmigen, aber nicht dicken Körper. Er saß mit einem langen A und einem scharfen S, und ich hatte den Eindruck, noch niemanden so sitzen gesehen zu haben, so geerdet und gleichzeitig präsent. Wir kamen gleich ins Gespräch, redeten über Musik. Ich höre gerne Barockopern, Poigenfürst liebt mittelalterliche Chormusik.

Andreas Poigenfürst war höflich, zurückhaltend und einer der intelligentesten Männer, die ich je kennen gelernt habe. Vielleicht war er auch ehrgeizig, aber nicht auf unangenehme Weise. Er war auf dem besten Weg zu einem gefragten Medienanwalt, aber das sah man ihm nicht an. Nicht, dass er bescheiden wirkte, aber es fehlte ihm diese betonte Aufgeräumtheit, die in der Medienwelt zum Überlebensset zu gehören scheint.

Andreas Poigenfürst hatte ein glattes, rundes, ein wenig teigiges Gesicht und große, klare Augen, und als ich ihn so sitzen sah, in seinem leicht fleischigen Körper, wirkte er auf einmal sehr anziehend auf mich. Ich hatte das Gefühl, dass er in seinem Körper ruhte – aber ich habe mich geirrt, denn sein Körper ruhte auf ihm. Poigenfürst konnte nie ohne ein üppiges Nachtmahl und ein paar Gläser Wein ins Bett gehen. Er litt unter Verstopfung. Ohne diese Darm-Schwere wäre er wahrscheinlich davongeflogen.

An diesem Abend fuhr Poigenfürst mit derselben U-Bahn nach Hause wie ich. Ich war mir sicher, dass es eigentlich nicht sein Weg war. Es imponierte mir, dass er sich mir so augenfällig näherte, denn Poigenfürst war nicht aufdringlich, er konnte nicht anders, als höflich zu sein. Als wir aus der U-Bahn stiegen, fuhr gerade mein Bus vor.

„Das ist mein Bus“, rief ich und ließ ihn im Regen stehen.

Ich war erleichtert, aber gleichzeitig tat er mir Leid. Nicht schon wieder ein neuer Mann, hatte ich mir in der U-Bahn geschworen. Aber ich wollte ihn nicht kränken, und so rief ich ihn am nächsten Tag an. Danach ging alles sehr schnell. Es war schön, mit Poigenfürst zu schlafen. Seine Sexualität war spielerisch und funktionierte wie von selbst. Man könnte sagen, er war gut im Bett. Vielleicht war der Geschlechtsverkehr für ihn so etwas wie ein gutes Essen, aber er fütterte auch mich gerne, sozusagen. Ich begann mich zu entspannen. Das Leben war doch nicht so schwierig.

Andreas Poigenfürst liebte dicke Romane und das Kino, gutes Essen und die Toskana, vor allem aber Diskussionen über Gott und die Welt, über Musik und das Theater. Er war vertrauenswürdig und wortgewandt, und er war verliebt in mich wie ein kleiner Junge. Was wollte ich mehr? Ich war ihm zugetan, und das von Herzen. Die Bedingungen stimmten, der Rest würde sich ergeben, wachsen, glaubte ich. Und wirklich, wir verstanden uns so prächtig, dass wir schon nach einem halben Jahr an Heirat dachten. Warum nicht – und dem Trend entgegen! Wir waren gerade dreißig geworden, ein paar Tage nacheinander, als wir in einer spontanen Aktion, ohne meiner Familie und seiner Schwester etwas zu sagen – Poigenfürsts Eltern sind schon gestorben –, aufs Standesamt stiefelten und danach in den Nachtzug nach Venedig stiegen. Wir standen am Rialto, da sagte Poigenfürst plötzlich:

„Ich habe dir ja nicht einmal einen Verlobungsring gekauft! Das muss schon sein, rückwirkend.“

Er betrat das nächstbeste Geschäft. Ich wartete im Wind und musste so dringend aufs Klo, dass die ganze Romantik dahin war.

Poigenfürst war sentimental. Er feierte den Heiligen Abend in unserer Familie und weinte sogar ein bisschen, wenn wir, was Sylvie, Anabel und ich unseren Eltern zuliebe abwechselnd tun, die Weihnachtsgeschichte vorlasen.

„Maria aber bewegte die Worte in ihrem Herzen." Bei diesem Satz schleichen sich regelmäßig sogar in meine Augenwinkel ein paar Tränen. Ich sehe die Worte der Hirten in Marias warmem Herzen hin und her schwappen, sich ausbreiten und auflösen, bis sie ein Teil ihres Leibes geworden sind. Ein Teil ihrer großen Freude und ihres zukünftigen Schmerzes.

Poigenfürst verstand sich übrigens hervorragend mit meiner Schwester Sylvie. Auch mit Anabel, aber zwei Menschen, die wenig von sich preisgeben, ergeben normalerweise keine guten Gesprächspartner.

„Deine Schwester Sylvie ist lustig", sagte er, nachdem Sylvie ihn einen ganzen Abend mit ihren Zynismen amüsiert hatte.

Lustig? Das ist wirklich nicht das richtige Wort für Sylvie. Wenn Poigenfürst etwas nicht besaß, dann war es Menschenkenntnis.

Aber Poigenfürst konnte hervorragend zeichnen, er fabrizierte Comicgeschichten für mich, wenn ich mit Anabel wandern ging oder Sylvie auf einer ihrer Stationen in aller Welt besuchen fuhr: Agnes, über die Berge stiefelnd mit ihrer kleinen Schwester und einer Geiß im Schlepptau. Agnes mit einem altmodischen Koffer, einen riesigen Fahrplan studierend. Agnes, bei ihren Eltern auf dem Pianino dilettierend und ihren Körper dabei hin und her schwenkend.

Poigenfürst liebte Fahrpläne. Er war betört von der Sicherheit der Gesetzgebung, der Klarheit des Notensystems und der Zuverlässigkeit der Eisenbahn. Mit Freunden, die etwas von Musik verstanden, hatte er einen Chor gegründet, der wöchentlich in seinem Arbeitszimmer Motetten probte. Poigenfürst konnte sehr gut singen. Danach kochte ich für alle auf, und wir saßen, das Anwaltsehepaar Poigenfürst mit Freunden, im Wohnzimmer und ließen es uns gut gehen. Ich konnte gegen seine Freunde nichts einwenden. Poigenfürst hat Freunde, mit denen man wunderbar reden kann. Sie waren nett und gebildet, aber ich wurde mit ihnen nicht warm. Sie machten originelle Witze, aber man hatte immer das Gefühl, mit Fremden zu reden. Sie konnten über alles lachen, und trotzdem wusste man nicht, wer lachte.

Manchmal ging mir Poigenfürst auf die Nerven. Er sammelte kleine, grellfarbene Stofftiere, und ich konnte ihn nur mit Mühe davon abhalten, eine Lampe in Form eines von innen beleuchteten Gummibärchens zu kaufen. Die Wohnungseinrichtung hatte er glücklicherweise mir überlassen.

An dem Tag, als alles anfing, was dann zum Ende führte, sah ich Poigenfürst vor mir in unsere Straße einbiegen und zu dem Haus an dem kleinen Park hinuntergehen, in dem ich immer noch wohne. Ich konnte damals noch nicht ahnen, ich erlaubte mir nicht zu ahnen, dass wir uns auf einer abschüssigen Bahn befanden, aber selbst wenn ich es geahnt hätte, hätte ich nichts dagegen tun können.

Poigenfürst hatte eine eigentümliche Art zu gehen, indem er ein Bein nach dem anderen aus der Hüfte, fast ruckartig, nach vorne warf und dann den Körper nachzog. Er trug einen roten Anorak und eine Nikolausmütze. Es war gerade Nikolaus, und da laufen die Jugendlichen ja seit einiger Zeit mit diesen langen roten Zipfelmützen herum, die unten von weißer Watte bekränzt sind, ein

Tick, der aus den Vereinigten Staaten zu uns herübergeschwappt ist, wie dieses Halloween-Gefeiere. Poigenfürst findet so etwas lustig. Er sah aus wie ein aufgezogener – ja, Nikolaus. In diesem Moment war mir mein Ehemann Andreas Poigenfürst peinlich.

Mit Thomas war es nie peinlich, schoss es mir durch den Kopf. Warum dachte ich jetzt an Thomas? Thomas hat Geschmack, dachte es in mir weiter, Thomas weiß jeden Augenblick, wie man sich benehmen muss. Aber beim Trinkgeld übertreibt er, räumte ich mir selbst ein. Ich hatte mich immer geniert, wenn Thomas überzogenes Trinkgeld gab. Nicht gönnerhaft, obwohl man es so hätte missverstehen können. Er wollte sich Sympathie kaufen, und das ist ihm auch meistens gelungen. Thomas hatte auch seine Schwächen, versuchte ich zu denken, aber ich hatte meine Gedanken nicht mehr unter Kontrolle.

Ich hatte geglaubt, es sei genug, dass ich mich für Poigenfürst entschieden hatte, aber ich wusste damals noch nicht, dass man sich aus Vernunft zwar gegen eine Liebe entscheiden kann, aber nicht für eine Liebe. In diesem Augenblick dachte ich, was längst schon als Ahnung in mir heraufgekrochen war, zum ersten Mal als Satz. Wenn man etwas zum ersten Mal als Satz denkt, kann man nicht mehr zurück. Deshalb werden die Leute so böse, wenn man ihnen eine Wahrheit sagt, die sie nicht hören wollen. Sätze, die wahr sind, kommen immer wieder zurück, solange man sich nicht das Gehirn zerstört hat. Vor allem nachts. Ich dachte also den Satz, den keineswegs originellen, aber für mich äußerst beunruhigenden Satz:

„Wenn ich morgen oder an irgendeinem Tag in meinem Leben einem Liebhaber, Thomas oder irgendeinem anderen Liebhaber begegnen sollte, werde ich sofort über alle Berge sein.“

Ich wollte doch Poigenfürst, wollte meine Ruhe. Aber das erwies sich plötzlich als gar nicht so einfach.

In diesem Augenblick drehte sich Poigenfürst um und erblickte mich.

„Babybär", rief er (so nannte er mich), „was machst du denn schon hier? Du darfst noch nicht rein. Ich brauche noch ein paar Minuten."

„Dann gehe ich noch schnell Klopapier kaufen", rief ich erleichtert.

Ich hatte also Zeit, mich zu fangen. Ich ging in die Drogerie um die Ecke, kaufte Toilettenpapier und einen Schwangerschaftstest. Wir hatten vor zwei Monaten aufgehört zu verhüten, und meine Tage waren schon überfällig. Ich wusste plötzlich nicht mehr, ob ich hoffen oder bangen sollte. Als ich nach Hause kam, fand ich einen Nikolaussack in meinen Stiefeln, einen Berg Schokolade und eine Zeichnung mit einem Chor aus Nikoläusen in Mönchskutten, die aus mit mittelalterlichen Noten verzierten Heften ein Minnelied sangen:

„Agnus dei, bist kein Lamm, Agnes mei, meine Dam'. Machs gut, machs gut, mit Stock und Hut, und hüte mir mein Erbesgut."

Das klingt alles sehr lächerlich, war es aber keineswegs, denn Poigenfürst beherrscht die Technik der Karikatur vollendet. Er kann sehr ironisch sein, wenn er will, auch die kindischsten Geschichten sind dadurch nicht peinlich. Sie sind sarkastisch und sehr direkt, das kann man spüren. Das ist das Einzige, was ich spüren konnte. Sonst habe ich wenig gespürt von Andreas Poigenfürst. Ich weiß so gut wie nichts über seine Ängste, die größten und die kleinsten, über seine Träume, die banalsten und die verwegensten. Er hat gehofft, nicht wie sein Vater zu werden oder zu enden. Ja, so drückte er sich aus: enden. Was das bedeutet, habe ich nie aus ihm herausbekommen.

Ich hatte ganz vergessen, dass Poigenfürst schon am nächsten Tag in die Schweiz fahren wollte, wo er für ein Buch zu einem medienrechtlichen Thema in den Archiven einer großen Zeitung recherchieren musste. Ich versteckte den Schwangerschaftstest in meiner Wäscheschublade, und wir verbrachten einen gemütlichen Nikolaus-Abschiedsabend, kochten Spaghetti mit Lachs, verschwanden zwischenzeitlich im Schlafzimmer, schenkten uns danach einen Whisky ein und redeten bis drei Uhr nachts über alles Mögliche, über Politik, den neusten Klatsch aus dem „Theaterbrett", über die Weltgeschichte.

Poigenfürst hatte sich für die Recherche zwei Wochen frei genommen, und zwei Wochen lang fragte ich mich, ob ich mit einem Mann zusammen sein konnte, der Nikolausmützen trägt. Ich schimpfte mit mir selbst. Was wollte ich? Jeder Mensch hat doch Seiten, die man nicht mag, ich konnte mich doch nicht wegen Nikolausmützen oder Gummibärenlampen von ihm trennen. Er liebte mich doch, er stand zu mir, er war gebildet, er sah passabel aus. Ich saß zu Gericht, aber über mich selbst, meine Ansprüche, meinen Realitätssinn. Je mehr ich mit mir schimpfte, desto mehr sehnte ich mich nach Poigenfürst. Früher hatte ich Andreas nie angerufen, wenn ich oder er unterwegs waren. Nun wählte ich jeden Tag seine Schweizer Nummer. Ich ging in die Offensive. Ich begann, mehr über meine Gefühle zu sprechen, schließlich konnte ich doch nicht ihm allein die Schuld geben. Ich musste selbst auch etwas tun. Und es schien auch ganz gut zu funktionieren.

„Weißt du", sagte ich an einem Abend am Telefon zu ihm, „es geht mir vor allem um eines: um Kontakt."

Ich hatte das Gefühl, dass er mich verstand. Noch nie hatten wir so offen miteinander geredet. Ich war glücklich. Man muss dem anderen eine Chance geben, sagte ich mir, es kann nicht jeder ein Liebhaber sein. Und ich will auch keine Liebhaber mehr. Liebhaber machen unglücklich, und ich will glücklich sein. Beinahe war ich glücklich. Als ich Poigenfürst vom Bahnhof abholte, sah er erholt aus. Fast zu erholt.

Ich habe Poigenfürst geschlagen, drei Wochen später. Noch nie hatte ich einen Menschen geschlagen. Nicht gehauen, wie ein Kind, oder gekniffen, wie unter Schwestern üblich, sondern geschlagen. Ich schlug ihn auf den Arm und dann auf den Kopf. Ich wollte ihm weh tun. Für einen kurzen Moment durchfuhr mich der Wunsch, seinen Kopf, seinen großen, freundlichen Schädel an die Wand zu schlagen und das Blut ins Bett hinunterfließen zu sehen. Denn wir lagen im Bett und versuchten zu reden. Aber man kann mit Poigenfürst nicht reden, nicht über ihn selbst. Als Anwalt konnte er brillant formulieren, Sachverhalte einkreisen, Situationen analysieren, Stimmungen schildern – aber über seine Gefühle konnte er keine Auskunft geben. Sie waren ein dunkler Kontinent für ihn, Sperrgebiet, das er auch nicht zu betreten gedachte.

„Wie fühlst du dich?"

„Ich weiß nicht."

„Was willst du?"

„Ich weiß nicht."

Und das von einem Mann, der mitten im Leben stand, wie man so schön sagt. Poigenfürst machte nicht einmal den Versuch, in sich hineinzuspähen. Außer diesem „Ich weiß nicht" konnte Poigenfürst nur einen einzigen weiteren Satz wiederholen. Und der hat mich noch mehr in Rage gebracht.

„Ich will dir nicht weh tun."

Ich kannte diesen Satz. Von Thomas.

Poigenfürst hatte mich betrogen, aber das allein war es nicht, was mich so kränkte. Es beleidigte mich, wen er sich dafür ausgesucht hatte. Poigenfürsts Neue, seine Archivzeitflamme, war Bibliothekarin und hatte „große Probleme", wie Poigenfürst mir mit wichtiger Miene verriet, mit sich selbst, mir ihrer Kindheit, mit ihren Eltern.

„Ich gebe dieser Beziehung höchstens ein Jahr", sagte Poigenfürst und war erstaunt, dass ich keine Details wissen wollte.

Wollte er mir tatsächlich Bericht erstatten, erzählen, „wie alles gewesen war", mich Anteil nehmen lassen? Ich wollte Kontakt – aber doch nicht solchen! Ich weigerte mich.

„Willst du sie nicht kennen lernen?"

Ich lachte. Ich versuchte einen klaren Kopf zu behalten, herauszufinden, was das hieß. Sich in jemanden zu verlieben: Das kann jedem passieren. Aber man muss wissen, was es bedeutet, was daraus folgt. Er wolle sich nicht von mir trennen, sagte Poigenfürst. Ich sei die beste Partnerin, die er je gehabt habe, sagte Poigenfürst und sah so verstört drein, als ob er nicht wisse, was das wiederum zu bedeuten hatte und was er daraus schließen sollte.

Ich dachte, ich müsste ihm Zeit geben. Aber die Zeit machte alles noch schlimmer.

„Ich will dir nicht weh tun", sagte Poigenfürst, und dann fuhr er in sein Büro, um seine, ich scheue mich zu sagen: Geliebte – in langen Telefonaten zu trösten und ihr zu erklären, dass sie nicht schuld sei. Er wollte mit mir zusammen sein, aber er wollte sich nicht von ihr trennen.

Weihnachten verbrachten wir wie geplant bei meinen Eltern. Poigenfürst war aufgeräumt, ließ sich, wie jedes Jahr, von meinem Vater auf der Violine begleiten bei seinen altrussischen Weihnachtsliedern, er machte meiner Mutter Komplimente, hörte sich Sylvies Probleme mit ihren Mitstipendiaten an und warf ab und zu einen besorgten Blick in die Wiege des kleinen Nepomuk, der gerade zwei Wochen alt war und nicht nur Anabel, sondern uns alle jede Nacht um den Schlaf brachte mit seinem ununterbrochenen Schreien.

Vormittags ging ich dann wie aufgezogen neben Poigenfürst spazieren in der gleißenden Winterlandschaft. Wir waren freundlich zueinander, aber in den neuen Fellhandschuhen, die er mir aus der Schweiz mitgebracht hatte, fühlten sich meine Hände klamm an. Ich wartete. Ich wollte ihm Zeit geben und hoffte, dass er sie sich auch nehmen würde.

Andreas Poigenfürst war intelligent, aber er hatte keine Kraft. Irgendetwas hatte ihn tief innen gelähmt. Nicht einmal sein Darm muckte mehr auf. Andreas Poigenfürst versuchte meine Fragen durch fette Speisen niederzuhalten und durch den Genuss von Musik. Seit seiner Rückkehr saß er jeden Tag mit einer Tafel Schokolade und einer Flasche Bier unter seinen Kopfhörern im Wohnzimmer. Sein Blick war woanders, aber ich konnte nicht sagen, wo. Gerne hätte ich etwas über seine Träume gewusst, aber nicht einmal er selbst wusste etwas darüber. Andreas Poigenfürst schlief in dieser Zeit tief und gänzlich traumlos, sagte er.

Drei Wochen ließ ich ihm Zeit, seine Geschichte zu verdauen, dann wollte ich endlich Auskunft haben. Wir lagen im Bett.

„Weißt du nun, was du willst?", frage ich ihn.

„Ich weiß es nicht", antwortete Poigenfürst. „Aber ich will dir nicht weh tun", fügte er hinzu.

Da klickte etwas aus in meinem Kopf. Ich hatte diesen Satz einmal zu oft gehört – diesen Liebhabersatz. Übersetzt heißt er: Ich kann mich nicht um deine Gefühle kümmern, aber am wenigsten will ich, dass jemand mich für einen rücksichtslosen Menschen hält.

Der Liebhabersatz, der Männer-Davonstehlsatz sagt: Ich bin es nicht, der dir weh tut. Das kann gar nicht sein, weil ich dir nicht weh tun *will*.

„Aber du *tust* mir weh", schrie ich. „Du tust mir verdammt weh – kannst du das nicht sehen?"

Ich hatte meine Tage noch nicht bekommen, aber der Schwangerschaftstest schlummerte immer noch in den Tiefen meiner Kommode. Ich hatte die Antwort – ja oder nein – nicht wissen wollen. Aber von Poigenfürst wollte ich jetzt eine Antwort. Ich wollte ihm nicht erlauben, sich auf diese Weise zu entziehen. Leider kann man Antworten nicht aus jemandem herausprügeln. Man hat überhaupt kein Recht, eine Antwort von jemandem zu bekommen. Nur wusste ich das damals noch nicht. Ich wollte nicht Poigenfürst, ich wollte eine Antwort. Aber ich bekam sie nicht. Meine Arme schlugen auf ihn ein, immer fester, ich wollte ihn zwingen zu reagieren, aber er tat mir den Gefallen nicht. Andreas Poigenfürst hob schützend den Arm und wehrte sich nicht. Da sackte meine Hand plötzlich herunter, und ich schickte ihn ins Gästezimmer zum Schlafen.

In dieser Nacht hätte mir auch ein Hoffnungspyjama nichts genutzt. Es war hoffnungslos. Ich lag im Bett und erinnerte mich daran, dass ich tags zuvor auf die Knie gefallen war vor Andreas Poigenfürst. Ich bin noch nie vor jemandem in die Knie gegangen, aber das ist es nicht, was mir heute noch so unangenehm ist, dass ich mich zwingen muss, mir die Szene vor Augen zu führen. Es ist keine Schande, wenn man vor jemandem auf den Knien liegt. Aber was habe ich gewollt? Ich wollte ihn zu einer Stellungnahme zwingen. Ich weinte. (Wie viele Frauen kann ich besser weinen, wenn jemand dabei ist.) Aber Poigenfürst reagierte nicht. Ich legte zu, ich schluchzte. Aber ich glitt an seinem Schweigen und an meinen Tränen ab wie an einem morschen, algenüberzogenen Steg, ich fiel tief, aber es tat nicht weh, jedenfalls nicht mehr als vorher. Ich schluckte mein Schluchzen hinunter und hätte es beinahe wieder herausgewürgt wie einen glitschigen rohen Fisch.

Andreas Poigenfürst ist ein Aal, nein ein Karpfen. Er öffnet rhythmisch den Mund, aber es kommt kein Laut, kein sinnvoller Satz heraus. Deshalb stand ich dann auch auf. Ich sah, dass es nichts brachte. Ich sah, dass ich ein Schauspiel inszeniert hatte, ein schlechtes Schauspiel, das ich für Gefühl gehalten hatte. Ich sah sein Maul diesen Satz schnappen und schnappen und schnappen: Aber ich will dir nicht weh tun. Ein Aal auf dem Trockenen. Zum Schluss fragte Poigenfürst mich, ob ich ihn liebe. Ich habe Ja gesagt. Was habe ich damit gemeint? Ich weiß es nicht. Vielleicht war es meine Idee, die ich geliebt habe, meine damalige Lebensrechnung, die auf die solide Ehehafen-Aktie gesetzt hatte, die Aktie ohne Risiko. Aber jede Aktie ist ein Risiko.

Ich bin noch nie so verwirrt gewesen wie damals. Den Rest der Nacht lag ich wach im Bett und konnte nichts mehr denken. Meine Hand brannte. Am nächsten Morgen setzten meine Blutungen ein. Hätte ich damals schon klar gesehen, hätte ich das Projekt Hoffnung damals schon aufgegeben. Aber ich sah überhaupt nichts mehr, nur einen Schleier aus geprügelter Eitelkeit und wildem Erstaunen.

Ich hatte mich für Poigenfürst entschieden und zu dieser Entscheidung auch stehen wollen, vielleicht war das mein Fehler gewesen. Ich hatte nicht damit gerechnet, dass Poigenfürst mir einen Strich durch diese Rechnung machen würde. Dass Poigenfürst mich vor sich retten würde. Als das Staunen sich gelegt hatte, fühlte ich mich müde, beinahe erleichtert.

Nach dieser Nacht, in der ich ihn zuerst küsste und dann schlug, habe ich mich geweigert, mit Poigenfürst zu reden. Ich wusste, dass Poigenfürst zu Freunden gezogen war, dass er die Frau, die solche „großen Probleme" hatte, regelmäßig besuchte. Ein paar Monate später bekam ich einen Anruf von Franziska, seiner Schwester.

„Andreas ist tot", sagte sie.

Wir trafen uns in einem Café. Andreas hatte keinen sehr intensiven Kontakt zu seiner Schwester, obwohl sie in derselben Stadt lebten und sonst keine näheren Verwandten mehr hatten. Ihre Mutter war gestorben, an Darmkrebs, kurz nachdem sie volljährig geworden waren.

Ich habe Franziska von Anfang an gemocht, denn Franziska ist einer der am wenigsten koketten Menschen, einer der tapfersten Menschen, die ich kenne. Sie ist die Gefasstheit in Person, mit perfektem Kurzhaarschnitt und einem glatten, ebenmäßigen, wie gemeißelt wirkenden Gesicht mit starken Kieferknochen und einer dunklen Hornbrille.

„Es war ein Autounfall", begann sie unvermittelt. „Jetzt habe ich niemanden mehr. Alle haben sich verabschiedet."

Nie zuvor habe ich ein Gesicht so zerfließen sehen. Franziska räusperte sich. Ich sagte nichts, denn Franziska ist kein Mensch, der getröstet werden will.

Dann erfuhr ich zum ersten Mal die Geschichte. Manche Geschichten scheinen alles zu erklären, und trotzdem erklären sie nichts. Die Geschichte von Poigenfürst und Poigenfürsts Vater ist so eine. In ihr führt kein gerader Weg von der Ursache zur Wirkung.

Poigenfürst hatte mir erzählt, dass sein Vater unter Depressionen gelitten und er selbst oft gefürchtet hatte, im selben Alter, mit dreiunddreißig, krank zu werden.

„Vielleicht habe ich das geerbt", sagte er und runzelte die Stirn. „Das ist doch vererbbar."

Er war einunddreißig, als er starb.

Sein Vater war bei einem Autounfall ums Leben gekommen, als Andreas fünf Jahre alt war, das hatte ich gewusst. Aber ich hatte nicht gewusst, dass sich die ganze Familie im Auto befunden hatte. Ihr Vater, erzählte Franziska, die damals schon sieben gewesen war und sich an alles genau erinnerte, sei auf dem Weg zu Verwandten bei einer Abbiegung, die sie schon unzählige Male gefahren waren, schnurstracks auf einen Baum zugefahren. Sie riss jetzt noch die Augen auf, als sie davon erzählte.

„Ich konnte es nicht glauben, der Baum kam immer näher“, sagte sie.

Ich wollte fragen, was mit Andreas war, aber ich traute mich nicht, sie zu unterbrechen.

„Ich wollte schreien, aber es kam kein Ton aus meinem Mund. So ist das wohl oft.“

Sie schluckte. Ich nickte und wollte etwas sagen, aber Franziska achtete gar nicht auf mich.

„Vielleicht hätte Vater reagiert, wenn ich hätte schreien können.“

Sie verfiel in Nachdenken.

„Jedenfalls würden wir jetzt alle nicht mehr leben, wenn meine Mutter damals nicht das Lenkrad herumgerissen hätte, in letzter Sekunde. In letzter Sekunde für uns, aber nicht für Vater. Der Baum erwischte nur die Fahrertür. Vater war sofort tot.“

Franziska starrte vor sich hin.

„Ich weiß heute noch nicht, was es für ein Baum war“, fügte sie nach einer Weile hinzu, als ob das ein besonders wichtiges Detail sei, „aber ich sehe noch die Rinde vor mir, ihre Konturen, die immer näher kamen. Ich habe versucht zu erkennen, was für ein Baum das war – und dann kann ich mich an nichts mehr erinnern. Ich bin mit dem Kopf nach vorne geschlagen und bewusstlos geworden. Andreas, der wie immer hinter Vater saß, hatte nicht einmal eine Schramme.“

„Er hat mir nie …“, begann ich.

„Andreas hat immer behauptet, sich an nichts erinnern zu können“, unterbrach mich Franziska. „Er wollte mir auch nie glauben, dass Vater ganz gegenwärtig war, als er direkt, ohne Umschweife, ohne mit der Wimper zu zucken auf den Baum zufuhr. Mama hat damals, als sie ins Lenkrad griff, seinen Namen geschrien. Bernd! Und dann: Die Kinder! – Später hat Mutter über den Unfall nicht mehr gesprochen, obwohl ich sie ein paar Mal danach gefragt habe. Andreas hat immer so getan, als hörte er nicht zu. Und dann ist Mutter krank geworden.“

Franziska schwieg.

„Meine ganze Kindheit musste ich einen Pony tragen, damit man die Narbe auf der Stirn nicht sah. Ich hasse Ponys.“

Franziska runzelte die Stirn. Ich hatte die kleine Schramme über ihrer linken Augenbraue nie bemerkt.

Franziska wirkte verstört. Wahrscheinlich sprach sie deshalb so sachlich. Seit Angela tot ist, weiß ich, dass der Schmerz erst später einsetzt. Damals traf ich mich mit Angelas Exfreund in einem Café. Wir sprachen über Angela, über ihre Kindheit, trugen zusammen, was wir wussten, analysierten ihr Verhalten, als ob sie noch lebte. Erst in der Nacht begann ich zu weinen. Über Poigenfürsts Tod konnte ich nicht weinen. Ich hatte schon zu viel geweint während unserer Trennung. Ich wusste nicht, was das alles bedeuten sollte.

Dass Poigenfürst gestorben ist, hat für mich so wenig Sinn, dass ich es mir nicht einmal vorstellen kann. Der Polizeibericht behauptet, dass er mit seiner neuen Freundin am Handy telefonierte, als er von der Straße abkam. Man hat ihre Nummer im Speicher gefunden. Ich habe überlegt, ob ich sie anrufen soll, aber ich habe es nicht getan. Einige Minuten vorher hatte er Franziska auf den Anrufbeantworter gesprochen, nichts Besonderes, nur einen kleinen Gruß und dass er ihr Schweizer Schokolade mitbringen würde. Franziska liebt Schokolade.

Ich habe Franziska später angeboten, auf mein Erbteil – ich war ja noch mit Poigenfürst verheiratet – zu verzichten. Aber sie wollte davon nichts hören.

„Andreas hat sich nicht gerade fein verhalten dir gegenüber“, sagte sie entschieden. „Stell dir vor, du wärst schwanger gewesen.“

Franziska wollte nie Kinder haben. Aber sie hatte Andreas jahrelang in den Ohren gelegen damit, Tante werden zu wollen. Deswegen hatte er ihr auch die Postkarte mit der Elster mit dem Kondom im Schnabel geschickt, als wir aufhörten zu verhüten.

Schwanger? Das konnte ich mir in diesem Moment nicht einmal vorstellen.

Aber ich hatte ein schlechtes Gewissen. Ich kann nicht genau sagen, warum, schließlich hatte Poigenfürst mich verlassen. Noch heute erscheint mir sein Tod unwirklich, so als ob Poigenfürst in eine andere Stadt gezogen wäre, sagen wir in jene Stadt, in der er damals recherchiert und sein armes Hascherl von Freundin kennen gelernt hat. Als ob ich ihn, wie einen Bruder, jederzeit anrufen könnte und mich auf einen Kaffee mit ihm verabreden. Wir würden uns gleich wieder gut verstehen und festplaudern. Ich habe das Gefühl, als hätte sein Tod nichts mit mir zu tun. Ich habe kein gutes Gefühl, wenn ich an Poigenfürst denke, dabei habe ich mir nichts vorzuwerfen. Ich habe so gehandelt, wie die meisten Frauen handeln würden, als ich ihn hinauswarf.

Vielleicht habe ich deswegen meinen Mädchennamen nicht wieder angenommen, es wäre mir wie Verrat vorgekommen. Außerdem gefällt mir der Name Poigenfürst. Agnes Poigenfürst, das klingt so gemütlich, so barock.

Meine Zeit mit Poigenfürst kommt mir wie ein kleiner, netter Film vor, eine Episode mitten in einer laufenden Fernsehserie, die ich zufällig gesehen habe und die nichts mit mir zu tun hat. Ein uninteressanter kleiner Film, den man an einem langweiligen Abend bis zum Ende anschaut, obwohl man sich vorgenommen hat, gleich wieder abzuschalten, ein Film, bei dem man sich nicht gelangweilt und manchmal sogar amüsiert hat, der aber keine Spuren im Gedächtnis hinterlässt, weil es um nichts gegangen ist.

Eigentlich bin ich jetzt Witwe. Ein merkwürdiger Gedanke. Witwe – das klingt, als ob ich nun in Besitz einer Geschichte wäre, aber ich kann nichts von einer Geschichte spüren. Witwe – das klingt, als ob ich schon ein Leben gehabt hätte, dabei war alles, was ich bisher erlebt habe, Episoden, Szenen, vermischte Details. Bis vor kurzem, bis zu dem Interview, habe ich noch gehofft, dass meine Geschichte, mein Leben jetzt endlich losgeht.

Aber vielleicht wollte ich auch nicht, dass es richtig, das heißt endgültig losgeht. Dass damit das Ende sichtbar wird. Wie meine ganze Generation. Wir lassen uns gerne so viele Optionen wie möglich offen und wundern uns dann, keine Entwicklung aufweisen zu können, höchstens in puncto Karriere. Aber selbst die ist meistens keine gerade Linie. Ein paar Monate bei dieser, zwei Jahre bei einer anderen Firma, dann eine Umschulung, eine Weltreise und so weiter. Man könnte sagen, wir machen uns ein lockeres Leben. Man könnte sagen, dass wir unser Leben nicht in den Griff bekommen.

Tatsächlich haben wir keinen Plan. Wir wollen viel – und vieles nicht. Zu viel – und zu vieles nicht? Wir basteln an unseren Biografien, aber es werden keine Geschichten daraus. Kein Drehbuchautor könnte etwas mit unserem Leben anfangen, zum Beispiel dem von uns Schwestern. Zu viele Brüche, zu viele Personen, zu wenig Spannung, zu wenig Klarheit. Sylvie versucht immer noch, ihre Karriere „anzuwerfen“, wie sie sagt, Anabel steigt nach einer Umschulung demnächst wieder ins Berufsleben ein. Sie war Pressesprecherin in einer mittleren Firma, bevor sie das Kind bekam. Jetzt will sie Webdesignerin werden und zu Hause arbeiten. Und ich selbst bin nie über das Honorarnotenstellen hinausgekommen. Korrektorin ist ja kein Beruf.

An Silvester, das ich seit langem wieder einmal mit Anabel und Sylvie verbrachte, saßen wir an meinem langen Esstisch im französischen Landhausstil, vor uns die russische Heringstorte, deren Rezept ich von Irina habe, der Linsensalat, der ja bekanntlich zu Reichtum verhelfen soll, eine spanische Tapenade, italienische Antipasti und polnischer Apfelkuchen. Wir tranken Rotwein und redeten über alte Zeiten.

„Kinder“, sagte Sylvie. „Wisst ihr noch, wie wir uns immer ausgemalt haben, was zur Jahrtausendwende sein wird?“

„Du wolltest Polarforscherin werden, Anabel Ärztin und ich Fotografin oder Malerin“, meinte ich.

„Ja, aber dann wolltest du Mathematikerin werden, Anabel Entwicklungshelferin und ich Malerin“, sagte Sylvie. „Mir war klar, dass ich zur Jahrtausendwende weltberühmt sein würde. Und jetzt? Papa hat mich mühsam überredet, nicht bildende, sondern eine angewandte Kunst zu studieren – aber was hat es mir genützt? Ein Projekt hier, ein Vortrag da – einen grünen Zweig kann man das nicht nennen. Und jetzt bin ich vierunddreißig. Kein Mann, mir bleibt nur die Karriere.“

So richtig verzweifelt klang Sylvie nicht. Sylvie kann gar nicht verzweifeln.

„Du bekommst sicher bald deine große Chance, architektonisch, meine ich“, sagte Anabel, „und einen

Mann findest du auch, wenn du willst. Man muss halt auch bereit sein, Abstriche zu machen."

„Na ja", warf ich ein. „Die habe ich ja zum Beispiel gemacht, mit Poigenfürst ..."

„... aber genützt hat es dir nichts!", vollendete Sylvie den Satz.

Ich schmollte. Aber ich hatte keine Lust, mich mit Sylvie zu streiten. Ich darf das sagen, über Poigenfürst, Sylvie nicht. Sylvie macht ständig Kompromisse. Aber nur, weil sie sich auf nichts einlassen will, auf nichts Verbindliches. Sylvie wirkte nicht sehr zufrieden. Aber das ist sie noch nie gewesen. Sylvie hat schon immer viel gewollt, sie ist der ungeduldigste Mensch, den ich kenne. Wenn Sylvie gute Laune hat, kann man mit niemandem mehr Spaß haben, aber wehe, es ist ihr etwas über die Leber gelaufen. Dann ist sie so unausstehlich, wie man nur sein kann. Sylvie denkt nicht daran, Rücksicht zu nehmen oder andere zu schonen.

„Nicht einmal du hast mehr einen Mann", sagte sie jetzt zu Anabel, „dabei hatten wir immer gehofft, dass du das solide Feld abdecken würdest. Nimm's mir nicht übel, aber du hast doch die Christian-Geschichte langsam überwunden."

„Na ja, überwunden", meinte Anabel, „mit einem Kind einen Mann zu finden ist jetzt nicht mehr so leicht. Und mit Christian werde ich wohl noch lange zu tun haben, schließlich braucht ein Junge seinen Vater."

„An Silvester einzuspringen als Vater und den Abend mit seinem Sohn zu verbringen, dazu hatte er ja wohl *keine* Lust", hakte Sylvie nach.

„Das kann ich schon verstehen, mit einem zweijährigen Kind ...", wollte Anabel ansetzen.

Anabel hat immer Verständnis für andere, damit bringt sie Sylvie auf die Palme.

„Also hör mal“, unterbrach Sylvie, „du brauchst diesen Schuft nicht auch noch zu verteidigen.“

Sylvie und ich nennen Christian Schuft seit zwei Jahren, Christian, Mamas einstmaligen Vorzeigeschwiegersohn. Anabel ist Christian zum ersten Mal auf dem Geburtstag eines Schulkameraden begegnet, zarte achtzehn Jahre alt und noch voller Pickel, Christian ein Jahr älter als sie. Eine Woche später waren sie ein Paar, als ob sie schon immer ein Paar gewesen wären. Anabel und Christian sind für mich immer der Beweis gewesen, dass es funktionierende Beziehungen gibt, keine überschäumende Liebe vielleicht, dazu fehlt es ihnen an Temperament, aber mit gemeinsamen Interessen, Freunden, Vertrauen, Geborgenheit.

„Ich frage mich schon langsam, ob Männer und Frauen überhaupt zusammenpassen, ohne irgendeinen Zwang“, meinte Anabel.

„Jetzt fang du nicht auch noch mit dieser Illustriertenpsychologie an“, unterbrach Sylvie. „Frauen sind vom Mars und Männer von der Venus.“

„Umgekehrt“, warf ich ein, „Frauen sind von der Venus …“

„… und sitzen um das Feuer und tratschen und Männer einsame Jäger, die in den Sonnenuntergang starren und nichts dafür können, dass sie kein vernünftiges Wort rauskriegen“, stöhnte Sylvie. „Die Hauptsache ist doch, dass man Freunde hat. Die bleiben einem wenigstens ein Leben lang erhalten.“

„Trotzdem macht es mich krank, damit rechnen zu müssen, dass man mit dem Menschen, den man im Moment am meisten liebt, in zwei bis drei Jahren nichts mehr zu tun haben wird“, warf ich ein, „mit Freunden und mit irgendwelchen fernen Bekannten aber schon.“

„Kinder, ihr dürft nicht immer alles so ernst nehmen“, nörgelte Sylvie.

Sylvie fand immer schon, dass ihre kleinen Schwestern zu viel denken und zu wenig handeln. Während sie wahrscheinlich zu viel handelt und nicht alles durchdenkt.

„Man kann sowieso nicht alles mit einem Menschen teilen", redete sie weiter, „die meisten Männer gehen einem doch schon nach drei Wochen auf die Nerven. Okay, ich bin Single, aber ich habe alles, was ich brauche: einen Kinofreund, einen Kunstgesprächefreund, eine Bettgeschichte, eine Arbeitsfreundin, eine Tauchfreundin – von jedem das, was zu mir passt."

„Was dir passt", wollte ich einwerfen, aber ich unterließ es.

„Meine Freunde", fuhr Sylvie ungerührt fort, „gehen mir jedenfalls nicht mit ihrer Gesamtpersönlichkeit auf die Nerven, mit all ihren Macken. Und ich ihnen auch nicht. Ich weiß, dass ich manchmal schwer auszuhalten bin."

Sie schenkte sich noch ein Glas Wein ein. Anabel wollte etwas sagen, aber Sylvie unterbrach sie.

„Und dann habe ich natürlich noch euch zwei, ich weiß. Das ist beinahe das Wichtigste."

Sylvie zündete sich eine Zigarette an und schaute uns beinahe sentimental an.

„Wenn ich nur schon an diese Beziehungskriege denke", fuhr sie gleich fort, „das ist doch unwürdig. Spülst du auch mal wieder? Warum hast du den Müll nicht heruntergebracht? Ich fühle mich vernachlässigt, weil du so viel arbeitest – etcetera, etcetera. Darauf habe ich wirklich keine Lust mehr. Besser, man hat seine eigene Wohnung und sieht sich nur in der Freizeit."

Sylvie redete sich langsam in Fahrt. Ich hatte nicht gewusst, dass sie sich ihr Leben so zurechtgelegt hatte.

„Wenn ich es so bedenke", musste ich einräumen, „dann war die angenehmste Wohngemeinschaft, seit ich von zu Hause ausgezogen bin, die mit Martin. Und der ist schwul. Mit einem Mann, aber ohne Beziehungsstress – das war schon erholsam."

„Kann ich mir vorstellen", meinte Sylvie, „das war auf meiner Residency in San Francisco auch so. Man kommt sich einfach nicht zu nahe. Ich meine: Man muss sich nicht ständig fragen: Machen wir es oder machen wir es nicht?"

Ich stand auf, um meine Zettelkasten-Sammlung mit den Zitaten zu suchen. Eines handelte nämlich von der Hoffnung und vom Krieg, also auch vom Beziehungskrieg. Als ich es überflog, war ich mir nicht mehr sicher, ob es Sylvie gefallen würde.

„Krieg ist zuerst die Hoffnung, dass es einem besser gehen wird, hierauf die Erwartung, dass es dem anderen schlechter gehen wird, dann die Genugtuung, dass es dem anderen auch nicht besser geht, und hernach die Überraschung, dass es beiden schlechter geht."

Nein, Trennungen machen nicht stark. Sie zermürben und zerstören irgendwann die letzte Zuversicht. Bis man sich zu fragen beginnt, ob es nicht klüger gewesen wäre, Frieden zu schließen, sich zu arrangieren. Bevor ich mich für Poigenfürst entschied, hatte ich das nie gekonnt. Die Hoffnung war immer zu groß gewesen. Darauf, dass eines Tages doch noch ein Besserer kommen würde, einer, der sagen würde: Alles ist gut. Der Märchenprinz, der Erlöser. Auf den warten ja die meisten, sei es in der Liebe, in der Politik oder fürs Jenseits. Sogar der Philosoph des Prinzips Hoffnung hat sich selbst als Erlöser gebärdet. Dabei wusste er genau: „Hoffen und Harren macht manchen zum Narren." – Auf der Suche nach einer Geschichte, die Sinn macht. Aber jetzt wollen ja alle nur noch Spaß haben.

Kurz vor Silvester wurde eine Umfrage unter den Jugendlichen unserer Stadt gemacht. Auf deren Wunschliste fürs nächste Jahrtausend steht der Spaß ganz weit oben. Aber noch mehr sehnen sie sich nach einer stabilen Beziehung und einem harmonischen Familienleben! (Die Armen, sie wissen noch nicht, dass sie damit am meisten zu kämpfen haben werden!)

Die Auswertung der Umfrage stand in einer Online-Jugendzeitung, gleich daneben fand ich einen Artikel über die Zunahme der Oktopusse in den Meeren. „Tintenfische als Gewinner der ökologischen Katastrophe".

„Eine unerwartete Spezies scheint den Planeten einzunehmen", hieß es in dem Artikel, nach dem die Tintenfische bereits mehr Platz auf dem Planeten brauchen als wir. „Die Tintenfische fressen alles, was sich ihnen in den Weg stellt und wachsen, bis sie sterben. Diese Tiere scheinen unsere ökologische Katastrophe zu lieben", meinte ein Forscher im Interview, der hinzufügte, dass die Überfischung der Meere und die globale Erwärmung ein Mitgrund für die Invasion der Tintenfische seien. Sie fänden mehr zum Fressen, aber sie würden in dem warmen Wasser nicht fett, sondern nur immer größer. Besonders ihre Jungen. Ich dachte an die amerikanischen Luftballonkinder und las weiter: „Da kommen auch die Fressfeinde nicht mehr mit, obwohl zum Beispiel die Nahrung der Thunfische bis zu einem Viertel aus Kopffüßern besteht." Der Forscher schloss triumphierend: „Wir müssen viele Portionen Calamari essen, bis der menschliche Appetit das ökologische Gleichgewicht wiederherstellt."

Ja, wir haben großen Appetit. Aber kann Appetit eine

Lösung sein? Zuerst alles abzugrasen und sich dann zu wundern, dass nichts mehr wächst? Oder Sehnsucht? Sich nach Geborgenheit zu sehnen, aber nicht danach, selbst verlässlich zu sein?

Bei Oscar-Preisverleihungen danken die Schauspieler immer als Erstes und mit Überschwang der Ehefrau oder dem Ehemann, ohne deren „unendliche Liebe, Geduld und Solidarität“ der Film, für den sie ausgezeichnet werden, nie hätte gedreht werden können. Und lassen sich dann regelmäßig ein paar Monate später scheiden.

Anabel sehnt sich, glaube ich, nach einem neuen, dem richtigen Christian. Sylvie ist schlauer. Sylvie hat, das sagt sie sogar selbst, derweil sie auf die Liebe gewartet hat, an ihrer Karriere gebastelt. Jetzt hat sie das Warten aufgegeben, sagt sie. Sylvies längste Beziehung dauerte ein Jahr – dann ging ihr Freund zum Studieren nach Amerika.

„Ich laufe doch einem Mann nicht in ein anderes Land hinterher“, sagte Sylvie, die gerade ein Auslandssemester in Frankreich absolvierte.

Robert verliebte sich in eine Campus-Kollegin und Sylvie in Guillaume, einen französischen Weinbauer, mit dem sie ein Jahr lang eine geheime, heiße Affäre hatte. Sylvie trauert Guillaume insgeheim immer noch nach, aber sie gibt es nicht zu. Insgeheim wartet sogar Sylvie auf einen Mann, der sie glücklich machen wird. Dabei ist Sylvie nicht unglücklich. Das erlaubt sie sich gar nicht. Sylvie ist nur sauer. Wie die Frauen in der Fernsehserie über Sex und die Stadt, die ich im New Yorker Hotel gesehen habe. Sie sitzen jede Nacht in einem anderen Café und schimpfen über die Männer. Sie beschimpfen die Männer – und wundern sich dann, wenn sie ihnen davonlaufen. Sie gebärden sich unabhängig – und wollen doch nur geheiratet werden. Aber bitte von einem, der schön, reich und nett genug ist. So kann das nichts werden. Die Liebe macht alles Mögliche, aber aus einem unglücklichen Menschen noch lange keinen glücklichen.

Meistens läuft es doch so ab: Man verliebt sich, schwebt auf Wolken, und nach ein paar Monaten oder

Jahren stellt man fest, dass man nicht so glücklich ist, wie man war oder es sich vorgestellt hat. Man schaut den anderen an und sieht nur noch Mängel.

Jemanden ganz kennen zu lernen ist nie romantisch. Liebe ist kein Genuss. Wer liebt, hat Angst. Wer liebt, muss klar sehen. Wer liebt, sieht alles zusammen. Deshalb kann der Liebhaber nicht lieben. Er hat sich von der Möglichkeit abgeschnitten, Angst zu haben, zugunsten des Genusses, er hat einfach keine Lust, klar zu sehen.

Marina hat mir erzählt, dass sich jetzt sogar ihre Eltern scheiden lassen. Sie war fassungslos. Dabei wohnt sie schon lange nicht mehr zu Hause und ist selbst geschieden.

„Das ist doch ein Witz. Mein Vater ist achtundsechzig und meine Mutter fünfundsechzig“, sagte sie. „Was erwarten die sich? Dass es danach besser wird? Dass jetzt das Leben anfängt?“

Marina konnte sich nicht mehr beruhigen.

„Dass wir mit dreißig noch nicht gescheit genug sind zu wissen, dass nie etwas anfängt und schon gar nicht alles gut geht, kann man vielleicht noch auf unsere arg verlängerte Pubertät schieben“, meinte sie zerknirscht. „Aber in einem Alter, in dem einem erste Anzeichen von Weisheit, was immer das auch sein mag, gut zu Gesicht stehen würden … Ich habe, ehrlich gesagt, keine Lust, mir meinen Vater auf Freiersfüßen vorzustellen.“

Das Gespräch mit Marina hat mich in meinem Entschluss, mich zurückzuziehen, bekräftigt. Man kann sich anscheinend auf nichts verlassen. Wahrscheinlich verlassen sich die Leute deswegen auf immer merkwürdigere Dinge. Ihre unberechenbaren Gefühle, das Horoskop oder die Gene. Unser Vater zum Beispiel glaubt an die Macht der Evolution, die strukturelle Logik der Doppelhelix und die unbegrenzten Möglichkeiten der modernen Medizin.

„Die heutige Medizin macht das schon“, sagt er zufrieden. „Man muss halt regelmäßig zur Vorsorgeuntersuchung gehen.“

Er ist überzeugt, dass Wunder was erfunden sein wird, wenn er erst einmal in die Gefahr kommt, alt und krank zu werden. Um auf dem Laufenden zu bleiben, hat er aber jetzt schon eine Reihe von medizinischen Zeitschriften abonniert. Anscheinend hegt er die Hoffnung, das Leben auf diese Weise einmal ganz zu verstehen. Wenn er weiß, wie es funktioniert, wie *er* funktioniert. Das ist seine Form von Metaphysik. Sylvie, Anabel und ich haben ihn dafür immer belächelt. Dabei haben wir uns auch gerne auf merkwürdige Dinge verlassen.

Zum Beispiel darauf, dass wir es einmal besser haben werden als unsere Eltern. Ohne Zwänge und mit allen Möglichkeiten. Wir wollten leben. Wir wollten haben. Ans Sparen denken wir bis heute nicht. Wir wissen ja, dass wir von unseren Eltern eine erkleckliche Summe erben werden. Dass man mit einem Studium der Philosophie kein Geld verdienen kann, war mir immer egal. Sylvie hat sich zwar von unserem Vater, dem Selfmademan, der aus eigenen Kräften eine Firma aufgebaut hat, dazu überreden lassen, nicht Kunst, sondern Architektur zu studieren, aber sie weigert sich, nützliche Sachen zu machen. In ihrer letzten Ausstellung hat sie eine Rauminstallation aus Found Footage gezeigt. Möbel vom Sperrmüll und so.

Das machen ja viele. Sie nehmen Sachen, die gerade da sind, stellen sie aus und erwarten, dass man verstummt. Sylvie nimmt sich so schrecklich wichtig. Ihre Karriere als Künstlerin. Ich glaube, dass Sylvie lieber mit ihrer Phantasie als mit einem wirklichen Menschen zusammenlebt. Sie wolle sich nicht einschränken lassen, sagt sie, nicht von den Regeln der Kunst (dabei hält sie sich genau an die Regeln) und nicht von den Marotten eines Mannes. Sie wolle nur frei sein. Aber was versteht Sylvie darunter?

Den Gang ins Fitnessstudio? („Damit ich nicht verfalle und krank werde.“) Und anschließend ins Solarium und in die Sauna? („Weil ich es mir schuldig bin, so schön wie möglich zu sein.“) Ich kann das nicht: Sport betreiben, joggen etc. Wenn ich versuche Sport zu treiben, komme ich mir immer so eingeengt, so getrieben vor: hineingetrieben in das Konzept, sich dem Lauf der Dinge entgegenstemmen zu müssen. Das ist mir zu anstrengend. Ich gehe manchmal wandern mit Anabel und Eis laufen im Winter. Wenn es so kalt bleibt wie jetzt, werde ich wohl bald wieder meine Runden ziehen können auf den schönen Seitenarmen unseres Flusses.

Das Erstaunliche ist, dass ich nie ein richtiges Konzept für mein Leben hatte und es trotzdem gescheitert ist. Sylvie hatte ein Konzept, ihre Karriere, und ist ebenfalls gescheitert.

„Bis jetzt jedenfalls. Aber das kann sich ändern“, erklärte sie uns an diesem Silvesterabend.

Und dass sie sich einen Coach leisten würde im neuen Jahr, im neuen Jahrtausend.

„So kann das nicht weitergehen“, sagte Sylvie, „anscheinend habe ich irgendeinen Kniff noch nicht rausgekriegt, und ich weiß noch nicht, welchen.“

Sylvie hat mich belächelt, damals, als ich die Therapie begonnen habe. Jetzt lächelte ich, aber nur innerlich. Ich kann Sylvie nicht immer sagen, was ich denke, dafür habe ich viel zu viel Respekt vor ihr, und ich habe sie gern. Vielleicht lernt sie ja etwas von dem Coach, sicher lernt sie etwas dabei. Ein Coach hat ja bekanntlich für alles ein Rezept. Er wird bei Sylvie leisten, was mir meine Therapeutin immer verweigert hat: Tipps zu geben, wie man leben soll. In diesem Falle: wie man leben soll, um Erfolg zu haben.

Wenigstens ist ein erfolgreiches Leben leichter herbeizuführen als ein erfülltes. Einer unserer Journalisten, vierzig, mit Bauch, Halbglatze und dem originellen Namen Walter Huber, der am wenigsten erotische Mann der ganzen Redaktion, der nach allem anderen, nur nicht nach Erfolg aussieht, hat neulich ein Buch veröffentlicht, dessen Titel mich lange beschäftigt hat. „Marke(ting) Ich. Wie Sie sich als Marke neu erfinden". Der erste Schritt sei Selbsterkenntnis, sagte er in einem Interview, der zweite Marketing. Man solle sich auf seine Stärken konzentrieren. „Stärken verstärken, Schwächen abschwächen." Oder so ähnlich.

Wahrscheinlich hat Walter Huber diese rote Brille und diese knalligen Krawatten, die er seit neuestem trägt, als seine Stärken erkannt. Er ist Gastrokritiker und als solcher nicht unbekannt. „Der Weingeist" – diesen Namen hat er sich selbst zugelegt und ihn in Bildunterschriften zu seinen eigenen Artikeln, denen oft ein Foto von ihm selbst in einem Lokal, bei einer Degustation beigestellt ist, so oft wiederholt, bis auch andere anfingen, ihn so zu nennen.

Wahrscheinlich denkt Walter Huber, er sei nun eine Marke. Er hält sich für einen *winner*. Mir hat er bis jetzt immer Leid getan, weil ich ihn für einen *loser* gehalten habe, auf jeden Fall für geistlos. Mein Vater würde sagen:

„Der Erfolg hat ihm Recht gegeben."

Diesen Satz habe ich schon als Kind immer am meisten gehasst. Aber Walter Huber hat tatsächlich Erfolg mit seinem Buch. Er hält sogar schon Seminare ab über seinen Marke-Ich-Fimmel. Neulich schickte er intern eine Mail herum, die er wohl lustig fand: „Für alle, die noch immer nicht wissen, was Marketing ist." Sie hört mit dem Satz auf: „Du gehst auf eine Party und siehst ein Mädchen. Sie kommt herüber und sagt: Hallo, ich habe gehört, dass du großartig im Bett bist, wie wär's mit uns? – Nun, DAS, sehr geehrte Damen und Herren, ist die Kraft der Marke!"

Ich fürchte, dass Huber noch eine Weile an seiner Marke arbeiten muss, bis er diese Wirkung erzielt ... Trotzdem konnte ich es mir, unter dem Vorwand, es Sylvie zu schenken, nicht verkneifen, sein Buch im Internet zu bestellen. Kunden, die es gekauft haben, stand dort, haben auch folgende Bücher bestellt: „Die Macht der Stimme. Erfolg durch Klang, Volumen und Dynamik", „Auf dem Königsweg zum Erfolg. Der diskrete Charme der Einflussnahme". Und Kunden, die diese Bücher gekauft haben, haben wiederum, wie ich durch Anklicken unschwer herausfand, gekauft: „Eigenlob stimmt. Karriere durch Selbst-PR", „Machtspiele für kleine Teufel. Mit List und Tücke an die Spitze". Walter Huber hat bekommen, was er wollte. Er trägt eine rote Brille, bunte Krawatten und heißt „der Weingeist". Vielleicht fühlt er sich wirklich besser als vorher.

„Und wenn du dann gecoacht bist, überlegst du dir jede Sekunde, ob du jetzt richtig gehandelt hast? Im Sinne deiner Marketing- oder Was-weiß-ich-Strategie?"

Die Frage konnte ich mir an Silvester nicht verkneifen.

„Nein", lachte Sylvie, „wahrscheinlich halte ich das eh nicht durch. Du kennst mich ja. Dieses Selbstmarketing ist, glaube ich, mehr etwas für Asketen. Eigentlich ist es traurig: Für alles, was man früher für selbstverständlich gehalten hat, gibt es jetzt Seminare: Wie benutze ich meine Stimme, wie werde ich Vater, wie entdecke ich meine Kreativität."

„Ja", meinte ich, „das ist Therapie ohne Therapie. Alle wollen Rezepte anwenden und ihre Fassade bereinigen, aber niemand will etwas dahinter schauen!"

„Die Philosophin spricht", hänselte mich Sylvie.

Ich kam mir selbst eher vor wie eine Predigerin. Aber ich kann manchmal nicht anders.

„Stellt euch vor: Neulich las ich von einem Seminar mit dem Titel: Wie Sie Ihre Ausstrahlung effektiver machen. – Was, bitte, hat Ausstrahlung mit effektiv zu tun?“

„Aber“, warf Anabel vorsichtig ein. Anabel hält sich bei solchen Diskussionen immer zurück – aber nicht, weil sie nichts zu sagen hätte. Eher aus altem Respekt vor uns Großen. „Aber dann heißt es wieder von jemandem, der besonders erfolgreich ist, dass er nur er selbst ist und deswegen so gut. Ich frage mich: Wie kann man authentisch sein, wenn man einer Strategie folgt? Uns zum Beispiel ist in der Ausbildung immer eingebläut worden, dass wir so natürlich wie möglich sein sollten und eine persönliche Beziehung zum Kunden aufbauen. Wo die Kunden doch …“

„… alle Idioten sind“, seufzte Sylvie und erzählte uns dann von ihrem letzten Streit mit Mama. Ich habe schon vor Jahren aufgehört, mit Mama zu streiten, aber Sylvie kann es nicht lassen. Wahrscheinlich hat Anabel es am besten gemacht. Sie hat sich nie auf Diskussionen mit unserer Mutter eingelassen.

Mama war sich unsere ganze Kindheit lang sicher, dass wir es einmal besser haben würden als sie selbst, dass wir nicht als Hausfrauen enden würden, die ihren Ehemännern nach der Pfeife tanzen müssen. Unser Vater ist kein Tyrann, aber er hat sie immer spüren lassen, woher das Geld kam, und einmal im Jahr gnädig gesagt:

„Komm, Cornelia, ich kaufe dir ein Kleid.“

Aber jetzt ist Mama unsicher geworden. Jetzt, wo die geplatzten hoch fliegenden Träume ihrer Töchter auch ihre eigenen auf den Boden zurückgeholt haben, hat Mama zum ersten Mal den Gedanken gedacht, dass sie es vielleicht gar nicht so schlecht erwischt hat. Mama und Sylvie haben, wie Sylvie erzählt hat, an Weihnachten darüber gestritten, was besser sei: sein Leben lang in einer nicht gerade glücklichen Ehe zu bleiben, wie

Mama es getan hat, nicht zuletzt für uns Kinder. Oder wählerisch zu sein und gar keinen Mann zu haben – was Mama Sylvie vorgehalten hat.

„Sie wollte mir weismachen, dass ich mich lieber *fügen* soll. So wie sie sich gefügt hat", lachte Sylvie, die sich schon immer schlauer vorgekommen ist als Mama, was Mama allerdings auch immer befördert hat, indem sie sich bei Sylvie Ratschläge holte über alles Mögliche, von der Ehe bis zu ihrer Diät.

„Und seitdem trägt sie diese kindische Genugtuung vor sich her", fügte Sylvie hinzu.

„Tja", warf ich ein, „wenn sie sich mit uns vergleicht: alle Töchter über dreißig – und alle Singles. Keine von uns hat Geld. Anabel hatte als Einzige eine Anstellung, aber jetzt ein uneheliches Kind und keinen Job mehr. Ich glaube, Mama denkt, dass wir selbst schuld sind. Dabei hat sie uns ständig von Pippi Langstrumpf und der roten Zora vorgelesen."

„Wenn Mama mir allen Ernstes rät, doch zu heiraten", sagte Sylvie, „kann ich mir jedenfalls nur an den Kopf greifen. Sie sieht nicht, dass man heute nicht mehr heiraten *kann*, um seine Sorgen mit einem Schlag los zu sein. Die Sorgen, die fangen dann doch erst an!"

„Vielleicht sind wir aber auch nur verwöhnt", meinte Anabel schüchtern, „wir haben vielleicht zu vieles für selbstverständlich genommen und nicht alles gegeben, was wir hätten geben können. So wie Papa bei seiner Firma."

„Eine Sockenfabrik!", stöhnte Sylvie. „Dahinein hat er sein Leben investiert. Hör auf, Anabel."

„Aber er hat nebenbei Violine gelernt", verteidigte Anabel Papas einziges Hobby, mit dem er uns jahrelang gequält hat.

„Und Mama malt jetzt Aquarelle, seit sie von ihren Töchtern pensioniert ist", spottete Sylvie.

„Im Ernst", kam ich Anabel zur Hilfe, „ich überlege schon manchmal, ob ich nicht etwas Richtiges hätte studieren sollen, wie Papa es nennt, oder ob ich umsatteln soll, wie Anabel, auf Webdesign oder so, statt mit meinen mageren Honoraren fürs Korrekturlesen herumzukrebsen."

„Manchmal denke ich, dass alles anders gekommen wäre, wenn Christian und ich früher geheiratet hätten", sagte Anabel unvermittelt.

Ich sagte nichts. Anabel zermartert sich immer noch den Kopf. Dabei hat gerade Anabel nichts falsch gemacht. Sylvie dachte offensichtlich dasselbe wie ich.

„Du hast nichts falsch gemacht!", rief sie ärgerlich.

Anabel will lieber glauben, dass sie etwas hätte anders machen können, als dass ihre Annahmen über das Leben – dass man nur lieb und nett sein muss, und dann wird alles gut – nicht stimmen. Ganz anders als Sylvie. Sylvie kennt keine Selbstzweifel, im Gegenteil, sie liebt es, über „die Gesellschaft" zu schimpfen, die ihre Künstler so schlecht, so undankbar behandelt – keine Arbeit, kein Geld, keine Anerkennung …

„Dabei braucht die Gesellschaft uns Künstler!"

Das stimmt. Aber gibt es ein Recht auf Selbstverwirklichung? Martin, mein früherer Mitbewohner, der ebenfalls Philosophie studiert hat und jetzt natürlich arbeitslos ist, hat mir neulich empört erzählt, dass ihm das Arbeitsamt eine Stelle als Schuhverkäufer angeboten hat. Hat er erwartet, eine in einem Philosophiegeschäft zu bekommen? Die Schwester des alternden Schauspielers, die sich täglich ihre alten Filme anschaut, weltberühmt und sicher einst Millionärin, ist heute hoch verschuldet. Sie hat, erzählt der Schauspieler in dem Interview, ständig Sachen eingekauft und sich dann gewundert, wenn die Rechnung kam.

Anabels Geschichte hat mir am meisten zu denken gegeben, denn Anabel hat sich nie „verwirklichen" wollen. Wir andern, Sylvie und ich, sind ja gewissermaßen selbst schuld an unserem gestaltlosen Leben, unserem Schlingerkurs. Aber dass es auch Anabel treffen könnte, Anabel, unsere bescheidene kleine Schwester, das hätte niemand gedacht. Das hat unsere, Sylvies und meine Erwartungen empfindlich gedämpft, auch wenn Sylvie das nicht zugibt. Anabel hat nie nach den Sternen gegriffen und ist schon gar nicht in ein wackliges Fluggefährt eingestiegen. Dennoch ist Anabel am härtesten von uns allen aufgeprallt.

Als Anabel und Christian bereits zehn Jahre zusammen waren, blieb Anabels Menstruation zum ersten Mal aus. Anabel, die überall geliebt ist, wo sie arbeitet, hatte gerade in ihrer neuen Firma Fuß gefasst. Natürlich hatten sie sich immer Kinder gewünscht. Vielleicht hätten sie noch ein paar Jahre gewartet, aber es „passte" trotzdem. Da Christian kurz zuvor eine Praxis auf dem Land übernommen hatte, in der Nähe der kleinen Stadt, in der sie wohnten, waren sie finanziell abgesichert. Anabel freute sich auf das Kind, und auch Christian schien sich zu freuen.

Vielleicht war Christian in diesen Monaten ein wenig stiller als sonst, weniger gesprächig, aber das begriff Anabel erst im Nachhinein. Auf den Familientreffen, an Weihnachten und im Sommer, an Papas Geburtstag, verhielt sich Christian gesellig und witzig wie eh und je. Anabels Bauch wurde dicker und dicker. Es war ausgemacht und keine Frage gewesen, dass Christian sie zur Geburt begleiten würde. Das war den beiden im Kurs „Wir werden Eltern" auch nahe gelegt worden. Um eine emotionale Grundlage zwischen Vater und Kind sowie zwischen den werdenden Eltern zu legen, hieß es.

Wann hat es also angefangen? Wahrscheinlich weiß Christian es selbst nicht. Drei Wochen vor der Geburt verliebte er sich jedenfalls in seine neue Arzthelferin.

Eine Woche vor der Geburt teilte er Anabel mit, dass er sich von ihr trennen würde.

Anabel hat drei Stunden lang so laut, so erbärmlich geschrien, wie sie ihr ganzes Leben nicht geschrien hatte. Drei Tage konnte sie nicht aufhören zu weinen. Wir fürchteten um das Kind. Zur Geburt begleitete sie unsere Mutter. Mein kleiner Neffe Nepomuk brüllte die ersten drei Monate jede Nacht lang. Seitdem ist Anabel sehr still geworden. Sie hat ein so schmales Gesicht bekommen. Wenn Anabel heute lacht, und sie lacht wieder sehr gerne, hat sie nichts Mädchenhaftes mehr an sich, sondern den ernsten Charme eines Menschen, dessen Glaube an die Richtigkeit der Welt schon seit längerer Zeit zerbrochen ist. Anabel ist tapfer. Sie macht niemandem einen Vorwurf.

Anabel und Christian haben sich nie gestritten. Wahrscheinlich war das der Fehler. Was mich aber weit mehr interessieren würde, ist die Reaktion von Christians Freunden, seiner Familie. Ich würde die Hand dafür ins Feuer legen, dass niemand zu ihm gesagt hat: Du bist ein Schuft. Nicht einmal die Frauen. Dabei hat er gehandelt wie ein Schuft. Er wird schon seine Gründe gehabt haben, Anabel zu verlassen, werden seine Freunde sagen, wahrscheinlich hat er sich eingeengt gefühlt, oder sie hatten sich auseinander gelebt. Das mag stimmen. Aber ist das ein hinreichender Grund?

Sicher hat niemand zu ihm gesagt: Du hättest wenigstens noch ein paar Monate warten können, bis nach der Geburt, bis Anabel und das Kind das Gröbste überstanden haben. Dass das seine Pflicht gewesen wäre nach zehn glücklichen oder zumindest nicht unglücklichen Jahren mit Anabel. Aber von Pflichten traut sich heute niemand mehr zu reden. Pflichten haben wir ja in hohem Bogen über Bord geworfen und im Ozean des Vergessens versenkt. Auf den frei gewordenen Bug haben wir die so genannte Freiheit und die Kapriolen der Liebesgefühle gesetzt. Diese Galionsfiguren waren uns heilig. Nicht einmal Sylvie und ich trauten uns anfangs zu sagen: Christian ist ein Schuft. Wie hätten wir beurteilen sollen, was seine Gründe waren und ob die neue Frau nicht die Frau seines Lebens war. Vielleicht hatte er Angst vor der Verantwortung, werden seine Freunde gesagt haben. Aber in manchen Situationen wird ein Feigling eben zum Schuft.

Nur Tante Greta, Papas Schwester, die den Bauernhof unserer Großeltern bewirtschaftet, hat, als sie von Christians Flucht erfuhr, ein entsetztes Gesicht aufgesetzt und spontan ausgerufen:

„Was ist denn das für ein *Mann?*“

Natürlich, in früheren Zeiten waren Eheleute einander auf Gedeih und Verderb ausgeliefert. Aber heute ist man auf Gedeih und Verderb seinen eigenen undurchschaubaren Gefühlen ausgeliefert, und nicht einmal unsere besten Freunde sind noch gewillt, uns zu warnen. Denn sie sehen es als ihre Aufgabe ab, uns bei unserer Selbstverwirklichung zu unterstützen. Ob es besser gewesen wäre, wenn Christian Anabel nicht verlassen hätte, kann ich nicht beurteilen. Ich wundere mich nur, wie sehr er seinen momentanen Eingebungen gefolgt ist. Dabei war er doch sonst nicht so spontan. Er wird sich gesagt haben:

„Ich kann nicht anders.“

Das ist ja eine beliebte Begründung.

Und ganz sicher hat er sich auch gesagt:

„Ich will ihr ja nicht weh tun …“

„Ich will.“ Das Gefühl weiß immer sofort, was es will und nicht will, und stürmt, auch wenn es vorgibt, nicht zu wissen, was es will, voran, während die Vernunft und – ich traue es mich kaum zu sagen: der Anstand mit komplizierten Argumentationen und voller Skrupel den Finger erheben und dann verdattert stehen bleiben. Das ist die Kehrseite, eine neue Art von Terror. Gefühlsterror statt Tugenddiktatur.

Tugenddiktatur schreibt Regeln vor. Gefühlsterror fordert Entscheidungen ein, täglich, stündlich, minütlich. Das ist weitaus weniger gemütlich, als Regeln zu befolgen. Kein Wunder, dass wir alle so angestrengt wirken. Nein, ich sehne mich nicht zurück nach Zeiten, in denen jeder Regelbruch, jede Abweichung bestraft wurde, ich sehe nur unser Dilemma. Wir sind, wie damals die weißen Besiedler Amerikas, aus absolutistischen, allunterdrückenden, aber allumsorgenden Königreichen in den Wilden Westen entlassen worden, in heldische Zeiten, deren Verlust der alte Hegel in seiner Studierkammer so sehr bedauert hat. Im Wilden Westen kann, ja muss jeder sein eigenes Gesetz, seine eigene Moral stiften. Aber wer schafft das schon? Wir sind Cowboys und Gangster oder vielmehr Greenhorns, die Cowboys und Gangster werden wollen. Wir schießen los, und dann möchten wir uns wieder hinter Mamas weitem Rock verstecken. Wir sind traurige Helden, um die ein scharfer Wind pfeift. Wir stehen in der selbst gerodeten Wüste, und weit und breit ist keine Deckung in Sicht. Da gehen wir dann schulterzuckend in den Saloon und bestellen einen doppelten Whisky.

„Ich pfeife auf deine komischen Helden“, zeigte Sylvie an unserem Silvesterabend meiner Heldentheorie die kalte Schulter.

Wir lümmelten mittlerweile auf dem Sofa.

„Ein Held übernimmt die Verantwortung für seine Tat. Aber schau dir doch Christian an. Und deinen Poigenfürst. Erst weglaufen und einen Scherbenhaufen hinterlassen und dann unschuldig schauen und sagen: Ich hab doch nichts gemacht. Ich wollte dir nicht weh tun. Kinder sind das, keine Helden.“

„Sage ich ja“, meinte ich und schenkte Rotwein nach, „dass sie sich hinter Mamas Rock verstecken wollen oder mit Whisky betäuben – und sich wundern, wenn jemand kommt und ihnen Vorwürfe machen will."

Anabel sagte wenig an diesem Abend. Anabel hat sich schon immer in ihr Schicksal gefügt. Das habe ich schon früher an ihr bewundert. Es wird ihr auch jetzt gelingen. Ich bin überzeugt davon, dass Anabel wieder einen Mann finden wird, aber es wird nicht mehr dasselbe sein. Wahrscheinlich werden auch die Eltern von Marina neue Partner finden, aber am Schluss müssen sie sich die Frage stellen, wird auch Christian, der Schuft, sich die Frage stellen müssen, ob es das wert war, ob es danach besser geworden ist.

Wenn ich an Christian denke, vergesse ich schlagartig meine Kränkung durch Poigenfürst. Gegen die Christian-Geschichte ist die Poigenfürst-Geschichte harmlos.

Um Anabel von unseren trostlosen Diskussionen zu verschonen, spielten wir den Rest des Abends Activity, dieses Spiel, bei dem man Begriffe pantomimisch darstellen muss. Das ist gar nicht so leicht bei Begriffen wie Globalisierung, Single oder New Economy. New Economy errieten wir trotzdem sofort, als Sylvie mit einem imaginären Handy herumfuchtelte und dann mit gewichtiger Miene etwas in ihre Handfläche tippte …

Als es Mitternacht schlug, stiegen wir aufs Dach und schauten uns das Feuerwerk über der Stadt an.

„Die Leute scheinen sich wirklich auf das neue Jahrtausend zu freuen", meinte ich spöttisch, dabei war ich ein wenig gerührt, wie immer an Silvester.

Schon wenn ich das hohe Pfeifen der Raketen höre,

fühle ich mich in Kindertage versetzt und sehne mich nach dem Gefühl des Magischen, des Wunderbaren zurück, der Erwartung, dass jetzt die ganz große Überraschung platzt, das nie Gesehene. Als Kind habe ich nicht nur die für mich immer neuen, immer überraschenden bunten Lichtregen geliebt, sondern auch den Geruch, den scharfen Geruch nach Verbranntem. An diesem Abend kam mir alles so prosaisch vor. Es stank einfach. Und die Lichtspiele waren sich alle so ähnlich.

„Ich glaube, ich werde alt“, seufzte auch Sylvie. „Ich kann einfach keine Euphorie mehr entwickeln für solche Dinge.“

„Meinst du Silvester oder das neue Jahrtausend?“, fragte ich.

„Beides“, lachte Sylvie. „Und die Liebe. Die Männer taugen nichts mehr. Sie sind weder zuverlässig noch charmant. Beziehungsweise Letzteres nur, wenn sie mit jemand anderem verheiratet sind. Dann tragen sie dich auf Händen.“

Sylvie starrte in den Sternenhimmel.

„Ich glaube, ich werde mich in Zukunft auf Liebhaber konzentrieren. Die sind doch das Angenehmste – wenn man keine Gefühle investiert.“

„Ist das dein Vorsatz fürs neue Jahrtausend?“, murmelte ich.

Ich hatte keinen blassen Schimmer, was ich mir vornehmen sollte. Die Hoffnung aufgeben? In diesem Moment kam mir das so lächerlich vor.

Dann riefen wir unsere Eltern an. Unser keiner Neffe schlief tief und selig. Anabel ging an diesem Abend ebenfalls früh ins Bett, während Sylvie und ich uns, unterstützt von einigen Gläsern Whisky, noch einmal heiß redeten über Frauen und Männer und die Unmöglichkeit, sich gegenseitig zu verstehen.

Zum Beispiel darüber, dass Männer immer lautstark stöhnen müssen, wenn sie sich ärgern oder ihnen etwas weh tut.

„Damit man auch ja angesteckt wird von ihrer schlechten Laune“, sagte ich.

Und darüber, was anders wäre, wenn Männer menstruieren würden.

„Alles“, sagte Sylvie, „auf jeden Fall wären sie weniger wehleidig.“

„Kennst du übrigens den“, fragte Sylvie, als wir uns endlich ins Bett legten: „Frauen können zwar einen Orgasmus vortäuschen, aber Männer können ganze Beziehungen vortäuschen. – Erzähle das aber nicht Anabel.“

Im Januar konnte ich Sylvie ausreden, Anabel bei einer Flirt-Homepage einzutragen. Sie wollte Anabel unbedingt einen Mann suchen.

„Zum Heiraten“, sagte Sylvie. „Die Kleine fühlt sich am wohlsten unter der Haube.“

Ich weiß nicht. Sylvie mag das lustig finden. Sie hat sich schon mit Typen getroffen, die sie bei so einem Chat kennen gelernt hat, und ist manchmal sogar mit ihnen im Bett gelandet. Sylvie sieht so etwas als Experiment an, aber wenn ich mir Anabel, unsere ernste, traurige Schwester vorstelle, wie sie sich mit einem unbekannten Mann trifft, der vielleicht ihr Ehemann werden soll – es kommt mir unwürdig vor. Oder ist es unvernünftig, zu stolz für so etwas zu sein? Wie kann ich mit einem Mann höflich plaudern, bei dem ich schon nach einer Sekunde weiß, dass er nicht mein Ehemann werden kann? Höflich sein, wenn ich mich eigentlich schäme? Dabei halte ich mittlerweile ziemlich viel von der Höflichkeit.

Vielleicht will das niemand hören, aber ich möchte an dieser Stelle von Tugenden reden. Auch wenn nichts so sehr „out“ ist wie Tugenden, wie zu erklären, was man für richtig hält.

Tugenden sind Aktien geworden, die ihren Preis kosten und bei denen es ungewiss ist, ob sie einmal Gewinn abwerfen werden. Wer würde so etwas kaufen? Zum Beispiel die Höflichkeit. Man darf nicht an jedem seine Laune auslassen, nicht jedem seine Meinung sagen, muss an sich halten. Höflichkeit war früher das Allerletzte für uns, für Sylvie und mich. Höflich waren Spießer und andere Langeweiler, unser Ziel war ein Höchstmaß an Ehrlichkeit. Warum sollte man jemanden höflich oder freundlich behandeln, auf den man sauer war? In unseren Studenten-WGs sind wir dem anderen so nahe getreten wie irgend möglich.

„Du bist egoistisch, nie spülst du."

„Du bist asozial, weil du dich immer in dein Zimmer zurückziehst."

„Ich muss mit dir reden."

Da gab es keine Flucht, nur die Pflicht zu beichten. Heute treten einem die Menschen nicht mehr so nahe. Aber Gleichgültigkeit ist keine Höflichkeit.

Der höfliche Mensch fordert von anderen keine Rechte ein, er kennt nur Pflichten. Er respektiert die Grenzen des anderen. Das kostet zwar nicht viel, aber es ist ungewiss, ob man etwas zurückbekommt, das heißt, von den anderen genauso höflich behandelt wird. Wer würde so einen Handel eingehen? Ich habe den Begriff Höflichkeit zum Spaß in der Zitate-Suchmaschine im Internet eingegeben – aber zur Höflichkeit gibt es im Gegensatz zur Hoffnung nicht viele Treffer.

Auch die Rücksicht hat dasselbe Schicksal ereilt. Heute scheint klar zu sein: Wer Rücksicht nimmt, ist selbst schuld. Wer Rücksicht nimmt, wird es nie zu etwas bringen. Meine Nachbarn feiern Feten bei offenem Fenster und lassen nachts um eins die Waschmaschine laufen. Sie werfen Kondome in meinen kleinen Hof, die ja nicht zufällig aus dem Fenster fallen können, aber als ich mich einmal beschwert habe, haben sie alles abgestritten. Wer sich für schlau hält, streitet alles ab. Wer sich auslebt, gilt als klug. Darüber konnte Poigenfürst kaum mehr lachen – seine Prozesse in dieser Sparte hingen ihm zum Hals heraus. Deswegen hat er ja auf den Mediensektor gewechselt, aber da geht es auch nicht besser zu. Wer andere beleidigt und einen Prozess an den Hals bekommt, ist schlau – denn er bekommt die nötige Aufmerksamkeit. Und so weiter. Poigenfürst war höflich und rücksichtsvoll. Aber er besaß keine Würde.

Würde, die keine Tugend ist, sondern die Frucht eines, ich will diesen Begriff probehalber verwenden: tugendhaften Lebens, ist nicht einmal „out". Es weiß einfach niemand mehr, was das ist. Der Beweis: Die Suchmaschine hat nicht einmal einen einzigen Treffer zum Begriff Würde ausgespuckt! Zuerst gaben die alten Leute ihre Würde auf. Sie versuchen jetzt mit Gewalt, ihre Jugend zu bewahren, sitzen in rosa Pullovern und kurzen Hosen an Spielautomaten und hören nicht auf zu hoffen. Aber es ist würdelos, sich gegen die Natur zu stemmen. Würde beruht auf dem Vermögen, aus Einsicht zu handeln, aber von Einsicht will niemand mehr etwas hören. Die Politiker meiden diesen Begriff wie die Pest und appellieren lieber an Emotionen – die die Wähler dann auch walten lassen, indem sie dieselben Politiker spontan wieder abwählen, ohne zu überlegen, was nachkommt.

Würde hat mit Verzicht zu tun. Nicht damit, etwas unbedingt bekommen zu wollen – wie die moslemischen Selbstmordterroristen, die angeben, dass ihre Würde verletzt sei. Würde hat man. Man kann sie nicht von jemand anderem bekommen, schon gar nicht mit Gewalt. Aber jetzt versuchen ja alle, mit Gewalt etwas, nein alles zu bekommen. Vielleicht gibt es zum ersten Mal die Möglichkeit dazu. Vielleicht bekommt man genau deswegen oft gar nichts mehr.

Früher hieß es: Man hat es nicht in der Hand. Zum Beispiel ob man ein Kind bekommt und was für eins. Das hat sich geändert. Man kann sich zum Beispiel künstlich befruchten lassen oder ein behindertes Kind abtreiben. Bald soll man auch die Augenfarbe seines

Kindes bestellen können und seinen Intelligenzquotienten.

Sylvie hat mir an Silvester, als Anabel schon im Bett lag, von einem lesbischen Paar aus San Francisco erzählt, das sich ein Kind machen lassen hat. Das ist ja nichts Besonderes mehr. Alle finden, dass sie ein Recht darauf haben, sogar solche, die keines machen können, zum Beispiel schwule Paare. Es ist ein gutes Gefühl zu sagen:

„Das will ich."

Und es auch zu bekommen.

„Ich will schwul sein und ein Kind haben."

Kann man ja adoptieren einstweilen, bis die Medizin endlich so weit ist, dem Mann ein befruchtetes Ei in die Bauchhöhle zu setzen, wie in diesem Hollywood-Film. Jeder bastelt sich das Leben, das ihm genehm ist, wer Rechte abgibt, ist ein Idiot.

Das Besondere an dem lesbischen Paar war nicht, dass es lesbisch war und ein Kind wollte. Es geht mir hier nicht um die Homosexualität. (Ich stelle mir zum Beispiel vor, dass es besser ist, das Kind von einem schwulen Regisseur als von einem heterosexuellen Säufer zu sein.) Das Besondere an dem lesbischen Paar war, dass es sich ein bestimmtes Kind machen lassen wollte.

Zwar hat der Mensch schon immer versucht, das Schicksal zu beeinflussen, durch Ritualtänze (in Urzeiten wie heute), durch Gebete, durch die Wissenschaft. Aber jetzt ist es vollständig aus der Mode gekommen, das Leben zu akzeptieren, wie es ist.

Das Besondere an den lesbischen Frauen war, dass sie als Samenspender einen tauben Mann suchten. Sie sind nämlich taub und wollten ein Kind, das die Welt genauso erlebt wie sie selbst. Das hat Sylvie in einem Interview in einer feministischen Zeitschrift gelesen. Sylvie schien das ganz in Ordnung zu finden.

„Man wird ja wohl noch ein Kind wollen dürfen“, meinte sie.

„Aber deine Lesben“, wandte ich ein, „wollten nicht einfach ein Kind, sondern ein Kind *für sich* – ein Kind, das ihnen nicht überlegen ist, ein Kind, das möglichst wenig Gründe und Möglichkeiten hat, sich von ihnen abzuwenden.“

„Ein Wunschkind“, sagte Sylvie, „das ist doch normal. Und was kann es Besseres geben? Ein liebes, hübsches, intelligentes Kind. Einen perfekten Menschen. Und das war hier eben ein perfekter imperfekter Mensch – ohne Hörvermögen. Bilde dir doch nicht ein, dass andere Eltern kein Kind *für sich* wollen.“

„Aber sie geben es nicht zu“, meinte ich.

„Na, wenn das ein Pluspunkt ist“, blieb Sylvie stur. „Außerdem sehen die Lesben das anders. Sie sagen, dass sie glücklich sind und dasselbe Leben führen wie alle anderen, dass das Kind auch glücklich sein wird, dass auch andere Eltern einen Samenspender nach bestimmten körperlichen Merkmalen auswählen. Natürlich kann das Kind außerhalb der Gemeinschaft der Tauben mehr Probleme haben, sagen sie, als wenn es hören könnte, aber Schwarze haben es auch schwerer als Weiße, und niemand regt sich auf, wenn ein schwarzes Paar einen schwarzen Samenspender wählt.“

Das hatte eine gewisse Logik. Aber war es wirklich vergleichbar? Fehlte Schwarzen etwa etwas, so wie Tauben das Gehör, etwas, was man nicht ändern konnte durch das Verhalten der Menschen?

Sylvie belehrte mich, dass die Tauben in den USA stolz sind auf ihre Behinderung, die sie nicht als Fehlen von etwas ansehen, sondern als kulturelle Differenz – und sich selbst als kulturelle Minderheit. Sie schreiben sich mit Großbuchstaben am Anfang – Deaf, so wie American.

„Sie können Lippenlesen“, sagte Sylvie, „fordern aber trotzdem einen Übersetzer in die Taubstummensprache, wie er jeder Minderheit zusteht. Sie sind stolz auf ihre Sprache.“

„Aber hören können sie deswegen trotzdem nicht“, meinte ich schlecht gelaunt.

Ich hatte überhaupt keine Lust, über so komplizierte Dinge nachzudenken, konnte es aber nicht lassen, Sylvie zu widersprechen.

„Nicht die Vögel und auch kein herannahendes Auto und keine Musik. Sie können sich auch nicht nachts im Dunkeln unterhalten. Klar: Man kann das Leben trotzdem genießen, aber muss man unbedingt stolz sein auf Sachen, für die man nichts kann? Um nicht zu sagen, die man nicht kann?“

„In den Staaten“, räumte Sylvie ein, „reden alle nur noch von Rechten. Sie nennen es reproduktive Freiheit, obwohl zwei Frauen oder zwei Männer sich gar nicht reproduzieren können! Sie müssen den Samen oder die Eizelle ja gespendet bekommen!“

„Und wo ist da die Freiheit“, fiel ich ein, „wenn sie auf Almosen angewiesen sind?“

„In den Staaten könnten unsere Eltern zum Beispiel auf das Recht pochen, Enkelkinder zu bekommen“, meinte Sylvie.

Ich befürchtete Schlimmes. Wenn sich Sylvie in ein Thema hineinsteigert, sagt sie viele Sachen, die andere so nicht sagen würden.

„So wie die Mutter dieses Selbstmörders, der letztes Jahr in Nevada aus dem Fenster gesprungen ist. Sie durfte sein Sperma aus der Leiche ernten lassen – so stand es in der Zeitung: ernten – und lässt sich das Kind, ihr Enkelkind, jetzt von einer Leihmutter austragen …“

„Sylvie!“, rief ich.

Mir wurde langsam schlecht.

„Wahrscheinlich bringt sich das Enkelkind auch mal um“, meinte Sylvie trocken. „Aber das Beste ist“, fuhr sie ungerührt fort, „dass es jetzt ihr Kind ist, juristisch gesehen. Das Gericht hat nämlich entschieden, dass die genetische Abstammung nicht zur Elternschaft ausreicht, zum Beispiel bei Samenspendern und Leihmüttern. Es reicht der Entschluss, ein Kind in die Welt zu setzen, und den hatte diese selbst ernannte Großmutter ja gefällt und ihr Sohn, der Selbstmörder, wahrhaftig nicht … Zwei Schwule durften sich in die Geburtsurkunde des Kindes eintragen und den Namen der Leihmutter streichen lassen. Das Kind hat jetzt zwei Väter und keine Mutter … Lustig, nicht?“

„Na ja“, murmelte ich, „ich finde, da kann einem langsam die Lust vergehen.“

„Auf ein Kind vielleicht. Aber das wollte ich eh nie“, meinte Sylvie und nahm noch einen Schluck Whisky.

Ich hatte gar nicht gewusst, dass Sylvie sich für solche Themen interessiert. Wir hatten schon so oft nachgeschenkt, dass wir den Überblick verloren hatten, und hätten uns in diesem Zustand beinahe noch in die Haare gekriegt, denn Sylvie fing dann tatsächlich noch an, über die Forderungen der Behinderten in den Staaten nach mehr Rechten herzuziehen. Über die Rollstuhlfahrerin, die ein Tanzstudio geklagt hatte, weil ihr die Teilnahme am Tangokurs verwehrt worden war. Die behauptete, das gleiche Recht zu haben, Tango zu lernen, wie andere.

Behinderte irritieren Sylvie. Sie will sich nicht damit auseinander setzen, wie es ist, angestarrt zu werden, dass Behinderte dieselben Gefühle und Sehnsüchte haben wie sie, dass wir alle auf irgendeine Weise behindert sind, wie Anabel immer sagt. Oder dass Behinderte von derselben Lebensgier besessen sind, der Gier, etwas zu haben, *alles* zu haben. – Ich stelle mir vor, dass diese Gier, wenn man etwas nicht hat, zum Beispiel das Gehör, ein Bein oder das Augenlicht, noch größer ist.

„Kate, meine Nachbarin in San Francisco, war Rollstuhlfahrerin“, packte Sylvie Geschichten aus, von denen sie früher nie etwas erwähnt hatte, „sie beklagte sich ständig bei mir, dass sie so behandelt werden wolle wie ein normaler Mensch.“

„Dabei werden normale Menschen normalerweise nicht sehr gut behandelt“, versuchte ich zu scherzen.

„Dabei“, ereiferte sich Sylvie, „sind sie keine normalen Menschen, sondern eben Menschen mit Behinderung. Sie wollen lieber eine Rampe gebaut bekommen, als sich irgendwo hinaufhelfen zu lassen – und zuzugeben, dass sie schlechter alleine zurechtkommen als normale Menschen.“

Ich kann mir nicht vorstellen, dass Sylvie, wäre sie querschnittsgelähmt, sich lieber irgendwo hinauftragen lassen würde, als selbst auf eine Rampe zu fahren. Aber ich hatte keine Lust, mit ihr darüber zu streiten.

„Was heißt normal?“, versuchte ich einzuwerfen.

„Weiß ich nicht“, konterte Sylvie, „die Behinderten beharren auf diesem Begriff. Sie behaupten, normal zu sein und durch die Gesellschaft behindert zu werden. Dabei behindert sie ihr eigener Körper. Man kann sich ihnen gegenüber gar nicht richtig verhalten, außer durch Heuchelei. Kate hat, wenn sie sich ausgejammert hatte, dass sie so blöd angeschaut wird, immer betont, dass sie kein Mitleid wolle. Aber man *hat* Mitleid, wenn man einen Menschen im Rollstuhl sieht. Er kann zwar Rampen hinauffahren, aber nicht Treppen steigen, nicht schwimmen, nicht …“

„Sylvie“, unterbrach ich.

Aber Sylvie war wieder einmal nicht mehr zu bremsen.

„Ja, sie fordern, dass man heuchelt, kein Mitleid zu haben. Und dann wundern sie sich, wenn man befangen ist, sich nicht normal benimmt, sich nicht wohl fühlt. Dann hat man ein Problem mit ihrer Behinderung, dabei haben sie ein Problem mit ihrer Behinderung."

Es ist mir in dieser Nacht gelungen, das Thema zu wechseln, aber ich muss seitdem manchmal darüber nachdenken. Über Stolz und Mitgefühl und über die Kränkung. Ich habe einmal gelesen, dass man sich nur selbst kränken kann. Seitdem kann ich auch nicht mehr behaupten, dass Thomas mich gekränkt hat. *Ich* habe mich gekränkt, weil das Leben nicht so war, wie ich es mir vorgestellt hatte. Aber bei wem ist das Leben schon so, wie er es sich vorgestellt hat?

Man kann sich etwas wünschen, aber ob man es auch bekommt, ist eine andere Sache. – Ich habe mir ein Kind gewünscht, und Tibor hat Nein gesagt. Das ist sein gutes Recht. Bevor ich die Therapie gemacht habe, habe ich noch geglaubt, dass danach alles besser würde. Aber alle Selbstverbesserung hilft nicht, das Leben in den Griff zu bekommen. Auch meine Therapeutin hat mir nicht gesagt, dass ich vielleicht einmal auf etwas verzichten muss, denn der Verzicht ist ebenfalls arg aus der Mode gekommen.

„Wissen Sie", sagten die Lesben zu der Reporterin, „wenn wir die Möglichkeit haben, ein taubes Kind zu bekommen, warum sollen wir sie nicht nutzen? Warum sollen wir uns diese Freiheit nicht nehmen?"

Dass Freiheit auch die Möglichkeit sein könnte, auf etwas zu verzichten, daran denkt niemand mehr. Zum Beispiel auf bestimmte Vorstellungen über sich selbst, darauf, sich als Mittelpunkt der Welt zu sehen. Verzicht bedeutet, seine Ohnmacht zuzugeben. Auch deswegen hat die Selbstmörderin nicht verzichtet. Sie hat versucht, ihre Ohnmacht in Macht zu verwandeln, in die Freiheit, sich das Leben zu „nehmen“, wie sich die Redewendung so unstimmig-stimmig selbst entblößt. Natürlich ist der Selbstmord eine Form der Freiheit, er ist sogar die ultimative, die letzte Freiheit, aber eine Freiheit, die einen gleichzeitig aller zukünftigen Freiheit beraubt. Die Selbstmörderin hat ihre Ohnmacht nicht mehr ausgehalten. Die Ohnmacht ihrem Kopf, ihrer Krankheit, der ungerechten Welt gegenüber. Sie wollte *einmal* frei sein. Dafür hat sie den Tod in Kauf genommen. Sie hat nicht verzichtet, denn verzichten kommt von verzeihen, und Angela hat der Welt nicht verziehen.

Ob ich verzeihen kann, weiß ich noch nicht so genau. Dafür aber, womit ich die Reihe meiner Verweigerungen, die ich lieber Verzichte nennen möchte, fortsetzen will: Ich kaufe mir kein Glückslos mehr, dieses Los, wo man das Glück mit einer Münze freilegen, nein freirubbeln muss. Schon gar nicht mehr, seit ich in Atlantic City war und mit eigenen Augen gesehen habe, dass man nichts gewinnen kann, seit ich in dem Land war, das auf dem Spruch gebaut ist, der mir schon in der Schule ein Rätsel war: „Jeder ist seines Glückes Schmied.“

Es war der einzige Aufsatz, bei dem mich mein Vater und nicht meine Mutter beraten hat. Ich habe die beste Note bekommen, aber ich verstehe heute noch nicht, was Papa da geschrieben hat. Man kann das Glück nicht freilegen durch den gezielten Einsatz einer Münze, und schon gar nicht durch den Einsatz eines Schmiedehammers. Nicht einmal durch den Einsatz des eigenen Lebens.

Es ist gut, dass Poigenfürst mich verlassen hat. Poigenfürst hat mich von der falschen Hoffnung befreit, mein Leben selbst bestimmen zu können. Er hat mich von der Hoffnung erlöst, mich in der Sicherheit der Ehe vergraben zu können. Aus diesem Daunenkissen, diesem wattierten Traum bin ich umso härter auf den Boden der Wirklichkeit geknallt.

Und Poigenfürst ist gegen diesen Baum geknallt. Ich kann nicht daran denken. Diesen Baum, an den er sich nicht erinnern konnte. Aber wahrscheinlich hat das weder etwas mit mir noch mit seiner Erinnerung zu tun noch mit seiner Vater-Geschichte. Wahrscheinlich ist es ein böser Zufall, eine Unwahrscheinlichkeit, die eine Schramme in der Welt hinterlassen hat, die wir jetzt zu Unrecht als Zeichen zu lesen versuchen.

Franziska hat mit seiner Freundin gesprochen, nach Poigenfürsts Beerdigung. Er habe ein wenig müde, aber sonst ganz normal geklungen, erzählte sie, habe gesagt, dass er sich schon auf den Theaterabend mit ihr freue. Dass er bald zu ihr ziehen werde. Sie hat diese neue Liebe geöffnet wie ein Glückslos. Hoffnungsfroh. Und dann hieß es: Leider nichts! Nur dass ihr diesmal jemand anderes (etwas anderes) dieses Urteil abgenommen hat.

In der Lotterie zieht man bei „Leider nichts!“ immer sofort das nächste Los, stets in der Hoffnung auf den Hauptgewinn. Drunter macht man es nicht mehr. Einmal muss es doch klappen. Oder man hört auf zu spielen.

Ich weiß zwar noch nicht, was ich tun werde, aber wenigstens weiß ich, was ich *nicht* mehr tun werde. Vielleicht werde ich in den nächsten Zeitungsladen gehen und mir noch ein allerletztes Mal ein Glückslos kaufen. Ich werde es ganz ohne Herzklopfen öffnen, denn ich werde es wegschmeißen. Nicht nur, wenn wieder „Leider nichts“ draufsteht.

Fünftes Kapitel
Die Sonnenfinsternis

Kalt beginnt unser neues Jahrtausend, von dem manche sich so viel erwarten. Alles soll anders werden, dynamischer, moderner, flexibler. Dabei hat es so unspektakulär begonnen – die Welt ist nicht zusammengebrochen, und nicht einmal der gefürchtete weltweite Computercrash ist eingetroffen.

Seit Tagen liegen die Temperaturen unter null, und die Leute laufen zähneklappernd und mit hochgezogenen Schultern durch die Straßen. Nach einer weiteren Woche Sitzmeditation kann ich immer noch keine neuen Ergebnisse vorweisen, nur dass die dummen Gedanken langsamer kreisen, mich weniger beeindrucken. Immer öfter ertappe ich mich dabei, an Banalitäten zu denken: Was ich kochen soll, dass ich die Betriebskosten für Januar noch nicht überwiesen habe und ob die Milch wohl für das Wochenende reicht. Dann sehne ich mich danach, etwas Richtiges zu denken. Vielleicht ist das gar nicht das Schlechteste: Langeweile im Kopf. Aber das ertragen die Menschen am wenigsten. Lieber leiden sie, als sich zu langweilen.

„Es hat nicht mehr so geprickelt“, hat Marina mir die Trennung von ihrem Mann nach sechs Jahren erklärt. Und dass sie nicht sicher gewesen sei, ob sie ihn noch genug begehrt habe.

Ich wollte fragen: Was heißt: „nicht mehr sicher“?
Und was heißt: „genug begehren“? Wie viel Begehren ist genug? Und wenn es nicht ein ganzes Leben lang prickeln kann, wie wenn man frisch verliebt ist – muss man sich dann ständig neue Partner suchen? Wieder und wieder seine ganze Kindheitsgeschichte erzählen, zum

ersten Mal gemeinsam Eis laufen gehen, zum ersten Mal zusammen ans Meer fahren? Der Liebhaber mochte das am liebsten. Ich glaube, er fühlt sich am wohlsten, wenn er alte Geschichten zum Besten geben kann, deren Wirkung er schon oft erprobt hat, wenn er gelungene kleine Erlebnisse wiederholen kann. Ganz anders als Tibor. Tibor erzählt wenig von früher, und er will auch wenig wissen. Am Anfang wusste ich nicht, ob ich beleidigt sein sollte, aber dann war ich froh. Ich musste nur da sein. Das genügte. Noch nie zuvor hatte ich mich so entspannt gefühlt. Aber ich will ja nicht mehr über Tibor nachdenken. Sonst fange ich noch an zu hoffen.

Marina war nach ihrer Scheidung dreißig. Sie dachte, dass ihr jetzt wieder die Welt offen stünde. Mittlerweile ist sie fünfunddreißig, und es hat sich noch kein besserer Mann eingestellt. Ihren neuen Freund kann man nicht mal als Kompromiss bezeichnen. Es ist Walter Huber! Früher hätte Marina so einen Mann – Übergewicht und humorlos – nie auch nur in Erwägung gezogen. Hat sie Torschlusspanik, oder haben das dicke Buchhonorar und Hubers Managerseminare sie für ihn gewonnen?

„Stell dir vor", erzählte Marina letzte Woche, „mein Vater hat eine neue Frau kennen gelernt. Er ist ganz aufgeregt. Und hat mich in einen Drogeriemarkt geschleift, damit ich ihm helfe, ein Deo auszusuchen. Ich glaube, er hat noch nie in seinem Leben eine Drogerie betreten – und ein Deo benutzt. Aber seine neue Freundin verlangt das."

„Na, da kommt er ja ganz schön auf Trab", lachte ich, „ist ja rührend."

Marina zog ihre rechte Augenbraue hoch.

„Ich weiß nicht", sagte sie, „wie er da so hilflos vor dem Regal stand und entdeckte, dass es heute Deo als Spray, als Roller, als Stift, als Creme und als Tuch gibt, hat er ausgesehen wie ein kleiner Junge. Unter seinen Achseln war ein großer nasser Fleck. Ich habe ihn verachtet."

Als ich heute morgen meine Samstagszeitungen und mein Croissant holte, war es immer noch klirrend kalt, aber die Sonne strahlte. Die Tageszeitung zeigte auf dem Titelblatt unseren Fluss, auf dessen hart gefrorener Fläche sich Eisläufer tummelten wie auf einer holländischen Landschaftsmalerei – wenn da nicht die Hochhäuser im Hintergrund gewesen wären, die bescheidenen Wolkenkratzer, mit denen unsere Stadt mit der Weltgeschichte Schritt zu halten versucht und die mir im Übrigen gar nicht so schlecht gefallen.

Manchmal stelle ich mir vor, dass ich mir dort, zwischen Himmel und Erde, eine Wohnung nehme. Ich stelle mir vor, dass man gut denken kann da oben, den Wolken so nah und das blaue Band unseres Flusses zu Füßen. Ich würde es tun, wenn da nicht die langen Gänge wären, diese Tunnel mit den unzähligen Türen, so weit weg von allem. Ich glaube, ich würde mich einsam fühlen dort oben.

Nach dem Frühstück ging ich in den Keller und holte meine Schlittschuhe. Ich war als Kind leidenschaftliche Eisläuferin und sogar Mitglied in einem Verein. Ich glaube, Mama träumte eine Zeit lang von meiner großen Eislaufkarriere. Aber als meine Brüste zu wachsen anfingen und ich begann, die Jungen in unserer Klasse genauer anzusehen, kam mir das Interesse am Eiskunstlauf abhanden. Für eine richtige Karriere hätte ich sowieso zu breite Hüften gehabt.

Ich nahm den Bus. Die Trauerweiden am Ufer des Flusses leuchteten gelb, und als ich die Schuhe zuschnürte, überkam mich ein vertrautes Gefühl. Eislaufen verlernt man nicht, ebensowenig wie Radfahren oder Schwimmen. Als ich aufs Eis trat und langsam begann, meine Kreise zu ziehen, mich wie von selbst in die alte

Eleganz einfahrend, als meine Arme von selbst in den alten Rhythmus zurückfanden und ich das Knirschen unter den Füßen spürte, den Atem vor meinem Gesicht sah, war ich für einen Moment beinahe glücklich.

So wie letzten Sommer, ein paar Tage nach der Sonnenfinsternis, als ich nichts ahnend mit einem Buch in den kleinen Park vor meiner Haustüre schlenderte und plötzlich keine Entfernung mehr fühlte zwischen mir und den Bäumen, zwischen mir und den Parkbänken, zwischen mir und den Kieswegen. Das klingt vielleicht merkwürdig, denn ich sah den Abstand zwar und hätte genau sagen können, wie weit jeder einzelne Ast von mir entfernt war und jede Bank und jeder Mistkübel, aber trotzdem sahen die Bäume, die Büsche aus wie eine Kulisse, ein grünes Rauschen, in dem alles von allem den gleichen Abstand hatte, nämlich keinen oder nur einen vorgestellten, auf Erfahrung beruhenden. Sehen konnte ich ihn nicht. Für eine Sekunde durchströmte mich ein ruhiges, sicheres Gefühl. Es gibt ein Leben, das nicht von den Menschen abhängt, von Tibor, dachte ich, und da war das runde Gefühl auch schon wieder verschwunden.

Als ich also heute Vormittag mit seitwärts geneigtem Haupt dahinglitt, ab und zu vorsichtig eine Pirouette probierend, um dann in den Rückwärtsgang zu wechseln, den ich als Sechsjährige so verbissen geübt habe, dass meine Eltern mich bei dem Eislaufverein anmeldeten, fingen auch meine Gedanken an zu kreisen. Thomas, Poigenfürst, Tibor, Thomas …

Die mattgelbe Scheibe der Sonne, die durch eine diesiger werdende Luftschicht schimmerte, schien mir mitten ins Gesicht. Ich bremste ruckartig ab.

„Ach, Angela“, kam es wie ein Stoßgebet aus meinem Mund, ein Seufzer nicht aus Tönen, sondern aus feuchtkalter Luft.

Es gibt kaum etwas Schöneres, als im Winter den Atem vor dem Gesicht zu sehen. Ich stieß noch eine kleine Wolke aus. Schade, dass man damit keine Ringe blasen kann, dachte ich, so wie beim Rauchen, so wie Angela es immer getan hat. Ich wusste, dass der Tag gekommen war, an dem ich Angela Adieu sagen musste.

„Ich kann dich doch nicht ewig mit mir herumtragen. Obwohl ich es gerne tue. Du störst mich nicht, wirklich", murmelte ich, ohne einen Ton von mir zu geben.

Was hätten die anderen Leute, die Kinder denken sollen, wenn sie diese leicht angejahrte (O-Ton Papa), aber doch relativ versierte Eisläuferin plötzlich mit sich selbst hätten reden sehen? Ich starrte auf den Boden und sah die feinen Kratzer im Eis, die weißlichen Spuren der Kufen. Ich sah Angelas weiße Haut am Dekolleté und die roten, feinen Spuren darauf, die Inschrift feiner Narben, die zu lesen mir damals nicht gelungen ist. Vielleicht kann ich Angela deshalb nicht vergessen. Weil ich nicht weiß, warum Angela mir eine Geheimschrift zu lesen gegeben hat und den Schlüssel dazu verweigert.

Angela ist ein Engel. Aber ein Racheengel. Das habe ich schon einmal gesagt, aber ich kann nicht anders darüber sprechen. Ich kann es nicht anders verstehen. Vielleicht ist Angela jetzt ein Schutzengel. Dabei glaube ich gar nicht an Schutzengel.

Heute Morgen habe ich eine populärwissenschaftliche Zeitschrift mit Schwerpunkt Übersinnliches gekauft. Mit solchen Schwerpunkten versuchen diese Zeitschriften neuerdings ihre Auflagen zu steigern, so wie die Museen mit Ausstellungen über Buddha oder „magische Orte" der keltischen Kultur ihre Besucherzahlen. Einer Umfrage zufolge glauben fünfzig Prozent der Bevölkerung, dass es Schutzengel gibt, aber nur zweiunddreißig, dass es Engel gibt. Merkwürdig. Aber es ist ja auch merkwürdig, dass ich Angela einen Engel nenne, wo ich doch gar nicht an Engel glaube.

Ich habe Angela geliebt. Seit ihrem Tod habe ich manchmal, wenn ich durch die Straßen gehe, das Gefühl, dass Angela auf meiner Schulter sitzt. Vielleicht nicht als Engel, sondern eher als ein kleiner Kobold, der in mein Ohr hineinhorcht und mein Leben mitlebt. Ich spreche dann mit ihr, versuche sie zu trösten.

„Mach dir keine Sorgen“, sage ich, „ich nehme dich mit.“

„Schau“, sage ich, „wie schön die Wolken ziehen. Wir kaufen uns jetzt ein Säckchen Maroni. Hast du die schon mal probiert?“

Und ich streichle ihre feuchten, kalten, leuchtend roten Hände, die sie so wenig mochte und so oft wusch. Ich möchte Angela glücklich machen. Vielleicht ist das meine erste Chance.

Angela hat ein Loch in meinem Leben hinterlassen, eine leere Stelle, die ich mit dem Kobold nur notdürftig stopfen kann. Ich möchte Angela beschützen. Dabei kann ihr jetzt gar nichts mehr passieren. Manchmal glaube ich zu spüren, dass Angela an meinem Leben nascht. Aber Angela ist so bescheiden. Ich merke kaum, dass etwas fehlt. Ich fordere sie auf, mehr zu nehmen, aber Angela konnte das noch nie: sich etwas nehmen. Sogar mit dem Wunsch, sich das Leben zu nehmen, das heißt: den Tod zu nehmen, hat sie lange ringen müssen. Immer wieder ist ihr das Gefühl entglitten. Es kostete sie unendliche Mühe, das beschreibt der Brief, den man auf ihrem Schreibtisch fand, ein Gefühl aufrechtzuerhalten, aber nicht ein bestimmtes Gefühl, sondern das Fühlen überhaupt.

Ich glaube, Angela war nicht verzweifelt. Sie hat sich nicht aus wilder Verzweiflung umgebracht, sondern weil sie ihre Ruhe haben wollte, um diese merkwürdigen Vorgänge in ihrem Inneren zu bändigen. Es schien zu klappen. Schon wenn sie sich vornahm, ein Ende zu setzen, durchflutete sie ein süßes Gefühl der Erleichterung, das schönste Gefühl, das sie je kennen gelernt hatte. Am Morgen erst, in diesen Wochen, die der Brief beschreibt, wenn sie es wieder einmal nicht geschafft hatte hinunterzuspringen, setzte die Verzweiflung ein. Die verzweifelte Frage, ob sie es jemals schaffen würde. Angela hat sich verachtet dafür, „nicht einmal das" zu schaffen.

„Bin ich nicht verzweifelt genug?", fragt der Brief, der nicht verzweifelt klingt, sondern glasklar.

Ein Brief, wie mit einer Rasierklinge geschrieben, aber diesmal ohne Mitleid, im Gegensatz zu der Rasierklingen-Inschrift auf ihrem Dekolleté.

„Bin ich nicht verzweifelt genug?"

„Offensichtlich", lautet die lapidare Antwort, die die gescheiterte Selbstmörderin sich selbst gegeben hat am Morgen danach.

„Es ist ungeheuer schwer, ein Gefühl dazubehalten, immer ist irgendwo ein Leck. Ich warte, bis alle Fenster dunkel sind, ich bin müde, aber ich konzentriere mich, ich liege im Bett und sammle die Gefühle für einen läppischen Augenblick, ich gehe zum Fenster, das immer offen steht, ich sehe hinunter, das verursacht keine Angst, ich stütze mich auf – und dann ist es mir zu hoch, die Schwelle meine ich, genau der Augenblick, wo kein Boden mehr da ist. Vielleicht denke ich zu viel darüber nach. Ich versuche, meine Angst groß genug zu machen. Ich versuche, teilweise oder symbolisch zu sterben und gleichzeitig die Angst so groß zu machen, dass einmal der Affekt groß genug ist und ich nicht zum Nachdenken komme."

Ach, Angela, das konntest du nicht: nicht denken. Du hast dich bei vollem Bewusstsein aus dem Fenster werfen müssen, voller Verachtung für deinen grazilen, schwachen, schönen Körper. Du bist auf die kleine betonierte Fläche gesprungen, nicht in die Schlingpflanzen auf dem weichen Grund daneben. Du wolltest Klarheit, und du hast sie nicht bekommen, nicht einmal im Sterben.

Aber Ruhe, die hast du bekommen. Danach. Vielleicht hast du nur so deine Ruhe finden können.

Ich wollte gerade sagen: Angela hat auf das Leben verzichtet, um ihre Ruhe zu finden. Aber man kann nicht auf etwas verzichten, was man nie besessen hat. Und Angela hat das Leben verweigert. Vielleicht ist Angela vor der Ruhe, vor der tiefen und absoluten Ruhe geflohen, der unheimlichen Ruhe in ihrem Inneren, vor dem Gefühl, das nicht zu halten war, dem nicht vorhandenen. (Auch der Liebhaber will seine Ruhe, indem er vor der Ruhe flieht. Deswegen lässt er sich nicht scheiden. Deshalb wird er sich wieder eine Freundin zulegen.)

Aber das sind alles Spekulationen. Nicht einmal Angela hätte darüber Auskunft geben können. Nicht einmal, wenn sie es gewollt hätte.

Ich habe gesagt: Ich will ihre Vernunft betrachten, nicht ihr Leiden, ihre Krankheit. Ich möchte sie ernst nehmen, als vernunftbegabtes, vernünftiges Wesen, so wie sie sich selbst ernst genommen hat bis zum Schluss oder gerade zum Schluss, in dem Brief. Die Selbstmörderin ist stolz. Die Selbstmörderin war nicht wehleidig wie der Liebhaber, sie hatte Mut. Vielleicht hat Angela sich vor sich selbst gerettet. Vielleicht hat Angela ihre Würde gerettet, indem sie sich ihrem Wahnsinn nicht auslieferte. (Der Liebhaber ist nicht stolz. Er wird sich immer ausgeliefert bleiben, er wird möglichst viele Menschen, das heißt Frauen, an sich selbst ausliefern.)

Angela hat nicht auf das Leben verzichtet. Sie hat sich verweigert. Sie hat, schon lange, alles verweigert. Vor allem alles, was Spaß macht. Sie ging nie spazieren in unseren herrlichen Buchenwäldern, an diesem Fluss mit seinen verzweigten Seitenarmen, seinen romantischen Trauerweiden und kleinen Badeplätzen. Sie aß kein Eis und keine Avocados, sie ging nicht auf Feste und fuhr nicht auf Urlaub. Unser einziger Ausflug, der nicht im Dunkel eines Kinosaals endete (obwohl die Realität, der wir damals entgegenfuhren, auch sehr dunkel war), war der zur Sonnenfinsternis letzten August. Hat die Selbstmörderin ein Zeichen gesucht? So wie viele Zeitgenossen in der zeitweisen Verdunkelung unseres Licht- und Lebensspenders zu lesen versuchten?

Als Jesus Christus gekreuzigt wurde, heißt es, verdunkelte sich die Sonne, und das vorübergehende Verschwinden dieses göttlichen Himmelskörpers soll ja auch seine erneute Ankunft ankündigen. Aber in Wahrheit hat die Natur uns nichts zu sagen. Eine Sonnenfinsternis ist reine Mechanik und für uns vielleicht wunderbar, weil sie so selten zustande kommt, aber beileibe kein Wunder. Sie ist auch keine Katastrophe, bei der die Natur aus den Fugen gerät, kein Unfall, der auf etwaiges menschliches Fehlverhalten zurückzuführen wäre. Genau genommen haben wir mit der Sonnenfinsternis nichts zu tun. Vielleicht fahren wir deswegen so gerne hin.

Angela hat nicht schlecht gestaunt, als sie die Scharen am Bahnhof sah, die sich in den Zug drängten, aber dank ihrer Vorsicht hatten wir Plätze reserviert. Wir fuhren nicht der Sonne nach, wie man es im Urlaub tut, sondern ihrem Verschwinden, was sich ja schon als neue Form des Tourismus etabliert hat: der Sonnenfinsternis hinterherzureisen, weil sie in Europa so selten vorkommt. Was suchen die Menschen im Dunkeln? Und warum suchen sie nicht dort, wo es hell ist und man doch viel mehr sehen kann?

Alle sind sie damals aufgebrochen zu diesem großen Zug, nicht nur die Esoteriker und die Romantiker, sondern, in letzter Minute, auch die Skeptiker, wie Angela und ich. Wir lachten und fuhren trotzdem. Marina wollte nicht mitkommen.

„Mein Ex hat mich schon 1995 nach Thailand geschleppt, wo wir im Morast campen mussten und anschließend eine Kulturreise absolvieren: Tempel, Tempel, Tempel. Herbert hatte alles durchdacht und fachmännisch im Internet recherchiert, die Dauer der Finsternis, die Wetterbedingungen, die Luftfeuchtigkeit. Deswegen sind wir ja nicht nach Indien gefahren oder nach Borneo, wo ich eigentlich hinwollte. Es war unsere letzte gemeinsame Reise. Danach war mir klar, dass ich mich scheiden lasse."

„Immerhin nennst du dich seit Thailand Buddhistin", meinte ich und wollte wissen, ob sie sich lohne, die Sonnenfinsternis. Aber Marina zuckte nur mit den Achseln.

Am Bahnhof erstand ich noch schnell eine Zeitung.

„Entlang der Finsterniszone haben sich viele Fernsehstationen eingerichtet. Bleibt nur zu hoffen, dass das Wetter hält", las ich Angela vor.

„Da wird uns die Natur doch nicht einen Strich durch die Rechnung machen", meinte sie, „wo wir uns entschlossen haben, das nicht zu verpassen."

„Wer ist schneller?", las ich weiter, „der Mondschatten, der mit rund zweitausend Stundenkilometern über die Erdoberfläche rast, oder die Concorde, die, mit Journalisten und Wissenschaftlern besetzt, ihm hinterherrast?"

Ich hob den Kopf.

„Ob da auch unser Freund Walter Huber drinnen sitzt?"

„Das sind doch nur Franzosen, oder?", kicherte Angela bei dieser Vorstellung.

Ich las weiter.

„LADEN DICHT BEI MODESCHÖPFER! Der spanisch-französische Modedesigner Paco Rabanne lässt am Tag der Finsternis alle Rollläden seiner Geschäfte unten. Sollte die Welt wider Erwarten doch nicht untergegangen sein, wird man ab 12. August wieder in Designerware wühlen können."

„Junge Dame, was suchen Sie eigentlich in der Finsternis?", fragte ich Angela in einer plötzlichen Laune, indem ich die Faust wie ein Mikrofon vor ihre Nase hielt. Angela lachte ihr geheimnisvolles Lachen.

„Nichts", sagte sie nach einer Weile. „Es gibt nichts zu finden. Und in den Sternen schon gar nicht."

Angela hat die Astrologie verachtet. Sie hat nicht einmal ihren Geburtstag und damit ihr Sternzeichen verraten. Dabei ist das heutzutage ein Lieblingsspiel unter Kollegen.

„Ach so, du bist Waage. Mit Waagen komme ich gut aus."

„Was, du bist Löwe? Wie meine Mutter. Die ist auch so herrschsüchtig."

Und so weiter. Oft stimmt es ja, aber das ist sicher Zufall. Ich zum Beispiel bin Aszendent Schütze. Ich treffe gerne ins Schwarze, zum Beispiel mit Worten.

Nachdem der Herrgott, der Kommunismus und der Humanismus, früher soziale Marktwirtschaft genannt, abgeschafft worden sind, bleibt nicht mehr viel übrig, woran man sich festhalten kann, um das Leben in den Griff zu bekommen. Und das wollen doch alle. Die Rationalisten durch Denken, die Suche nach Strukturen, die Romantiker durch Vorausspüren, durch das Lesen von Zeichen. Der Liebhaber zum Beispiel ist verliebt in Horoskope. Er versucht sein Leben durch Magie in den Griff zu bekommen. Er sucht keine Erklärungen, sondern Zusammenhänge. Er fühlt sich wohl, wenn er sich sagen kann, dass er nicht in der Hand hat, was er tut und was er unterlässt. Wenn es ihm schlecht geht, wartet er hartnäckig und kindisch, dass etwas Wunderbares geschieht, vor allem, wenn seine Sterne gut stehen. Und prompt verliebt er sich wieder.

„Ich dachte", sagt er dann staunend, „dass mir das nie mehr passieren würde."

Aber alle außer ihm selbst wussten, dass es sehr bald wieder passieren würde.

Freiheit ist wahrscheinlich für die wenigsten von Interesse. Es ist doch viel bequemer, wenn man jemanden hat, der einem sagt, was man tun soll. Einen Guru, einen Führer oder den Staat. Aber der Mondkalender tut es zur Not auch. Er legt immerhin genau fest, an welchem Tag man seine Blumen düngen, seine Haare schneiden, wann man Nudeln essen, kündigen oder sich operieren lassen soll. Leben wir also immer noch im finsteren Mittelalter, das es ja vielleicht nie gegeben hat?

Es gibt Menschen, die frei sein wollen, und es gibt Menschen, die genießen, es bequem haben wollen. Die Gefinkeltsten aber wollen frei sein *und* es bequem haben. Das kann nicht funktionieren. Der Liebhaber zum Beispiel will nicht frei sein, er will nur tun und lassen, was ihm bequemt. Die Selbstmörderin wollte frei sein, aber frei *von* etwas. Die Selbstmörderin hatte schon lange angefangen, sich zu befreien vom Leben, vom Stofflichen, von der mediokren Natur. Deswegen blieb ihr nur noch der Freitod übrig, die letzte und gefährlichste Form der Freiheit.

Es gibt Menschen, die die Welt benutzen wollen, wie der Liebhaber, und es gibt Menschen, die die Welt durchschauen wollen – wie die Selbstmörderin, wollte ich sagen, aber das stimmt nicht: Die Selbstmörderin hat geglaubt, die Welt schon durchschaut zu haben. Dabei hat sie nie wirklich hingeschaut.

Und dann gibt es noch Menschen, die die Welt beherrschen wollen. Sie verstehe ich am wenigsten, aber wahrscheinlich haben sie beides, Genuss und Freiheit – oder zumindest die Illusion davon.

Jede Idee, jedes Ideal erfordert ein Opfer. Der Liebhaber hat die Wahrheit geopfert, die Selbstmörderin hat sich selbst geopfert, und ich habe beschlossen, die Hoffnung zu opfern. Ob ich das kann und ob mir das etwas nützt, werden wir sehen. Vielleicht ist es auch nur so ein Kindertrick, nach dem Motto: Wenn ich auf dem Weg zum Zahnarzt nicht auf die Fugen zwischen den Pflastersteinen trete, wird es nicht weh tun. Ich habe solche Spiele gern gespielt. Es war so tröstlich, dass ich nicht darauf geachtet habe, ob es etwas genützt hat.

Die Zeitungen vom Tag nach der Finsternis waren voller Meldungen über unsere kleinen magischen Manöver. Heute heißt die Rubrik ja nicht mehr Vermischtes, sondern Überblick. Aber wer hat heute noch den Überblick? Hier kein Überblick, sondern bloß eine Kostprobe unserer Verwirrungen und Verirrungen:

„Schlechtes Wetter: Mit Ritualtänzen versuchten keltische Druiden stundenlang, wolkenfreie Sicht auf die Sonne herbeizuzaubern. Mit teilweisem Erfolg: Nachdem der Kernschatten um 12.10 Uhr bei den britischen Scilly-Inseln Europa erreicht hatte, riss die Wolkendecke kurz auf.

Im Teutoburger Wald erwarten rechtsradikale Esoteriker am Hermannsschlacht-Denkmal die Wiederkehr Hitlers.

Paco Rabanne ist am Mittwoch wegen seiner Schreckensweissagung zur Sonnenfinsternis, die auf eine Vision aus seiner Jugend zurückgeht, Zielscheibe beißenden Spotts gewesen. In Paris veranstalteten 200 Menschen in unmittelbarer Nähe seiner Boutique einen ‚Aperitif der

Überlebenden'. Der 65-jährige Hobby-Astrologe hatte prophezeit, Paris und drei Städte im südwestfranzösischen Departement Gers würden während der Verdunkelung der Sonne von Trümmern der russischen Raumstation Mir getroffen."

Nur die Tiere widerstanden dem Verwirrspiel der Natur tapfer.

„*In Wiener Neustadt* sollten drei Hähne und 17 irische Wolfshunde den ‚neuen Tag' krähend und heulend begrüßen; sie zeigten sich jedoch von der Finsternis unbeeindruckt."

Da unsere Stadt nicht in der Kernzone der Sonnenfinsternis lag, wollten wir sie uns von einem nahe gelegenen Bergland ansehen. Wir stiegen an einer kleinen Bahnstation aus, gingen den Hang hinauf, aber da standen bloß Einfamilienhäuser. Bänke gab es keine, und weil es außerdem ein bisschen geregnet hatte, mussten wir uns, nicht gerade romantisch, auf eine sehr abschüssige asphaltierte Straße setzen, den Ausläufer der Siedlung zum Wald hin. Als wir dort saßen und meine Butterbrote aßen – Angela aß beim Korrigieren nur trockenes Gebäck, aber manchmal ließ sie sich von mir mit Butter- und Marmeladebroten füttern, die sie genoss wie ein kleines Kind die verbotenen Süßigkeiten, die es von der Großmutter zugesteckt bekommt –, als wir also dort saßen und die Brote knabberten, sah Angela mich von der Seite an und sagte:

„Willst du mir nicht etwas erzählen?"

Angela spürte genau, wenn es jemandem nicht gut ging. Angela wollte so gern ins Vertrauen gezogen werden. Dabei hat sie nie einen Menschen ins Vertrauen gezogen. Als Angela schon tot war, tauchten immer wieder Leute bei mir auf, die loswerden wollten, wie eine Schuld, die nicht gesühnt werden kann, wie sehr Angela ihnen geholfen hatte, als es ihnen am allerschlechtesten ging. Aber helfen lassen konnte sie sich nicht.

„Willst du mir nicht etwas erzählen?“

Ich fing an zu schluchzen, unvermittelt und in harten Stößen, auf der abschüssigen Straße, auf einer Zeitung sitzend. Die Ebene lag vor uns, wie man sie aus einem Flugzeug bei der Landung sieht, so steil ging es bergab. Ich hielt mich an Angelas zerbrechlichem Leib fest, um nicht abzurutschen. Ich schmiegte mich an sie – und plötzlich hatte ich das Gefühl, dass sie sich auch an mich schmiegte. Sie murmelte ein langes „Hm“, beinahe hätte es geklungen wie das Schnurren eines Kätzchens. Ich sah ihr in die Augen, sie waren ganz weich.

Wenn ich das gewusst hätte, hätte ich Angela schon früher umarmt, Angela, den Engel, Angela, die Unnahbare. Schließlich lösten wir uns voneinander und schauten geradeaus. Wir waren viel zu früh losgefahren. Die Sonnenfinsternis ließ auf sich warten. Da schüttete ich Angela mein Herz aus. Am Vorabend war ich mit Tibor aus New York zurückgekommen, die Trennung blutete wie eine frische Wunde. Ich wusste nicht, wo ich anfangen sollte.

„Er hat mich an seine Freiheit verkauft“, sagte ich und wusste nicht, ob ich Recht hatte.

Ich konnte nicht ruhig und gelassen über Tibor nachdenken. Ich erzählte Angela alles an diesem Mittag. Die ganze Tibor-Geschichte, so gut es ging. Die ganze Poigenfürst-Geschichte. Und dann noch die ganze Thomas-Geschichte. Irgendwie hing alles mit allem zusammen.

„Ich habe mich an ihn verkauft“, sagte ich – und wusste plötzlich nicht mehr, ob ich Thomas oder Poigenfürst meinte.

Angela sah mich prüfend von der Seite an und schaute wieder nach vorne.

„Ich habe mich auch einmal verkauft“, sagte sie, „aber es hat gar nicht weh getan.“

Und dann erzählte sie mir von Heinz, dem Nachtwächter.

„Jetzt kann ich es ja erzählen“, sagte sie, „wo meine Mutter tot ist. Die Schild-“ – Angela biss sich auf die Lippen – „-kiste“.

Ich biss mir ebenfalls auf die Lippen. Angela hatte noch nie etwas Schlechtes über einen Menschen gesagt. Und ich hatte nicht gewusst, dass ihre Mutter gestorben war. Ich wusste überhaupt sehr wenig über Angela, und das sollte auch so bleiben.

„An Krebs“, sagte Angela, „sie war ganz zerfressen, von unten bis oben.“

Angela war Mutters kleiner Engel gewesen. Nicht grob und dunkelhaarig wie die ältere Schwester und ihre Mutter selbst, sondern zart und blond, ruhig und gescheit, ein glänzende Schülerin. Mit sechzehn tat sie – „Ich weiß bis heute nicht, warum ich das getan habe“, sagte Angela – das Schlimmste, was sich ihre Mutter vorstellen konnte. Sie ging mit einer Freundin in eine Bar und ließ sich vom ersten Mann verführen, der anbiss. Das dauerte nicht lange, denn Angela war schon damals eine Schönheit.

„Keine halbe Stunde“, sagte Angela mit einer gewissen Genugtuung.

Heinz war Nachtwächter, vierzig Jahre alt und verheiratet. Abends ging sie ihn in seinem Dienst besuchen. Er schlief mit ihr in der Kammer hinter seiner kleinen Dienstzelle, seine Frau durfte nichts wissen. Was sie an ihm gefunden habe? Sie wisse es nicht, sagte Angela, jedenfalls habe sie monatelang gekämpft, bis sie ihn mit nach Hause bringen durfte. Angela war jetzt noch empört.

„Ist ein Nachtwächter kein Mensch?“

Angela hatte einen ausgeprägten Gerechtigkeitssinn, und sie konnte sehr hartnäckig sein. Schließlich musste ihre Mutter nachgeben.

„Sie saßen im Wohnzimmer, aßen den selbst gebackenen Kuchen, und als ich dazukam, sah ich es sofort: Sie hatte mich schon an ihn verkauft. Meine Mutter und Heinz verstanden sich blendend. Sie hat mich einfach verschachert, wie auf dem Kamelmarkt."

Ich wagte nichts zu sagen.

„Seitdem kann ich meiner Mutter nicht mehr ins Gesicht sehen. Sie kommt mich zweimal im Jahr besuchen, mit dem Zug, dann redet sie zwei Tage lang auf mich ein und fährt wieder nach Hause. Das heißt: Sie kam mich besuchen", korrigierte sie sich.

Angela schwieg und schien über etwas nachzudenken. Ich beobachtete die Sonne. Sie wollte und wollte nicht verschwinden, aber die Schatten, die Bäume sahen immer fremder aus, wie nicht von dieser Welt. Die Dinge schienen von unten her zu leuchten, und man konnte nicht mehr sagen, woher das Licht kam. Es kam aus allen Richtungen.

„Aber jetzt redet sie gar nicht mehr, jetzt ist sie ja tot. Jetzt kann sie mich nur noch im Traum heimsuchen", fügte sie nach einer Weile tonlos hinzu. „Ich glaube, ich bin keine gute Tochter. Ich habe nicht einmal geweint bei ihrer Beerdigung. Ich war eine Enttäuschung für sie."

In diesem Moment geschah es. Es wurde schlagartig kalt, so kalt, dass ich bis auf die Knochen zu zittern begann. Plötzlich sackte das Licht weg, aber die Dunkelheit dauerte nur sehr kurz. Eigentlich war es gar nicht richtig dunkel, und Sterne konnte man auch keine sehen. Ich nahm die Schutzbrille, die allen Zeitungen und Zeitschriften beigelegen hatte, herunter, um wenigstens den Strahlenkranz um die Sonne erkennen zu können.

„Davon kannst du blind werden", rief Angela besorgt.

Die Sonnenfinsternis war eine Enttäuschung. Sie war keineswegs so spektakulär, wie ich es mir ausgemalt hatte aufgrund der Vorberichte, und schon gar kein „Erlebnis". Nicht einmal Sterne habe ich gesehen.

„Es war doch ganz nett", meinte Angela.

„Na ja", sagte ich, „diese Schatten höchstens. Dieses Streulicht."

„Fast wie im Paradies", sagte Angela verträumt.

Ich schaute sie überrascht von der Seite an.

„Versprich mir", sagte ich, ohne über die Worte nachzudenken, die aus meinem Mund kamen, „dass du dir nichts antust."

Angela lachte. Ich versuchte ihr in die Augen zu schauen, aber sie wich meinem Blick aus.

„Du weißt, dass ich jederzeit für dich da bin", sagte ich.

Ich versuchte, streng auszusehen.

„Du kannst jederzeit bei mir anrufen, Tag und Nacht. Das weißt du."

„Ja, ja", sagte Angela.

Sie mochte keine Gefühlsduselei, wie sie es nannte. Als ich versuchte, sie zum umarmen, blieb sie ganz steif.

Von diesem Augenblick an wusste ich es. Aber was hätte ich tun sollen? Ich weiß, dass Angela mir nie verziehen hätte. Als wir von unserem Hügel herunterstiegen, kam mir eine Gedichtzeile in den Sinn. Sie flog mir zu, aus dem Nichts.

„Engel, sagt man, wüssten oft nicht, ob sie unter Lebenden gehen oder Toten."

Seitdem denke ich an Angela als einen Engel. Es war das letzte Mal, dass ich Angela gesehen habe. Einmal haben wir noch telefoniert, dann hat sie nur noch auf Mails geantwortet, so locker, so leicht, als ob sie das Leben genießen würde, als ob das Leben sie nie berührt hätte. Ich habe es von da an gewusst.

Seit Angela nicht mehr ans Telefon ging und ich diese fröhliche Mail von ihr bekam, hatte ich Angst. Angela geht jetzt unter Toten. Aber sie hat sich bei den Lebenden eingenistet, Angela, die früh Geglückte, das Wunder- und Sonderkind. Sie musste uns beweisen, mit ihrem Urteil, mit ihrem Todesurteil, dass sie es nicht war, dass sie eine andere war, eine, die mordet. Angela war sich nicht sicher, ob sie aufhören könnte zu morden, würde sie erst einmal damit anfangen. Deshalb hat sie die Tür zugesperrt. Nicht um sich selbst, sondern um die anderen zu schützen, sie, die Richterin und die Trösterin. Noch heute sehe ich sie beinahe jeden Tag durch die Straßen gehen, von hinten, schmal und mit einem langen Zopf über der blauen Jacke.

Ja, sie war ein Engel, aber ein Engel, der in einer Hölle lebte. Angela war zu gut, nein zu konsequent für dieses Leben. Sie wollte lieber in den reinen Flammen verbrennen als mit dem Schmutz der Erde in Berührung kommen. Sie hatte beschlossen, frei zu sein, und dazu erschien ihr der Abschied vom Leben das probateste Mittel. Sie hatte sich schon mit vierzehn, wo andere ihn erst entdecken, von ihrem Körper verabschiedet. Sie ging umher zwischen ihren Bücherwänden, den dezenten Leineneinbänden und den Taschenbüchern, von denen sie die äußere Haut entfernte, das Glanzpapier, sodass nur noch ein weißer, wattig-zerfransender, flaumiger Belag übrig blieb, so blank und verletzlich.

„Warum tust du das?", fragte ich sie, als ich sie einmal besuchte und sie mir ein Buch schenkte, ein weißes, weiches, verletzliches, verletztes Bündel Papier.

„Weil mir die Umschläge nicht gefallen", antwortete sie sachlich. Ich sah sie mit ernster Miene ein neues Taschenbuch nehmen und langsam das Schutzpapier entfernen. Wie viel Geduld musste man dafür brauchen. Mir wurde klamm, ich versuchte, mein Entsetzen zu verbergen, schaute auf das helle, perfekt enthäutete Buch in meinen Händen und schlug die erste Seite auf: „Lolita".

„Das ist mein Lieblingsbuch", sagte sie, „ich habe es sowieso mehrmals."

Wie kann „Lolita" das Lieblingsbuch einer Frau sein? Oder war sie in Gedanken Humbert, der belesene Zyniker, der Mörder? Ein Mörder, der, einstweilen, nicht Menschen, sondern Dingen die Haut abzog, der sich an Lolitas entblößten flaumigen Härchen ergötzte? Warum hat sie die hässlichen Einbände nicht mit einem Schutzumschlag verdeckt? Ich bin sicher, dass sie an diese Möglichkeit nicht einmal gedacht hat. Angela wusste nichts von Schutz. Aber ihre nackten Bücher blieben blütenweiß. Wie sie das schaffte, ist mir ein Rätsel, mein Exemplar von „Lolita" wies schon am nächsten Tag graue Spuren von fettigen Fingern und meiner nie sehr sauberen Tasche auf.

Ich habe immer geglaubt, dass Angela mutig war, aber Angela hat ihre Sicherheit vorgezogen. Angela ist ein Racheengel, der Exekutor des Wortes, ihres strengen Gottes. Wir haben um sie geworben, aber um einen Engel kann man nicht werben. Er hat seine eigenen, englischen Maßeinheiten. Er fliegt mit kalter Schulter davon. Die Selbstmörderin ist immun gegen die Liebe und die Schönheit.

Auch der Liebhaber ist immun. Er lässt sich von nichts mehr erreichen, außer von der Schönheit. Der Liebhaber ist dem Schönen verfallen, aber dem Schönen als Sinnesgenuss. Er nahm mich einmal mit zu seinem Samstagsfrühstücksort, einem unserer nobelsten Hotels. Ich hatte bis dahin nicht einmal im Traum daran gedacht, einen Fuß in dieses Palais zu setzen. Deshalb wusste ich auch nichts von dem verwilderten Park, in den man vom Wintergarten des Frühstückszimmers blickt. In diesen Garten – „mein kleines Paradies“, sagte Thomas – ziehe er sich dann nach dem Frühstück immer mit einem Buch zurück. Der Park sei zwar nur für die Hotelgäste bestimmt, sagte er, „aber es hat mich noch nie jemand verscheucht“.

Er lachte sein schelmisches Lachen.

„Ich versuche einfach so auszusehen wie ein reicher Müßiggänger. Manchmal blinzelt mir das Personal zu, und dann weiß ich nie, ob es Komplizenschaft bedeutet oder ob sie mich für einen Gast halten.“

„Sie halten dich für einen Gast, der schon öfters da war“, sagte ich.

Der Liebhaber sieht überall, wo er hinkommt, so aus, als ob er Stammgast wäre. Er sitzt unter den blühenden Fliederbüschen, lässt sich wie eine Katze von der Sonne bescheinen und ist ganz eins mit der Natur. Das sehen auch die Kellnerinnen, die nicht den Mut haben, diese kleine Idylle zu stören.

Der Liebhaber ist ein Flaneur. Er ist überall zu Hause, aber am liebsten wohnt er in öffentlichen Räumen. Im kunsthistorischen Museum oder im Auktionshaus verbringt er ganze Tage, nur in seiner eigenen Familie fühlt er sich als Gast, sogar, wenn er in der Badewanne liegt. Wenn ich an den Liebhaber denke, sehe ich immer ein Bild von Adolf Menzel vor mir, auf dem sich ein Mann in einem prächtigen hellblau-goldenen chinesischen Gewand von einem Vogel, einem weiß schimmernden Fasan, der auf seiner linken Hand sitzt, im Nasenloch – ja, was? – kitzeln lässt, kraulen. Der entrückte Blick des Mannes, sein zur Seite geneigter Kopf, zusammen mit dem zweiten Vogel, einem Goldfasan, der fast unbeteiligt auf seiner rechten Schulter sitzt, sind für mich der Inbegriff von Genuss ohne Zweck und Reue und ohne Wenn und Aber, von Genuss um des Genusses willen. Thomas kann genießen. Und das ist eine Kunst.

Die Selbstmörderin, mein Engel, war nirgendwo zu Hause, und sie hat es auch nicht gewagt, zu jemandem auf Besuch zu kommen, geschweige denn, sich irgendwo einzunisten. Der Engel hat die Neigung, sich ins Paradies der eigenen Großhirnrinde zurückzuziehen, denn der gefallene Engel – und andere Engel gibt es nicht mehr – ist ebenfalls aus dem Paradies vertrieben worden und hat sich auf der Erde nie zurechtgefunden.

Da war schon der Mensch, dieses gierige und böse, dieses lustige und unseriöse, dieses sentimentale und neugierige Wesen. Da war schon die Natur, die immer wieder neue Mutationen hervorbrachte, die Krankheiten gebar und an deren Enden schwarz der Tod drohte. Deswegen hat der Engel es sich lieber in seiner Intelligenz gemütlich eingerichtet, denn der Engel liebt den Überblick. Er hält seine Flügel peinlich sauber, und in seinen Adern fließt dünnes Blut. Das einzige Gefühl, das er sich erlaubt, ist Mitleid mit den Wesen, die leiden. Der Engel hasst den Genuss, das ist ein Teil seiner Grausamkeit.

Ich hatte für Angela in unserem Büro eine kleine Sammlung von Bildern aus Zeitschriften aufgehängt, die wir gemeinsam nach und nach vervollständigten. Sie heißt „Geknechtete Kreaturen“, hängt immer noch dort und zeigt unter anderem einen verloren wirkenden Baby-Elefanten, Oktopusse, die in der griechischen Mittagshitze zum Trocknen an der Leine hängen, einen Hund, der aus einem englischen Zug geworfen wird, und einen Vogel Strauß, der von südamerikanischen Straßenkindern gefoppt wird. Erst neulich habe ich das bekannte Foto von dem Lama dazugehängt, das in einem New Yorker Taxi fährt und seinen Kopf aus dem Fenster hält.

Ich habe gesagt: Angela war der beliebteste Mensch in der Redaktion, in unserem kleinen Verlagswesen, auch weil sie immer ein offenes Ohr für den Kummer der anderen hatte. Aber manchmal brachte sie uns zur Verzweiflung.

„Ich verstehe nicht, was sie will", rief ein Kollege einmal, als Angela das Zimmer verlassen hatte. „Sie scheint so überhaupt nichts zu wollen. Das macht mich ganz krank."

Ich verstand sehr gut, was er meinte. Angela war ein Geheimnis. Deswegen dachten wir alle immerfort über sie nach. Aber niemand hat je etwas über sie erfahren. Wir haben sie bewundert, weil wir sie nicht verstanden. Sie schien alles zu haben, sie schien mit dem zufrieden, was sie hatte. Angela war Korrektorin mit Leib und Seele. Sie hasste diesen Beruf, wie ihn jeder Korrektor hasst. Denn der Beruf des Korrektors ist, obwohl er große Allgemeinbildung voraussetzt und die Fähigkeit, sich ununterbrochen, ohne den kleinsten Aussetzer zu konzentrieren, stumpfsinnig.

Der Korrektor ist verpflichtet, den Text auf Fehler zu überprüfen, Tippfehler, grammatische Fehler, orthographische Fehler, Denkfehler. Korrekturlesen verpflichtet zu Pedanterie und i-Tüpfelchen-Reiterei, ist also höchst unsympathisch. Man hat nichts davon, wenn man hundert Fehler findet, denn bemerkt wird nur der eine, den man übersehen hat. Man hat nichts mitzureden, und die Verantwortung beschränkt sich auf die strenge Exekution der Regeln des Duden. Trotzdem kommt sich der Korrektor wichtig vor und klug. Seine Urteile, die ihn einzig befriedigenden Urteile fällt der Korrektor im geheimen, unter Ausschluss der Öffentlichkeit. Er sitzt geschützt in seiner Kammer und urteilt darüber, wer schreiben kann und wer nicht, wer Recht hat und wer nicht. Der Korrektor ist ein verhinderter Schreiber, dessen hohe Ansprüche es ihm nicht erlauben, ins kalte Wasser des eigenen Textes zu springen. Der Korrektor ist ein Diener und fühlt sich wie ein Gott.

Angela und ich hatten eine internes Ranking von Journalisten.

„Oh je, Walter Huber“, pflegten wir beispielsweise zu stöhnen, hielten den Zettel in die Höhe – damals lasen wir noch auf Papier – und riefen wie in einer Auktion:

„Wer hat noch nicht, wer will noch mal?“

„Ich war letzte Woche schon dran!“

Denn Walter Huber kann nicht schreiben. Er wirft mit Metaphern und Redewendungen um sich, die immer nur halb stimmen. Es ist unmöglich, einen guten Text daraus zu machen. Das ist die Schmach des Korrektorendaseins: dass man weder bei der Entstehung guter Texte mitwirken kann noch schlechte verhindern. Angela genoss das auf eine eigenartige Weise.

„Es ist völlig sinnlos“, seufzte sie, „ein Sklavendasein.“

Aber sie konnte über ein strittiges Komma stundenlang nachdenken. Wenn der Duden keine Auskunft gab, war sie verzweifelt. Angela wollte Gewissheit. Als Angela sich in ihre Wohnung zurückzog, hat der Chefredakteur des „Theaterbrett“ ihr angeboten, Kritiken zu schreiben. Oder Rezensionen. Aber Angela hat abgelehnt. Zum Schreiben hatte Angela nicht genug Mut.

Einmal hat Angela mir gestanden, dass sie so gerne Taxi fahre. Ich war zuerst überrascht, sie hatte doch kaum Geld und verachtete jeden Luxus. Aber je mehr ich darüber nachdachte, desto besser konnte ich mir vorstellen, wie sie im Taxi saß und in die nächtliche Stadt hinaussah, die an ihrem Fenster vorbeizog. Denn

in meiner Vorstellung war es Nacht, wenn Angela Taxi fuhr. Der Taxifahrer begriff instinktiv, dass sein Fahrgast, der die Zieladresse mit kaum vernehmbarer Stimme geflüstert hatte, in Ruhe gelassen werden wollte. Die Heizung lief, und der geheimnisvolle, ätherische Schützling hatte plötzlich, nur kurz zwar – aber dieses

Gefühl verband sich ab diesen Zeitpunkt unauslöschlich mit dem Taxifahren – eine Vision von Geborgenheit.

Ich habe absolutes Vertrauen zu Angela. Ich würde Angela alles anvertrauen, sogar mein Leben. Als ich heute meine Kreise zog auf der Eisfläche unseres Flusses, musste ich seit langem zum ersten Mal wieder weinen über Angelas Tod. Nein, nicht über ihren Tod, über Angela. Ich hoffe, dass Angela jetzt glücklich ist. Sie hat für die Aufhebung ihrer Leiden einen hohen Preis bezahlt, denn Angela hat, im Gegensatz zum Liebhaber, alle Betäubung, alle Narkotika kategorisch abgelehnt. Angela wollte nicht sterben.

Sie wollte sich spüren. Aber die Rasierklinge schnitt nicht tief genug. Sie hatte Angst vor dem, was unter der Hautdecke zum Vorschein kommen würde, vor dem dunklen Blut, das so unheimlich nach Körper roch. Vielleicht hatte sie doch Mitleid mit sich. Sie setzte die Klinge an, es kam kein Blut, und die zarten, feinen Spuren auf ihrer Haut ergaben keinen Sinn.

Angela wollte zuerst nicht sterben, sie wollte etwas spüren, und sei es den Schmerz. Sie wollte die Luft ablassen, die von innen an ihre Lungenwände drückte. Angela schnitt – und fühlte sich für einen Moment erleichtert. Sie stand am Boden, sie war noch nicht abgehoben. Sie schnitt tiefer, aber das Blut war zu hässlich. Es war keine Lösung. Es hielt nicht an, deswegen beschloss sie, dass es doch besser sei, nichts mehr zu spüren. Nicht die Abhängigkeit. Von der Liebe. Von der Klinge. Und auch nicht mehr den Druck auf den Lungen und auch nicht die Angst. Oder wollte sie die Trauer, die Liebe der anderen vorausspüren, an die sie nicht heranreichte? Angela, mein Kobold: Zumindest das ist dir gelungen.

Angela hat genau gespürt, dass sie nicht zu erreichen war, und sich dafür geschämt. Deshalb hatte sie diesen sechsten Sinn für den Schmerz der anderen, den sie aufsog, als ob es ihr eigener wäre. Wir dachten immer, sie stünde über allem. Niemand hat sich getraut, Angela zu küssen. Und es stimmt auch: Sie konnte und sie wollte sich nicht an einen Menschen und damit an das Leben binden, schon gar nicht mehr zum Schluss, als sie beschlossen hatte, sich nun endgültig zu verabschieden. Angela wollte frei sein, sie wollte eine Lösung. Sie wollte nicht, dass jemand sie daran hinderte, auch nicht mit seiner Liebe. Keine irdische, keine menschliche Liebe konnte groß genug sein, um sie am Boden zu halten. Deswegen hat Angela nichts gesagt und niemandem etwas angedeutet.

Als Angela nicht mehr ans Telefon ging und auch nicht mehr auf meine Mails antwortete, bin ich einmal in ihr Haus gegangen und habe mit klopfendem Herzen an ihrer Tür geklingelt. Ich lauschte. Ich wusste nicht, was ich tun sollte. Ich wagte nicht zu rufen. Zuerst klopfte ich zaghaft. Mir war klar, dass sie da war, und sie wusste, dass ich draußen stand. Dann rief ich mit einem Räuspern:

„Angela!"

Totenstille. Dann raschelte es. Ich wollte rufen:

„Ich brauche dich."

Aber ich brachte es nicht übers Herz, sie zu erpressen. Wir rangen, miteinander und jede mit sich selbst, aber Angela hat die Tür nicht geöffnet. Man kann jemanden nicht mit Gewalt retten. Angela hat kein einziges Mal davon gesprochen, und trotzdem habe ich es gewusst. Denn die, die davon reden, tun es meistens nicht. Angela wollte uns nichts zeigen mit ihrem Tod. Sie hat sich vor sich selbst gerettet. Mit Gewalt.

Die Selbstmörderin war beliebt, aber sie hat sich die Menschen mit Gewalt vom Leib gehalten. Sie sprach so leise, dass man sich jeden Satz wiederholen lassen musste.

Sie wollte sprechen, aber nicht gehört werden. Sie hat die Dinge nicht ausgesprochen, sondern um sie herum gesprochen, sie um-sprochen.

Sie sagte: „Ich bin enthusiasmiert."

Und: „Die Welt ist ein Jammertal."

Das war ihr Lieblingssatz, und sie war jedes Mal glücklich, wenn er, von der Politik, von der Weltgeschichte, vom Geschäftsführer oder von einem unachtsamen Kollegen, bestätigt wurde. Angela konnte so schön sprechen, aber es war unmöglich, klare Antworten von ihr zu bekommen. Sie wollte nicht *mit jemandem* sprechen – sie wollte sprechend verschwinden, in der weichen, fremdartigen Höhle ihrer Worte.

Sie sagte: „Da ist eine Dysfunktion in mir."

Sie schrieb mir Zettel:

„Liebste Aggi-Beste: Gratulationen zum Wiegenfeste. Enchanté, deine A."

Darunter war ein Blümchen gemalt. Angela hasste Geburtstage, jedenfalls ihren eigenen, und sie liebte verschnörkelte Worte. Aber noch lieber hörte sie zu, kroch ganz hinein in ihr Gegenüber. Sie wollte trösten, um nicht getröstet zu werden. Sie schien immer zu wissen, was von einer Sache zu halten war.

„Du bist heute wieder so leicht geschürzt", sagte sie besorgt und wickelte sich fester in ihren Pullover ein, den sie auch im Sommer trug. Sie hatte immer einen Regenschirm bei sich.

Die Selbstmörderin war eine Leserin. Sie betäubte sich mit schönen Worten, sie lebte im Buchstaben, im weichen Polster des fremden Wortes. Vielleicht spreche ich deswegen so viel von ihr. Ich möchte sie in meine Worte betten, ich weiß, dass Worte ihr den größten, vielleicht den einzigen Genuss bereitet haben. Ihr ganzes Leben hat sie sich nichts sehnlicher gewünscht, als erkannt zu werden, aber sie hat sich geweigert, irgendjemandem einen Hinweis zu geben, außer mit der zarten Inschrift auf ihrem Dekolleté. Wieder und wieder frage ich mich, warum sie sie mir damals gezeigt hat. Es war wie ein Blick in ihre Eingeweide. Sie schaute mich bittend und fragend an, aber ich kann nicht in Eingeweiden lesen.

Als ich dann wirklich vor ihrer Tür stand und klopfte, hat sie nicht geöffnet. Sie war kein Mensch, sie war reines Denken, sie war Sprache, sie war Mitleid – sie war ein Engel, aber der Engel ist das Schrecklichste. Sie wollte nicht wissen, welcher Mensch bei ihr wohnte. Sie stand vor ihrer eigenen Türe und warf trotzig den Schlüssel in den Hof hinunter. Sie stand vor ihrer eigenen Türe und hängte trotzig den Schlüssel hoch, so hoch, dass sie nicht mehr heranlangte. Sie war nicht groß genug für sich selbst.

Klopfenden Herzens stand sie vor ihrer eigenen Tür und horchte. Sie wünschte sich nichts inständiger, als dass jemand klopfte, aber genau davor hatte sie die größte Angst. Denn sie konnte keinen Menschen erkennen, dem das Klopfen hätte gelten können. Sie wollte den Menschen bestimmen, dem das Klopfen gelten konnte, sich selbst. Aber da war kein Mensch, nur eine Person, die Ahnung eines Wesens, das vernünftig war, aber dem man nicht trauen konnte. Es war die grauenhafteste Person, die man sich vorstellen konnte. Angela wusste: Es gab keinen Ausweg. Entweder man lügt oder man ist ein Monster. Angela war eine virtuelle Person. Sie konnte sich nicht zeigen, außer hinter der Maske der Worte. Deshalb fühlte sie sich am Telefon am wohlsten. Ihre Mails waren die schönsten, fröhlichsten, phantasievollsten Botschaften, die ich je bekommen habe.

Es kann kein Zufall sein, dass man den Brief auf Angelas Schreibtisch fand. Ich habe den Brief hundert Mal gelesen. Manches darin habe ich verstanden, manches kann ich nur ahnen, und anderes werde ich wohl nie verstehen. Der Brief beweist, dass Angela etwas von einem Menschen in sich hatte. Der Engel hat gesiegt, aber der Mensch hat einen Brief hinterlassen. Einen Brief, der nichts erklärt. Darin klagt der Mensch den Engel der Herzlosigkeit an. Aber das war dem Engel egal. Der Engel ist stärker. Der Engel ist seinem Wesen nach Kommunist, habe ich in dem „Traktat über Engel" gelesen, dem Gedichtband von Irinas Schwester Vera, denn er spricht dem Menschen sein Eigenrecht ab, das Recht auf Entfaltung.

An manchen Stellen von Angelas Brief sieht man den Menschen mit dem Engel ringen.

„Wie schrecklich das für die draußen vor der Tür ist, daran denke ich nicht sehr oft", schreibt der Mensch zerknirscht.

Der Engel setzt sofort nach: „Wenn ich aber doch daran denke, dann schäme ich mich, so etwas überhaupt gedacht zu haben."

Dann wieder der Mensch:

„Dieses Gefühl, nicht mehr zu können, ist etwas sehr Egoistisches und Ausschließendes, man hat nichts mehr im Blick als die eigene Erleichterung, schrecklich."

Der Engel kontert erbarmungslos:

„Es gibt aber keine Art, nicht schrecklich zu sein."

Ich bin überzeugt, dass Angela geschrieben hat. Schreiben tut nur, wer von Verlust bedroht ist. Das sind wir alle, aber nicht alle sehen hin. Nein, sie hat nicht geschrieben, sie *wollte* schreiben. Die Selbstmörderin war nicht von Verlust bedroht, sie war ein einziger Verlust. Was hätte sie schreiben sollen? Ich stelle mir vor, dass sie täglich, wenn sie aufgestanden ist, aber erst nach dem Duschen, mit noch nassem oder noch hochgestecktem Haar, geschrieben hat und das Geschriebene gleich darauf vernichtet.

Ganz zum Schluss hat sich der Mensch ein kleines Zugeständnis abgerungen. Er hat den Brief geschrieben, und der Engel hat ihm gnädig erlaubt, ihn zurückzulassen, eine Henkersmahlzeit aus selbst geschriebenen Worten. Vielleicht hätte dieses Schreiben, dieses Schreiben an ein Du, das an niemanden und alle gerichtet war, sie retten können. Wenn es an einen einzigen Menschen gerichtet gewesen wäre.

Ich kann mir Angela nicht als alte Frau vorstellen. Sie hat von Lebenserfahrung nichts gehalten. Weisheit war ihr, das hätte sie zwar nie zugegeben, ein Gräuel, denn der Weise hat sich mit der Welt abgefunden, er rechnet sie ein in sein Leben. Die Selbstmörderin hat das Leben gehasst und alle Veränderungen. Sie hat sich vor ihrem dreißigsten Geburtstag, vor der Jahrtausendwende und vor der Einführung der neuen Rechtschreibung davongestohlen, aber das sind bloß Äußerlichkeiten. Sie konnte nicht damit leben, dass man so viele Möglichkeiten hat zu leben, dass jede falsch ist oder eine andere genauso berechtigt. Sie konnte nicht mit der Ungerechtigkeit der Welt leben, mit der Existenz von Arm und Reich, mit der Unmöglichkeit, da nicht hineingezogen zu werden.

Auch der Liebhaber kann mit dem Begriff Lebenserfahrung nichts anfangen. Er will nichts erfahren, er will leben! Sobald er anfangen würde nachzudenken, ergriffe ihn Verbitterung. Aber zu denken, dass er etwas falsch gemacht haben könnte, dass er eine andere Wahl gehabt hätte – nichts wäre dem Liebhaber unangenehmer. Er gönnt sich lieber schnell eine Massage oder ein dickes Steak, und die Welt ist wieder in Ordnung.

Dass Angela Vegetarierin war, wird wohl niemanden verwundern. Angela war am Verschwinden, seit ich sie kannte. Sie hat sich auch nicht fotografieren lassen, aber es ist mir am Tag der Sonnenfinsternis gelungen, ihr ein Bild abzuluchsen. Sie sitzt auf dieser asphaltierten, abschüssigen Straße und schaut den Betrachter voller Abwehr an, in ihren Augen blanke Angst. Ich habe das Bild aufgehängt. Ich weiß, dass sie sich geniert hätte, über meinem Schreibtisch zu hängen, dass sie heimlich gerührt gewesen wäre. Manchmal spreche ich mit Angela.

Ich sage: „Siehst du, so ist das bei uns. Es ist gar nicht so schlecht."

Ich sage: „Siehst du, du bist nicht tot."

Ich sage: „Ich verstehe dich. Ich liebe dich."

Das ist das Beste, was ich ihr geben kann.

Ich sage: „Ich bin heute zum Essen eingeladen, du wirst sehen, das wird herrlich. Warst du schon mal bei so einem Essen?"

Angela schüttelt stumm den Kopf.

„Du wirst sehen", sage ich, „es wird dir gefallen."

Angela schaut skeptisch, aber es scheint mir, als ob ihre Angst kleiner geworden wäre. Dabei bin ich alles andere als sicher, ob ich sie verstehe. Ich dachte, dass ich den Liebhaber ganz durchschaue und die Selbstmörderin nicht verstehe. Vielleicht ist es aber auch genau umgekehrt. Vielleicht bin ich Angela näher, vielleicht ist Angela jetzt so lebendig wie im Leben nie zuvor. Ich werde mich nicht von ihr verabschieden. Ich werde warten, bis sie sich von mir verabschiedet. Angela kann gehen, wenn sie will.

In der Zeitung fand ich heute einen Schwerpunkt über Selbstmord und über Selbstmordattentäter. Frauen, stand da, unternehmen doppelt so viele Selbstmordversuche wie Männer, doppelt so viele Männer bringen sich aber tatsächlich um. Und fast ausschließlich Männer bringen vorher auch noch ihre Familie oder ihre Feinde um. Auch in der Methode gibt es Unterschiede. Frauen schlucken Tabletten, Männer erschießen sich, erhängen sich oder stürzen sich aus dem Fenster. Warum ist Angela einen männlichen Tod gestorben? Sie ist genau auf die kleine betonierte Fläche gesprungen.

Ich sehe sie am Fenster stehen und höre sie denken: „So ist es sicherer. Wenn schon, denn schon."

Die Selbstmörderin liebte die Klarheit. Sie hat nicht begriffen, dass man nicht gewinnen kann.

Neben dem Artikel war ein Interview mit einem Nahostexperten abgedruckt:

„Die Fähigkeit dieser Selbstmordattentäter, bis zum Ende zu gehen, alle Selbsterhaltungstriebe zu überwinden, alle Zweifel zum Verstummen zu bringen, macht sie auf schockierende Weise stark", sagte der Experte. „Trotzdem ist dieser Terrorismus näher an der Askese als an der Gehirnwäsche."

Angela war Asketin. Sie hat versucht, sich selbst das Gehirn zu waschen für ihr Ende. Aber sie wollte, im Gegensatz zu diesen Attentätern, die sich postum in die Öffentlichkeit sprengen, die Helden sein wollen, nichts erreichen mit ihrem Tod. Angela hat niemandem gesagt, was sie vorhatte. Sie hat sich geschämt, aus dem Fenster springen zu müssen, um frei zu sein. Deshalb hat sie den Hof und nicht die Straße gewählt. Wenn sie hätte vermeiden können, dass irgendjemand den zerschlagenen Körper, der von ihr übrig blieb, finden musste, hätte sie das getan.

Der Brief, ich habe es schon erzählt, ich muss es immer wieder erzählen, beschreibt, wie sie zum Fenster geht und sich hinaufzieht. Wie sie zuerst keine Angst hat und es ihr dann doch zu hoch ist, wie sie sich züchtigt, nachher, wenn die Sonne aufgeht und die Vögel und die Menschen aufstehen. Wie sie versucht zu begreifen, es nicht gekonnt zu haben, wie sie versucht, die Angst größer zu machen als das Denken.

Arme Angela, du konntest das Denken nicht abschalten. Du hast dich bei vollem Bewusstsein aus dem Fenster werfen müssen. Du hast dein Schicksal besiegelt und den Strang mit einem Ruck durchgeschnitten.

Sechstes Kapitel
Ein Tier im Bauch

Ich fühle mich erschöpft. Noch nie habe ich mich so erschöpft gefühlt. Vielleicht habe ich zu viel geredet in letzter Zeit oder zu viel gedacht. Vielleicht ist es auch das Wetter. Als ich heute, Samstag, in dickem Wollmantel und Mütze vor die Türe trat, um meine Zeitungen und mein Croissant zu holen, überschwemmte mich eine Welle warmer Luft. Das erste Anzeichen von Frühling, dabei ist es erst Ende Januar. Eine große Erleichterung durchströmte mich, und gleichzeitig legte sich ein Schleier auf mein Gemüt, in meinen Kopf. Kein Kopfschmerz, aber eine große Müdigkeit, Erschöpfung. Eine angenehme Erschöpfung. Vielleicht bin ich noch nie auf eine so wenig anstrengende Weise wach gewesen. Heute gehe ich nicht hinaus in die Stadt, heute werde ich gar nichts tun.

Als ich von meinem Frühstückseinkauf wieder nach Hause kam, schäumte ich Milch auf, schenkte den Kaffee aus dem Espressokocher in die Bol, schreckte das Ei ab, setzte mich an den Küchentisch und schlug den Kulturteil des Stadtmagazins auf. Beinahe hätte ich das weich gekochte Ei schon wieder auf meine Hose fallen lassen. Ich hätte damit rechnen müssen. Irgendjemand hatte mir schon erzählt, dass bald die Eröffnung sei zu Tibors erster Einzelausstellung, aber es ist mir gelungen, das sofort wieder zu vergessen. Ich hatte nicht damit gerechnet, dass Tibor heute morgen in meinen frühlingsmüden Wattekopf dringen würde. Schnell schlug ich das Magazin wieder zu. Sollte ich mich schonen, es ignorieren? Ich wusste, dass ich es nicht über mich bringen würde, dass ich den Artikel klopfenden Herzens und voller Angst irgendwann später lesen würde. Meine Neugier hat bisher noch immer gesiegt.

Aber zunächst schlug ich die Wochenzeitung mit den herrlich langen Artikeln auf. Jede Woche hoffe ich, dass nicht zu viel Interessantes dabei ist, sonst ist das ganze Wochenende vorbei, wenn ich wieder daraus auftauche. In der Rubrik „Mein Traum“ erzählt immer eine bekannte Persönlichkeit über ihre Träume, wie sie es nennen, womit aber eher Herzenswünsche, Vorstellungen und Hoffnungen gemeint sind. Ich erkannte sofort das Gesicht einer Schauspielerin, die ich sympathisch finde, einer sinnlichen Frau mit rundem Gesicht und stämmiger Figur. Die Hervorhebung fiel mir mitten ins Hirn.

„Ich glaube nicht, dass ich durch Träume das richtige Leben verpasse. Sie sind ja das Leben.“

Genau das wollte ich doch die ganze Zeit widerlegen! Um zu beweisen, dass es darum geht, die Träume gegen das richtige Leben einzutauschen. Aber was die Schauspielerin sagte, klang genauso plausibel.

Die Schauspielerin ist eine passionierte Träumerin. Sie träumt sich die Welt zurecht und steht auch noch dazu. Warum eigentlich nicht? Die Schauspielerin glaubt an die Macht der Träume. Sie habe sich schon Anrufe von Regisseuren herbeigeträumt, sagt sie, und tagsüber, beim Aufräumen, beim Zähneputzen, träumt sie vom Märchenprinzen. Die Schauspielerin ist ehrlich. Sie versteckt sich nicht, sie sagt:

„Solange ich träume, fühle ich mich gerettet. Ich spüre: Alles ist gut.“

Aber damit meint sie ihre Träume bei Tag, Träume, deren Verlauf sie beeinflussen kann. Nachts jedoch, nachts wird ihr im Traum der Schädel von einem Eindringling an die Wand geschlagen, direkt auf das Bild mit dem Schäfer und dem Schaf, das früher über ihrem Kinderbett hing. Direkt auf die Idylle.

Die Schauspielerin, selbst Tochter einer Schauspielerin, erzählt in dem Artikel von ihrer düsteren frühen Kindheit, nein, sie erzählt nicht davon, sondern sagt, dass sie darüber nicht sprechen will. Und dann erzählt sie von ihrer schlimmsten Zeit als Erwachsene, als ihre eigene Tochter noch ganz klein war. Mama Schauspielerin saß frustriert in Berlin, sie konnte an nichts denken als an das:

„Ich sehnte mich nach Liebe."

„Ich fühlte mich eingeschlossen, einsam."

Mama Schauspielerin hat nur an sich gedacht, aber in den nächtlichen Träumen kommen die anderen auf einen zu. Die, denen wir etwas nicht gegeben haben. Es ist unendlich schwer, klar zu sehen, selbst den kurzen Weg bis zur eigenen Tochter.

Als ich den Artikel zur Seite legte, kam mir ein unangenehmer Gedanke. Ist meine Rede, mein nicht enden wollender Redefluss auch eine Art von Träumen, meine Art, mir die Welt zurechtzuträumen? Die Welt von mir wegzuerklären mit Sätzen, die das Unerklärliche erträglich machen. Habe ich deswegen hier mehr über Thomas und Angela, über Tibor und Sylvie erzählt als über mich selbst?

Vielleicht gibt es nur die Träume, aber es gibt Träume unter Einbeziehung des Verstandes und der Sinne. Und es gibt unsinnige Träume, ich nenne sie Hoffnungen. Neulich habe ich einen Satz gefunden, den ich mir abschrieb und ins Klo hängte, wo ich seitdem darüber meditiere.

„Hoffen ist gut, doch nicht zu hoffen ist Verstand."

Er stammt vom Herausgeber eines großen Wochenmagazins. Ich habe mir noch einen zweiten abgeschrieben, aber dann doch nicht aufgehängt:

„Wer noch nie gehofft hat, kann auch nicht verzweifeln."

Anscheinend habe ich schon gehofft, denn manchmal ist mir zum Verzweifeln zumute. Angela hat womöglich nie hoffen dürfen, nicht einmal als Kind, deswegen konnte sie auch nicht verzweifeln.

Und noch ein anderes Zitat geht mir nicht aus dem Sinn:

„Denken ist schwer, darum urteilen die meisten."

Angela hat nur Sätze gesagt, die ein Urteil über die Welt enthielten, aber ein Urteil, das sie selbst nicht einschloss. Die Selbstmörderin schien so sicher, sie sah nur Opfer und Täter. Die Selbstmörderin hat vor nichts mehr Angst gehabt, als zum Täter zu werden und ihre Unschuld zu verlieren. Sie musste zur Täterin an sich selbst werden, um diese Angst zu besiegen. Alle haben die Selbstmörderin geliebt, aber niemand hat sie verstanden. Wenn sie über sich selbst sprach, redete sie in Rätseln.

Der Liebhaber sagt nur Sätze, die jeder verstehen kann. Sätze, die schön sind und nichts bedeuten – die schön sind, *weil* sie nichts bedeuten? Wenn man mit dem Liebhaber über die Wahrheit reden will, wird er hilflos. Man wechselt sofort das Thema, um ihn davor zu schützen, denn der Liebhaber ist die Sicherheit und Eleganz in Person. Der Liebhaber ist souverän, denn er weiß jeden Augenblick, wie er sich zu benehmen hat. Er spricht mit der Putzfrau genauso respektvoll wie mit dem Bankdirektor. Diese Fähigkeit beruht auf seiner Menschenkenntnis, die ein Gefühl für Menschen ist, für andere Menschen.

Der Liebhaber weiß oft nicht, was er von einer Sache hält, aber er glaubt zu wissen, was er vom Leben will. (Er glaubt zu wissen, was er haben will. Dabei will er vor allem eines: sich keine Blöße geben. Deswegen kann man ihn auch nicht lieben, sondern nur die Vorstellung von ihm.) Die Selbstmörderin wusste immer, was sie von einer Sache hielt, aber sie hätte nicht zu sagen vermocht, was sie vom Leben wollte. (Ist es notwendig hinzuzufügen, dass die Selbstmörderin kaum Menschenkenntnis besaß?)

Was ich selbst vom Leben will, wüsste ich mittlerweile nicht mehr zu sagen. Die Dinge auf den Punkt bringen. Ich würde es gerne Erkenntnis nennen, dabei sind es bloß Behauptungen. Wenn ich hier Behauptungen aufstelle über den Liebhaber und die Selbstmörderin, dann nicht, weil ich über sie urteilen und schon gar nicht, weil ich sie verurteilen wollte. Ich versuche, sie zu verstehen, und glaube, sie noch lange nicht verstanden zu haben. Der Liebhaber und die Selbstmörderin wären zu Recht sauer, wenn sie meine großartige Analyse zu Gesicht bekämen, diese selbstherrliche Zurechtstutzung eines Menschen auf die Wörter und Sätze eines anderen.

Sie wären auch erstaunt, gegeneinander ausgespielt zu werden, denn der Liebhaber und die Selbstmörderin waren sich sympathisch. Allerdings wären sie nie ein Paar geworden, denn um Angela zu verführen, brauchte es mehr sanfte Gewalt, als der Liebhaber aufzubringen gewillt ist, und der Liebhaber braucht mehr Widerstand, um den Reiz der Verführung auszukosten. Angela verstand die Triebkräfte der Leidenschaften nicht, das Einzige, worin Thomas Spezialist war. Sie hätte ihm nicht geantwortet, und Thomas lebt von der Antwort der Frauen.

Vielleicht ist alles Unsinn, was ich über Angela und Thomas erzählt habe, und ich habe kein einziges Mal den Kern getroffen. Vielleicht werde ich den Liebhaber und die Selbstmörderin, diese beiden einzigen Menschen, die ich wahrscheinlich mehr geliebt habe als sie mich, nie verstehen. Natürlich kenne ich ihre Ängste, ihre Kindheitsgeschichten, aber die tun hier nichts zur

Sache. Weniger aus Gründen der Diskretion, ich glaube vielmehr, dass solche Erlebnisse, solche Inschriften, die jeder Mensch in seiner Kindheit eingeprägt bekommt, der nicht von zwei Heiligen erzogen wurde, ein guter, aber kein hinreichender Grund sein können, dass jemand so wird, wie er wird. Manche können ihre Inschriften nicht einmal lesen, manche befolgen sie einfach nicht, manche schreiben sie um und manche schreiben sie sich selbst. Inschriften sind Befehle, aber keine Gesetze.

Ich weiß zum Beispiel, dass die Selbstmörderin kurz mit dem Gedanken gespielt hat, sich nicht das Leben zu nehmen, sondern in eine Klinik zu gehen – man hat auf ihrem Computer eine Mail gefunden, die sie nie abgeschickt hat. Dort, dachte sie, wäre sie gut aufgehoben, in guten Händen gewesen. Aber sie hat sich dagegen entschieden. Ich weiß, dass der Liebhaber mit dem Gedanken gespielt hat, sein Leben zu ändern, mit mir oder meinetwegen zu ändern, er hatte es sogar schon seiner Frau mitgeteilt. Aber dann hat er sich doch dagegen entschieden.

Der Liebhaber hat eine leere Mitte. Nur die Ränder, die Sinnesorgane, leben. Der Liebhaber fährt im Kreis, immer auf der Flucht vor der Langeweile. Er bewegt sich in einer Spirale, in der Aktion auf Aktion folgt. Der Tod ist für den Liebhaber eine Schmach. Schon nur zu altern fällt ihm schwer. Der Liebhaber liebt das Leben, so lange, bis er sich in die Verbitterung abgleiten lässt.

Die Selbstmörderin wollte sich in ihren Kern zurückziehen, die einzige unverletzte Stelle, die sie vor der Welt verborgen hielt – ihre Selbstachtung. Sie hat alle Ränder abgetötet, aber ihren letzten Kern nie gefunden. Denn die Selbstmörderin ist still gestanden, die einzige Bewegung, die ihr je gelungen ist, hat ihrer Möglichkeit zu handeln jäh ein Ende gesetzt. Die Selbstmörderin hat ihrem Leben in ihrer einzigen Tat, einem finalen Akt, ein Ende gesetzt. Angela wollte niemanden verletzen, habe ich gesagt, deshalb hat sie sich selbst verletzt, mit einem Attentat, mit dem sie sich des Sinns und aller Sinne beraubte.

Die Bewegungen des Liebhabers sind keinem Sinn untergeordnet, nur seinen Sinnen. Eine Posse mit unzähligen Akten, eine Ansammlung von Orgasmen. Gerne sagt er sich, dass nicht er selbst, sondern das Schicksal sein Leben bestimmt, dass er nicht anders hat handeln können. Deswegen hat er schon so viele Menschen verletzt. Der Liebhaber will handeln, ohne zu denken. Aber eine Tat und ein Akt sind noch keine Handlung, noch kein Drama. Wer handelt, weiß, was er getan hat, was er tun will und was er getan haben wird.

Vielleicht haben auch Anabel, Sylvie und ich nie gehandelt, können wir alle nicht mehr handeln. Wir haben ständig Dinge getan, von denen wir nicht geahnt haben oder nicht wissen wollten, was einmal dabei herauskommen würde.

Die Selbstmörderin wollte denken, ohne zu leben. Sie hätte nie ein Buch geschrieben, weil sie wusste, dass ihr Denkgebäude viel zu kompliziert war, als dass es jemals erklärt werden könnte. Auch der Liebhaber würde nie ein Buch schreiben, er will gar nicht so genau wissen und schon gar nicht formulieren, was er denkt. Aber vielleicht kann man nur, was man in Begriffen gedacht hat, wirklich wissen. Was man erfahren *und* in Begriffen gedacht hat.

Wissen tut weh. Deswegen beneidet Tibor die Tiere. Tiere können, nein müssen nicht hoffen. Tiere haben keine Zukunft. Tibor liebt die Tiere. Er kennt jede Katze im Haus, er spricht mit jedem Straßenköter. Sie verstehen ihn natürlich nicht, aber sie mögen, glaube ich, was er sagt. Tibors Ausstellung heißt: „Ein Tier im Bauch“.

Früher haben Sylvie, Anabel und ich oft ein Spiel gespielt, bei dem man allen Familienmitgliedern, Freunden und Verwandten ein Tier zuteilt. Der Liebhaber ist ein Fisch, ein Aal, er entgleitet einem. Wenn man in ihn hineinfassen würde, würde er sich glitschig anfühlen, in ihm verfault alles. Der Liebhaber ist ein Schmetterling, der davonfliegen will. Aber er ist zu ungeduldig, er kommt nie über das Raupenstadium hinaus. Andreas Poigenfürst ist ein Krebs. Wenn es brenzlig wird, flüchtet er unter einen Stein. Er sagt sich, dass er ja zuzwicken könnte, aber er hat es noch nie getan. Andreas Poigenfürst wollte ein netter Krebs sein, aber Krebse sind nicht nett. Die Selbstmörderin ist eine Schnecke, die nicht mehr aus dem Haus schaut. Die Selbstmörderin ist eine Antilope, die erschreckt davonrennt. Die Selbstmörderin ist ein Tier, das kein Tier sein will. Sie ist eine Pflanze, die nicht an der Erde festwachsen will. Ich habe es ja schon oft genug gesagt: Die Selbstmörderin ist ein Engel, der das Nervenmuskeltier in sich leugnet, eine Denkmaschine. Anabel ist eine Katze, so weich und genügsam. Sylvie ist ein Igel, sie schützt ihr flaumiges Bauchfell. Sylvie ist ein Oktopus, sie nebelt alles ein mit ihrem Redeschwall. Tibor ist …

Der Artikel über Tibor lag mir im Magen. Ich wollte nicht feige sein. Ich wollte ihn lesen. In einem Stapel ungeöffneter Post entdeckte ich auch die Einladung zur Vernissage. Ich werde sicher nicht hingehen. Tibors Ausstellung heißt: „Ein Tier im Bauch. Gesichter und Ansichten." Ich blätterte in dem kleinen Folder. Auf einer Seite war eine Reihe von großen Schwarzweißfotografien zu sehen, die offensichtlich Tierbäuche darstellten. Den weichen, gestreiften Bauch einer Katze, den schütter behaarten, etwas armselig wirkenden Bauch eines Hundes und den hellen, pelzigen Bauch eines Kängurus. Der Einschlupf, das obere Ende der

Tasche, war gerade noch zu sehen. Wo hatte Tibor das fotografiert, im Zoo?

Ich blätterte um und sah eine Installation, eine Skulptur eines Bauches aus Gips und Pappmaché, eines Menschenbauches anscheinend. Auf einem Bildschirm flimmerten zwei Engelsflügel, Drahtgestelle, mit rosa Tüll umhüllt, die, offensichtlich abgeschnallt, auf dem Boden lagen. Darunter stand: „Das Tier ist Vergangenheit, ist Erfahrung. Das Tier ist Gegenwart, ist reine Anschauung. Was ist der Mensch?"

Ich sah Tibors Gesichtsausdruck vor mir. Tibor wirkt oft so verschmitzt, aber manchmal sieht er richtig verzweifelt aus. „Was ist der Mensch?" Das ist eine ernste Frage, eine alte Frage. Zwischen Tier und Engel: Was ist der Mensch? Ich blätterte weiter und fand die Gesichter – Ölgemälde, Porträts, aber nicht von Menschen, sondern von der Katze, dem Hund und dem Känguru. Die Katze sah einsam aus, der Hund hochmütig und das Känguru egoistisch. Ich habe in jedem Porträt Tibors Augen gesehen.

Ich habe gesagt: Ich mochte Tibors Augen nicht. Aber das war nur am Anfang. (Tibor hat übrigens auch keine Dauerwellen. Was haben wir gelacht darüber, dass ich ihm Dauerwellen angedichtet hatte an dem Abend, wo wir uns kennen gelernt haben!)

Tibor hat so freundliche Augen, wenn er einen anschaut, und so traurige Augen, wenn er sich unbeobachtet fühlt. Tibor hat lange gebraucht, bis er mir in die Augen geschaut hat. In diesem Moment hatte ich das Gefühl, einen ganzen Menschen zu sehen, das erste Mal vielleicht. Den ganzen Menschen zu sehen ist nie eine romantische Sache. Tibor, den Igel, Tibor, die Katze, Tibor, die Antilope, Tibor, den Oktopus. Tibor, den Engel. Denn Tibor hat etwas von einem Engel – er kann sehr unerbittlich sein – und genauso viel von einem Kind.

Tibor hat oft so unschuldige Träume gehabt, dass ich ganz neidisch wurde. Er wachte morgens auf, schaute mich an und sagte ganz entzückt, er habe geträumt, dass wir am Strand entlanggegangen seien.

„Du hast mich angeschaut, und ich habe dich um deine Taille gefasst. Es war ein schönes Gefühl."

Oder: „Ich habe geträumt, dass wir uns vor einem Fenster küssen, und ich sage zu dir: Ich habe dich noch nie so geliebt. – Derweil sind ein struppiger Hund und drei kleine Kätzchen durchs Fenster hinein- und herausspaziert."

Vielleicht habe ich mich bei Tibor zum ersten Mal ganz zu erkennen gegeben, zum ersten Mal all mein Gewicht auf die Waage gelegt oder vielmehr auf Tibors Bauch. Ohne Angst, zu schwer zu sein. Agnes, das Lamm, Agnes, die Löwin, Agnes, die Schlange, Agnes, das Känguru. Vielleicht ist Tibor der erste Mann, dem ich mich ganz zugemutet habe. Ich habe einfach nicht mehr versucht, es ihm Recht zu machen, wie damals, mit meinen Burschen. Wenn Tibor einen schlechten Tag hatte, wieder unausstehlich war und der ganzen Welt grollte, bin ich einfach mit einer Freundin ins Kino gegangen. Wenn Tibor maulte, dass ich schon wieder Besuch eingeladen hatte („Ich will meine Ruhe haben"), habe ich mich das nächste Mal in einem Lokal verabredet. Da wollte er dann mitkommen. Ich dachte immer, dass Tibor nicht gerne Leute einlädt, bis ihm einmal herausgerutscht ist, dass er auch gerne einmal ein richtiger Gastgeber wäre, mit Aperitif, Menü, guter Musik und einem riesigen Berg Geschirr danach.

Wenn ich mit Tibor schlafen wollte, habe ich es ihm einfach, nein, nicht gesagt. Es ging sowieso alles wie von selbst, als ob wir uns schon lange kennen würden. Ich vermisse Tibors Lachen. Ich vermisse es zu wissen, wenn Tibor etwas nicht so meint, wie er es sagt, auf ihn Rücksicht zu nehmen und auch überhaupt keine Rücksicht zu nehmen, ihn zu lieben und ihn herauszufordern.

Gestern Nacht hatte ich einen beängstigenden Traum. Ich stand neben Tibor. Waren wir in einem Zoo? Links von mir tauchte plötzlich ein Panther auf. Er duckte sich. Sein Fell war grünlich gesprenkelt, so wie auf dieser afrikanischen Figur, einem Bronzeguss aus Benin, den Tibor auf seiner Fensterbank stehen hat. Das Gesicht des Panthers, das ich von oben sah, war lang nach hinten gezogen. Er knurrte böse und schnappte nach meiner Hand. Er biss sich fest. Ich spürte keinen Schmerz, aber ich wusste: Das ist das Ende. Meine letzte Minute hat geschlagen.

In unserem Zoo wurde wirklich vor kurzem eine junge Wärterin von einem Panther totgebissen. Sie hatte vergessen, die Käfigtür zu schließen, als sie das Futter brachte.

„Wer in das Revier von Panthern eindringt", sagte der Zoodirektor am Tag danach in einem Interview, „hat keine Chance."

Aber ich habe überlebt, im Traum. Ich weiß nicht, wie. Ich weiß nicht, ob meine Hand noch dran war. Mir ist sowieso alles aus der Hand genommen. Und trotzdem fühle ich mich beinahe glücklich. Tibor hat mich sicher vergessen. Ich hoffe, dass ich ihn auch bald vergesse. Ich hoffe, dass ich bald nicht mehr hoffen muss. (Ich weiß schon, was der Mensch ist. Der Mensch ist das hoffende Wesen. Deswegen tut Menschsein so weh.)

Ich hoffe, dass Tibor sich nicht mehr meldet. Was würde ich tun? Würde alles wieder von vorne losgehen, mit dem Hoffen, mit dem Leiden? Wäre dann alles falsch, was ich mir in den letzten Wochen mühsam zurechtgedacht habe?

In der Redaktion habe ich vor ein paar Tagen eine merkwürdige Homepage entdeckt. Ihr einziger Zweck besteht darin, dass Leute erzählen, welche Prominenten sie zufällig getroffen haben. Es reicht, dass sie zum Beispiel mit dem Fahrrad an einem Prominenten vorbeigezischt sind oder vor einem Prominenten aufs Klo gegangen. Diese „Geschichten", wie sie genannt werden – es sind angeblich wahre Geschichten, aber das kann natürlich niemand nachprüfen –, werden dann im Chatforum diskutiert.

Dort chatten aber keine Sekretärinnen und Illustriertenleserinnen. Nein, es sind vor allem Männer, Journalisten von der zynischen Spaßfraktion, wie Angela und ich sie immer genannt haben. Sie tun so, als ob sie sich darüber lustig machen würden, und verbringen doch den ganzen Tag damit. Die Seite heißt www.bekannte-gemeinsame-bekannte.org oder so ähnlich. Und es sind natürlich keine Geschichten, weil nichts passiert, außer dass jemand jemanden beobachtet, den er kennt und der ihn nicht kennt.

Es sind Verständigungen über „bekannte gemeinsame Bekannte", und das heißt Prominente. Anekdoten über Prominente statt Geschichten über Feen, Hexen und Ritter. Über „elfengleiche, anbetungswürdige" oder „unglaublich genial böse" Schauspielerinnen und „tolle, souveräne" Schauspieler. Aber warum soll man nicht darüber chatten. Chatten ist harmlos, ein Zeitvertreib, der mit dem Geschichtenerzählen in einem ähnlichen Verhältnis steht wie Mailen zu Briefeschreiben oder Sex zur Liebe.

Spaßeshalber habe ich den Namen des alternden Schauspielers und Bonvivants eingegeben – und

tatsächlich einen Eintrag gefunden, vom Neffen einer Exgeliebten des Schauspielers, „Vorgängerin" einer legendären Monarchin, die danach eine Affäre mit ihm gehabt haben soll. Die „Geschichte", die natürlich keine Geschichte ist, sondern eine bemerkenswerte Begebenheit, hört sich, nacherzählt, in etwa so an: Meine

Tante hatte einen Geliebten, und das war ein berühmter Schauspieler. Und stellt euch vor: Er hat mir, als ich fünf Jahre alt war, bei einem Frühstück die Mütze aus diesem berühmten Film geschenkt.

„Was? Deine Tante war im Sinne von Liebhaber mit ihm zusammen? Das ist Wahnsinn! Hast du die Mütze noch?"

„Die hängt bei mir über dem Bett."

Und so weiter. Aber ein Detail beschäftigt mich. Die Tante hat das Bild des Schauspielers mit der Kapitänsmütze, ein bekanntes Foto, nicht von ihrer Kommode genommen, nachdem er mit der Monarchin durchgebrannt war, sondern es mit dem Gesicht zu Wand gedreht.

Das kann ich verstehen, denn ich habe es nach unserer Trennung auch nicht über mich gebracht, Tibors Nummer aus meinem Handy zu löschen als verbilligten Gesprächspartner. Als ich die Geschichte über die Tante las und den Rest Hoffnung, den sie sich gestattet hatte – so verstehe ich das –, wusste ich, dass mein Projekt, die Hoffnung aufzugeben, noch in den Kinderschuhen steckt. Dass es nicht annähernd so einfach ist, wie ich gedacht (beinahe hätte ich gesagt: gehofft!) hatte.

Gestern habe ich Tibors Nummer schweren Herzens gelöscht. Dann dachte ich noch einmal über den Panther nach. Je länger ich mich fragte, was er von mir wollte, warum er meine Hand erfasst hat, desto mehr hatte ich das Gefühl, dass er mich gar nicht töten wollte. Vielleicht wollte er mich nur sanft beiseite ziehen.

„Lass ihn", sagte der Panther, „er muss selbst wissen, was er will."

Es war ein bedrohlicher Traum, aus dem ich schweißgebadet aufwachte. Schweißgebadet und erleichtert.

Auch diese Homepage hat mich weiter beschäftigt, all diese Geschichten. Der Mensch war schon immer süchtig nach Geschichten. Jetzt kann man von Geschichte zu Geschichte klicken, bis einem schlecht wird, weil man nie einen Überblick bekommt. Wenn man etwas verstehen will, muss man es hintereinander erzählt bekommen. Man muss das Ende kennen, um den Sinn zu verstehen, vorher kann man nicht wissen, worauf etwas hinausläuft. Erzählungen, die ein Ende haben, sind die Schaffung einer Welt, einer von einem bestimmten Menschen so und so erzählten und damit so und so verstandenen Welt. So wie eine Anekdote keine Geschichte ist, kann das Internet keine Erzählung sein, sondern höchstens eine Anhäufung von Weltpartikeln.

Die meisten Menschen fangen erst an zu erzählen, wenn die erste Jugend, der erste Enthusiasmus, die ersten großen Hoffnungen vergangen sind. Wenn man jung ist, trägt man die Idee in sich, eines Tages etwas zu schreiben. Man tut es zunächst nicht, weil man die Zeit braucht, um zu leben, oder weil man noch nichts verstanden hat. Später fragt man sich, wozu man erzählen soll, wenn es sowieso zu nichts führt außer zu Enttäuschung. Das frage ich mich auch und weiß keine Antwort darauf.

Ich will etwas erzählen, aber ich habe keine Geschichte, jedenfalls keine mit einem klaren Anfang und einem überzeugenden Ende, einer überschaubaren Anzahl von Protagonisten und einer Handlung, die irgendwohin führt, eine Geschichte, die einem Film ähnelt, also verfilmbar ist, an die man sich mit einer Kamera wie von außen heften und die man dann verstehen kann. Ich habe nur dieses unzusammenhängende Leben. Dieses Leben, das ich vielleicht nicht einmal an seinem Ende verstehen werde.

Nein, ich werde den Artikel über Tibors Ausstellung doch nicht lesen. Ich kann mir schon vorstellen, was drinnen steht. Dass ein großer Brocken Theorie angebracht werden wird an Tibors Gemälde, an seine Fotografien und Skulpturen. Tibor hasst das.

„Tibor Horvaths interessante Arbeit, eine Stellungnahme zum Thema Körper und Tier."

Die Künstler wollen derzeit, anders als die Filmregisseure, doch meistens gar nichts darstellen, sondern einfach nur Stellung beziehen. Deshalb gibt es auch keine gelungenen Werke mehr, sondern nur noch „interessante Arbeiten".

„Das hat mich angesprochen", würde Sylvie sagen.

Oder: „Das ist eine schöne Arbeit."

Jeder kann machen, was er will. (Und trotzdem machen alle dasselbe.) Verstehen zu wollen ist uncool. (Und trotzdem tun alle so, als ob sie verstünden.) Man kann alles machen und braucht nichts gemeint zu haben. Und die Wahrscheinlichkeit zu scheitern ist ins Unermessliche gestiegen – genauso wie in unserem Leben, unserer selbst entworfenen Biografie. Vermutlich hat es noch nie so viele schlechte Kunstwerke und so viele gescheiterte Lebensentwürfe gegeben.

Jahrzehntelang ist über die Ichauflösung schwadroniert worden, dass es keinen Künstler gibt und kein Werk – und das von den vielleicht eitelsten und selbstgerechtesten aller Menschen. Tibor ist da eine Ausnahme. Tibor ist bescheiden, er würde nie zu etwas „Stellung nehmen", so wichtig nimmt Tibor sich nicht. Er nimmt die Dinge wichtig, er schaut sie ganz genau an.

Neulich habe ich gelesen, dass – welche Worte – „das moderne Ich seiner metaphysischen Geborgenheit" beraubt worden sei und dafür einen neuen Platz in der Kunst gefunden hätte. Aber gibt es überhaupt Geborgenheit? Nicht in der Kunst, dachte ich. Tibors Bilder sind genau, sie setzen die Einbildungskraft in Gang, man muss mit ihnen mit- und weiterdenken.

Man kommt nie zu einem Ende bei diesem Be-Denken. Sie bieten keine Geborgenheit, sie sind auch kein Genuss, sie bieten nur die Möglichkeit zur Betrachtung. Auch wenn es sentimental klingt: Ich glaube, Kunst macht doch glücklich. Wenn ich das Ölgemälde von dem hochmütigen Hund oder die Installation mit den abgelegten Flügeln sehe, bin ich glücklich, weil ich in dem Moment nichts mehr will, nur schauen.

Das Ich, dieser schwankende Grund, dieser aufmüpfige Kobold, kann nicht in der Kunst fundiert werden, es kann überhaupt nicht fundiert werden, denn nichts bleibt so, wie es ist. Nicht einmal man selbst. Zwar kann ein Satz so tun, als ob es das Nichts, und das ist immer das Einmal-noch-nicht-existiert-Haben und das Dereinst-einmal-nicht-mehr-Existieren der Ichperson, nicht gäbe, aber auch Sätze können einen nur für kurze Zeit vor dem Nichts retten. Manche sagen, dass die Wahrheit jenseits der Sprache liegt, die absolute Freiheit. Aber das können wir nicht denken. Wir kämpfen uns an einer viel banaleren Freiheit ab, der relativen. Nicht einmal mit der können wir umgehen.

Ich zum Beispiel schimpfe oft auf die Vereinigten Staaten, dabei liebe ich sie. Nein, sie faszinieren mich. Früher dachte ich immer, dass wir diesem großartigen, lächerlichen Land unsere Freiheit zu verdanken hätten. Aber wir haben sie ja selbst dorthin gebracht – und dann von dort wieder zurückimportiert. Eine banale, eine unvollendete, unvollkommene Freiheit. Zum Beispiel anziehen zu können, was man will, oder über die Regierung üble Witze zu machen.

Eine Freiheit, die wir so gerne falsch verstehen, zum Beispiel, indem wir über ihre Grenzen schimpfen, indem wir versuchen, die Torheiten der „Cowboys" noch zu übertreffen und uns etwa von immer hübscheren, immer unerfahreneren Politikern regieren lassen.

Eine Freiheit, die Angela mit Bausch und Bogen verdammt hat, weil sie erst auf dem Weg zu sich selbst ist und vielleicht nie ankommen wird, weil sie nicht das Gute ist, sondern nur die Möglichkeit dazu, etwas, woran man sich, wenn es einen juckt, reiben kann. Und vom Kratzen fühlt man sich bekanntlich nicht immer gleich besser.

Sie ist ein fragiler Halt, eine auszufüllende Leerstelle, und das halten wir am schwersten aus. Dabei ist diese lächerliche Freiheit das Einzige, das Beste, was wir haben.

Ich meine damit nicht diese: Jeder ist seines Glückes Schmied.

„Jeder ist seines Glückes Schmied, deswegen ist es so laut auf der Welt", hat Tibor einmal gesagt.

Und eigentlich auch nicht die Freiheit, sich etwas zu nehmen, ein Recht auf etwas zu haben, die Leerstelle zu füllen mit Besitz. Ich meine die Freiheit, auf etwas zu verzichten. Zum Beispiel auf die Kapriolen der eigenen Gefühle. Die Freiheit zu akzeptieren, dass man etwas nicht bekommen hat. Zum Beispiel eine Ehe. Zum Beispiel eine Geschichte, die einen Sinn ergibt. Zum Beispiel Eindeutigkeit, wer Recht und wer Unrecht hat, wer gut und böse ist.

Als ich mich von Tibor getrennt hatte, verstand ich zum ersten Mal, was das Wort Herzschmerz bedeutet. Ich lag im Bett, und mein Herz tat entsetzlich weh, die ganze Nacht. Wie wenn jemand es mit dem Hammer bearbeitet hätte und dann zusammengepresst und versteinert, unfähig, nach Luft zu schnappen, zurückgelassen. Aber das war immer noch weit weniger schlimm als das Rasen der Gedanken im Kopf, das ich von früher kannte, von Gedanken, die immer die falschen Fragen stellen: Warum ist er so? Warum muss mir das passieren? Warum muss ich so leiden? Was habe ich falsch gemacht?

Der Herzschmerz, frei von Gedanken, an Gut und Böse, Schuld und Sühne, ist ein reiner, ein unverseuchter, ein eindeutiger Schmerz. Man kann ihn aushalten, und wenn man genau hinschaut, verschwindet er plötzlich. Ich sah Tibor vor mir, in die kleine Duschwanne unseres New Yorker Hotels geschmiegt, in der wir uns nach dem heftigen Regenguss aufwärmten, Tibor in seinem Atelier, zwei Schritte zurücktretend, um seine Arbeit zu betrachten, in dunkler Selbstvergessenheit, Tibor, der hinter der Mülltonne eine Katze entdeckt und sie wie eine Dame anspricht, ihr Komplimente macht, das anfängliche Misstrauen des Tieres, das plötzlich auf ihn zugeht und um seine Beine streift.

Vielleicht kann man die Hoffnung nicht aufgeben oder jedenfalls nicht ganz, nicht endgültig. Aber man kann sich die Freiheit nehmen, auf etwas verzichten. Vielleicht verschwindet dann die Hoffnung, diese Gnade, dieser Fluch, mit der Zeit von selbst.

Ich muss mich von Tibor verabschieden, dabei wäre Tibor mir gewachsen gewesen. Er ist genauso ein Dickschädel wie ich. Tibor hat sich mir zugewandt, und er kann mir etwas entgegenhalten. Sicher hat Tibor mich vergessen, Männer vergessen so viel leichter als Frauen. Manchmal denke ich, dass meine Männer, dass Thomas, Poigenfürst und Tibor, sich mir oder mir etwas verweigert haben. Der Liebhaber hat mir ein gemeinsames Leben verweigert, Poigenfürst sich selbst und Tibor ein Kind. Aber man kann es auch so sehen, dass sie alle mich von etwas erlöst haben, der Liebhaber vom Glauben an die Liebe, Poigenfürst vom Arbeiten an meiner Biografie, Tibor vom Hoffen. Und Angela … Angela vermisse ich. Angela hat wahrscheinlich nie gehofft. Ich glaube, Angela war nie Kind oder nicht für sehr lange Zeit.

Der Duden, Angelas Heiligtum und mein liebstes Arbeitsgerät, vermutet, dass das Wort „hoffen“ mit

„hüpfen“ verwandt ist. Hoffen, das heißt: vor Erwartung aufgeregt herumhüpfen. Als Kind darf man noch hoffen, dass alles gut wird – spätestens bei der Hochzeit, wie unsere Oma uns immer versicherte, wenn wir uns das Knie aufgeschlagen hatten, weil wir unvernünftig herumgehüpft waren. Jetzt haben wir uns selbst aufgeschlagen und wissen, dass es nicht mehr gut wird, selbst wenn wir einmal Hochzeit feiern würden. Und wir hüpfen auch kaum mehr herum. Hoffnung hält auf Trab, vielleicht bringt der Verzicht auf die Hoffnung ja Ruhe.

Der Schauspieler hat schon Recht. Man findet später nie mehr dieselbe Befriedigung wie als Kind, dieselbe Bewunderung und Geborgenheit. Aber man ist frei, das ist ein Kind entschieden nicht und spürt das sehr gut. Ein Kind kann sich nicht selbst lieben, ein Erwachsener schon. Vielleicht ist das der einzige Trost. Man entscheidet selbst über den Weg, auch wenn man in die Irre geht. Man stellt selbst die Fragen, auch wenn man keine Antwort bekommt, auch wenn man sich vor der Antwort fürchtet. Der Schauspieler aus Brooklyn mit dem schönen Lächeln, der von seinem „Night Combat Course“ beim Militär erzählte, von der Erfahrung der Dunkelheit, wurde in demselben Interview gefragt, ob man nicht notwendigerweise in die Irre geht, wenn man sich auf unbekanntem Terrain bewegt.

„Sicher“, antwortete er, „aber das ist der einzige Weg. Wer ist es denn, der am Ende das Wesen des Heiligen Grals entdeckt? Parzifal, der reine Tor, der Narr. Ich habe selbst als Narr begonnen, und hoffentlich habe ich etwas gelernt auf dem Weg.“

„Muss man demnach, um zu lernen, sich selbst immer wieder zum Narren machen?“, fragte der Interviewer.

„Natürlich“, sagte der Schauspieler, „man muss in jeder Sekunde bereit sein, sich zum Narren zu machen.

– Welche Antwort findet Parzifal nach der ganzen endlosen Reise? Wie kann er den König heilen? Die Antwort ist ein Satz, vielmehr eine Frage: Oeheim, waz wirret dier? – Onkel, was fehlt dir? Jeder versucht, diese Frage auf andere Weise zu beantworten, ein anderes Heilmittel zu finden. Aber die Lösung lautet: Du musst nur die Frage stellen – die Antwort kommt von allein."

Ein bisschen weit hergeholt, dachte ich, Heiliger Gral und so weiter. Aber das mit der Frage ging mir seitdem nicht mehr aus dem Kopf. Der Schauspieler hat nicht ganz Recht, finde ich, denn am Anfang stehen zwar immer die Fragen, aber am Ende steht nicht immer eine Antwort. Manchmal war die Frage falsch. Eine Frage zu verlieren bringt oft mehr, als eine Antwort zu finden. Einen Wahn zu verlieren bringt oft mehr, als eine Wahrheit zu finden.

Es ist seltsam: Ich fühle mich nicht mehr so einsam. Obwohl ich noch nie so viel allein war. Früher war ich oft einsam, auch wenn ich mit jemandem zusammen lebte. Jetzt fühle ich mich beinahe glücklich, nicht hüpfend glücklich, sondern müde glücklich. Früher habe ich, wenn ich verliebt war, geglaubt, glücklich zu sein, und mir die Gründe dafür aufgezählt: Er ist interessant, er ist hübsch, er liebt mich, wir haben Spaß im Bett. Als ich zum ersten Mal wirklich glücklich war, grundlos glücklich, rückte der Park an mich heran und das Essen schmeckte so intensiv wie noch nie. Ich wusste plötzlich, was Heißhunger ist. Vorher hatte ich nie Hunger, vor allem, wenn ich frisch verliebt war.

Einsam zu sein, dazu braucht man keine anonyme Großstadt und keinen hartherzigen Menschen. Einsam, das ist der Teil von einem, der mit dem Rest nichts zu tun haben will, obwohl er ihn nicht einmal kennen gelernt hat, Einsamkeit ist ein Phantomschmerz, und das Phantom ist man selbst.

„Ich habe es satt", sagte ein bekannter Schriftsteller und Frauenheld, ein unsympathischer, eitler Mensch, einmal in einem Anfall von Einsicht, „die Menschen zu durchschauen. Es ist so leicht, und es führt zu nichts."

Da hat der Mann leider Recht. Deshalb werde ich jetzt auch nicht mehr reden über den Liebhaber und die Selbstmörderin, über Sylvie, Anabel und Poigenfürst. Und über Tibor. Ich will nicht mehr über ihn nachdenken und sinnhafte Sätze formulieren, Sätze, die doch nichts ändern. (Vielleicht bin ich selbst der Kobold, dem ich das Leben zeigen will. Vielleicht bin ich selbst das Tier, das auf einem Baum sitzt und mit den Beinen wackelt.) Sätze, mit denen man doch nur seine eigene Wirklichkeit formt, um sich in ihr einzuspinnen. (Was ich hier berichtet habe, ist vielleicht nur der Kokon, in den ich mich eine Zeit lang eingesponnen habe, um meinen Schmerz zu überwinden über Thomas, Angela, Poigenfürst und Tibor, ein Kokon, den man letztendlich wieder abwerfen muss.) Dabei will ich gar nichts gegen die Sätze sagen. Schließlich waren es zwei Sätze, die meine Erzählung ausgelöst haben, ein dummer und ein kluger Satz.

Und schließlich sind die Sätze das Letzte, was wir noch haben. Sinnstiftungsschatz und Religionsersatz, eine Religion, die wir allerdings nicht mehr aus einem einzigen Steinbruch herausbrechen, sondern aus ungezählten, nicht mehr aus dem Buch der Bücher, sondern aus einem Netz von Büchern, das die weite Welt umspannt, mit all ihren Ideen und Irrlehren. Welcher Satz ist klug und welcher dumm? Das ist keine billige Frage. Sie kann nur am eigenen Leibe gelöst werden, und manchmal stößt er sich hart auf dabei. Am besten wäre es natürlich, gar nicht mehr sprechen zu müssen, aber das wäre schon nicht mehr menschlich. Das macht keinen Spaß.

Epilog

Sonntagmorgen. Ich saß gerade im Schneidersitz. Langsam gewöhne ich mich an diese stille Viertelstunde, sie macht mich ruhiger, lässt meine Gedanken langsamer werden. Da klingelte das Telefon. Ich wollte nicht aufstehen, denn meine Beine waren gerade eingeschlafen, aber dann tat ich es doch. Ich humpelte zum Telefon, es war Tibor.

„Hallo Agnes, wie gehts?"

Er klang sachlich, jedenfalls nicht aufgeregt.

„Geht schon", murmelte ich reserviert.

„Agnes", sagte er, „ich muss mit dir reden. Ich will … Ich meine, ich will nicht ohne dich … Dieser Satz, den du einmal gesagt hast, ist mir nicht mehr aus dem Kopf gegangen. Ich habe darüber nachgedacht."

„Welcher Satz?", fragte ich erstaunt.

Ich habe so viel geredet in letzter Zeit. Ich würde nicht mehr mit Tibor reden, schon gar nicht über irgendwelche Sätze diskutieren, das nahm ich mir in diesem Moment fest vor.

„Du hast gesagt, dass wir so viel Spaß miteinander haben könnten. Agnes, ich habe es mir überlegt. Ich muss mit dir reden. Ich will auch, dass du mit auf die Vernissage gehst. Ohne dich macht das keinen Spaß. Ich will, dass du dabei bist."

Ich sagte nichts. Was sollte ich sagen? Tibor ließ sich nicht beirren.

„Hast du morgen Vormittag Zeit für einen Kaffee? Ich muss dir etwas Wichtiges sagen."

„Na gut", stimmte ich widerwillig zu. Ich konnte es mir ja anhören, das musste ich aushalten. Ich wollte ja nicht den Kopf in den Sand stecken, reflexartig, sondern den Tatsachen ins Auge sehen.

„Ich sage es dir jetzt schon", sagte Tibor und klang auf einmal brüchig, „nur damit du dich darauf einstellen kannst. Ich werde dir einen Heiratsantrag machen."

Ich fürchtete, meine Beine würden einknicken. So heftig spürte ich das Blut durch die Adern schießen.

„Ja", sagte ich, „bis morgen."

Gedruckt mit Unterstützung durch die Gemeinde Wien und das Bundeskanzleramt, Sektion für Kunstangelegenheiten.

Bibliografische Information Der Deutschen Bibliothek
Die Deutsche Bibliothek verzeichnet diese Publikation in der Deutschen Nationalbibliografie; detaillierte bibliografische Daten sind im Internet über <http://dnb.ddb.de> abrufbar.

[redacted]

ISBN 3-7082-3150-3

Amraser Straße 118, A-6020 Innsbruck
e-mail: skarabaeus@studienverlag.at

www.skarabaeus.at

Umschlaggestaltung nach Entwürfen von www.transporter.at und Kurt Höretzeder
Buchgestaltung nach Entwürfen von Kurt Höretzeder, Innsbruck
Satz: Skarabæus Verlag/Thomas Auer
Umschlag: Skarabæus Verlag/Karin Berner unter Verwendung eines Werks von Katsushika Hokusai

Gedruckt auf umweltfreundlichem, chlor- und säurefrei gebleichtem Papier.

Rolf Johansson
Ich habe Shelley geliebt

Roman

Aus dem Schwedischen
von Alken Bruns

Suhrkamp

Titel der Originalausgabe: *Dat var jag som älskade Percy*
Erschienen im Verlag Albert Bonniers AB, Stockholm

edition suhrkamp 1585
Neue Folge Band 585
Erste Auflage 1992

Deutsche Erstausgabe

Satz: Hümmer, Waldbüttelbrunn
Druck: Nomos Verlagsgesellschaft, Baden-Baden
Umschlagentwurf: Willy Fleckhaus
Printed in Germany

1 2 3 4 5 6 – 97 96 95 94 93 92

Dem Menschen wurde gegeben, zu haben, was er wünscht, zu sein, was er wollte. Die Tiere bekommen, wie Lucilius sagt, bei ihrer Geburt aus dem Mutterbeutel, all ihren künftigen Besitz schon mit. Die höchsten Geister waren von Anfang an oder bald darauf das, was sie von Ewigkeit zu Ewigkeit sein werden. Im Menschen aber sind bei seiner Geburt von Gott Vater vielerlei Samen, und Keime zu jedweder Lebensform angelegt; und welche er hegt, die wachsen und tragen Frucht in ihm: Sind es die Keime pflanzlichen Daseins, so wird er dahinvegetieren; des Sinnlichen, so wird er wie ein Tier werden; des Verstandes, so wird er ein himmlisches Lebewesen; des Geistes, so wird er ein Engel sein und Gottes Sohn. Doch wenn er an keiner geschöpflichen Möglichkeit Genüge findet und sich zurückzieht auf das Zentrum seiner selbst und so mit Gott *ein* Geist wird im einigen dunklen Grund Gottes des Vaters, der über alle Dinge gesetzt ist, so wird er über allen Dingen stehen.

Wer sollte so ein Chamäleon nicht bewundern? Oder etwas anderes mehr bewundern?

Giovanni Pico della Mirandola

Casa Magni, die festungsähnliche weißgekalkte Villa am Strand bei San Terenzo, stand so nahe am Ufer, daß die Wellen auch bei schwachem Wind in die äußere Halle des Erdgeschosses spülten. Da der Raum zu nichts anderem zu gebrauchen war, bewahrte man dort allerlei Fischereigeräte und Ruder und dergleichen Dinge auf, die von den Wellen hin und her geworfen und in Unordnung gebracht wurden; eine Rute und ein geflochtener Korb trieben an den Säulen vorbei und gingen verloren.

Eine zwei Meter hohe Mauer, die von beiden Giebeln aus parallel zum Strand verlief, schützte den Garten und den Park hinter der Villa, in dem die Baumkronen schwer am steilen Hang schwankten.

Im oberen Stockwerk der Villa, in einem der Fenster zur Terrasse und zum Meer, waren den ganzen Nachmittag über zwei junge Frauen zu sehen, bald eine, bald die andere, nur einmal ganz kurz beide zusammen. In der Dämmerung, als sie die Lichter im Zimmer angezündet hatten, waren ihre dunklen Silhouetten zu erkennen, wie aus vergilbter Pappe ausgeschnitten; eine ein wenig schmaler als die andere, oder nicht ganz so füllig; beide die Arme gerade vor sich hinstreckend, die Hände ineinandergelegt. Sie hielten Wache am Fenster, bald kürzer, bald länger, unterbrochen von den Kindern und den vagen Schauern einer beginnenden Angst. Aber keine verließ das Fenster, ohne daß die andere kam, um sie abzulösen.

Als der Sturm nachgelassen hatte, fiel feiner Regen in treibenden Schauern. Da kam die möglicherweise jüngere, ein wenig größere, aber auch feinere Gestalt auf die

Terrasse und stellte sich dort auf, ganz vorn, als sei dies eine Handlung, die das Segel des erwarteten Bootes herbeibeschwören könnte. Um die Schultern trug sie den tiefblauen Schal, den sie von ihrem Mann bekommen hatte, von Edward, einem der beiden Erwarteten, und von dessen Farbe der andere, der junge Dichter, gesagt hatte, er finde sie in ihren Augen wieder. Der eine, der auf Geschenke, auf eine zuvorkommende Großzügigkeit vertraute; der andere, der nur an sich selbst glaubte. Eine ungleiche Kraftprobe, die vielleicht der Schwächere gewinnt.

Die andere, ein wenig gröbere Frau erschien im Fenster und betrachtete sie, betrachtete das Meer, doch nur für einen Augenblick, dann wandte sie sich in das Zimmer um, zu einer dritten Frau in gleichem Alter, die hereingekommen war und an der Tür stand.

Dort blieb sie stehen. »Ich muß eingeschlafen sein«, sagte sie.

Die andere wandte sich wieder um, zum Fenster; sie lächelte nach innen, einem Gedanken zu, der ihr gekommen war. »Ich kann nicht umhin, mich zu fragen«, sagte sie, »um wen Jane sich mehr sorgt, um ihren eigenen Mann oder meinen.« Und sie sah sich nach der anderen um, die, wie sie wußte, den Blick nicht erwidern würde. »Vielleicht um beide gleichermaßen. Wenn das geht. Und in dem Fall, denke ich, ist dieses Warten für sie am schwersten. Für dich und mich ist es ein wenig leichter, Claire – wir müssen uns ja zuallererst nur um Shelley sorgen, nicht wahr?«

»Ich weiß nicht, Mary, ob es der richtige Augenblick ist, um eifersüchtig zu sein ... oder zynisch.«

»Nein, das vielleicht nicht.«

»Das Boot hat sich also nicht gezeigt«, sagte Claire.

»Nein.«

Jane kam von der Terrasse wieder herein; sie erwiderte die Blicke der anderen mit einem leichten Kopfschütteln. »Ich vermute«, sagte sie, »sie sind bei diesem Wetter nicht hinausgefahren. Sie haben sicher beschlossen, noch einen Tag in Livorno zu bleiben. Es ist nur dumm, sich Sorgen zu machen.«

Janes Stimme widersprach gewissermaßen dem Zarten ihrer Gestalt, sie war dumpf melodisch und hätte unter günstigeren Umständen an sich schon beruhigend gewirkt. Die beiden anderen hörten sie gern singen, aber im Unterschied zu Claire war Mary nicht ohne weiteres bereit, es zuzugeben, da Jane ihren Gesang mit einer Gitarre zu begleiten pflegte, die ihr Shelley verehrt hatte.

»Ja«, sagte Mary, »es ist dumm.« Ihre eigene Stimme verriet eine gewisse, wenn auch eingeredete Kraft. »Aber ich war der Meinung, Edward hätte geschrieben, du solltest ihn heute erwarten, unabhängig davon, ob Shelley noch länger bei Byron aufgehalten wird.«

»Er wollte möglicherweise mit einer Feluke kommen, aber sicher ist keine hinausgefahren. Und so wie ich Edward kenne, würde er ihr eigenes Boot nicht in Livorno zurücklassen.«

»Nein. Aber – unabhängig vom Wetter – würden sie, falls Shelley zurückgekommen ist, dann auf die Fahrt verzichten? Das frage ich mich.«

»Jane hat sicher recht.« Claire öffnete hinter sich die Tür, um zu gehen. »Sie warten auf besseres Wetter, das ist alles.« Aber sie blieb in der Tür stehen, auf dem Weg nach draußen, als wollte sie den Raum mit ihrer Zuversicht füllen, ehe sie ihn verließ. Dann sagte sie: »Ich muß einen Brief schreiben. Ich glaube, ich gehe in mein Zimmer und fange damit an.«

Mary Shelley hatte sich erschöpft hingesetzt; sie war immer noch von einer Fehlgeburt vor zwei Monaten geschwächt, nicht zuletzt seelisch. Sie mußte ihre ganze Kraft aufbieten, um das muntere Geschwätz der Stiefschwester an diesem Abend ertragen zu können.

»Sag Caterina, sie soll mit Percy-Florence heraufkommen«, sagte sie nur, als Claire ging.

Das Kindermädchen kam sofort mit ihrem dreijährigen Sohn und Janes beiden Kindern herauf, das Kleinste auf dem Arm. Jane bat sie, mit den beiden in ihr Zimmer vorzugehen: »Ich komme gleich.«

Percy-Florence, wie sie den Jungen nach dem Vater und dem Ort seiner Geburt genannt hatten, ging zur Mutter und kletterte auf ihr Knie, mehr und mehr von ihren Händen und Armen unterstützt, die von seinen eigenen Anstrengungen allmählich belebt wurden. Sie begann sich zu wiegen, offensichtlich sich selbst, mit ihm als Vorwand, und summte vor sich hin.

Das Geräusch mischte sich unsanft in Janes wachsende Verzweiflung; sie fühlte, wie sie hart wurde, sich gerader aufrichtete am Fenster, an das sie trotz der Dunkelheit zurückgekehrt war.

»Sie scheint sich in den Tagen hier recht gut erholt zu haben ... von der Trauer.« Und schärfer, um die andere nach Möglichkeit zum Verstummen zu bringen: »Ich spreche von Claire!«

Mary antwortete schließlich, immer noch ihr Kind wiegend: »Sie glaubt, sie habe einen Grund gefunden, Byron zu hassen. Das macht das Ganze leichter für sie. So primitiv ist sie!«

Im Norden konnten sie Donner hören. Der Regen wurde wieder stärker.

»Aber es ist doch wahr«, sagte Jane, »daß er ihre gemeinsame Tochter einer Schar unwissender Nonnen überlassen hat, noch dazu in einem Kloster, das völlig verfallen sein soll. Hätte er Claire das Mädchen behalten lassen, es würde vielleicht noch leben.«

»Ich verteidige ihn nicht, ich finde nur, daß es eines Menschen unwürdig ist, die eigene Trauer zu lindern, indem man einen anderen anklagt. Claire sollte sich nicht dazu verleiten lassen.«

»Es ist vielleicht nicht jedem vergönnt, Mary, immer edle Würde zu bewahren. Haben wir dich selbst nicht mit bitterer Herablassung von einem unwissenden Arzt in Este sprechen hören...«

»Er *war* unwissend! Ich bezichtige ihn der Frechheit, sich als Arzt auszugeben, obwohl er von Medizin nicht mehr verstand als der Kutscher, der ihn fuhr. Das bedeutet nicht, daß ich ihn für den Tod unserer kleinen Clara verantwortlich mache. Genausowenig, wie ich jemandem den Tod Williams ein halbes Jahr später vorwerfe, obwohl es Kandidaten gäbe...«

Sie lauschten dem Regen, der noch stärker geworden war, dem Donner, der näher kam, und Percy-Florences ruhigen Atemzügen, der auf den Knien der Mutter eingeschlafen war.

Plötzlich sagte sie, mit wiedergewonnener Fassung:

»Ich glaube, es ist Byron, an den Claire schreibt. Wieder einmal. Ihre Haßbriefe ..., die er nicht mehr liest. Wenn er es täte, würde er sich vielleicht selbst Vorwürfe machen, und das will er wahrscheinlich nicht riskieren, unser edler Lord. Denn sie setzt ihre Hiebe sicher dort an, wo sie die größten Wunden schlagen. Dazu ist sie durchaus imstande, auch schriftlich. Sie richtet sich selbst daran auf. Und mit ihm braucht man kein Erbarmen zu haben. Also ist es gut, das Ganze, ja, das ist es, nur gut ...«

Am folgenden Tag, Dienstag, fiel der Regen ganz still und ohne Unterbrechung senkrecht herab. Die drei Frauen in der Villa saßen den Vormittag über an verschiedenen Fenstern und sahen in ihn hinaus, Claire über ihrem Brief, den sie am Abend zuvor nicht zu ihrer Zufriedenheit fertigbekommen hatte. Sie machte sich keine Illusionen mehr, zu ihm durchdringen zu können, doch manchmal entfloß der Feder genau das, was sie ihm sagen wollte, oder wovon sie wünschte, daß er es zu hören bekam, also schrieb sie ihre Briefe und schickte sie ihm.

Die beiden anderen Frauen hatten am Morgen ihre Plätze im Zimmer zur Terrasse wieder eingenommen, jede an ihrem Fenster, von wo sie das Meer sehen konnten, Mary mit Percy-Florence, der zu ihr hinaufkletterte, Jane mit einem Buch. Aber sie las nicht mehr darin. Das Ligurische Meer lag grau da, kein einziges Boot den ganzen Vormittag lang, nur die graue Dünung, die sich im Regen hob.

»Edward schrieb, ich könne ihn spätestens heute erwarten«, sagte sie.

Sie sagte es zum zweiten Mal, ohne daß Mary antwortete; der Junge führte von ihren Knien aus das Kommando über eine Feluke.

Als Claire eine Weile später Casa Magni zu ihrem täglichen Spaziergang verließ, hatte der Regen beinahe aufgehört, und die Hitze, die dem Unwetter der letzten Tage vorausgegangen war, kehrte allmählich zurück. Sie pflegte die Hügel hinter der Villa hinaufzugehen, wo der Wind kühlte und Haut und Sinne belebte. Am Abhang im Park hatte der Regen im Laufe der Nacht tiefe Rinnen gegraben, über die sie mit gerafften Röcken hinwegschritt.

Drinnen im Haus überließ Mary Percy-Florence der Obhut des Kindermädchens und stellte sich in das Fenster, an dem ihre Freundin saß. Sie hatte begonnen, Janes Besorgnis zu teilen, gedachte aber nicht, es sich anmerken zu lassen. Sie lächelte.

»Ich habe dir nie erzählt, daß ich mit ihm geflohen bin, oder?«

»Ich glaube nicht.« Jane hatte endlich Interesse für ihr Buch gefaßt.

Aber Mary war fest entschlossen, heute bei ihren Erinnerungen zu verweilen.

»Jedenfalls war es so. Wir flohen. Er überredete mich.« Sie lachte, aber es war ein hartes und gezwungenes Lachen.

Jane fügte sich und hörte zu, jedoch mit dem aufgeschlagenen Buch auf den Knien und den Blick sozusagen nur beiläufig zur Seite gewandt, zu den Angelegenheiten der anderen.

»Seine erste Frau hatte ihn ein paar Jahre vorher zu dem gleichen veranlaßt. Die Umstände haben den guten Shelley immer zu kühnen und selbstlosen Taten gezwungen.« Mrs. Shelley aktivierte ihr Lachen. »Sie war die Tochter eines Kaffeehausbesitzers, die kleine Miss Westbrook. Sechzehn Jahre alt, glaube ich. Und mit der wohlwollenden Hilfe ihres Vaters und ihrer Schwester konnte sie Shelley, der knapp achtzehn gewesen sein muß, dazu bringen, eine sogenannte ehrbare Frau aus ihr zu machen. Sie war alles andere als das, wie sich später herausstellen sollte. Nicht, daß sie etwas dafür gekonnt hätte, höchstens indirekt. Das Schicksal pflegt nun einmal rauh umzuspringen mit denen, die sich ungebührliche Hoffnungen machen.«

»Ungebührliche Hoffnungen«, sagte Jane.

»Ja, Herrgott, immerhin hatte er ja das Erbrecht auf den Baronentitel und einen Sitz im Parlament. Er wollte das Beste, wie immer! Aber ich meine, nur ein so junges und unschuldiges Geschöpf wie sie konnte übersehen, daß dem Ganzen ... ja, die Voraussetzungen fehlten!«

»Ah, du denkst an den Klassenunterschied!«

»Die *Träume* eines Mädchens, liebe Jane, sind keine Entsprechung zu einer geistigen Bildung wie der seinen. Das begreift jeder ...«

»Man muß also dankbar sein, daß er das Glück hatte, dich zu treffen.«

Einen Augenblick lang schien Mary ernsthaft zu überlegen, ob sie schweigen, vielleicht sogar das Zimmer verlassen sollte. Jane hatte ihr Buch. Sie war bereit, sich ihm wieder zuzuwenden.

Doch wie gewöhnlich in solchen Situationen sah Mary die Möglichkeit, einen entscheidenden Punkt für sich herauszuholen.

»Meine Eltern«, sagte sie, »haben natürlich beide eine große Rolle für mich gespielt, was das Buchwissen betrifft.« Darauf schwieg sie.

Jane ließ es auf sich beruhen, einfach deshalb, weil sie den Zweifel, der sie überkam, nicht unmittelbar formulieren konnte, oder den Verdacht, Mary verlasse sich auf ihre Erbanlagen, wenn Gefahr bestand, daß sie selbst nicht ausreichte.

Und Mary sagte: »Sie flohen mit der Postkutsche. Er und Harriet. Nach Edinburgh. Dort heirateten sie einen Tag später.« Tatsachen sind die beste Zuflucht. »›Ein Akt des Willens, nicht der Leidenschaft‹, hat er oft zu mir gesagt. Er hielt es für seine Pflicht ihr gegenüber. Ihr Vater drohte damit, sie wieder in die Schule zu schicken, wo sie viel Verachtung und Verleumdung hatte ertragen müssen – das Milieu dort ließ sie vielleicht nicht ganz zu ihrem Recht kommen, wenn man so will. Wenn ich mich nicht irre, deutete sie auch die Möglichkeit eines Selbstmords an. Und warum hätte sie es nicht tun sollen? Du verstehst, Shelley glaubte, er habe keine Wahl. Er bot ihr an, sofort zu fliehen und zu heiraten. Harriets ältere Schwester hatte ganz sicher großen Anteil daran; sie gesellte sich nach der Trauung zu ihnen und war von da an immer bei ihnen, als Inventarstück. Das Ganze wiederholte sich später mit mir, das heißt, bis auf die Heirat. Er war ja noch mit Harriet verheiratet, bis sie Ernst aus ihrer Drohung machte, die Arme, und sich im Serpentine versenkte. Aber alles andere bis in Einzelheiten: die Postkutsche, unser nächtliches Rendezvous, und die Schwester... wenn auch nur eine Stiefschwester in meinem Fall. Claire begleitete uns in jener Nacht, in der Diligence nach Dover, und ging dann nicht wieder weg. Bis ich es schließlich durchsetzen konnte. Sie liebte ihn... und tut es wohl noch immer. Sie hat ihn die ganze Zeit geliebt. Oh ja, ich weiß es. Byron war nur ein... eine Herausforderung, und nicht nur eine, die sie sich selbst stellte, sondern natürlich auch eine Herausforderung Shelley gegenüber, das vielleicht am meisten, ein Fingerzeig..., daß sie dazu fähig war. Shelley hat sie deswegen tatsächlich auch mehr respektiert als alle anderen. Die Aktion war sozusagen ganz nach seinem Geschmack.«

»Ihr habt also wie Verheiratete zusammengelebt«, sagte Jane, »ohne es zu sein?«

»Schockiert dich das?«

»Nein, das nicht.«

»Ich meine, hätte es dich gestört, bevor wir verheiratet waren?«

Jane lachte darüber und über ihre Freundin. »Absolut nicht, Mary. Irgendwann«, sagte sie und sah über das Meer, »werde ich dir vielleicht etwas erzählen ..., das es erklärt.«

Auch Mary sah auf das graue Meer. Und auf ihre Freundin.

»Du wolltest etwas über Claire sagen«, sagte Jane dann.

Und wieder aufs Meer, den harten, stimulierenden Stahl des Horizonts: »Sie war verliebt in ihn, ja. Genauso wie du es bist. Bemüh dich nicht, es abzustreiten. Ich werfe es dir nicht vor. Es macht mir nichts aus. Wenn er eine Frau trifft, die schön ist und außerdem intelligent, gießt er seine Verehrung kaskadenweise über sie aus. Kaum eine ist in der Lage, dem zu widerstehen. Wie denn auch, wenn er immer wieder sagt, man sei die Verkörperung seines Ideals, und weiß, wie hoch dieses Ideal gestellt ist. Eigentlich ist er es aber selbst, der nicht widerstehen kann. Du verstehst, wenn er glaubt, er habe Aphrodite entdeckt, ist es für ihn ein Anlaß, in die weitschweifigste Poesie auszubrechen. Aber er wird nüchtern. Auf die eine oder andere Weise. Jedesmal. Ich habe nie an seiner Treue zu zweifeln brauchen.«

Die Freundin neben ihr hatte sich ein wenig gerader aufgerichtet. Sie wandten den Blick nicht vom Horizont ab.

»Ich denke an die Episode mit der kleinen Emilia«, fuhr Mary fort, mit einer Art von verhaltenem Eifer, der gewöhnlich, wie Jane wußte, Unbarmherzigkeit ankündigte. »Sie war die Tochter eines Grafen Viviani, von dem uns Professor Pacciani, der Teufel in Pisa, erzählt hatte. Der alte Graf hatte sich wiederverheiratet, mit einer Frau, die kaum älter war als seine beiden Töchter. Wie sich herausstellte, war die junge Frau geschäftstüchtig, sie brachte ihn dazu, die beiden Töchter ins Kloster zu schicken, in Erwartung von Freiern, die bereit waren, sie ohne Mitgift zu heiraten. Du kannst dir das Entsetzen unseres rechtgläubigen Shelley vorstellen. Besonders das Schicksal der älteren Tochter regte ihn maßlos auf, denn Pacciani zufolge war sie einmalig schön und ziemlich genial. Er überredete den Professor, sofort mit ihm ins Kloster Santa Anna zu fahren, wo das Mädchen lebte. Claire und ich waren später einmal mit ihm dort. Emilias Schönheit war unbestreitbar, aber sie war wohl eher überspannt als genial. Man verwechselt das ja leicht, vor allem, wenn das Äußere es in gewisser Weise nahelegt. Shelley ließ sich die Gelegenheit dazu nicht entgehen, wie du dir denken kannst. Eine hitzige Korrespondenz begann, und er arbeitete an einem umfassenden Liebesgedicht an sie. Leider nahm es ihn so sehr in Anspruch, daß er keine Zeit fand, sie zu besuchen, und plötzlich wurde klar, daß sie die Hoffnung aufgegeben hatte, von ihrem englischen Verehrer mehr als Sonette zu ihrer Ehre zu bekommen; sie hatte die Werbung eines Grafen Bondi angenommen. Unser teurer Shelley war vernichtet. Er war nicht in der Lage, sich mit seinem Gedicht zu befassen. Ich glaube, er verbrannte es zum Teil. Aber ich glaube auch, daß er ein kleines bißchen klüger wurde in bezug auf die Menschen. ›Man soll das Bild von etwas, das wahrscheinlich der Ewigkeit angehört, nicht in einer irdischen Hülle suchen‹, sagte er, wie ich mich erinnere.«

Jane, die selbst seit einiger Zeit Gegenstand der zärtlichsten Lyrik des Dichters war, war nicht ohne weiteres bereit, der spitzen Ironie seiner Frau zuzustimmen.

»Diese Reise«, sagte sie, »von der du sprachst, als ihr auf der Flucht wart...«

»Oh, ja! Nach Paris! In die Schweiz!«

Mary:

Vor der Flucht gab es Widerstand gegen unsere Liebe, von uns selbst ebenso wie von unseren Familien. Sie war ebenso unpassend wie unwillkommen. Aber sie war stärker als wir, und erst recht stärker als meine Familie, meine sogenannte ... Die hatte ja eine höchst außergewöhnliche Zusammensetzung, wenn ich so sagen darf. Vater hatte sich nach Mutters Tod mit Claires Mutter wiederverheiratet. So wurde sie meine ›Schwester‹. Und dann war da noch Fanny, meine Halbschwester. Ihr Vater war ein Amerikaner, den Mutter in Paris kennengelernt hatte, bevor sie meinen Vater traf. Man hätte in dieser Familie von Stiefeltern und Halbgeschwistern vielleicht große Vorurteilslosigkeit erwarten dürfen, zumal Vater wohl zu den hervorragendsten Aufklärungsphilosophen zählte. Aber ganz so einfach ist es in Wirklichkeit wohl nie.

Ich war eine Zeitlang bei Freunden in Schottland gewesen, um nicht an Mutters Grab ›festzuwachsen‹, wie meine Stiefmutter sich ausdrückte, und als ich wieder nach London in die Skinner Street kam, hatte Shelley angefangen, fleißig in unserem Haus zu verkehren. Sowohl Claire als auch Fanny waren in ihn verliebt. Er selbst war ein großer Bewunderer von Vaters Arbeit *Political Justice*, einem Werk, dessen Titel und Thema mehr versprachen, als mein Vater in jedem Fall einzulösen vermochte. Nicht zuletzt die Liebe zwischen mir und Shelley förderte einen Zug an ihm zutage, der alles andere als tolerant und liberal war. Man hätte vielleicht meinen können, daß er an meinen Ruf dachte, Shelley war ja noch verheiratet – aber ich fürchte, Vater zeigte nur allzu deutlich, an wessen Ruf ihm vor allem lag.

Wieder daheim, nahm ich erneut meine täglichen Besuche an Mutters Grab auf dem Friedhof St. Pancras auf. Du weißt, wie schön er gelegen ist, von Wald und Wiesen umgeben. Es ist der einzige Ort zu Hause, von dem ich, um die Wahrheit zu sagen, manchmal bemerke, daß er mir fehlt. Eines Abends bat er, mich am nächsten Tag dorthin begleiten zu dürfen. Wie hätte ich es ihm abschlagen können? In Gegenwart der anderen machte er mir reichlich Komplimente wegen meiner Haare, meiner Augen, meiner Haltung, meiner Hände, meines Lächelns, meiner Haut, meiner Klugheit, *meiner Klugheit,* und alles wie das Natürlichste in der Welt. Ich glaube sogar, er war aufrichtig. Das *ist* er ja. Er ist nicht fähig, sich zu verstellen. Deshalb hat er auch nie etwas bereuen müssen. Das ist seine Stärke. Daraus geht sie hervor, seine Stärke, aus dieser fast unschuldigen, ja, unschuldigen Ehrlichkeit, der sich nur ein sehr verbitterter Mensch widersetzen würde.

An Mutters Grab überreichte er mir ein Exemplar seiner ersten etwas umfangreicheren Dichtung, *Queen Mab.* Er tat es so ... enthusiastisch; in vollem Vertrauen auf mein Interesse. Dieses absolut Treuherzige ... dieses gleichzeitig Ausgelieferte und Unverwundbare ... der Ernst ... am Anfang wußte ich nicht, wie ich dem jemals entsprechen sollte.

Vater hatte ihm verboten, uns in der Skinner Street zu besuchen, solange unsere, wie er sagte, unselige Leidenschaft andauerte. Der Philosoph fürchtete einen Skandal. Aber er fühlte sich nicht gehindert, große Geldsummen von Shelley zu leihen, die Shelley nicht selten selbst gegen hohe Zinsen borgen mußte. Was er gerne tat – um der Sache willen! Er betrachtete meinen Vater als den ersten Vorkämpfer einer besseren und liberaleren Welt und wollte ihn von materiellen Problemen nach Möglichkeit frei halten. Shelley bezog einen kleinen Unterhalt, den er trotz Relegierung von Oxford wegen Blasphemie und unstandesgemäßer Eheschließung bei seinem Vater durchgesetzt hatte. Der Unterhalt deckte natürlich nicht entfernt die Extravaganzen, die nach Meinung der beiden Töchter jenes Kaffeehausbesitzers für eine *standesgemäße* Lebensführung unentbehrlich waren. Ein eigener Wagen, versteht sich, mit dem sie auf ihren Einkaufstouren herumfahren konnten. Er selbst benutzte ihn nie. Ja. Und als dann Vater ins Bild kam ... das war eine nicht weniger kostspielige Bekanntschaft.

Den Begegnungen auf dem Friedhof folgten gewöhnlich lange Spaziergänge durch die Felder der Umgebung. Es gab verschiedene Plätze, an die wir uns zurückziehen konnten – um über Diderot zu sprechen, mit dem er damals gerade tief beschäftigt war, oder über Petrarca. Aber eigentlich ging er lieber, wenn er sprach. Es ist ein vollkommen verwirrendes Erlebnis, wenn man versucht, mit ihm Schritt zu halten, während er irgend etwas, das er gelesen hat, ausführlich erörtert. Er ist immer erfüllt von dem, was er liest, immer ganz vertieft in das, was er lernt – das ist eine andere Erklärung für seine Stärke, glaube ich.

Und eines Tages führte er mich direkt zu der kleinen

Lichtung, wo wir uns manchmal hinsetzten und ausruhten, und dort erzählte er mir, seine Frau Harriet sei schwanger. Ein Kind hatten sie schon von früher. Aber dieses Kind, sagte er, sei nicht seins. Es ist ja möglich, daß er es sich einreden wollte. Um meinetwillen. Aber es war eine bekannte Tatsache, daß Harriet Umgang mit einem Captain Ryan gehabt hatte, den sie bei einem Aufenthalt in Irland kennengelernt hatten, und der sie, oder Harriet, kann man ruhig sagen, in London besucht hatte.

»Ich habe mich entschlossen, sie zu verlassen«, sagte er zu mir. Es war das erste Mal, daß wir darüber sprachen. Er sagte, er brauche mich. Ich erinnere mich, daß er sagte »Ich brauche jemanden, der mit mir geht, mich begleitet, jemanden, der *mit* mir ist, nicht gegen mich. *Einen* Menschen, der *mit* mir ist«, sagte er.

Ich wußte, daß er angefangen hatte, Opium zu nehmen, um Ruhe zum Arbeiten zu finden. Er wurde nicht nur von den Gläubigern verfolgt. Harriets – und Vaters – ständiger Bargeldbedarf ließen ihm sehr wenig Spielraum für konzentrierte Arbeit. Ich begriff, daß es höchste Zeit für ihn war, eine der wenigen egoistischen Taten in seinem Leben zu begehen. Damals, erinnere ich mich, an diesem ein wenig kühlen Sommervormittag entschlossen wir uns also zu fliehen.

Als er ihr sagte, er habe vor, sie zu verlassen – er ist in solchen Dingen immer fast bis zum Überdruß korrekt gewesen –, legte Harriet sich ins Bett und blieb liegen ... Krank. Er gab ihren Launen noch einmal nach und pflegte sie mit einer Zärtlichkeit, die sie gewiß dazu brachte, ihn um so mehr zu hassen. Er erzählte mir, sie liege manchmal im Bett und schreie ihn an, gebrauche Schimpfworte, von denen er nicht geglaubt hätte, daß sie sie über die Lippen bekäme. Mich nannte sie die ›Friedhofshure‹, glaube ich. Das tat ihm mehr weh als mir. Ich nahm die ganze Sache ruhig. »Sie bekommt den größten Teil deines Jahresunterhalts«, sagte ich. »Damit wird sie sicher zufrieden sein.«

Wir flohen also. Claire und ich packten das Notwendigste in einen Koffer; wir hielten ihn zwischen uns, als wir die Skinner Street morgens gegen vier verließen. Shelley erwartete uns mit Wagen und Kutscher an der Ecke des Hatton Garden. Ich erinnere mich, wie er uns hineinhalf, erst Claire und dann mir, und wie ich bemerkte, daß sein Griff um ihren Ellbogen und ihre Hand ebenso eifrig und innig war wie bei mir. Nicht mehr, aber auch nicht weniger. Als freue er sich ebenso sehr auf ihre Gesellschaft wie auf meine. Das war auch der Fall. Und nichts, keine Rücksicht auf mich – und auch nicht auf sie, was man seiner Voraussicht hätte zuschreiben können – hinderte ihn daran, es zu zeigen. Von diesem Augenblick habe ich meine wichtigste Erkenntnis über ihn. Seine Güte, verstehst du, ist nie berechnend, und eine solche Güte *kann* sich keine Rücksicht erlauben, weder im einzelnen Fall oder vorübergehend, noch aus Taktik. Das macht es so schwer für uns andere, mit ihr umzugehen. Man könnte sie als Güte aus Prinzip mißverstehen, herausfordernd, wie der Haß mancher Menschen, und unmöglich zu durchbrechen. Aber ein Prinzip ist sie, glaube ich, doch nicht. Vielleicht ist sie gerade das nicht! Vielmehr völlig unbedingt, ja ahnungslos, wenn du so willst.

Oder ... ja, ich weiß nicht. Jedenfalls begriffen Claire und ich alle beide bald, welchen Prüfungen uns seine Güte unterwerfen würde. Ich machte mir keine Illusionen, Meinungsverschiedenheiten zwischen uns verhindern zu können; sie und ich haben nur in unseren erniedrigendsten Augenblicken etwas füreinander bedeutet. Es war also nicht sein Fehler, daß wir beide uns auf die Dauer nicht vertrugen. Unserer war es im Grunde auch nicht. Es war diese ... diese Güte. Keiner von uns, er so wenig wie wir, konnte über sie bestimmen. Wir sind alle ihre Opfer. Du auch, mehr und mehr. Ich sehe es. Es ist weiß Gott eine Kunst, mit der Güte umzugehen, die jemand einem erweist, den man liebt, wenn man weiß, daß man diese Gunst nicht allein besitzt. Man will auserwählt sein, man will, daß sie einem alleine vorbehalten ist; ist sie es nicht, verliert man den Halt, man wird ängstlich, mißtrauisch, hart. Das finde ich an mir selbst besonders beklagenswert, diese ... Schwäche, nicht zusehen zu können, wie er andere zum Gegenstand der Güte macht, von der etwas in mir meint, sie solle nur mir zukommen. Ich habe ihm das lange Zeit vorgeworfen, habe es für einen Mangel in seiner Liebe gehalten, bis ich verstand, daß seine Güte nichts mit Liebe zu tun hat.

Rein intuitiv wußte ich es vom ersten Augenblick an, doch ich ließ mich von meinen Vorurteilen lenken, wie er gesagt hätte.

Aber an seiner Treue habe ich nie gezweifelt! Das ist meine Rechtfertigung. Findest du das naiv? Arrogant? Ich kann dir nur versichern, daß es so ist. Nie! Weder im Verhältnis zu Claire oder dieser kleinen Gräfin, noch zu irgendeiner anderen. Eifersüchtige, verbitterte, vergrämte Menschen haben keine Gelegenheit ausgelassen, Geschichten zu erfinden, das ist klar, um einen Anlaß zu haben, ihre eigenen Wünsche zum Ausdruck zu bringen. Geschichten über ihn und Claire, über ihn und eine Lehrerin... die vielleicht etwas für sich hatten, es war vor meiner Zeit, aber nicht danach. Um so phantasievoller waren die Geschichten. Du, Jane, wirst früh genug selbst in ihnen vorkommen. Aber ich habe nie an sie geglaubt. Und ich habe nie an ihm gezweifelt. Auch nicht an jenem entsetzlich heißen, staubigen, schwankenden, schlingernden, rumpelnden Tag im Wagen auf dem Weg nach Dover. Hätte ich es getan, und sei es nur für eine Sekunde, glaub mir, ich wäre sofort umgekehrt!

Wir fuhren zwölf Stunden lang praktisch ohne Unterbrechung. Es war unerträglich heiß; irgendwo, ich glaube in Dartford, wechselten wir die Pferde und bekamen kaltes Quellwasser aus einem Schöpfbecher zu trinken – ein kurzer, intensiver Traum, den ich nie vergessen habe.

Der Wagen war ein Vierspänner. Aus irgendeinem Grund fürchteten wir, Vater würde uns verfolgen. Wer ihn nur im geringsten kannte, hätte gewußt, daß er mindestens vierundzwanzig Stunden oder mehr gebraucht hätte, um in Gang zu kommen.

In Dover konnten Claire und ich uns durch ein Bad im Meer erfrischen, während er dafür sorgte, daß unser Gepäck mit dem Postschiff nach Calais kam. Wir fanden einen Kapitän, der am gleichen Abend nach Calais segeln wollte, und nachdem er ein wenig hin und her geredet hatte, ließ er uns schließlich doch in ein Boot steigen und segelte in der Dämmerung ab. Davison hieß er, glaube ich.

In der Nacht kam ein heftiges Gewitter auf. Das war ja unvermeidlich, es mußte so kommen, ich meine, was wäre es ohne größte Strapazen für eine Flucht gewesen? Der aufkommende Sturm beunruhigte sogar die Seeleute, nach ihrer forcierten, verbissenen Arbeit um uns herum zu urteilen. Ich lag die ganze Nacht lang auf seinen Knien, das Gesicht nach unten. Seegang hat ihm nie besonders viel ausgemacht. Er sprach ununterbrochen mit mir, um mir zu helfen, an etwas anderes als an mein Unwohlsein zu denken. Ich frage mich allerdings, ob er nicht doch besorgt war, so wie die anderen; ich glaube, er sprach über den Tod, was an sich durchaus nicht ungewöhnlich war. Er hatte eine Art Theorie, man muß es wohl so nennen, daß der Tod sich als eine Täuschung erweisen werde, wir würden unsere Vereinigung vielleicht nicht so wie im Leben erfahren und spüren. Das war es, was ihn beunruhigte. Ohne Grund damals, wie sich zeigte. Der Sturm legte sich. Wir lebten. Ich dämmerte ein, und als wir in Calais anlegten, schlief ich. Als er mich weckte, schien über Frankreich strahlend warm die Sonne.

Während wir darauf warteten, daß das Postschiff mit unserem Gepäck ankam, gingen wir in ein Gasthaus, und als wir gegessen und uns ausgeruht hatten, fühlte ich mich stark genug, um einen Spaziergang durch die Stadt zu machen. Ich bin für große Strapazen nicht geschaffen, ganz gleich ob an Land oder auf See. Und er im Grunde auch nicht, aber er hat seinen gesegneten Enthusiasmus, der ihn für physische Anstrengungen völlig unempfindlich machen kann und sich beim Anblick von etwas Neuem oder Fremdem gewöhnlich automatisch einstellt. Claire ist ja robuster, wenn ich so sagen darf. Aus gröberem Holz. Tatsächlich war sie unsere Anführerin, ihr Wille, der ihr im Laufe der Jahre so viel Lauferei verschafft hat, damit die Minuten genutzt werden.

Mutter hatte mir einiges von Frankreich erzählt. Dort war sie Imlay begegnet, dem Amerikaner, Fannys Vater. Vielleicht waren es die Erinnerungen an diese Affäre, die Mutters Schilderung von Frankreich so seltsam wehmütig und hell gemacht hatten. Jedenfalls erwartete ich ein Volk von angenehmen Melancholikern. Calais empfing uns mit lärmender und hektischer Betriebsamkeit, und die Franzosen schienen eher zu einer gewissen schalkhaften Ausgelassenheit zu neigen, die man – wie ich später lernte – fälschlich leicht für Wohlwollen hält.

Als wir von dem Spaziergang zurück waren, kam Kapitän Davison in das Gasthaus und benachrichtigte uns, eine fette Dame – das waren seine Worte, und Umschreibungen hätten auch nicht zu ihm gepaßt –, eine fette Dame namens Mrs. Godwin sei von Dover herübergekommen und frage nach uns. Es war Claires Mutter. Claire entschloß sich, mit dem Kapitän hinzugehen. Shelley meinte, sie müßte es tun. Sie verbrachte die Nacht bei ihrer Mutter, auch das auf seinen Rat – nicht aus Rücksicht auf die Mutter, wie man leicht hätte glauben können, sondern weil er ganz und gar auf Claires Selbständigkeit vertraute. Er war einfach sicher, daß sie dem Redeschwall ihrer Mutter standhalten würde. Auf den ich selbst eine gewisse Hoffnung setzte, um die Wahrheit zu sagen. Vielleicht redete ich mir auch ein, sie hätte ein stärkeres Gefühl für Anständigkeit und Moral, als ich mir zu diesem Zeitpunkt erlauben konnte. Was möchte man anderen nicht alles zutrauen, wenn das eigene Wohlbefinden davon abhängt? Als ich, vielleicht um meine Stellung zu erproben, darauf hinwies, daß er riskiere, sich mit meiner Reisegesellschaft begnügen zu müssen, antwortete er, sie sei ein freier Mensch und klug genug, um das Privileg ebenso wie die Verantwortung würdigen zu können, die damit verbunden seien. »Deine Stiefmutter«, sagte er, »hat nur eine Menge Geschwätz und Vorurteile vorzubringen. Claire kehrt nicht um, wenn sie es nicht selbst will, beunruhige dich nicht.« Das war es nicht gerade, was mich beunruhigte, und er wußte es natürlich. Manchmal hält er seine Reden, um einen daran zu hindern, sich zu blamieren. Was Claire betraf, hatte er natürlich recht. Sie kam am nächsten Tag zurück und erzählte, die Mutter habe sie mit ihrem Pathos bis spät in der Nacht wachgehalten. Sie habe erklärt, welch eine unpassende Gesellschaft Shelley und ich für ein Mädchen in ihrem Alter seien – Claire ist ja einige Monate jünger als ich.

Er schlug vor, sie solle sich eine Stunde Bedenkzeit nehmen. »Denk genau über die Sache nach«, sagte er zu ihr, »und geh dann zu deiner Mutter und gib ihr deine Antwort.« Claire nahm die Gelegenheit wahr, um zu zeigen, daß sie seinen Rat zu schätzen wußte, zog einen Stuhl ans Fenster und saß eine gute Stunde lang da, auf den Englischen Kanal blickend, während er uns einige Sonette vorlas, die er ins reine schreiben wollte. Claire dachte gewiß mit keinem Gedanken daran, mit ihrer Mutter zu gehen; von uns beiden war und ist sie die entschieden mutigere. Shelley wußte, daß ihre eher kräftige Natur auf unserer Reise wertvoll sein konnte; sie war einfach stärker als ich und zu einer gewissen plumpen Unverfrorenheit fähig, die auf Reisen ganz unschätzbar ist.

Sobald unser Gepäck angekommen war, setzten wir uns in eine Kutsche nach Paris. Wir betrachteten es noch immer als Ziel unserer Reise. In Paris fingen die Sorgen an. Das Geld, natürlich. Wir hatten bei weitem nicht genug Geld bei uns. Wie immer. Und dann die Hitze! Eine trockene, stechende, kratzende Luft, die nur Eidechsen atmen können und vielleicht die mageren, herrenlosen Hunde, die herumstreunen und überall auf den Straßen ihren Kot hinterlassen. Ich hielt es nicht aus. Ich verbrachte die meiste Zeit im Hotel de Vienne, ausgestreckt auf dem Bett liegend, und versuchte, Luft zu bekommen. Und wartete. Auf Regen. Auf den kleinsten kühlenden Hauch. Darauf, daß wir, daß er die Kraft hätte, einen Entschluß zu fassen. Darauf, daß wir Geld geliehen bekämen. Er hatte einen Brief von einem Bankier in London, der einen Freund und Kollegen des Bankiers dazu bringen sollte, uns ein Darlehen zu gewähren. Aber in Paris ist nichts ganz einfach. Wir setzten eine gewisse Hoffnung auf einen Bekannten in London, auch so einen, bei dem er sich verpflichtet gefühlt hatte, ihm eine erhebliche Summe Geld zu leihen, doch statt Geld kam zu gegebener Zeit ein Brief voll von schwachsinnigen Entschuldigungen. Soweit wir die Kraft dazu aufbrachten, versuchten wir uns zu zerstreuen, indem wir die Sehenswürdigkeiten besichtigten, waren aber wohl alle drei nicht in der Lage, sie richtig zu würdigen. Die Tuilerien zum Beispiel erschienen mir streng und formell angelegt, und ich war nicht gerade in der Stimmung, das mit Schönheit zu verwechseln, aber die Hitze machte das architektonisch Steife natürlich noch viel unerträglicher – an einem Tag mit Sprühregen, wie heute, aber mit ihm und Klein-Percy an der Hand, wäre der Ort mir vielleicht lieb geworden anstatt verhaßt. Meistens blieb ich im Hotel und überließ Shelley aus purer Erschöpfung Claire. Sie machten Spaziergänge, die mir eine Ewigkeit zu dauern schienen: ein Nachmittag ist mörderisch lang, wenn man allein in einer fremden Stadt in einem Hotelzimmer liegt, mit Kopfschmerzen und Unwohlsein und Eifersucht. Ich half mir, indem ich mich nicht dankbar zeigte für das Obst, das sie mir mitbrachten. Er wurde geradezu schuldbewußt und saß stundenlang bei mir und las und sprach. Zum erstenmal haßte ich ihn intensiv. Ich *wußte,* daß er mich mit ihr betrog; jetzt weiß ich vielleicht, daß er es nie getan hat, damals aber war meine Einbildungskraft genauso stark, wie es heute mein Glaube an ihn ist.

Jedenfalls kam die Sache mit dem Darlehen schließlich in Ordnung, nachdem man uns eine Woche lang im ungewissen gelassen hatte: Wir waren befreit. Am nächsten Morgen ging Claire mit ihm zum Viehmarkt und kaufte einen Esel. Wir hatten uns vorgestellt, daß ich auf ihm reiten sollte. Wir hatten beschlossen, in die Schweiz zu gehen, zu Fuß, dachten wir, um Geld zu sparen und die französische Landschaft aus der Nähe zu sehen. Der Hotelwirt war entsetzt. Die Dörfer, erzählte er, wimmelten von unzuverlässigen Leuten, nicht zuletzt von all den ehemaligen Soldaten aus dem letzten Krieg, die herumzogen und hinter leichtverdientem Geld und wer weiß was her waren. ›Les dames seroient certainement enlevées!‹ Er sah es vor sich. Und ich glaube nicht, daß er etwas gegen den Anblick einzuwenden hatte, denn er wiederholte die Worte mehrmals, wobei er mit beiden Händen meine Oberarme ergriff und sie drückte, als wären sie französischer Käse. Das schreckte uns nicht ab. Wir mußten fort von Paris. Wir verabschiedeten uns von dem Wirt und einem Teil unseres Gepäcks, Dingen, die wir für entbehrlich hielten, und fuhren mit einem Fiaker zur Stadtgrenze. Der kleine Esel lief am Tau hinterher. Schon nach der ersten Etappe zu Fuß war uns klar, daß der Esel, den sie gekauft hatten, viel zu klein war, um mich tragen zu können. Nach einigen Kilometern mußte ich absteigen, und er und Claire mußten ihn in die Mitte nehmen und tragen. Er weigerte sich zu gehen! Ich schleppte den Korb und den Sack mit unseren Habseligkeiten. Im ersten Dorf, in das wir kamen, verkauften wir den Esel an einen Bauern und kauften ihm dafür ein altes Maultier ab. Er machte ganz gewiß einen hübschen Gewinn. Aber Shelley war in strahlender Laune, er wischte das Ganze mit der Bemerkung beiseite, wir würden ziemlich stark an den wohlbekannten Herrn erinnern, der nie ein gutes Geschäft machte und statt dessen immer die Hälfte verlor.

Wir traten unsere Reise also in großem Stil an: ich in meinem schwarzen Seidenkleid auf dem Maulesel, unsere Habseligkeiten im Jutesack hinter mir. Soweit Claire sie nicht trug. Sie und Shelley führten abwechselnd das Tier; er trug den Korb mit unserem Proviant am Arm, meist Obst und Wasser, manchmal ein paar Eier, die wir einige Male roh verspeisen mußten. Der Gedanke ist ekelhafter als die Ausführung selbst, wie sich zeigte.

Aber es ist nicht eine solche Delikatesse, wie ich es von Seeleuten gehört habe. Eier sind gekocht besser, acht bis zehn Minuten. Essen war im übrigen leicht zu beschaffen. Wir zogen durch eine ziemlich reiche Landschaft, obwohl der Krieg viel zerstört hatte. Die Leute wohnten in Baracken und Ruinen, doch überall war man dabei, in den Trümmern neue Gebäude zu errichten. Sie verkauften gern Lebensmittel an jemanden, der dafür bezahlte, nur war es fast immer ranziger Speck, schimmeliges Brot und saure Milch; die Bevölkerung schien die Dinge in diesem Zustand zu bevorzugen. Wir lernten also, uns an Vegetabilien und Wasser zu halten, und manchmal Eier, wenn wir die Bäuerin dazu bringen konnten, sie für uns zu kochen.

In dem Obstkorb hatte er zwei, drei Bücher, von denen er sich nicht trennen konnte. Diderot. Er achtete darauf, daß der Band zu sehen war, wenn wir abends bei irgendeinem Bauern fragten, ob wir übernachten dürften. Ich schlug gewöhnlich die Küche vor. Allem Anschein nach hatten die armen Menschen noch nie etwas von der Aufklärung oder ihrem fixesten Tausendsassa gehört. Claire und ich durften bestenfalls in der Diele schlafen, Shelley mußte in den Stall oder den Schuppen, der sich gewöhnlich hinter dieser Bezeichnung verbarg. Überall, in jedem Winkel, hausten Ratten, groß wie Katzen. Ich hatte zu Hause Ratten gesehen, unten beim Friedhof einige Male, und bei Baxters in Schottland die eine und andere. Hier gab es sie zu Hunderten. Ich meine nicht, daß es von Ratten wimmelte, sie liefen nicht in Scharen über den Boden. Es waren *viele.* Man bemerkte es. Sie waren da. Immer. Ich träume bis heute von ihnen.

Der Krieg hatte die Menschen zu unvernünftigen Misanthropen gemacht. Kein Wunder. Ganze Dörfer lagen in Trümmern. Niemand hatte Grund, gastfreundlich zu sein, und je weiter wir kamen, desto weniger hatten die Leute abzugeben. Dazu will ich also nichts sagen, jetzt nicht mehr. Aber der Argwohn und die Hinterhältigkeit, die zynisch kalkulierende Bosheit, die für ein Stück verschimmeltes Brot Höchstpreise verlangte und einem dann noch den Weg so beschrieb, daß man mit Sicherheit Umwege machen mußte, diese Niederträchtigkeit, diese gleichgültige und völlig ungenierte Schadenfreude kosteten sehr viel mehr Kraft als der Staub und die Insekten und die drückende Hitze tagsüber auf den Landstraßen. Dieser ... *Widerstand*, den man bei jedem menschlichen Kontakt schnell einzurechnen lernte, höhlte alle Kraft aus und ließ einen mit verhaltener Anspannung gehen und stehen und sitzen und sogar schlafen. Wäre ich nicht so unglaublich verzweifelt erschöpft gewesen, ich hätte uns mehrmals mit einigen aufrichtigen Worten alles verderben können.

Denn es gab Augenblicke, es gab ... Männer, die auftauchten und die sich nur dadurch davon abhalten ließen, ihre wildesten Phantasien in die Tat umzusetzen, daß wir ihnen keinen Vorwand lieferten. Wir standen nur da, ein schlaksiger, langhaariger Junge mit einem Korb am Arm, voller Bücher und wilder Äpfel, und zwei Mädchen oder Frauen in Seidenkleidern, die allmählich schmutzig und zerknautscht geworden waren, und ein Maultier, das ständig in kurzen spritzenden Schauern urinierte. Ein höchst bizarrer Anblick, ohne Zweifel, drei junge Menschen beim Picknick in einer vom Krieg verwüsteten

Landschaft. Es kam vor, daß Shelley Kommentare zum Wetter abgab, zerstreut, als habe er gerade etwas bemerkt, worauf er voraussagte, es werde vielleicht ein Unwetter geben, »Gewitter in der Luft«, sagte er und trieb das Maultier an. Wenige hätten es riskiert, sich kein festes Dach über dem Kopf zu suchen.

Oder wenn ihn der Hunger inspirierte: »Une tasse de lait et peut-être deux ou trois tranches de pain, s'il vous plaît.« Ich werde seine Art, die Sache anzupacken, nie vergessen; seine schmale, fast mädchenhafte Gestalt und die unverkennbar aristokratische Haltung, es sah aus, als bringe er einen bescheidenen Wunsch in einem besseren Londoner Restaurant vor, und nicht in einer halb abgebrannten Schmiede am Rande eines Dorfes, das »von den Kosaken« dem Erdboden gleichgemacht worden war, wie der Schmied erklärte, nachdem er einen seiner Söhne losgeschickt hatte, um zu holen, was wir kaufen wollten.

Auf dieser Wanderung, glaube ich, begriff ich, wie groß, wie geradezu unglaublich seine Toleranz sein kann. Manchmal, muß ich sagen, wirkt sie wie reine Nachgiebigkeit. Ich weiß, es ist vielleicht unrecht von mir, vielleicht tue ich ihm unrecht, aber es gibt eine Grenze, an der Toleranz in sklavische Nachgiebigkeit übergeht. Genauso wie seine Darlehen an andere Ausdruck einer Art von perverser Güte sind, einer Güte, die er sich selbst nicht erweisen darf. Ganz aufrichtig, ich hatte manchmal den Verdacht, daß ihr eine fundamentale Gleichgültigkeit zugrunde liegt und daß sie es ist, nicht Mitgefühl, nicht Rücksicht, was diese grenzenlose Großzügigkeit ermöglicht, und diese Toleranz. Schulden, materielle, bedeuten ihm nichts. Also lädt er sie auf sich. Er befreit andere davon, da er sie viel leichter tragen kann. Bin ich ungerecht? Offenbar ja! Meine Beschreibung ist ungerecht. Er ist nicht gütig, um sich über seine Taten freuen zu können, er denkt nicht darüber nach; er will die Sache nur aus der Welt schaffen, und der rascheste Weg für ihn ist, selbst die Last auf sich zu nehmen. Ich will eine Episode erzählen. Er hatte seinen Knöchel überanstrengt und war gezwungen, die letzten Kilometer bis zur nächsten Stadt auf dem Maultier zu reiten. Troyes, genauer gesagt, ein entsetzliches Loch, von Säufern und Kriegsinvaliden bewohnt; der Schlachter übte seine Tätigkeit vor einem Schuppen auf dem Markt aus, vor aller Augen. Dort begriffen wir, daß ein Wagen hermußte, wenn wir weiterkommen wollten. Wir verkauften also das Maultier, kauften für fünf Napoleondor einen offenen Wagen und nahmen einen Kutscher, der uns nach Neuchâtel bringen sollte. Alles schien plötzlich viel leichter. Man konnte wieder atmen. Die Landschaft stand in dichtem Laub. Von den Hügeln konnten wir über das weitgestreckte Tal blicken, die fichtenbestandenen Gipfel ragten wie Inseln aus dem Morgennebel. Wir erreichten Noé gerade rechtzeitig zum Lunch, und der Kutscher hielt an einem Gasthof an. Er war so schmutzig und widerlich, daß wir uns entschlossen, im Wald ringsherum spazierenzugehen, während er aß. Shelley war inspiriert, wie er es in einer angenehmen Umgebung oft ist, und begann über die Vervollkommnung des Menschen zu sprechen, an der er zu dieser Zeit viel in Gedanken arbeitete. »Eines Tages«, sagte er, »wird keine Wohnung hier auf Erden mehr ungepflegt und schmutzig sein.« Als ich ihn fragte, wie lange das noch dauern werde, schlug er tausend Jahre vor. Claire jedoch, die nie Grund gehabt hat, sein Vertrauen in das Edle des Menschen ganz zu teilen, sagte, es werde vielleicht niemals so weit kommen, da es voraussetzte, daß der Arme lernte, sich selbst sauber zu halten. Er hatte wie immer Geduld mit ihr. »Der Tag muß kommen«, sagte er, »an dem der Mensch vollkommen wird, ob reich oder arm, denn auch die Gesellschaft entwickelt sich zum Vollkommenen, wenn es auch Zeit braucht.« Worauf er umständlich darlegte, wie sich der Mensch über die Stadien des Nomaden und Ackerbauern vom Wilden zum Philosophen entwickelt habe.

Als wir zum Gasthaus zurückkehrten, war der Kutscher natürlich fort. Wir gingen den ganzen Nachmittag lang. Dann nahm uns ein Heuwagen mit nach Pontarlier, und dort fanden wir ihn. Claire schalt ihn aus und warf ihm vor, er habe versucht, unseren Karren zu stehlen. Er war abwechselnd entrüstet und reuig und hatte tausend Entschuldigungen. Alles sei unser eigener Fehler. Warum wir so lange im Wald geblieben wären? Was es dort zu sehen gäbe? Oder zu tun? Er hatte zwei Stunden in Noé gewartet und war dann weitergefahren. Von gekränktem Zorn ging er zu weinerlichem, aber heftigem Lügen über. Und plötzlich, mitten in diesem unerträglichen Auftritt, legte Shelley dem Lumpen den Arm um die Schulter und erklärte, er habe recht, das Ganze sei sein, Shelleys, Fehler, oder, wie er sagte, seine kleine Darlegung im Wald über die Vervollkommnung des Menschen habe den ganzen Kummer verursacht. Ob er es ernst meinte oder nur sagte, um den Streit aus der Welt zu schaffen, die Nachgiebigkeit war größer, als ich akzeptieren konnte. Ich schwieg den ganzen Abend lang. Nichts quält ihn mehr, als wenn jemand schweigt. Man kann so gut wie alles zu ihm sagen, solange es nicht bewußt verletzend ist, aber wenn man schweigt, wird er entsetzlich unglücklich und nimmt einen schonungslos ins Verhör, bis man für alle Gefühle und Gedanken Rechenschaft ablegt.

Als wir am nächsten Tag Neuchâtel erreichten, konnten wir am Horizont die schneebedeckten Alpen erkennen. Aber keine noch so großartige Naturszenerie wäre imstande gewesen, uns aus unserer Lethargie zu wecken. Nicht jetzt. Wir hatten es gründlich satt, Meile für Meile in unserem Wagen durchgeschüttelt zu werden, hinter einem blähsüchtigen Pferd, das sich meistens nur mit Müh und Not vorwärtsbewegte. Ekel und Erschöpfung verursachten bei Shelley eine Art trunkener Antipathie. Wir mußten uns raffinierte Schmähungen ebenso wie die gröbsten Unanständigkeiten anhören. Sogar Claire verlor die Geduld mit ihm – an sich ist sie ja imstande, gegen eine ganze Menge Leichtsinn und Obszönität anzukommen. Nur Byron ist es wohl gelungen, die Grenzen dessen zu überschreiten, was sie in dieser Hinsicht erträgt.

In der Nähe von Luzern, am Vierwaldstätter See, wurden wir den Karren endlich los – der Kutscher bekam ihn. Wir setzten die Reise zu Wasser fort, in einem engen kleinen Schiff. Ich glaube, man ist nirgends so sehr dazu bereit, das Dasein in hellem Licht zu sehen, wie auf dem Wasser – wenn es ruhig ist. Die bewaldeten Steilküsten und Hänge erhoben sich um uns, nicht massiv wie hier die Apenninen, sondern märchenhafter, geheimnisvoller, sinnend. Er nahm natürlich die Gelegenheit wahr, unser unerwartetes Wohlbefinden von einer philosophischen Seite zu sehen, und erklärte, nur wirkliche Schönheit wie die dieser Berge könne den Menschen zu wirklicher Demut erwecken. Aber das war später am Tag, soweit ich mich erinnere, am Abend. Wir hatten ein Gasthaus in Brunnen gefunden, in Sichtweite der Kapelle Wilhelm Tells, und spazierten langsam am Ufer entlang, alle drei, über dies und jenes plaudernd, glücklich und das Vergangene vergessend.

Wir beabsichtigten, am nächsten Tag mit dem Schiff weiterzureisen; das Ziel des Schiffes hätte wohl das unsrige bestimmt, aber als wir morgens aufwachten, sahen wir, daß es ausgeschlossen war. Im Laufe der Nacht war ein Sturm aufgekommen. Ich hielt den Gedanken nicht aus, in einem Gasthaus bleiben zu müssen, das nicht viel sauberer war als die Schuppen, in denen wir hin und wieder übernachtet hatten. In Brunnen war nichts anderes zu bekommen als zwei unmöblierte Zimmer in einem Haus, das ›das Schloß‹ genannt wurde, einem alles andere als schloßähnlichen Gebäude, es erinnerte mehr an ein Getreidemagazin, das ich in Schottland gesehen hatte. Wir mieteten die Zimmer für sechs Monate, für ein Pfund pro Monat. Shelley redete sich in Eifer, um es erledigt, den Entschluß aus der Welt geschafft zu haben, genauso wie er vorher beschlossen hatte, daß wir den Sommer hier verbringen würden. Warten war nie seine Stärke. Er trieb zwei gebrauchte Betten und ein paar Stühle auf, und mit diesem Hausrat zogen wir ein.

Ein eiskalter Dauerregen fiel, die Berge und der See machten die Kälte durchdringend. Er bemühte sich über eine Stunde lang, den Ofen anzuheizen, und als er schließlich brannte, waren die beiden Räume voller Rauch, und die Wärme, wenn man es so nennen kann, blieb in der Ecke, in der der Ofen stand. Am Nachmittag, als der Regen ein wenig nachließ, machten er und ich einen Spaziergang am Ufer, um Luft zu schnappen und eine Weile unter uns zu sein. Claire und ich hatten versucht, uns darüber einig zu werden, wie wir die beiden Zimmer bewohnen sollten. Sie meinte, wir sollten alle drei in dem Zimmer schlafen, das man mit dem Ofen warmhalten konnte, sie wußte natürlich, daß ich mich darauf nicht einlassen konnte, aber auf diese Art versuchte sie, das beste Zimmer mit Beschlag zu belegen. Sie rechnete damit, daß Shelley ihr helfen, daß er es ihr anbieten würde, um die Diskussion zu beenden. Das tat er nicht. Zu meiner Überraschung, muß ich gestehen. Er fror selbst. Er sagte nichts. Aber als es so aussah, als ob der Regen aufhören würde, forderte er mich zu einem Spaziergang auf. Claire mußte ihre Sachen also in dem äußeren Zimmer lassen, in das er ihr Bett gestellt hatte, und wir gingen. Es war mein erster wirklicher Sieg über sie, auch wenn ich ihn seiner Abneigung gegen das Frieren zu verdanken hatte.

Wir gingen spazieren und sprachen über die Belagerung Jerusalems, von der wir bei Tacitus gelesen hatten, in einem der Bücher, die er mit hergeschleppt hatte. Später am Abend begann er mir die Einleitung zu einem Roman zu diktieren, den er *The Assassins* nennen wollte und der eben mit einer Schilderung der Belagerung Jerusalems begann. Er arbeitete einige Wochen lang intensiv daran, das heißt, während unserer restlichen Zeit im

Ausland, aber vollendet hat er ihn nie. Ich vermute, er war zu eng mit unseren eigenen Umständen verbunden und vor allem wohl mit seinen Illusionen über uns. Er handelte von einem jüdischen Stamm, der aus Jerusalem geflohen war und im Exil in dem wunderschönen Bethzatanai-Tal lebte, das zwischen Bergen mit ewigem Schnee lag. Die Menschen dieses Stammes hatten beschlossen, daß menschliches Handeln nur von der Vernunft geleitet werden dürfe, und alle, Kinder wie Alte, waren von dem unbestechlichen Wunsch beseelt, für jede gegebene Situation menschlichen Handelns ein vollkommen richtiges Verhalten zu finden. Das ließ ihnen nicht besonders viel Zeit, sich irgendwelchen Lastern hinzugeben oder auf andere Torheiten zu verfallen, wie sie die Menschen lieben. Ich frage mich, ob ihm das Ganze nicht schnell langweilig wurde, es verrann jedenfalls im Sande, genauso wie unsere Reiselust, im gleichen Rhythmus.

Das unbequeme sogenannte Schloß war weder der Autorschaft noch der Kameradschaft förderlich. Wir froren. Geld aus London hatten wir erst im Dezember zu erwarten. Am Tag nach unserem Einzug, wir aßen gerade Gemüse und Brot, das Claire und ich auf dem Markt besorgt hatten, sagte er plötzlich: »Warum packen wir nicht und fahren nach Hause.«

Gesagt, getan. Insgeheim hatten wir, Claire und ich, den Gedanken schon selbst erwogen, aber er hatte mit keinem Wort zu erkennen gegeben, daß er nach Hause fahren wollte. Da begriff ich, fast überrascht, daß er vollkommen erschöpft war. Man merkt es ihm selten an. Ich weiß nicht, ob es das Opium ist, das er zeitweise nimmt, oder sein ständiges Beschäftigtsein, die Idee, vielleicht beides. Er hält sein Tempo. Aber er brauchte Ruhe, um an seinem neuen Projekt zu arbeiten, und stellte sich vor, er würde sie zu Hause finden. Dergleichen redet man sich gern ein, wenn man im Ausland ist und friert, man vergleicht das Jetzt mit seinen Erinnerungen, obwohl man im Innersten weiß, was einen erwartet.

Wir rechneten uns aus, daß wir die Heimreise bezahlen könnten, wenn wir auf dem Wasserweg über die Reuss und den Rhein fuhren. Es gab eine Art von Fluß-Diligence, hauptsächlich von Bauern und Kaufleuten benutzt. Claire und Shelley gingen los und kauften Fahrkarten für die früheste Abfahrt am nächsten Tag. In der Nacht packten wir unsere Reisetasche, und vor Anbruch der Dämmerung verließen wir die beiden Zimmer. Er erzählte niemandem von unseren Plänen, nicht einmal dem Vermieter, dem Abbé des Ortes. Der hätte sich zweifellos auf den Standpunkt gestellt, wir seien ihm für zwei Tage die Miete schuldig. Shelley hielt es jedoch für überflüssig, Zeit zu verschwenden und um die Miete für ein paar Stunden in einer unbewohnbaren Wohnung zu feilschen. Außerdem hatte er den Abbé mit einer, man muß sagen, herausfordernden Unhöflichkeit behandelt, als dieser uns tags zuvor im Schloß besucht hatte. Wahrscheinlich schämte Shelley sich wirklich ein bißchen, der Abbé war ein harmloser und angenehmer Mensch, trotz seines Glaubens, wie Shelley später sagte.

Bei Tagesanbruch waren wir an Bord und hatten Brunnen bereits verlassen, Luzern war unser erstes Ziel. Wir waren alle drei den ganzen Morgen über ungewöhnlich gut gelaunt. Er und Claire scherzten über unsere Impulsivität, die besonders ihr Freude machte und derer sie sich rühmte; sie hat ihre Launen schon immer mit großem Entzücken verkündet. »Da verlassen wir nach ein paar Stunden eine Wohnung, die wir für sechs Monate mieten wollten, ohne weiteres bereit, in unser geliebtes und gehaßtes England zurückzukehren, und das nur, weil der Kamin nicht richtig anging.« Oder so ähnlich, einige Male, an das Wasser und die Berge und an jeden gerichtet, der es hören wollte.

In Luzern begann die eigentliche Flußfahrt. Wir fuhren auf unterschiedlichen Schiffstypen die Reuss hinunter, alle mehr oder weniger unbequem und schmutzig und alle voll beladen mit Passagieren, meist Männern, glücklichen Trotteln, Bierkutschern und Bauernknechten, ein paar davon als Kaufleute, Apothekergehilfen und Schreiber herausgeputzt, allesamt aber vor allem Mannsbilder, die riechen, glotzen und spucken, die jeden Moment irgendeinen Vorwand finden, um die Frauen zu demütigen, und die es nur um so mehr inspiriert, wenn eine oder zwei anwesend sind. Auf einem Schiff! Stell dir vor! Wo soll man hin? Wie weicht man ihnen aus? Überall Gesichter, die dich mit ihren Gedanken mehr besitzen als du selbst. Du würdest keinen von diesen Männern jemals davon überzeugen können, daß du etwas anderes bist als das, was sie sehen wollen.

Tag und Nacht über eine Woche lang. Durch Dettingen nach Mumpf, und dann den Rhein hinunter durch Basel, Straßburg. Auf einigen Schiffen waren die Verhältnisse einfach unerträglich bedrückend. Diese Männer! Sogar Shelley verlor einmal die Fassung, jedenfalls verhielt er sich so, als hätte er sie verloren – er hatte den letzten Rest von Geduld und Nachsicht verbraucht, indem er den größten Teil der Nacht Claire zu trösten versucht hatte, nachdem er sie vorher selbst damit aufgeregt hatte, daß er politische Morde in Schutz nahm. Es war die Arbeit an *The Assassins,* die ihn seine Ideen so exakt und kompromißlos formulieren ließ. Und Claire hat nie verstanden, welchen Sinn Prinzipien haben. Obendrein hatte sie am gleichen Abend auch noch im *King Lear* gelesen, zufällig gerade die Stelle, wie Gloucester die Augen ausgerissen werden. Wenn ich mich nicht irre, hatte sie am gleichen Tag eine Auseinandersetzung mit zwei deutschen Herren gehabt, ungefähr so gentlemanlike wie zwei Gorillamännchen, die ihr die Reise vergnüglicher gestalten wollten. Shelley brachte sie dazu, sie in Ruhe zu lassen, und vermutlich war es zu einem gewissen Grad dieser unerwartete Erfolg, der ihm am nächsten Morgen so viel Tatkraft einflößte, als wir entdeckten, daß jemand unsere Sitzplätze mit Beschlag belegt hatte. Der Pavian weigerte sich, sie freiwillig zu verlassen, brüllte Shelley an und drohte ihm, und der schlug ihn ohne weiteres mitten ins Gesicht, und mit solcher Kraft, daß der Mann umfiel. Ja, man stelle sich vor! Aber niemand schien es zu beachten. Solche Szenen waren auf dem Unterdeck nicht gerade ungewöhnlich. Der Mann, der nach Pferd und Bier stank, grölte weiter und stieß auch diverse Drohungen aus, aber Shelley führte uns auf das Oberdeck, wo wir uns aufhielten, bis wir das Schiff verlassen konnten.

Ab Mainz war jeder zweite Berggipfel mit einem Schloß geschmückt. Diese grandiose Landschaft tat uns sehr gut. Einmal, als sich das Schiff einem gefährlichen

Wasserfall näherte und ein ängstlicher Mensch vorschlug, alle an Bord sollten an einem Gebet teilnehmen, waren wir so guter Dinge, daß wir in Gelächter ausbrachen. Ein österreichischer Herr in viel zu großer Kleidung sah sich veranlaßt, sich zu uns hindurchzudrängen und eine Erklärung von uns zu fordern. Ich konnte nicht gut wissen, daß Shelley in sprudelnder Laune war und sich nichts mehr wünschte als einen Vorwand, um über das Vergebliche und Vernunftwidrige von Gebeten predigen zu können. Gleichzeitig nahm er die Gelegenheit wahr, seine allerneuesten Überlegungen zu entwickeln, bezüglich der unwürdigen Neigung des Menschen, sich von diversen Autoritäten wie Göttern, Königen oder Vögten demütigen und unterdrücken zu lassen. Er scheute sich damals nicht, zu sagen, Gott sei uns ein Beispiel dafür, was sich der Mensch alles zurechtphantasieren könne, um sich seiner Verantwortung zu entledigen, und er bezweifelte, daß man die vermessene Forderung der Priester tolerieren müsse, der Tugend der Kirche anstatt der der Vernunft nachzuleben. Hinsichtlich ihrer Pflichten gegenüber den Göttern, sagte er, hätten sich Könige und Vögte und dergleichen Leute nur vor sich selbst zu verantworten, man könne das also auf sich beruhen lassen, aber wenn sie ihre Pflichten den Menschen gegenüber vernachlässigten, sollte man ihnen ohne weiteres den Kopf abschlagen. Dem hatte der arme Moralwächter nur den teuren Dunst seiner Illusionen entgegenzusetzen, und es gibt nichts, das gleichzeitig so zerbrechlich und schwerfällig ist wie leere oder geliehene Überzeugungen. Er zog ab, noch ehe Shelley zu Ende gekommen war.

Er pflegte uns Shakespeare vorzulesen, oder Texte

meiner Mutter – ihre Reise durch Skandinavien. Dann verging die Zeit nicht so langsam. An Bord eines Schiffes, auf einem Fluß, ist man buchstäblich gezwungen, die Zeit vergehen zu *sehen*. Mit jedem Meter Landschaft, der vorbeigleitet, verrinnt Zeit, wird Zeit verbraucht. In einer Wüste, kann ich mir vorstellen, hat man das Gefühl, daß die Zeit stillsteht oder aufhört. Auf einem Fluß kann sie das nicht. Der Rhein strömt durch eine wundervolle Landschaft, steile Klippen im Wechsel mit grünenden Hügeln, Wiesen, hier und dort flachen Inseln, die gleichsam treiben, nicht mit, sondern auf dem Strom und gegen ihn. Kein Wunder, daß unter diesen Umständen keiner von uns, nicht einmal ich selbst, daran dachte, daß ich an einem solchen Tag auf dem Fluß siebzehn Jahre alt wurde. Erst später, in Bonn, fiel es uns auf. Wenn du sein Gedicht *Alastor* liest, verstehst du, wovon ich rede. Er schrieb es im Jahr darauf. Da ist diese leichte, fließende Fahrt ohne Unterbrechung, Bilder, die auf einen zukommen und verschwinden, wie diese Inseln. Ich will ihn bitten, dir ein Exemplar zu besorgen. Du mußt mich daran erinnern.

In Bonn nahmen wir einen Mietkutscher, der uns langsam, aber sicher nach Holland und Rotterdam brachte. Dort angekommen, hatten wir gerade noch Geld genug für ein Essen, aber wir konnten einen englischen Kapitän überreden, uns nach Gravesend mitzunehmen, für drei Guineen pro Person, die wir bei der Ankunft zu bezahlen schworen. Das Schiff verließ Rotterdam, mußte aber Marsluys anlaufen und dort über Nacht warten, da ein gewaltiger Sturm aufkam. Die Überfahrt dauerte zwei Tage und Nächte, in schwindelerregendem Seegang. Ich lag fast die ganze Zeit auf einer Pritsche in der Kajüte, während er und Claire oben an Deck saßen. Am Morgen des zweiten Tages war das Wetter besser, und als ich hinaufkam, traf ich Shelley in einer lautstarken Diskussion mit einem Mitreisenden über die Sklavenfrage an, kräftig unterstützt von Claire. Alles war wieder beim alten. In der Droschke von Gravesend nach London mußten wir dem Kapitän wiederum hoch und heilig versichern, daß er sein Geld sofort bekommen würde, wenn wir bei der Bank in London wären. Das Versprechen war natürlich ebenso notwendig wie voreilig. Als wir ankamen, zeigte sich, daß Shelleys Kredit aufgebraucht war; wir selbst hatten einiges in Paris und Neuchâtel abgehoben, vor allem aber hatte Harriet mit Unterstützung Peacocks, eines guten Freundes von Shelley, das Konto geleert. Die wenigen Freunde, an die er sich wegen eines Darlehens hätte wenden können, waren gerade nicht in London. Hogg, schon seit Oxford sein bester Freund, war auf Reisen im Norden. Der Kapitän gewährte uns ein paar elende Stunden Aufschub; er hatte keine Wahl. Wir nahmen eine Droschke zur Chapel Street. Es war unser einziger Ausweg. Claire und ich warteten über zwei Stunden lang in der Droschke, während er mit seiner Frau verhandelte; ich weiß bis heute nicht, was zwischen ihnen gesprochen wurde, offenbar mußte er verschiedene Versprechungen machen, von denen er insgeheim wußte, daß er sie nicht würde halten können. Jedenfalls brachte er sie dazu, ihm etwas Geld zu leihen – von seinem eigenen! So konnten wir das Kanalschiff und die Droschke bezahlen und uns für die Nacht in einem Hotel einquartieren. Am nächsten Tag mietete er ein paar billige Räume für uns in der Nähe des Cavendish Square, nur einige Minuten Fußweg von Westbrooks, Harriets Elternhaus, entfernt. Vermutlich war es eine Art halbherzigen Nachgebens ihr gegenüber, eine Geste, die sie besänftigen sollte. Es war nur die erste einer langen Reihe wechselnder Adressen im nächsten halben Jahr. Vierzehn Tage später, als sich herausgestellt hatte, daß Harriet durch Gesten allein nicht zugänglicher wurde, zogen wir zum ersten Mal um, nach St. Pancras auf der anderen Seite der Stadt, in die Nähe des Friedhofs und des Grabes meiner Mutter.

Die Dämmerung hatte sich über die Bucht von San Terenzo gesenkt, und wieder fiel strömender Regen, ununterbrochen, senkrecht herab.

»Ich habe schon eines«, sagte Jane, »er hat mir ein Exemplar von *Alastor* gegeben. Und ich habe es gelesen.«

»Ah! Natürlich.« Mrs. Shelley inspizierte die Nägel an ihrer Hand, die lang, schmal und leicht gebogen waren.

Die Erinnerungen, das war beiden klar, würden nicht dazu beitragen, den Abstand zwischen ihnen zu überbrücken, doch das ermunterte Mary Shelley eher dazu, ihre Zuflucht bei ihnen zu suchen. Um der... Unzugänglichkeit, der heimtückischen... Milde der anderen zu trotzen, eben mit Hilfe des Abstands, den sie mit erbarmungsloser Kälte sichtbar machte. Sie sprach, als ob sie ihn nicht bemerkte, und benutzte ihn so als ihr Mittel.

»Du weißt, Jane«, sagte sie, »ich habe keinen Augenblick lang abgestritten, daß er sich anfangs vielleicht nur deshalb für mich interessierte, weil er wußte, wer meine Eltern waren. Wer mich verletzen wollte, hat nicht versäumt, mich daran zu erinnern, immer natürlich unter dem Vorwand, mir wegen meiner berühmten Mutter schmeicheln zu wollen. Der Ruhm meiner Eltern war zweifellos ein glücklicher Umstand für Leute, die unser Verhältnis verdächtig machen wollten.«

Für den Fall, daß Jane auf diesen Gedanken käme. Doch sie schien nur mit halbem Ohr zuzuhören, war in anderen Gedanken.

Mary fuhr also beharrlich fort: »Ich weiß noch, wie ... wie wir uns einmal für ein paar Tage trennen mußten, ich glaube, es war, als wir in Bath wohnten ... er sagte, ›Halte das Sinnbild fest, Mary, und küsse es!‹ Er tue das gleiche mit meinem, sagte er, immer wenn wir nicht zusammen seien. Und was kann man nicht alles anstellen mit einem Sinnbild, solange man weiß, daß der, den es abbildet, lebt?«

»Ich hoffe, du verzichtest darauf, es zu beschreiben, Mary.«

Also doch geistesgegenwärtig.

»Warum, wenn ich fragen darf? Stellst du es dir so lebhaft vor?«

»Laß es mich so sagen, ich fühle, wenn du ganz besonders gemein sein willst.«

Vor Diltheys Bakery, wohin die beiden Stiefschwestern gemeinsam zu gehen pflegten, um Brot und Milch zu kaufen, hatte Claire eines Morgens wie von ungefähr gesagt: »Manchmal stolpert man wirklich über großartige Zeilen in diesem *Alastor,* oder wie er es nun nennen will. Und dann ist man ebenso erstaunt, sie im Gerümpel zu finden, wie man froh ist, sie überhaupt zu finden.« Mit einer schlaftrunken charmanten Lässigkeit in die kalte Morgenluft hinein, um nicht weiter darüber nachzudenken.

Mary hatte es nie weitererzählt. Die Worte, deren Berechtigung sie im Innersten einsah, hätten ihn unheilbar verletzt, vor allem aber wäre er, und das wußte sie auch, ganz in Claires Gewalt geraten; Mary hatte bemerkt, wie wenig er ihrer liebenswerten und ein wenig zerstreuten Unbefangenheit entgegenzusetzen hatte.

Sie schwieg also.

Aber um selbst eine Probe dieser Art von Respektlosigkeit zu geben, die sich nur Eingeweihte oder Nahestehende erlauben dürfen, sagte sie zu Jane: »Seine Schreiberei ist mit den Jahren reifer geworden. Das ist keine Frage. Früher kam da so allerlei . . . ja, Unsinn vor. Jetzt ist er sich selbst gegenüber gerechter. In zweifacher Hinsicht. Einmal als der Dichter, der er im Grunde ist, und zum andern als der Mensch, der er ist, hinter all der hartnäckigen Philanthropie. Als der *Alastor* herauskam, meinte die Kritik, es sei ein Beispiel für einen ›träumerischen Mystizismus‹. Stell dir vor, er ein Mystiker, und vielleicht sah man ihn nicht ganz zu Unrecht so. Es war nicht zu übersehen, wie erleichtert sie waren. Die umstürzlerische Propaganda in *Queen Mab* hatte eine Menge Leute unangenehm berührt.«

Jane ihrerseits strebte keine Macht über jemanden an. »Jaja«, sagte sie, »ich verstehe von so etwas nichts, auch nicht von Poesie, am allerwenigsten von Poesie.«

Mary wäre es lieber gewesen, wenn ihre Freundin so getan hätte, als wüßte sie Bescheid; die Jahre mit Shelley hatten sie gelehrt, daß nur diejenigen einem Dichter etwas wegzunehmen versuchen, die nicht in das Geheimnis eingeweiht sind, während andere, die es möglicherweise sind, manchmal leugnen, daß sie wissen.

Manchmal ließ Claire den Hut auf dem Bord liegen. Der Regen hatte aufgehört, aber die Wolken über den Apenninen zeigten, daß die Aufheiterung von kurzer Dauer sein würde. Sie hatte den Regen lieber, einen beruhigenden weißen Marmor. Gegen das Sonnenlicht hatte sie sich den breitrandigen Strohhut angeschafft, der ihr nicht schlecht stand, das konnte man nicht sagen, mit dem sie sich aber ›ein bißchen überraschend‹ vorkam. Das wollte sie eigentlich selten, und deshalb ging sie meistens ohne ihn aus. Als sie auf den Gipfel des Hangs hinter der Villa gelangt war, setzte der Regen tatsächlich wieder ein. Im Schutz der Bäume stand sie lange ganz still; der Geruch der Erde und der Regen im dichten Laub, wie damals am Vierwaldstätter See, rings um das sogenannte Schloß herum. Am Abend, nachdem sie sich mit Mary halb und halb versöhnt hatte (bei dem Streit war es wie immer um die Beziehung gegangen, die sie zu ihm hatten), hatte sie einen Spaziergang auf dem Pfad am See gemacht (er hatte keine Erlaubnis bekommen, mit ihr zu gehen), und hatte die Jammerrufe über dem Wasser gehört, von denen der Abbé erzählt hatte; der Legende nach ein abtrünniger Priester und seine Geliebte, die in einer Lawine umgekommen waren. Shelley hatte es sofort geglaubt; er selbst hatte ähnliche Erfahrungen gemacht; und schließlich glaubte Mary es auch, obwohl sie es natürlich abstritt, aus Nörgelei oder um sie zu verletzen; Claire jedenfalls hatte die Rufe gehört – und jenen regenwarmen Geruch der Verwesung gespürt. Hier oben hatte sie vor ein paar Tagen eine Felsplatte unter einigen

Bäumen gefunden, von der aus sie auf die Villa blicken konnte – und auf das Meer. Genau das brauchte sie: das Gefühl zu überblicken, ohne selbst gesehen zu werden, genauso wie sie als Kind die drohende Lähmung der Mittagsstunde bekämpft hatte. Hier oben unter den Bäumen quälte es sie weniger, daß ihre Trauer diffus blieb, gerade hier, wo sie es ganz besonders war. Unten im Dorf schlug jemand in unschuldigem Vertrauen mit einem Hammer auf Metall. War es das Band für ein Wagenrad, das zusammengeschmiedet wurde, dann, so wußte sie, würde man niemals die Fuge finden. Es war nicht ihre Art, sich in die Einsamkeit zurückzuziehen, sie hatte früher nie ein solches Bedürfnis verspürt, hatte in den Tagen hier jedoch herausgefunden, daß es ihr guttat, zu sitzen und auf die Villa und das Meer zu blicken, und von hier oben auch auf den dunklen Horizont in ihr selbst, wo jetzt die Körper der Männer auf und ab schaukelten, leicht zu identifizieren. Allmählich, tatsächlich recht bald, ging sie jedenfalls wieder hinunter; nicht ganz so zart, wie sie einem Betrachter hätte erscheinen können, aber aufrechter als sonst, durch diese Befürchtungen, die, wie sich zeigte, von ihrer Trauer nicht getrübt werden konnten. Auf dem Weg hinunter berührte sie die großen Blätter, nur die größten, schwersten, fleischigsten, was jedenfalls vorübergehend half.

»Ich kann nicht mehr hier herumsitzen.« Jane stand an der Tür. »Es ist lähmend. Ich gehe hinunter ins Dorf. Vielleicht hat jemand etwas gehört. Kommst du mit?«

Sie ließen die Kinder bei Caterina, in deren blühend runden Armen Percy-Florence oft genug von sich aus Zuflucht suchte. Mary hatte sich entschlossen, das Kindermädchen nicht um diese Fähigkeit zu beneiden, sondern dankbar zu sein, daß sie in ihrem Dienst stand.

Mühsam hielt sie mit der Freundin Schritt, die schnell ging, in Gedanken. Jane hatte, wie sie beim Frühstück dunkel zu verstehen gegeben hatte, »eine grauenhafte Nacht« gehabt. Tatsächlich hatte sie sich zum ersten Mal eingestehen müssen, daß Marys nicht immer versteckte Anklagen, sie habe sich in Shelley verliebt, berechtigt waren. In gewissem Grade. Es war eine gefaßte Verliebtheit, einfach eine Art mitmenschlicher Sympathie, die er gerade von ihrer Seite aus zu brauchen schien, was er ihr auch im Vertrauen versichert hatte. Sie bewahrte seine Gedichte an sie zusammen mit anderen Kleinigkeiten, die sie gesammelt hatte, in einer Schachtel auf, und sie hatte kein einziges davon mehr als einmal gelesen, oder bis sie sie verstanden hatte (was dasselbe war), dann hatte sie sie in die Schachtel gelegt und sie verschlossen. Sie heiligte sie nicht, indem sie sie zum Beispiel unter ihrem Kopfkissen aufbewahrte, wie Mary es sich offenbar gern vorstellte – sie, eine unreife, trunkene Leidenschaft! Janes Hingebung war fest, stetig, ›zuverlässig‹ hatte Edward sie einmal genannt, nicht hektisch ratlos zitternd, nicht so, wie Mary es sich kränkenderweise einredete.

Jetzt waren beide tot, sagte sie sich; sie sagte es immer wieder, um sich selbst dagegen zu erproben: beide tot...

Die Freundin kämpfte genau den gleichen Kampf, wie sich zeigte: »Es gibt nicht den geringsten Grund, die Hoffnung aufzugeben. Auch wenn niemand etwas gehört haben sollte. Es kann hundert Erklärungen geben.«

»Sag mir eine«, sagte Jane.

Marys Schritte waren schwerer geworden im Sand. »Wir können gern ein bißchen langsamer gehen. Ich kann nicht so schnell wie du. Ich fühle, ich habe mich noch nicht ganz erholt von der Fehlgeburt...«

»Nein. Entschuldige. Ich habe nicht daran gedacht.«

Sie legten die kurze Strecke bis zum Dorf Seite an Seite zurück, Mary mit der Hand auf Janes Arm. Im Dorf wurden sie von einer Fischhändlerin an das Besatzungsmitglied einer Feluke verwiesen, die an diesem Tag von Livorno gekommen war. Als sie ihn anhielten und fragten, ob er etwas von ihren Männern wisse, verschloß sich sein zerfurchtes, unrasiertes Gesicht, aber er sah ihnen in die Augen.

»Die Engländer«, sagte er, »Kapitän Williams und der andere, sind Montag von Livorno abgesegelt.«

Mary, die den Mann am Mantelärmel gefaßt hatte, als sie ihn angesprochen hatten, brachte es nicht fertig, ihn loszulassen. »Das glaube ich nicht«, sagte sie. »Sie müssen sich einfach irren. Vielleicht ein anderes, ähnliches Boot. Nicht die Ariel!«

»So ein Boot gibt es nur einmal in der Bucht von Spezia.« Er machte sich behutsam frei. »Tut mir leid. Wir haben gesehen, wie sie losgefahren sind.«

Er entfernte sich mit einem Nicken.

Auf dem Rückweg am Strand entlang versuchte Jane vergeblich, vier Zeilen loszuwerden, die Shelley an sie geschrieben hatte:

And the fisher with his lamp
And spear about the low rocks damp
Crept, and struck the fish which came
To worship the delusive flame...

Mary ging an ihrem Arm, links von ihr an der Landseite, so daß Jane obendrein auch noch auf das Meer schauen mußte, um ihre verwirrte, beschämte Trauer zu verbergen, über die Mary sich in ihrer eigenen teilweise gewiß gefreut hätte, ohne es zu wollen vielleicht, aber trotzdem, wie über eine unerwartete Rache.

Am Tor angekommen, sagte Mary mit überraschendem Nachdruck: »Mein Gott, Jane, wie ich es verabscheue, hier in diesem verdammten Kloster zu sitzen! Man sagt doch, das sei es einmal gewesen? Ein Jesuitenkloster?« Sie stand mitten in der Tür; sie sah die andere, immer noch abgewandte Frau an, und sprach gegen sie, mehr auf sie ein als zu ihr, forciert: »Das wundert mich nicht. Es wundert mich nicht. Angeblich preisen sie ja die Entbehrung, die Jesuiten, die physische Entbehrung jeder Art. Was sie wohl veranlaßt hat, einen so musterhaften Ort zu verlassen? Vielleicht die Dorfbewohner und ihre nächtlichen Bacchanale am Strand. Oder vielleicht wurde das Haus zu eng für sie.«

Jane wandte sich um. »Er ist tot! Und du weißt es. Laß

uns also aufhören. Du brauchst nicht mehr zu lachen. Jetzt nicht. Du brauchst dich nicht mehr damit abzuquälen, wie schrecklich es ist, hier sitzen zu müssen, oder sich an Jesuiten erinnern zu müssen. Er ist tot. Versuchen wir, es . . . zu begreifen . . . jetzt.«

»Von wem sprichst du, von meinem Mann oder deinem eigenen?«

Jane schob sich an ihr vorbei, die Röcke mit festem Griff vorn zusammenziehend, um nicht die Ruder und Gerätschaften umzureißen, die an den Wänden der Halle aufgestellt waren. Erst auf der Hälfte der Treppe zum oberen Stock blieb sie stehen, gegen ihren Willen, wie man sah, und wandte sich um: »Ist es dir so wichtig, Mary, gemein sein zu können, daß du dir nicht erlauben kannst, um ihn zu trauern. Um deinen Mann. Ja, deinen! Ich erwarte nicht, daß du um Edward trauerst.«

Mary Shelley lachte. Sie schleuderte ihr krächzendes Lachen die Treppe hinauf. »Oh, ich trauere um Edward«, sagte sie. »Aber du? Kannst du es? Ist Platz dafür da?«

Aber Jane war hinaufgegangen und hatte die Tür hinter sich geschlossen. Etwa eine halbe Minute weinte Mary im Dunkel des Treppenhauses, eine Hand auf ein Ruder gestützt, das dick mit Meersalz bedeckt war.

Sie aßen mit Claire, Caterina und den Kindern einen einfachen Lunch – schweigend, bis Claire die Frage, ob sie etwas gehört hätten, nicht mehr unterdrücken konnte. Mary beschrieb ihre Begegnung mit dem Matrosen; sie flüchtete sich in eine minutiöse Genauigkeit, was sie, wie Claire wußte, in mehr oder weniger bedrängten Situationen gern tat. Sie hielt sich zum Beispiel dabei auf, wie sie dagestanden und den Mann am Mantelärmel festgehalten hatte, und man hörte ihr an, daß sie unter anderen Umständen gelacht hätte.

»Jane ist sicher, daß die Ariel untergegangen ist und daß sie tot sind, alle drei.«

Claire sah in ihre Suppe hinab. Jane hatte ihre nicht angerührt. Jetzt nahm sie einen Löffel.

»Nicht jeder kann sich so viel Zuversicht einreden wie du, Mary, die offenbar auch noch um so unerschütterlicher wird, je mehr niederschmetternde Nachrichten wir zu hören bekommen.«

Jane hätte mehr sagen können, doch sie hielt erst einmal an sich, sagte nur: »Ich kann nicht, ich kann einfach nicht mehr.«

»Ich ziehe es vor zu hoffen.« Mary forderte die anderen damit heraus. »Der Sturm hat sie natürlich nach Korsika getrieben. Vielleicht muß das Boot repariert werden, bevor sie nach Hause fahren können. Was weiß ich? Laßt uns bloß nicht jetzt schon hysterisch werden.«

Jane aß ihren Teller Suppe, nachdem er abgekühlt war.

Claire war aufgestanden: »Ich glaube, ich mache einen Spaziergang.«

Claire, die Geliebte, erst diejenige Shelleys, dann die von Byron; die Jünglingsvernunft mit ihrem eifrigen Ernst und ihrer herausfordernden Strenge, ihrer gelegentlichen Neigung zur Askese – im Gegensatz dazu die raffinierte Taktlosigkeit des Lebemanns, das Leben als Rausch, oder die Rache des Krüppels. Alles in allem zog sie beiden ihre Poesie vor. Die des Lords der des Barons, den höheren und gleichmäßigeren Strahl der jünglingshaften Flut von Bildern und Metaphern und Agitation, das Leiden des Auserwählten dem hämmernden Jünglingsidealismus, der auf die Dauer ebenso ermüdend war wie die beharrliche Sinnlichkeit des anderen. Sie zog also dem Lord seine Gedichte vor, während sie den Baron den seinen vorzog, und den Baron dem Lord. Was sie immer getan hatte.

Jetzt seit einiger Zeit nur die trauernde Mutter, seit der Lord ihre Tochter am Typhus hatte sterben lassen, in dem verfallenen Kloster bei Ravenna, wohin er sie geschickt hatte, um sich ungestört seiner Poesie und seiner kleinen Italienerin widmen zu können, die siebzehn Jahre alt war und frischvermählt mit einem gealterten Adligen. Byron hatte sich geweigert, seine Tochter der Mutter anzuvertrauen, aus Mißtrauen gegen die Erziehungsmethoden, die er in der Familie Shelley hatte beobachten können. »Sie soll nicht bei euch landen, um sich an unreifem Obst zu überfressen und sich beibringen zu lassen, daß Gott nicht existiert.« Claire hatte sich entschlossen, nicht mehr daran zu denken, sich ihre Trauer rein und unbefleckt zu bewahren; Allegra war gestorben, ebenso wie William und Clara, die beiden ersten Kinder von Mary und Percy, alle am Fieber. Auf den Grund ihres gemeinsamen Lebens waren diese drei mittelgroßen Eisklumpen behutsam versenkt, fast ständig durch die Schleier der Gegenwart erkennbar. Claire Clairmont aber hatte beschlossen, auf die Kraft zu vertrauen, die ganz tief in ihr steckte, eine große Gesundheit auf breiten Füßen.

Claire:

Ich habe ihn geliebt – mit mehr Hingabe als jemals Mary. Aber die Intensität der Liebe eines Menschen gibt ihm bekanntlich nicht das Besitzrecht über deren Gegenstand. Byron habe ich nie geliebt. Bei ihm hatte ich vielleicht die Absicht zu lieben. Eine Zeitlang. Ich machte mir keine Illusionen. Das hat mir nie gelegen. Auch nicht bei Percy. Ich habe immer gewußt, daß er ein Leben mit der Tochter Mary Wollstonecrafts und William Godwins vor Augen hatte. Was hat eine Stiefschwester, und sei sie noch so charmant, gegen das grau-dunkle und milde Geschöpf aufzubieten, in dem sich die beiden kühnsten Philosophen der Zeit buchstäblich vereinigt haben? Oh, er hatte sie gern ... Doch mit Zärtlichkeit? Ich weiß nicht. Eher aus einer Art von Güte, denke ich. Vollkommen ausreichend, wie immer. Mich aber bat er in jenem Herbst, als Mary zum ersten Mal schwanger war und wir abwechselnd mal hier, mal dort in ganz London wohnten, ihn auf seinen endlosen Spaziergängen zu begleiten. Wir gingen und gingen; ein keuchendes, sich überstürzendes Gehetze durch Buchläden, Cafés, Obstläden, selten vertrauenswürdig, aber desto öfter Gegenstand einer herzlichen und vertraulichen Großzügigkeit, das heißt, unsere Liebe war es. Birnen und Hafergebäck! Ein prächtiger Lunch im einsamen Grün des Kensington Garden. Bei der Brücke über den Serpentine fanden wir in einem hochgewachsenen Gebüsch unser schönstes Versteck. Er sprach mit mir über Petrarca, dessen Sonette wir lasen ... »Per voi conven ch'io arda e'n voi respiro, ch'i' pur fui vostro...« Oder, den Blick mit meinem verschweißend, um meine ungeteilte Aufmerksamkeit zu erzwingen, über Platon, den er immer noch mit entzückter Ehrfurcht und seinen allerliebsten Vokabeln behandelte. Bis man zu ihm sagte: »Percy, Lieber, mußt du immerzu reden?« Und dann erinnerte er sich, daß man da war.

Mary hat einmal zu einem Bekannten von uns gesagt (sie dachte, ich hörte es nicht), daß ich mir gern vorstellte, ich hätte eine »Affäre« mit ihm gehabt. So leicht ist es für sie, mir alles wegzunehmen. Deswegen erwähne ich es nie. Aber ich bewahre es, ich trage es, von Zeit zu Zeit auch ziemlich sichtbar, aber solange es unausgesprochen bleibt, kann sie es nicht leugnen und nichts dagegen unternehmen.

Sie hat ihre eigene Macht über ihn immer unterschätzt. Obwohl er ihr täglich, auch in meiner Anwesenheit, seine Liebe beteuerte. Er ließ sich nicht deshalb von mir begleiten, weil seine Gefühle für sie erkaltet gewesen wären. Es geschah aus dieser Güte heraus... der gleichen Güte, die ihn dazu brachte, sie Tag für Tag seiner Zuneigung zu versichern..., weil er um meine Liebe wußte, nicht um ihr gegenüber nachzugeben, und nicht allein deswegen, sondern auch aus gutem Willen. Wille. Genauso wie damals, als er seiner Frau, Harriet, anbot, zu uns zu kommen und bei uns in unserer Wohnung zu wohnen – als der vollkommene Freund, der er für sie sein wollte, ohne einen einzigen Gedanken daran, daß wir anderen, sie und Mary und ich, *alles* in uns selbst hätten verleugnen müssen, um seiner Idee zu entsprechen. Seine Güte kannte keine Grenzen, wie man so sagt. Sie war ohne Rücksicht und ohne Hintergedanken, unsinnig selbstlos. Oder vielleicht extrem selbstbezogen, im Grunde. Ich weiß nicht. Aber sie suchte den Einklang mit seinen eigenen Idealen, bevor sie fragte, was die Wirklichkeit um ihn herum ertragen konnte.

Ich verstand seine Motive, ich bemerkte, daß er sich auf das Gute einstellte, auf die Tat im Jetzt, ohne an irgendwelche Konsequenzen zu denken. Dank dieses Wissens konnte ich ihn einige Male überreden, auf diese absurde, drastische, unbedingte Güte zu verzichten, der er uns ständig aussetzte.

Ich habe ihn geliebt. Er selbst hatte Mary Wollstonecraft Godwins Herz gewonnen. Und als sie sah, daß das Experiment, wie sie unser Zusammenleben nannte, die Möglichkeit nicht ausschloß, daß sie ihn verlor (er machte nie ein Geheimnis daraus, daß er Wert auf seine Gespräche mit mir legte), begann sie eine verbitterte, aber sehr exemplarische, immer exemplarische Agitation, um mich aus ihrem und aus seinem Leben zu entfernen. Viel früher als sie erkannte ich, daß es ihr gelingen würde. Nichts hat ihn mehr gequält als der Vorwurf der Gleichgültigkeit, Kälte, Undankbarkeit, den sie ihm einmal machte. Undankbarkeit! Sie besaß tatsächlich die Frechheit! Er sprach Stunden mit ihr, dann mit mir, erklärte, forschte … als glaubte er, er könne, indem er unser »Experiment« obduzierte, seinen Zusammenbruch aufhalten.

Ich verließ sie, als ihr Sohn William geboren wurde. Kurze Zeit danach fand man Harriet ertrunken im Serpentine. Er und Mary konnten heiraten. Tatsächlich rieten ihnen alle dazu. Sofort.

Ich machte zusammen mit meinem Bruder eine Reise nach Irland. Es war eine Idee von Percy und ihm. Percy bezahlte. Er blieb beharrlich bei der Meinung, daß er für mich genauso verantwortlich sei wie für Mary. Was er ihr nicht verhehlte. Wir sahen die Seen bei Killarney und die Donegal Mountains und den Shannon, großartige Landschaften – und einer düsteren Seele so willkommen. Wir gaben das Geld schnell aus, um mit gutem Gewissen etwas früher als geplant nach Hause fahren zu können. Ich ging nach wie vor zu ihnen, beinahe täglich; wir sprachen miteinander, er und ich, genau wie vorher, aber ich mußte zu Hause in der Skinner Street bei Mutter und Godwin wohnen. Es geschah also aus Trotz und Überdruß zugleich, aus einer Art kalter Verzweiflung, als ich mir Lord Byrons Adresse verschaffte und ihm schrieb, mehrere Briefe, unter fingiertem Namen. Es war, wie ich es damals sah, der perfekte Ausweg, der, wenn alles gelang, einen Sieg über sie alle bedeutete. Er antwortete wie erwartet nicht, doch seine Neugier war geweckt, und als ich ihm dann entdeckte, wer ich war, rechnete ich damit, daß ihm Percys und mein Ruf zu Ohren gekommen war und seinen Geschmack an Herausforderungen angesprochen hatte. Kurz zuvor hatte ich Percy in meinen Plan eingeweiht. Er war entzückt. Ich überredete ihn, »spaßeshalber«, wie ich sagte, eine kurze Zusammenfassung zu schreiben, wie er mich einschätzte. Vermutlich begriff er, daß ich die Absicht hatte, sie Byron zu schicken, jedenfalls versorgte er mich mit einem Text, der sehr zweckdienlich war. Byron antwortete. Er war im Begriff, England zu verlassen, das ihn wegen seines Übermuts und seiner Exzentrizität haßte, und da konnte ihn nichts davon abhalten, diese Miss Clairmont kennenzulernen, die ihm mit einem Übermut ausgestattet zu sein schien, der dem seinen ganz entsprach.

»Stell dir vor«, sagte Mary zu Jane, »ein Mensch, den du insgeheim verabscheust, kommt zu dir und erzählt dir mit halb echtem, halb gespieltem Mitgefühl, daß derjenige, den du am meisten liebst, gestorben sei. Muß sich da nicht Wut in den Schock mischen? Und dann, für immer diese verstockte Kränkung, von der sich die Trauer nicht mehr reinigen läßt.«

»Ich vermute, du sprichst von mir«, sagte Claire, die die Worte gehört hatte, als sie die Treppe heraufkam.

»Dich habe ich niemals insgeheim verabscheut, Claire.« Mary Shelley lächelte. Blieb jedoch ernst. Oder richtiger förmlich. »Wie du dich erinnerst, war ich es ja, die dir Allegras Tod mitteilen mußte – oder die ihn bestätigte, als du begriffen hattest.«

»Mit halb gespieltem Mitgefühl?« Claire gönnte sich selbst kein Erbarmen, wenn ihre Stiefschwester ihre ganze Korrektheit einschaltete.

»Das«, sagte Mary, »war eine, sagen wir, künstlerische Freiheit, die ich mir genommen habe, um . . ., ja, um Jane ein wenig begreiflicher zu machen, was ich sagen wollte. Ich konnte ja nicht wissen, daß du vor der Tür stehst und lauschst.«

»Das habe ich nicht. Ich bin zufällig . . .«

»Ausgerechnet, meine Liebe.«

»Es besteht also keine Aussicht, zu erfahren, was du sagen wolltest?«

»Mir fiel nur gerade ein, ganz plötzlich, daß die Trauer durch die Art, in der man die Nachricht vom Tode eines nahestehenden Menschen erhält, mitgeprägt werden muß. Es war eine allgemeine Reflexion, nur ein Gedanke.« Aber sie saß da und betrachtete irgend etwas in diesen Gedanken, eine Erinnerung, die nicht nur angenehm war.

Erst als alle drei, sie selbst und Jane am Tisch, Claire am Fenster zur Terrasse stehend, wieder in Schweigen versunken waren, sagte sie:

»Sie, die Tochter des Kaffeehausbesitzers, und meine Schwester Fanny haben sich beide das Leben genommen – innerhalb weniger Wochen. Es hätte nicht viel gefehlt, und es wäre zuviel für ihn geworden. Ein paar Tage lang fürchtete ich wirklich, er würde verrückt werden. Er saß da und wiegte sich hin und her, schrieb nicht, aß nicht – und ›sah Geister‹. Ja, behüte! Eines Abends ertappte ich ihn dabei, wie er in einen heftigen Meinungswechsel mit ihnen vertieft war. Er fand seine Besinnung erst ganz wieder, als ich mich in das Gespräch mischte; ich glaube, ich konnte tatsächlich einen von ihnen überzeugen, daß er eine Halluzination sei. Shelley rühmte später meine Beweisführung, doch er war lange Zeit besorgt, ich hätte Harriet eine Möglichkeit der Kommunikation mit ihm genommen. Fanny ging von selbst, sozusagen zum zweitenmal. Ich habe nie ganz verstanden, was für einen Grund sie hatte, es ... es zu tun. Unglückliche Liebe? Falls ja, zu wem? Shelley? Ich weiß, Claire, du legst deine Hand dafür ins Feuer, und vielleicht stimmt es; ich würde eher vorschlagen, daß es die ausgebliebene Liebe war, die Aussicht, als Jungfer in der Skinner Street sitzenzubleiben, als Hausmädchen meines Vaters und deiner Mutter, die beide nicht ihre eigenen Eltern sind. Sie hatte selbst erst in der letzten

Zeit erfahren, daß ihr Vater ein Mann namens Imlay war, dieser Amerikaner, den ich erwähnte, den Mutter in Paris kennengelernt hatte. Ich bin nie aus Fanny schlau geworden. Sie war neben einem im Zimmer, wie eine zarte Pflanze, durch die das Licht rann. Keine, von der man denkt, daß sie einen Ausweg in einer Flasche Laudanum suchen würde. Oder eben doch? Ich weiß nicht, Harriets Gründe waren leichter zu erkennen. Alles logischer, wenn ich so sagen darf. In jenem Herbst, als wir ständig umzogen, von hier nach dort quer durch ganz London, bis Shelley die Erbschaft machte, in jenem Herbst brachte sie ein Kind zur Welt, einen Sohn, glaube ich, von dem sie behauptete, er sei von Shelley. Dafür gab es ja keinerlei Garantie! Ziemlich genau ein Jahr später tat sie es. Ein ereignisreiches Jahr für uns alle, nicht zuletzt für sie, wie uns allmählich klar wurde – ein eigenes kleines Geschäft in aller Einfachheit, aber darauf wollen wir nicht eingehen. Wir wohnten damals in Bath, nachdem wir von dem Besuch am Genfer See zurück waren, wo Byron von Claire genug bekommen hatte und wir von Byron. Dort, in Bath, bekamen wir Fannys Brief. Sie war in Bristol, unterwegs zu einem Ort, von dem sie ›niemals zurückzukehren‹ hoffte, wie sie schrieb. Damit es keinen Zweifel über ihre Absichten gab. Theatralisch und wirkungsvoll. Shelley fuhr sofort hin, erfuhr aber, daß sie nach Swansea weitergereist war. Als er am nächsten Tag dort ankam, fand er ihren Namen im Journal des Mackworth Arms Inn. Sie trafen sie in ihrem Zimmer, in ihren besten Kleidern und mit sorgfältig gebürstetem Haar.«

Lord Byron, Genfer See

Als die beiden Adligen einander schließlich vorgestellt wurden, geschah es am Ufer von Secheron bei Genf. Byron verhielt sich ein wenig kühl, wie er es sich vorgenommen hatte; er war am Ufer aus einem Boot gestiegen, in dem Doktor Polidori, sein Sekretär, wartete. Er war naß bis zu den Knien. Auch Shelley hatte sich entschlossen, ein klein wenig förmlich zu sein, eine gewisse verhaltene Herzlichkeit... beim Uferspaziergang mit seinen Damen. Man begrüßte sich. Claire unterließ es, sich Byron anzuschließen, was bei einem anderen Mann selbstverständlich gewesen wäre. Er nahm ihre Hand wie er die Marys, die Shelleys nahm, ein kurzer, fester Druck; sie war die gemeinsame Freundin, höchstens.

»Essen?« fragte Byron Shelley. »Heute abend?«

Shelley nahm an.

»Sie entschuldigen«, sagte der Lord, »daß ich nicht mit Ihnen zurückgehe. Aber mein Klumpfuß würde Sie aufhalten.« Eher diabolisch als verkrüppelt. »Meine Damen.« Er verbeugte sich, drehte sich um und ging, anscheinend etwas mehr als notwendig plätschernd, zum Boot und seinem Begleiter hinaus.

»Sein Gebrechen hat ihn hart gemacht«, bemerkte Mary.

Aber die beiden Dichter hatten sich gefunden. Jeder einen Ebenbürtigen im anderen, obwohl sie äußerlich so ungleich waren: der Lord groß, in guter Verfassung und hinkend, zu geschmacklosen Scherzen bereit wie ein

Schmied; der andere schmal, ein exotisches Exemplar an diesen kalten Gewässern.

Byron sprach Shelleys ungekünstelter, geistiger Ernst an; etwas weniger besessen von Lektüre und liberalen Idealen wäre Shelley ihm schnell langweilig geworden. »Es sind seine Gedanken, seine *Gedanken,* die ihn so mild und unschuldig strahlen lassen, seine ebenso wie die anderer.« Während ihres nächtlichen Gesprächs über Dante und Milton, über dies und das, Kindheit und Philosophie, Väter und Mütter wurde Byron klar, daß sein Freund auf das Menschliche fixiert war, auf das Phänomen.

»Er möchte lernen! Er will *wissen.*«

Polidori bemerkte einen Anflug von Unruhe in Byrons Achtung. Der Lord selbst wollte blenden, und er war sich dessen bewußt; bisweilen gab er es offen und laut zu und reduzierte es auf ein Laster seiner Exzentrizität. Shelley gegenüber unterließ er es, nicht so sehr aus Rücksicht auf seine eigene Würde wie aus dem Gefühl der Verantwortung für das eigene Schaffen, zu dem Shelley durch sein Beispiel gewissermaßen aufforderte, und das Byron trotz allem im Innersten hegte – der Verantwortung, die ihn von dem verkappten Dutzendkünstler unterschied, der er in Augenblicken heimlicher Dunkelheit zu sein fürchtete.

Einen Monat nach ihrer ersten Begegnung am Ufer machten sie eine Bootsfahrt zu zweit auf dem Genfer See. Gespräch unter Sternen. Erinnerungen. Ihre Stimmen geruhsam wie das Wiegen und Knarren des ankernden Boots.

»Meine Mutter«, sagte Shelley, »ich denke fast nie an

sie. Ich erinnere mich, daß sie in der Wohnung war, wie die Diener. Nur lauter. Ich glaube, sie ist eine tüchtige Reiterin. Obwohl – in ihrer Art eher ein Kutscher.« Das kurze Lachen verriet vielleicht Zärtlichkeit in der Ironie. »Als ich zehn war, kam mein Vater auf die schwachsinnige Idee, mich nach Syon House Academy in Isleworth zu schicken, an der Themse. Zur Vorbereitung auf Eton, sagte er. Im Grunde wollte er meine Schwestern vor meinem Einfluß bewahren, besonders Elisabeth, meine älteste und klügste Schwester; sie war recht empfänglich für einen phantasievollen Atheismus. Syon House ist der Ort, wohin alle wohlhabenden Londoner Krämer ihre Söhne schicken. Denke dir einen hohen, widerhallenden, kalten steinernen Saal mit dunklen Eichenpaneelen, denke dir Walhalla voll von Holzköpfen im Teenageralter, die alle der Meinung sind, Bockspringen, Hopsen, Murmeln, Fives & Cricket seien die wesentlichsten Dinge des Lebens, und die gewöhnlich mittels eines harten Tritts in die Seite miteinander kommunizieren. Denke dir den Schulhof draußen, umgeben von einer hohen Ziegelmauer. Sie pflegten sich in Gruppen zu sammeln, jeweils acht bis zehn Mann, und Jagd auf irgendeinen Auserkorenen zu machen. Sie erwischten ihn immer. Ich meine, sie schienen nicht imstande zu sein, die Jagd abzubrechen, wenn sie sie einmal begonnen hatten; etwas zwischen ihnen zwang sie, sie zu Ende zu führen, alle gleich machtlos, alle ganz in der Hand der anderen. Die Gruppe. Einige traten mit den Füßen, nicht unbedingt die feigsten, eher die, die besonders mitgerissen waren, andere zerrten einem die Bücher aus der Hand und warfen sie in den Dreck. Aber das Merkwürdigste war, und das verstehe ich immer noch nicht ganz, daß sie einen halbherzigen Widerstand von demjenigen erwarteten, den sie sich ausgesucht hatten, einen Widerstand, der eher ein vereinbarter Widerstand war, die Annahme der Rolle des Opfers, eine defensive Verteidigung, die gerade in ihrer Lustlosigkeit der Raffinesse ihrer Roheit entsprechen sollte. Meine Wut, glaube ich, war ein peinlicher Bruch mit einer stillschweigenden Übereinkunft, sie verloren den Faden, waren verlegen. Meine Nägel... *meine* Tritte... ich kämpfte wie ein Löwe, nein... wie ein Tiger.«

»Worin besteht der Unterschied?« wollte Byron wissen.

»Ein Löwe kämpft mit Fassung, mit einer methodischen Würde, der Tiger ist rücksichtsloser. Oder wilder. Er greift mit einer einzigen vernichtenden Attacke an, weinend vor Wut, und danach, in seiner Einsamkeit, trauert er.«

Die Tage verflossen geruhsam auf dem grauen See. Byron schlief bis mittags und arbeitete dann an *Childe Harold.* Shelley dagegen versäumte ungern eine Morgendämmerung, vormittags schrieb er einige Briefe, unter anderem an Godwin, was er eine Zeitlang aufgeschoben hatte. Er fühlte sich zufrieden genug mit dem Dasein, um einen Scheck über fünfzig Pfund beizulegen, trotz seines Entschlusses, die Großzügigkeit dem dickköpfigen Philosophen und Schwiegervater gegenüber aufzugeben.

Während Byron an Bord arbeitete, machte Shelley Ausflüge an Land. Er hatte vorausschauend Rousseaus *Nouvelle Héloïse* mitgenommen und unternahm Wanderungen auf den Spuren Julies und St. Preux'. Er las mit wachsender Aufmerksamkeit und war daher geistig gut vorbereitet, als sie bei den Klippen vor St. Gingoux, genau an der Stelle, an der Julie und ihr Geliebter fast untergegangen wären, von einem Unwetter mit heftigen Sturmböen überrascht wurden. Während sich Byron, der über den Bosporus geschwommen war, das Hemd auszog, saß Shelley mit gekreuzten Armen auf einem Koffer und erklärte, er sei bereit, mit dem Schiff zu versinken, »falls es mein Schicksal sein soll«. Das Ruder des Schiffes war in den Böen zerbrochen.

Shelley konnte nicht schwimmen.

Byron sagte nichts darauf, mehr über sich selbst erstaunt als über den Freund, denn er wußte, daß er es nicht fertigbringen würde, ihn gegen seinen Willen zu retten: Shelley, den bis dahin einzigen Menschen, den zu demütigen er nicht imstande war.

Doch der Sturm legte sich, und Byron zog sich an, wenn auch die ganze Zeit abgewandt, beunruhigt, ärgerlich, verlegen angesichts dieser Entschlossenheit, nicht zu kämpfen, dieses Stolzes, der genauso unversöhnlich war wie sein eigener, nur in der Umkehrung: bei ihm war es der Stolz des Mannes und Krüppels, bei Shelley der unsinnige des Jünglings.

Der Donnerstag war ein klarer Tag mit günstigem Wind von Livorno. Die Frauen kamen und gingen. Caterina mit Janes Jüngstem auf dem Arm, in ihrer altklug stolzierenden Art, stark durch ihre Verantwortung. Mary kam von der Terrasse herein, den Jungen an der Hand. Sie bat Caterina, sich eine Weile um ihn zu kümmern. Sie erklärte, sie müsse nachdenken. Claire, die lange am Fenster gestanden hatte, richtete sich aus ihrer Versunkenheit auf und verließ den Raum mit Caterina und den Kindern. In der Tür trafen sie auf Jane, die einige Worte mit dem Kindermädchen wechselte, das Mädchen nahm und an das Fenster ging, das Claire verlassen hatte; sie atmete keuchend, da sie nach ihrem Spaziergang direkt hinaufgegangen war, mit der Zeit ruhiger, aber immer noch hörbar schwer. Mary, die sich gesetzt hatte, merkte, daß sie es nicht anhören konnte, ohne hart zu werden.

Und als Jane sich einige Minuten später umdrehte und zur Tür ging, sagte Mary Shelley: »Er ist in Caprese geboren, in der Nähe von Florenz. Ich habe es in einem Buch gefunden. Vierzehnhundertfünfundsiebzig. Er muß also ungefähr fünfunddreißig gewesen sein, als er die Fresken malte. Wie ich gesagt habe. Jedenfalls alles andere als ›ein Jüngling nur‹.«

»Aha«, sagte Jane. Sie ging.

Claire kam zurück, ging durch das Zimmer. Dieses Mal blieb sie in der Tür zur Terrasse stehen. Und Mary saß. Und Jane kam wieder herein, oder richtiger, sie öffnete die Tür und sagte von dort aus: »Gott sei Dank,

Mary, daß es Bücher gibt, die du den Leuten an den Kopf schmeißen kannst.« Und ging.

Claire sah sich nach Mary um, die sagte: »Wir hatten einen kleinen Disput. Aber das ist jetzt aus der Welt.«

»Du meinst, du hast sie überzeugt«, sagte Claire.

»Ja.«

Später am Tag, als alle drei wieder in dem hellen Zimmer zum Meer versammelt waren, mußte Mary an etwas denken, das sie im stillen amüsierte und das geeignet war, Jane in entsprechendem Maße zu ärgern.

»Er hat die Leute oft mit dem Gerede erschreckt, Könige zu enthaupten. Das macht ihm ein Riesenvergnügen. Aber ich glaube, es ist nicht sein entarteter Humor, was die Schafsköpfe aufbringt; sie werden so ängstlich, weil sie verstehen, daß er es im Grunde ernst meint.«

Arme Jane mit ihrer Idee einer verfeinerten Künstlerseele, die erhaben ist über die Wirklichkeit durch ihren Glanz. Ihr Atem keuchte vor Eifer. »Du«, sagte sie, »du stellst ihn als potentiellen Henker dar. Du! Du hast ihn nie gekannt, wenn du glaubst, er sei imstande, ein Beil zu halten.«

Mary Shelley holte ebenfalls Luft, aber sie war plötzlich sehr ernst. »Das tue ich nicht, liebe Jane. Aber Henker finden sich immer. Ich zweifle nicht, daß er imstande wäre, beispielsweise eine Enthauptung anzuordnen, wenn es für ... ja, für die Sache der Demokratie wäre. Er würde die Tat nicht ausführen, aber er würde nicht zögern, die Verantwortung für sie zu übernehmen.«

Jane sah sich einfach nur nach der Freundin um, aber mit einer Art verletztem Zweifel.

»Doch, doch«, sagte Mary.

»Doch«, sagte Claire.

Jane wandte sich von dem Fenster ab, an dem sie stand, ins Zimmer und zu den beiden anderen, zu Mary. »*Ihr* füllt *seine* Wirklichkeit mit dem erbärmlichen Inhalt, die sie nach *eurer* Meinung haben muß. Oder richtiger, ihr reduziert ihn, bis gerade noch so viel in ihm ist, daß ihr damit zurechtkommt. *Ihr* gießt ihn in *eure* enge Form. Er wäre niemals damit einverstanden. Aber das kümmert euch ja nicht. Und es spricht für sich, daß ihr sein Leben vor eurer Zeit völlig ignoriert. Wenn ihr die ganze Bedeutung seiner Vergangenheit erkennen würdet, würde er euren Händen sofort entwachsen. Gott bewahre ihn vor eurer Nachrede!«

»Gott und Shelley«, sagte Mary, »haben immer auf gutem Fuß miteinander gestanden. Es hat sie immer ein gegenseitiges Mißtrauen verbunden.«

»Du bist dir nicht zu gut zu spotten, am wenigsten, wenn es darum geht, ihn einzusperren. In *eure* Wirklichkeit! Du nimmst ihm einfach vieles von dem, was ... *er* ist.«

»Ich bin nicht sicher, ob du selbst ganz gerecht bist«, sagte Claire.

Und Mary: »Eifersucht hat ja wohl nie Redlichkeit zugelassen. Man sollte eigentlich denken, du wärest der gleichen Meinung, Claire.«

Und Claire: »Manchmal vergesse ich es – seltsamerweise, wenn man bedenkt, wie oft du mich daran erinnerst.«

Und so weiter.

Mit der Dämmerung fiel an diesem Abend wieder ein feiner Regen. Nachdem sie Caterina geholfen hatte, die Kinder ins Bett zu bringen, ging Jane direkt auf die Terrasse hinaus; sie müsse ein wenig Luft schnappen, erklärte sie Claire, die darauf verzichtete, ihr Gesellschaft zu leisten. Aber sie stand eine Weile am Fenster und betrachtete das Zinn der Bucht im Dämmerlicht. Zwei Boote, eines mit Rudern, das andere unter Segeln, steuerten auf San Terenzo zu. Im Zimmer nebenan hörte sie, wie Mary Percy-Florence in den Schlaf sang, eintönig und ein wenig gezwungen.

Der ewige Regen. Die ewige Ungewißheit. Regen würde für alle Zukunft Ungewißheit bedeuten. Oder richtiger, jenes Gefühl der vergeblich bekämpften Gewißheit, daß sich die schlimmsten Befürchtungen bewahrheiten würden, welches man um seines inneren Friedens willen Ungewißheit nennen kann, das würde es sein.

Die Frau dort draußen schien den Regen nicht zu beachten. Sie stand dort. Sie standen beide dort, aber jede für sich; einige Minuten lang, nicht mehr, aber lange genug, daß Claire sich lange Zeit später daran erinnern würde, an einen Augenblick unerklärlicher, unheimlicher Leere. Oder einen absoluten Nullpunkt, an dem sie, ohne es selbst zu wissen, schließlich umgekehrt war; jedenfalls war es der Augenblick, in dem sie beschloß, den angefangenen Brief, der in ihrem Zimmer lag, zu verbrennen, in der plötzlichen Einsicht, daß es völlig gleichbedeutend damit war, ihn abzuschließen.

Als Jane wieder hereinkam, klebte ihr das Haar in schwarzen Schlingen an Schläfen und Stirn. »Jetzt wartet man auf ihre Körper«, sagte sie. »Daß sie angetrieben werden. Nicht mehr auf das Boot. Oder lieber das Boot! Das Wrack. Bretter, die wir übernehmen und identifizieren können.«

Ein Leben vor Mary und Claire

Als Shelley 1811 mit neunzehn Jahren zum ersten Mal geheiratet hatte, hatte er seinem Freund Jefferson Hogg erklärt, es sei »ein Akt des Willens, nicht der Leidenschaft«. Das entsprach der Wahrheit, ohne deshalb ganz korrekt zu sein. Shelley empfand viel Zärtlichkeit für das Mädchen, die sechzehnjährige Tochter des Kaffeehausbesitzers John Westbrooks, Harriet, aber es war eher brüderliche Zuneigung, wenn auch angefacht von dem ungeduldigen Begehren des Jünglings. Bevor das Mädchen schließlich mit ihm floh, nach Edinburgh in Schottland, wo sie ohne Zustimmung der Eltern heiraten konnten, hatte er einige Wochen lang versucht, sie zur Flucht mit ihm zu veranlassen, um, wie er sagte, »frei zu leben, mit unserer Liebe als Hohepriesterin«. Für die Ehe als Institution hatte er nichts übrig, sie sei, sagte er, »die despotischste, überflüssigste Fessel, die die Vorurteile sich geschmiedet haben, um ihrer eigenen Zähigkeit Herr zu werden«.

Harriet Westbrook wollte nichts davon wissen, in Sünde zu leben, und ihre ältere Schwester, Eliza, sorgte dafür, daß sie nicht vergaß, daß sie einen künftigen Baron am Haken hatte. Harriet betete Shelley an. Der junge Philosoph sprach mit ihr über Poesie, Theologie und Ideen, das heißt, über Petrarcas Liebeslyrik, über den Atheismus (den er in dem Pamphlet *Die Notwendigkeit des Atheismus* so ausführlich und erfolgreich verteidigt hatte, daß er einige Monate zuvor wegen Blasphemie von

Oxford relegiert worden war) sowie über Diderot und William Godwin.

Sie hörte zu. Ihm entging nicht, daß ihre intensive Liebenswürdigkeit manchmal den Zweck verfolgte, mit Interesse verwechselt zu werden. Aber sie besaß eine bemerkenswerte Fähigkeit, seinen Überlegungen mit den richtigen Fragen entgegenzukommen, und er versäumte keine Gelegenheit, diese zu beantworten.

»Diderot, verstehst du, meine Liebe, meint, der moralische Charakter des Menschen sei weder angeboren noch habe man ihn als Wirkung göttlicher Führung zu betrachten. Er ist wie jedes andere Wissen empirisch und entwickelt sich aus seinen Glücks- oder Schmerzempfindungen. Daraus folgt auch, daß alle guten Eigenschaften des Menschen wesentlich mit den schlechten verbunden sind. Wieder die Harmonie der Gegensätze. ›Tout se compense‹, sagt er, ›tout se compense‹.«

»Ah, ja! Ja!«

Harriet Westbrook bejahte das Leben und den Augenblick, nicht so sehr die Gegensätze. Sie war verliebt. Und sie bejahte diesen jungen Denker, der, wenn er seine Karten mit Verstand ausspielte, beizeiten einen Platz im Oberhaus einnehmen würde. Das Mädchen strahlte vor aufrichtiger Dankbarkeit für all das, was vor ihr zu liegen schien.

Shelley selbst atmete leicht. Endlich einmal glaubte er, einen Menschen um sich zu haben, mit dem er seine Gedanken teilen konnte, von dem sie nicht nur abgefertigt zurückprallten, wenn er sie ihm zuwarf. Manchmal sah er ein Leben in einer hellen Bibliothek mit brechend vollen Regalen vor sich, die kleine Harriet mit einem Buch am Teetablett, während er selbst am Schreibtisch studierte oder an irgendeinem umfassenden poetischen Projekt arbeitete. Er hoffte es mehr, als daß er sich danach sehnte, doch es kam vor, daß die Vision das Ausmaß einer Tagträumerei annahm, am Schreibtisch im Zimmer in der Poland Street, das er nach der Relegation gemietet hatte.

Er hatte kürzlich begonnen, Buffon zu studieren und zu übersetzen, die Abhandlungen. Eines Abends, als er in diese verwickelten Formulierungen versunken war, die wie Säume zusammen- und auseinanderliefen, kam eine Nachricht von Harriets Schwester Eliza: Harriet sei krank und wünsche, daß er komme und ihr Gesellschaft leiste. Er ging mit ein wenig gemischten Gefühlen; während er sich darüber freute, daß er dem Mädchen etwas bedeutete, ahnte er gleichzeitig, daß ein Plan unter Elizas Regie ablief. Außerdem stand ihm die unvermeidliche Begegnung mit dem Vater bevor. Shelley konnte ihn sich in zwei Versionen vorstellen: als langweiligen Moralprediger oder als servilen und berechnenden Krämer, der sich nichts mehr wünschte, als seine Tochter vornehm verheiratet zu sehen.

Es zeigte sich, daß Westbrook etwas von beidem war, obwohl er wahrscheinlich nicht zum Moralisieren neigte, jedenfalls nicht in Anwesenheit anderer. Er kam in Harriets Zimmer herauf, um den jungen Mann zu begrüßen, der, wie er sagte, »mir die Ehre gibt, meiner hübschen Tochter aufzuwarten«; er hatte einen Händedruck, der an kalten Teig denken ließ. »Unser einfaches Heim«, so drückte er sich auch aus, in einem Satz, den niemand beachtete. Harriet stöhnte. Eliza kicherte in der

Ecke neben der Tür, eine ängstlich geschäftige und gutherzige Natur, vorläufig. Der Vater hatte im Laufe des Nachmittags einige Repliken einstudiert, die er nun zum Abschluß vorbrachte.

»Ein junger Mann von exzellenter Bildung. Dichter, hat man mir gesagt. In der Tat!«

Und: »Ich bedaure, nicht bei Ihnen bleiben zu können. Einige Freunde unten... Wenn der Herr uns später Gesellschaft leisten möchte...«

Shelley lenkte mit Hilfe einer ein wenig hochnäsigen Liebenswürdigkeit ab, die zu den von ihm selbst verabscheuten Oberklasseformen gehörte, aber den Vorteil hatte, daß ein Mann in Westbrooks Stellung sich geschmeichelt fühlte, wenn man sie auf ihn anwendete; er verließ sie strahlend.

Harriet aber war bekümmert. Sie fühlte sich nicht wohl. Die Lehrerin in der Schule hatte verlangt, daß sie den Verkehr mit Shelley umgehend abbrach.

»Dieser junge Mann«, ahmte Harriet sie nach, »ist ein berüchtigter Atheist. Und er verbreitet diesen Ruf auch noch nach besten Kräften selbst, da er mit ihm prahlt.«

Shelley war beleidigt: »Mit ihm prahlt! Darauf muß man es natürlich reduzieren, wenn man sich der Sache intellektuell nicht stellen kann.«

»Das ist alles entsetzlich«, sagte Harriet. »Es ist schrecklich! Sie haben damit gedroht, mich zu relegieren. Niemand spricht in der Schule mehr mit mir.«

»Wenn zwei Menschen sich lieben«, flötete ganz unerwartet Eliza von der Tür her, »was bedeutet dann eine Relegation? Was bedeuten die bösen Zungen des Neids?

Die Liebe muß das aushalten! Und sie hält es aus! Ein Leben zu zweit! Was bedeuten da Vorurteile?«

Das war ihre Sicht der Sache, und sie nahm die Gelegenheit wahr, sie auf diese Weise vorzubringen, ehe sie sie verließ und die Tür schloß.

Harriet hatte Kopfschmerzen. Er stellte sich hinter sie und massierte ihr die Schläfen, worum sie ihn gebeten hatte. Es war ihm klar, daß durch seine Schuld ihr Ansehen gefährdet war und daß er der einzige war, der es retten konnte. Oder vernichten – um es ein für allemal zu beflecken.

Nachdem er sie an jenem Abend verlassen hatte, blieb er unten auf der Straße eine Weile an der Hauswand stehen, einem vagen Unlustgefühl nachhängend, das, wie er sich eingestand, auf Selbstverachtung beruhte: auf seiner Unfähigkeit, sich ihrer bisweilen recht anspruchsvollen, fordernden Zärtlichkeit zu erwehren. Dies und der kalte Nebel hinderten ihn lange Zeit, sich von der Stelle zu bewegen. Er war verwundert über sich selbst und über diese Westbrooks, deren Dasein, wie er ahnte, dazu bestimmt war, ein Teil seines eigenen zu werden. Ihn fror. Er sehnte sich intensiv nach etwas Ganzem und Einfachem und Absolutem, einer frischen, unverstellten Reinheit.

Die wurde annähernd von seinem Onkel, Kapitän Pilfold, verkörpert. Sein polterndes Wesen konnte einem ernsthaften Geist schnell lästig werden, doch Shelley fand den Lärm von Türen und Treppen ermunternd, als sich der Onkel am nächsten Tag unerwartet im Zimmer in der Poland Street einfand. Pilfold hatte von der Verweisung des Neffen aus dem elterlichen Haus und von Sir

Timothys Entschluß gehört, sich von seinem Sohn loszusagen, bis dieser sich von den Ketzereien in dem Pamphlet öffentlich distanziert hatte.

»Ich billige deine Schritte, Percy! Ja, weiß Gott, das tue ich! Du wirst weit kommen mit deinen Prinzipien. Glaub mir! Und ich habe vor, dir ein Stück auf dem Weg zu helfen. Wir werden eine kleine Strategie entwickeln.« Der Kapitän hatte unter Nelson bei Trafalgar eine Fregatte kommandiert.

Er lud Shelley ein, ihn in seinem Landhaus zu besuchen, Nelson Hall in Lindfield, nicht weit von Field Place, Shelleys Elternhaus. Shelley suchte in aller Eile einen Stapel Bücher zusammen, die er für seine Übersetzungsarbeit brauchte, und verließ London.

Von Lindfield aus handelte der Kapitän ein Abkommen zwischen Vater und Sohn aus. Es lief darauf hinaus, daß Sir Timothy Shelley einen Unterhalt von zweihundert Pfund jährlich sowie die Freiheit gewährte, zu wohnen, wo er wollte; Percy versprach seinerseits, von seiner atheistischen Agitation abzulassen, jedenfalls in Field Place, wo er sich unter diesen Bedingungen wieder aufhalten durfte.

Vorerst zog er die Gesellschaft seines Onkels vor. Die Besuche in Field Place waren sporadisch und kurz und ein wenig angespannt. Die Mutter sprach mit gewohnter Eloquenz vom Wetter und vom Reiten, und der Jüngling litt mehr denn je unter der oberflächlichen und rotbackigen Unwissenheit, die im Hause zur Tugend gemacht worden war und die ihn sein Versprechen, den Mund zu halten, ständig bereuen ließ.

Bei Kapitän Pilfold konnte es dagegen vorkommen,

daß man nach dem Abendessen beispielsweise eine Weile über den Deismus sprach, zu dem Pilfold sich bekannte, Er hörte mit vergnügtem Erstaunen der kompromißloseren Freidenkerei des Neffen zu. Der Kapitän hatte immer eine Schwäche für beredte Respektlosigkeit bei jüngeren Männern gehabt, da er sich gern vorstellte, daß er selbst als junger Mann so gewesen war.

»Weiß Gott, ich glaube, dein Nihilismus ist inspirierend, Percy. Gestern, sag' ich dir, hab' ich den Pfarrer und den Arzt im Dorf mit deinen Syllogismen erschreckt.«

Gerade Hurstpierpoint, wie das Dorf hieß, sei von diesen schlafenden Hühnern bevölkert, sagte er, die ein wenig Luft unter den Flügeln brauchen konnten. Obwohl es dort auch einen Menschen gebe, den Shelley seiner Meinung nach treffen sollte. »Ein Frauenzimmer, das weiß Gott eigene Grillen im Kopf hat.«

»Was ist sie für ein ... Mensch?« Er war nicht sicher, ob er Lust hatte, ein weibliches Pendant zu Pilfolds flotter Kameradschaftlichkeit zu treffen.

»Miss Hitchener, die Lehrerin im Dorf. Bald dreißig, denke ich, aber sie hat ihre Vorzüge. Bißchen eingebildet, aber verständig. Ich werde sie einladen.«

Später erwies sie sich als eine Schlange aus der Familie der *Micrurinae,* aber nichts an ihr verriet es, als sie zum ersten Mal kam. Sie war groß, aufrecht, mager. Der Schnitt des Seidenkleids betonte es, jedoch in einem diskreten Farbton zwischen Grau und Ocker. Den Jungen faszinierte ihr Blick, der klar war und aufmerksam, ja verständig, und sich direkt auf einen richtete, während sie sprach oder zuhörte. Sie tat beides mit schmeichelnder Konzentration, und es machte ihm keine Mühe, Mitgefühl zu zeigen, als sie erklärte, sie werde in Hurstpierpoint nicht recht respektiert. Sie las gern Bücher und war nicht klug genug gewesen, es zu verbergen, liebte es vielmehr, über ihre Eindrücke zu sprechen, und man war nicht in jeder Gesellschaft der Meinung, daß sich so etwas für eine Lehrerin schicke.

»Es ist ja so, daß der Dünkel Bildung und Wissensdurst immer als bedrohlich empfindet. Besonders Leute, die als Menschen mit Einsichten irgendeiner geistigen Art gelten wollen, scheinen Belesenheit in den Humaniora für etwas ganz Entsetzliches zu halten. Besonders bei einer Dame. Manche lächeln nachsichtig und würden einen am liebsten als jemand dastehen lassen, der schlicht und einfach vermessen ist. Das ist das Häufigste. Andere zeigen ihre Verachtung ausdrücklicher, während wieder andere, die Überzeugtesten, sich einreden, man sei bedeutungslos. Das sind diejenigen, die am ängstlichsten in Gelächter ausbrechen, wenn man den Mund aufmacht. Wie Sie verstehen, tuschelt man eine Menge über mich.«

Bis hierher wußte Shelley ihre Beschreibung, in der er sich wiedererkannte, lebhaft zu schätzen, und als sie sagte: »Vor gar nicht langer Zeit verbrannte man solche wie mich auf dem Scheiterhaufen«, entschloß er sich, anders als der Kapitän, sie vollkommen ernst zu nehmen – da sie es ernst gemeint hatte.

Seine Entschlossenheit in diesem Punkt prägte unweigerlich das Gespräch. Dem Kapitän wurde das Ganze langweilig und eintönig, er gähnte oft und gewaltig und hielt es schließlich für richtig, sich zu entschuldigen.

»Percy kann Sie nach Hause bringen. Es ist spät. Ich gehe zu Bett. Gute Nacht.«

Miss Hitchener war Anhängerin der cartesianischen Methode, mit der sie sich vertraut gemacht hatte, um sie im Falle eines intellektuellen Tête-a-tête, wie es sich hier ankündigte, parat zu haben.

»Wahres Wissen«, sagte sie also, »kann man ja nur erlangen, wenn man sich erst einmal entschließt, alles, was sich bezweifeln läßt, für falsch zu halten. Das hat Descartes mich gelehrt, an allem zu zweifeln. Ja, an allem!« Sie hatte im übrigen eine Veranlagung zu kompromißlosen Bekenntnissen.

Der junge Philosoph ließ sich nicht ohne weiteres imponieren. Er betrachtete Miss Hitcheners Busen, der platt und hell war, seinem eigenen nicht unähnlich, und den er gern mit ausgestreckter Hand berührt hätte, ganz leicht, behutsam. So wie er sprach, als er sagte:

»Ich fürchte, ich kann ihre Schwäche für Cartesius nicht ganz teilen, Miss Hitchener. Ich bin nämlich der Ansicht, daß er eine Grundlage für irgendein ›objektiv‹ Wahres schaffen wollte, noch dazu für eine Objektivität der Vernunft des einzelnen. Und etwas Derartiges kann es ja nicht geben.«

»Möchten Sie als ein größerer Skeptiker gelten, als Descartes es war, mein Herr?« Miss Hitchener lächelte.

»Meine Antwort muß ja sein, denn Descartes war kein Skeptiker, oder, falls er einer war, war er es nur bis zu einem bestimmten Punkt.«

Miss Hitcheners Oberlippe war mit ganz winzigen,

glitzernden Schweißperlen bedeckt. Ihr Mund lächelte nach wie vor.

»Die Wahrheiten, Herr Shelley, alle wie sie da sind, sind aus dem Nachdenken vieler verschiedener Denker hervorgegangen. Sie können der wirklichen Wahrheit niemals so nahekommen wie die, die ein einsamer Geist mit gesunder Vernunft aus seinen Erfahrungen der Wirklichkeit gewinnt.«

Der Jüngling rückte näher an sie heran, beugte sich zu ihr vor, die Ellbogen auf die Knie gestützt.

»Das ist eine bestechende Beweisführung! Sie ist sicher zum Teil sogar richtig. Ein einsamer Geist, wie Sie es nennen, wird sich eher mit den Wahrheiten vertraut machen als jemand, der sich mal auf den einen, mal auf den anderen verläßt, aber Descartes' Irrtum, den er mit einer für ihn trotz allem verblüffenden Ungeschicklichkeit begeht, ist der, daß er glaubt, eine Objektivität der Vernunft des einzelnen erreichen zu können ...«

»Sie sagten es schon.«

»Hören Sie mich zu Ende an, meine Liebe. Descartes hat viele zu dem Glauben verleitet, sie könnten, wenn sie einen gewissen Bereich, eine gewisse Art eingrenzen, objektiv überblicken, was sie betrachten, und – objektiv – beurteilen, was richtig und was falsch ist, häßlich und schön, gut und böse, et cetera, et cetera. Und gerade die Wahrnehmungen der einzelnen Seele, das, was nur in Gedanken existiert, nennt Descartes ›objektive Realität‹, das also, was wir eher subjektiv nennen würden. Das macht es so viel verwirrender – und verlockender, aber es beweist vor allem seine eigene blinde Überzeugung, daß eine solche Objektivität möglich sein müsse. Was

Descartes erreicht hat, Miss Hitchener, ist, daß er der Intoleranz ein Alibi verschafft hat und eine hübsche sogenannte Methode. Aber nur die Vernunft, Miss Hitchener, die die Subjektivität erkennt, die eigene Subjektivität und die anderer, erlaubt eine Herrschaft der Toleranz. Wir müssen lernen, unsere Subjektivität zu gebrauchen, auf die wir verwiesen sind, und sie mit Demut zu gebrauchen, da sie unser Los ist. Descartes' Philosophie, meine Liebe, ist nichts anderes als eine großartige Entschuldigung für Selbstzufriedenheit und Dünkel.«

»Sowas«, sagte Miss Hitchener.

»So ist es«, sagte er.

Sie saß da und betrachtete seine Hände, die zwischen seinen und ihren Knien hingen und hin und wieder den Stoff ihres Kleides streiften.

»Und Descartes' Gottesbeweis? Ist das nicht einzigartige Logik?« sagte sie. »Ich finde ihn glänzend!« sagte sie auch.

»Da sollten Sie nicht tun, Miss Hitchener.«

»Aber mein Lieber, es ist doch so genial! Sich zu fragen, ob die eigene Idee von einem selbst stammen kann, wenn man sich ein im höchsten Grade Vollkommenes vorstellt. Ich selbst bin nicht vollkommen. Die Götter wissen es! Das ist gewiß niemand. Also kann die Gottesidee nicht von uns selbst stammen, sondern muß von etwas kommen, das alle Vollkommenheiten besitzt, die die Gottesidee enthält. Also von Gott selber. Also muß Gott existieren. Oder können Sie das auch auf den Kopf stellen, mein Herr?«

»Descartes' Gottesbeweis ist Unfug.« Er war gezwungen, ganz leicht den Rücken ihrer Hand zu berühren; er *wollte* milde sein, ein Freund, aber es gab einige Dinge, die er unter keinen Umständen akzeptieren konnte. »Kant hat ihn ein für allemal widerlegt. Es führt zu nichts, wenn man versucht, die Existenz Gottes zu beweisen, indem man sich Existenz als eine besondere Eigenschaft eines Subjektes denkt. Das Wort ›ist‹ in dem Satz ›Gott ist allmächtig‹ ist kein logisches Prädikat neben allmächtig. Es behauptet nichts über Gott, es stellt nur das Prädikat in Relation zu dem logischen Subjekt ›Gott‹.«

»Sowas!«

»Mit anderen Worten, Gottes Existenz bleibt unbewiesen, Miss Hitchener.«

»Das muß bedeuten, daß der Versuch, das Gegenteil zu beweisen, ebenso zu nichts führt, oder?«

»Natürlich.«

»Sie bedauern das nicht?« Nicht ganz ohne Ironie, aber in aller Freundlichkeit, fast verbindlich, im Grunde ein bißchen müde.

»Es würde mir nicht einfallen, das um meinetwillen zu tun, Miss Hitchener«, antwortete der Junge. »Ich habe eingesehen, daß jeder Mensch die Wahrheiten suchen muß ohne Hoffnung, jemals wissen zu können. Das ist die einfache, grimmige Voraussetzung.«

Doch Miss Hitchener gähnte zum dritten Mal. Sie konnte nicht anders. Es war spät. Es war wirklich höchste Zeit, daß sie nach Hause ging.

Er begleitete sie nach Hause, während die Morgendämmerung anbrach. Sie gingen durch die Felder, vorsichtigerweise einen Umweg, um nicht die Gefühle irgendeines Dorfbewohners zu verletzen, der früh auf den Beinen war.

»Wir müssen korrespondieren«, sagte er an ihrer Tür. »Ich werde Ihnen schreiben und alles erörtern!«

Miss Hitchener hatte das nicht zu hoffen gewagt. Sie gestand es ihm und gewann seine Bewunderung mit diesem Beweis ihrer Aufrichtigkeit.

Auf dem Heimweg formulierte er bereits seinen ersten Brief an sie. In ihm würden die Wahrheit und ihre Bedingungen, von denen er gesprochen hatte, ausführlicher diskutiert werden; verschiedene Formulierungen kamen ihm gleich jetzt in den Kopf und ließen ihn seine Schritte beschleunigen.

Nach seiner Rückkehr nach London und während eines mehrwöchigen Aufenthalts bei Verwandten in Wales wechselten sie ein halbes Dutzend langer Briefe. Sie behandelten Themen wie Glaube und Vernunft, die Natur des Göttlichen und das Christentum, alles Dinge, die Miss Hitchener umständlich und langatmig darlegte. Shelley selbst schlug einen belehrenden Ton an, der die Lehrerin nicht verletzte, da sie zu der Auffassung gelangt war, er könnte in sie verliebt sein. Einmal, genauer gesagt bei ihrer letzten Begegnung bei Kapitän Pilfold, hatte sie einen korrekten und fast anständigen, an sich schmeichelhaften Annäherungsversuch von seiner Seite zurückweisen müssen; er hatte nicht darauf bestanden, hatte es eher auf sich beruhen lassen, wie sie meinte, doch sie begann zu befürchten, daß sie einen Fehler gemacht hatte. Um so gewissenhafter wurden ihre Briefe.

Während er sich in Wales aufhielt, schickte Harriet Westbrook erneut nach ihrem Verlobten. In der Schule wurde sie jetzt offen schikaniert, man *sprach* über ihr Verhältnis mit ihm. Sie hatte genug. Sie war bereit, mit ihm zu fliehen, vorausgesetzt, er heiratete sie. Ihn überraschten ihre Entschlossenheit und Kühnheit und die Kontrolle, die sie sowohl über sich selbst als auch über die Situation zu haben schien. Er versuchte, sie zum Abwarten zu überreden.

»Abwarten! Was sagst du da? Da biete ich dir eine Gelegenheit, mein Ansehen und deine eigene Ehre zu retten, und du bittest mich abzuwarten!«

Die Rhetorik stammte ohne Zweifel von Eliza; Harriet war mit ihrer Darbietung offensichtlich auch zufrieden. Er selbst hatte keine Argumente: sie appellierte an ihn aus einer Lage heraus, in die er sie gebracht hatte.

Also schrieb er einen Brief an Jefferson Hogg, seinen Freund: »Es lohnt nicht, wenn man versucht, die Formen der Gesellschaft durch das einzelne Beispiel umzugestalten, solange nicht die Vernunft eine so vollständige Veränderung herbeigeführt hat, daß der Reformator keinen unerträglichen Leiden mehr ausgesetzt wird.« Er redete sich auch ein, seine Aufgabe sei es vielleicht, »eine wirklich edle Seele«, wie er schrieb, »zu all dem heranzubilden, was das Edle an ihr nutzbringend und teuer macht«.

Er fügte sich dem, was man für seine Pflicht ihr gegenüber halten konnte; er ließ eines seiner Prinzipien fahren, erfüllte jedoch gleichzeitig ein anderes, kostbareres: der Willensakt, Harriet Westbrook zu heiraten, war ein Nachgeben gegenüber ihrer Liebe, seinem eigenen Begehren und der Konvention, in der genannten Reihenfolge, doch er war auch eine in die Tat umgesetzte Idee, eine Idee von Güte.

Flucht und Heirat wurden im Mädchenzimmer von Westbrooks geplant, praktisch ganz ohne seine Mitwirkung. Eliza besaß ausgeprägte organisatorische Fähigkeiten, sie bestellte die Droschke, die sie in der Nacht abholen sollte, und sorgte dafür, daß Plätze in der Postkutsche reserviert waren, die sie nach Edinburgh bringen sollte. Er hatte sich entschlossen, seine Pläne gegenüber Miss Hitchener vorläufig nicht zu erwähnen, doch ihm war klar, was er ihr im Laufe der Zeit sagen würde: »Ein Akt des Willens, nicht der Leidenschaft.«

Ein Leben vor Mary und Claire: rastlos umherirrend mit Harriet Westbrook und später auch mit ihrer Schwester.

Eliza wußte, daß die Ehe zum Teil ihr Werk war, nicht in dem Sinne, daß sie direkten Einfluß auf die Handlungen ihrer Schwester gehabt hätte – Harriets mädchenhafte Selbständigkeit und ihr Stolz waren gerade das, woran der Poet Gefallen gefunden hatte –, doch ein Kopfnicken Elizas in Augenblicken, wenn Harriet wollte, aber zweifelte, gab in der Regel den Ausschlag. Die Ehe würde zumindest zu Anfang, etwa für einige Jahre, Überwachung und ein strenges Reglement erfordern, wenn sie Bestand haben sollte. Eliza gesellte sich in York zu ihnen, ungefähr einen Monat nach der Trauung. In York wohnte um diese Zeit Shelleys Freund und Leidensgenosse aus Oxford, Jefferson Hogg, der Shelley vor dem Dekan verteidigt hatte und am gleichen Tag selbst relegiert worden war. Er hatte eine Anstellung als Hilfsschreiber in einer Anwaltskanzlei gefunden und hoffte auf eine juristische Karriere. Seit Shelleys und

Harriets Ankunft war er praktisch täglich mit ihnen zusammen, besonders mit dem Mädchen, der schon jetzt vernachlässigten Ehefrau. Im Laufe der vielen Stunden, in denen Shelley sie allein ließ, um ungestört arbeiten oder spazierengehen zu können, wurde sie Gegenstand einer vorsichtigen, mit der Zeit jedoch recht zielstrebigen Huldigung von seiten des zukünftigen Anwalts. Sie versuchte nicht zu verbergen, daß ihr seine Aufmerksamkeit schmeichelte, weder vor ihm noch vor ihrem Mann, beschrieb vielmehr entzückt die oft unvorhergesehenen und unbedachten Wege, die Hogg fand, um ihr seine Aufwartung machen zu können, und sie vertraute Shelley an, sein Freund habe sich in sie »verguckt«. Shelley wiederum versicherte ihr, dies sei gewiß der Fall. »Er hat auch allen Grund dazu«, sagte er. Nichts deutete darauf hin, daß er der Sache weiter Beachtung schenken wollte, und noch weniger, daß sie die Freundschaft mit Hogg beeinträchtigen könnte.

Unter diesen alarmierenden Umständen traf Eliza Westbrook ein. In dem »Bauchkriecher« Jefferson Hogg erkannte sie sehr schnell die schlimmstmögliche Bedrohung für die eheliche Verbindung der Schwester mit der Aristokratie. Daß die Heirat für Shelley die Brücken nach Field Place und zum Baronentitel abgerissen hatte, betrachtete sie als vorübergehend zu entrichtenden Preis. Die intime Freundschaft zwischen Hogg und Harriet war ernster zu nehmen, zumal sie allem Anschein nach den Segen Shelleys hatte. Sie begann eine heftige Verleumdungskampagne gegen »den da mit sein' gelben Zähnen« und ließ sich verschiedene verdächtigende Kommentare einfallen, was er »im Grunde« war. Harriet war nicht unbeeinflußbar, wenn die Schwester ihre Naivität attackierte, und Shelley stellte sich taub, obwohl das meiste von dem, was sie über Hogg sagte, eher auf ihn selbst zutraf, wie er einige Male erklärte. Eliza war außerstande, dem Gehör zu schenken.

Er ließ sie aus zwei Gründen gewähren. Erstens hatte sie ziemlich viel Geld – das einzige, das ihnen zur Verfügung stand, seit Sir Timothy von der Heirat gehört und den Unterhalt erneut gesperrt hatte –, zweitens war er gerade mit der Formulierung des ersten, heiklen Briefs an Miss Hitchener in Gang gekommen, nach zweimonatigem Schweigen.

Meine liebe Freundin –

darf ich Sie noch so nennen, oder habe ich durch die Fragwürdigkeit meines Verhaltens die Achtung der Weisen & Tugendhaften verwirkt – habe ich das Gelübde der Tugend entehrt, die mein kostbares Ideal, deren Bekenner die Brüder & Schwestern meiner Seele waren? Als ich Sie das letzte Mal sah, war ich im Begriff, in den Beruf des Arztes einzutreten. Ich sagte es Ihnen, stellte meine Aussichten als unbehindert dar, frei, über Moral zu spekulieren, unbeeinflußt von der *Möglichkeit,* anderen Schmerzen zu bereiten. Wie Sie wohl wissen, waren meine Beziehungen frei von anderen Bindungen als solchen der Blutsverwandtschaft – wie schwach diese sind, das zu erklären muß man an das nackte Gefühl appellieren. Ich sah Sie – wie änderten sich doch meine Zukunftsaussichten – wie sehr sind wir doch Sklaven der Umstände; wie bitter verfluche ich ihre Fesseln. Dies jedoch war unvermeidlich. Sie fragen sich, wie *ich*, ein *Atheist*, mich entschließen konnte, mich der Zeremonie der *Ehe* zu unterwerfen, wie mein Gewissen es zulassen konnte – nur das möchte ich jetzt erklären. Daß ich also die Vereinigung mit einer Frau eingegangen bin, kann, da es nicht an sich unmoralisch ist, meine Redlichkeit kaum mindern. Wenn es mißverstanden wird, mag es das –. Für *mich* ist ein guter Ruf gleichgültig, für *alle* ist er es nicht. Ein guter Ruf & die Vorteile, die er mit sich bringt, sind Rechte, auf die jedes Individuum Anspruch erheben darf, soweit es sie nicht durch eine unmoralische Handlungsweise verwirkt hat. Auch politische Rechte, die von Rechts wegen jedermann in gleichem Maße zustehen, sollte man nur durch Unmoral verwirken können. Und doch muß man auf beides verzichten, wenn zwei Menschen zusammenleben, ohne sich der Zeremonie der Ehe unterworfen zu haben – wie ungerecht das ist! Gewiß ist es nicht unvereinbar mit der Moral, diesen Übelstand zu vermeiden. – Wie unnütz ist der Versuch, das Aussehen der Gesellschaft durch einzelne Beispiele zu erneuern, bevor die Vernunft eine so durchgreifende Veränderung herbeigeführt hat, daß der Experimentator von den unangenehmen Folgen verschont bleibt, & von den Vorurteilen, mit denen die große Mehrheit seinen Ansichten (die um der Tugend willen Gewicht haben sollen) begegnen würde. – Dies sind meine Gründe. – Wollen Sie mir schreiben? wollen wir unsere Diskussion über Natur & Moral fortführen – Nein, mehr – wollen Sie meine Freundin, darf ich Ihr Freund sein – durch *meine* Situation wird jeder Verdacht des Unschicklichen ausgeräumt; unser strikter Umgang würde zu keiner der abscheulichen Bemerkungen herausfordern, mit denen *Frauenzimmer* von heute die Freundschaft zwischen zwei Menschen verschiedenen Geschlechts glauben tadeln zu dürfen. Selbst wenn Sie bei uns wohnten, würde nichts übertreten werden – wollen Sie mich nicht besuchen. Mein lieber Freund Hogg, dieses edle Geschöpf, ist bei mir & wird es immer sein, meine Frau aber wird jeden Verdacht des Unschicklichen von unserem Zusammensein fernhalten. Wie glücklich wäre ich, Sie zu sehen – ich brauche Ihnen das nicht zu sagen, & mein Glück ist nicht so groß, daß es einem Freund anstünde, zurückhaltend zu sein in der Gesellschaft, die seinen einzigen Zauber ausmacht. – Ich schließe diesen Brief. Ich habe mehr zu sagen, warte jedoch Ihre Antwort ab, ehe ich wieder schreibe.

Ihr *guter* Freund
P B Shelley

Die Pläne für ein Kollektiv der Gleichgesinnten mußten aufgeschoben werden; Eliza wagte den vertraulichen Umgang Harriets mit Jefferson Hogg nicht so weitergehen zu lassen.

»Ich wage zu behaupten, daß *sie* Gefallen an *ihm* gefunden hat«, vertraute sie Shelley unter vier Augen an.

Er blickte nicht einmal auf von seinen ewigen Papieren. »Hogg ist mein liebster Freund«, sagte er, »und ich wünsche nichts mehr, als daß er es auch für meine Frau wird.«

So daß sich die Schwägerin dumm vorkam. Das aber, oder die Empörung, die in ihr aufkochte, half ihr, ihn um so leichter zu überzeugen, daß Harriet durch sein Versäumnis – »Nonchalance und Selbstbesessenheit« nannte sie es – auf den Gedanken kommen könnte, sich zu ›rächen‹.

Er lachte, doch er fügte sich – um sich eine Stunde Arbeitsruhe zu verschaffen; er sagte: »Obwohl ich nicht so ohne weiteres bereit bin, meine Frau für leichtsinnig zu halten, wie Sie es offenbar sind.«

Die Schwägerin merkte, daß sie diesen Schlingel und lumpigen Schwätzer von Aristokraten bereits haßte, dem Fasson zu geben ihr als Aufgabe zugefallen war. Um so hartnäckiger setzte sie einen eiligen Umzug durch und sorgte dafür, daß er ohne Hoggs Wissen stattfand. Als dieser eines Nachmittags wie gewöhnlich zu Miss Dancers kam, um ihnen einen Besuch zu machen, hatten sie die Zimmer geräumt und ihm die Bezahlung der Rechnung überlassen.

Für kurze Zeit wohnten sie in Keswick. Shelley schrieb von dort aus einen entschuldigenden Brief an Hogg, und zwischen ihnen kam ein leidenschaftlicher Briefwechsel in Gang, sie waren beide fest entschlossen, Freunde zu bleiben. Als dann Miss Hitchener unerwartet wohlwollend antwortete, machte er sich daran, ihr seine Moralphilosophie zu entwickeln. Er verfaßte in diesem Zusammenhang das Pamphlet *An Address to the Irish People* und fuhr mit Harriet und Eliza nach Dublin, um an Ort und Stelle Vernunft und Güte, Tugend und Freiheit zu predigen, ausgehend von den Gedanken William Goodwins in *Political Justice.* Shelley schrieb sein Pamphlet absichtlich in einer groben und vereinfachten Sprache, damit es, wie er Harriet erklärte, Leute mit begrenzter Lesefähigkeit und fehlender Vertrautheit mit

Theorie und Synthese und dergleichen erreichte. In der Schrift behauptete er unter anderem, daß die Emanzipation des Katholizismus gut sei, hauptsächlich aber ein Versprechen auf den endgültigen Sieg der Vernunft über alle Intoleranz und allen Aberglauben, den Katholizismus selbst eingeschlossen. Er ließ das Pamphlet in einer kleineren Auflage drucken und ging zusammen mit Frau und Schwägerin auf die Straßen Dublins, um es den ersten besten in die Hand zu drücken. Es erweckte keine Begeisterung. Sie mußten mit ansehen, wie es von Leuten, die kaum die erste Seite überflogen hatten, in den Rinnstein geworfen wurde.

Nach England zurückgekehrt, fanden sie in dem Dorf Lynmouth im nördlichen Devon ein leeres Häuschen, das zu mieten war. Das Dorf bestand aus etwa dreißig weißen oder grauen Häusern mit Strohdächern. Zwei kleinere Gewässer, die dem Ort den Namen gegeben hatten, flossen an seinen beiden Seiten zum Meer hinab, auf das man von dem Häuschen aus blickte.

»Hier«, sagte er zu Harriet, »hier!«

Und sie sagte, wie sie es am ersten Tag in Keswick getan hatte, »Ja, Percy, hier!«

Dorthin lud er, sobald sie die Koffer mit seinen Büchern untergebracht hatten, Elizabeth Hitchener ein. Sie trotzte dem Verbot ihres Vaters und den Gerüchten, die über sie und den jungen Dichter in Umlauf gekommen waren, und begab sich nach Lynmouth, um den Platz als Shelleys »geistige Schwester« einzunehmen. Harriet war mit allem völlig einverstanden; sie akzeptierte mit der zauberhaftesten Demut, daß es »Höhen oder Tiefen gibt, je nachdem, wie man es sieht«, die für sie aufgrund ihrer einfacheren Bildung nicht erreichbar waren. Mit anderen Worten, Shelley brauchte seine »Schwester«, also kam sie. Äußerst liebenswürdig. Eine spitze Zunge befeuchtete ständig die Lippen. Sie redete ununterbrochen. Harriet war entzückt, ihrem Mann eine Freude zu machen. Aber die magere Schullehrerin zeigte eine Haltung, die Eliza Westbrook auf der Hut sein ließ: Selbstgefühl infolge der Meinung, man sei im Besitz irgendwelcher intellektueller Fähigkeiten. Zu allem Überfluß sprach sie mit Shelley wie mit einem Ebenbürtigen, mit einer gewissen kollegialen Frechheit. Auch konnte Eliza Miss Hitcheners Tischsitten nicht ertragen, die tadellos, aber geräuschvoll waren, und sie erwähnte die Angelegenheit einmal ganz beiläufig und belustigt Harriet gegenüber, die es ebenfalls bemerkt hatte, ebenso wie ein paar andere lustige Eigenarten, zum Beispiel, daß sie, um Gottes willen lautlos, um Gottes willen verstohlen und mit vorgehaltener Hand, so oft aufstieß, bis zu einem halben Dutzend Mal während einer einzigen Mahlzeit.

»Sie hat keine Kultur, jedenfalls nicht, wenn man ihr nahekommt.«

»Nein! Und so wahnsinnig intelligent, wie *er* denkt, ist sie auch nicht.« Eliza verbarg ihre leidenschaftslose, fast herablassende Meinung vom Gegenstand der Liebe ihrer Schwester nicht, wenn es angezeigt war und dem Mädchen nützen konnte. »Weißtuwas, ich glaub', das meiste ist leeres Gerede. Das kann doch jeder, das Mundwerk laufen lassen und reden, daß es sich gebildet anhört, was man sagt.«

»Ja«, sagte Harriet. »Ja! So reden, als ob man bei der Sache ist. Den Eindruck erwecken. *Das* will sie. Es wirklich zu sein, ist weniger wichtig.«

»Naja, solange *er* sich täuschen läßt.« Eliza gönnte sich ein recht herzliches Lachen.

»Nein, wir wissen nicht, wie lange das so weitergeht.« Harriet kannte ihn trotz allem, das heißt, sie allein hatte einige Male an seine verzweifelte seelische Verwirrung und Unfähigkeit gerührt, zu ihrem wie zu seinem Entsetzen.

Er und Miss Hitchener hatten sich darangemacht, die Welt zu reformieren, und abends konnte man sehen, wie sie das kleine Haus verließen, mit Bündeln von Flaschen unter den Armen und an den Händen. In den sorgfältig verschlossenen Flaschen befanden sich zwei zusammengerollte Pamphlete umstürzlerischer und liberaler Art, die Shelley geschrieben und in Druck gegeben hatte, *Declaration of Rights* im Geiste Godwins und Tom Paines und die Ballade *The Devils Walk.* Bei günstigem Wind, von Westen in Richtung Avonmouth oder südwestlich nach Wales, brachten sie eine schaukelnde Armada von Flaschen zu Wasser, »voll des Wissens«. Eine andere, raffiniertere Methode, die sie zur Verbreitung der Weisheit anwendeten, waren Ballons, die Harriet und Miss Hitchener aus Seidenfetzen herstellten, welche zusammengenäht und -geklebt wurden. Unter dem Ballon wurde ein spritgetränkter Docht angebracht. Es gelang Shelley, einige in die Luft steigen zu lassen, doch es war ein unsicheres Verfahren, da die ganze Konstruktion mitsamt Pamphleten und allem dazu neigte, Feuer zu fangen.

Diese Aktivitäten wurden von der argwöhnischen Lokalbevölkerung beobachtet. Besorgter, aber auch diskreter interessierte sich die Regierung für sein Tun, nachdem Gerüchte darüber bis in die Parlamentskorridore gedrungen waren. Zumindest zeitweise waren Spione am Ort, um den präsumtiven Unruhestifter und die Schriften im Auge zu behalten, die an Land trieben oder ringsherum vom Himmel fielen. Die Dorfbewohner widmeten seiner Beziehung zu der »Ausländerin«, wie Miss Hitchener wegen ihres langen schwarzen Haars in Lynmouth genannt wurde, größere Aufmerksamkeit und maßen den Pamphleten weniger Bedeutung bei. Es war fast eine Art nüchterner Ironie, mit der man die Frau und den jungen Mann betrachtete, die offenbar zu diesen phantasievollen Streichen greifen mußten, um eine Entschuldigung für ihre langen Spaziergänge zu zweit zu haben.

Sie gingen jeden Abend den gleichen Weg, über die Hügel und durch die Wiesen, lebhaft miteinander sprechend, nach und nach aber weniger von den großen und übergreifenden Theorien als von näherliegenden Angelegenheiten. Eines Abends, ungefähr eine Woche nach ihrer Ankunft, sagte sie etwa: »Sie tun mir leid. Ein Mann von Charakter und Intelligenz sollte seine Kraft nicht darauf verschwenden, ein Kind zu unterhalten.«

Shelley nahm ihre Besorgtheit mit großem Ernst auf. »Vielleicht sind Sie doch ein wenig ungerecht, Miss Hitchener. Die kleine Harriet hat Sinn für das Schöne. Sie hat die Intuition eines Poeten! Sie besitzt ein ganz offenes Gemüt!«

Miss Hitchener durchfuhr der Gedanke, der junge Dichter neben ihr sage diese affektierten Dummheiten sowohl aus Unkenntnis als auch aus Gleichgültigkeit, wer seine Frau eigentlich war, und sein Idealbild von ihr verberge ihm ihr wirkliches Ich, für das ihm nie die Augen aufgehen würden. Doch sie ließ den Gedanken verfliegen. Außerdem sprach Shelley. Und er widersprach in gewissem Maße eben diesen Befürchtungen. Sie hörte also zu.

»Es ist meine Aufgabe, nein, *unsere* Aufgabe, sie zu einer Frau von geistiger Vollkommenheit heranzubilden. Sie liefern das schönste Beispiel! Betrachten Sie sie nicht als meine Frau, sondern als unseren Schützling, einen kostbaren Edelstein, den man uns anvertraut hat, damit wir ihn schleifen.«

Er schien es wirklich selbst zu glauben, und auch Miss Hitchener glaubte es mit jedem Schritt mehr, sie war ja Lehrerin, doch ihre Erwartungen an das Mädchen blieben ein wenig realistischer als seine.

»Das Problem ist, daß sie niemals selbständig wird«, sagte sie. »Das schaffen wir nie. Man muß es *sein,* man muß es in sich haben. Und ihre Unselbständigkeit ist vielleicht gerade *unser* schlimmster Feind. Doch! Hören wir auf, uns das Gegenteil einzureden. Denn wegen ihrer Unselbständigkeit wird sie nie den Wunsch überwinden, Sie zu besitzen! Um so weniger, als ihre abscheuliche Schwester so energisch gegen uns arbeitet.«

Sie sagte auch: »Nichts macht einen Menschen, eine Frau, so häßlich wie der Wunsch, einen Mann geistig zu besitzen. Ganz besonders eine junge Frau! Er macht alle Poesie zuschanden, die in ihrem gemeinsamen Alltag entstehen könnte!«

Shelley war entzückt: »Ihre Klugheit wird sich als entscheidend erweisen, glauben Sie mir. Wenn Sie sie nur diese Klugheit spüren lassen, wird das Beispiel sie zu einem Vorbild an Selbständigkeit, Klugheit und Toleranz machen. Und mit Ihnen als Vorbild kann sie nicht umhin, das Unvernünftige und Leere und Unschöne in ihrer Besitzgier zu erkennen. Von der ich übrigens *weiß*, daß sie kleiner ist, als Sie glauben!«

»Ich glaube, wir tun klug daran, nicht allzu große Hoffnungen auf sie zu setzen ... vorläufig. Sie ist nur ein Mädchen, sie hat nicht den Verstand und den Überblick einer Frau ...«

»Sie hat ein gutes Herz! Wenn je ein Mensch die Voraussetzungen gehabt hat, sich zu einem freien Geschöpf zu entwickeln, so ist sie es.«

Sie näherten sich einer kleinen Mulde oberhalb des Dorfs, die gewöhnlich ihr Ziel war. Shelley wurde gern besonders optimistisch, wenn sie dort angelangt waren. Im Schutz der Büsche erdreistete er sich regelrecht, ihr den Arm um den Leib zu legen. Sie ließ ihn wider besseres Wissen gewähren. Am ersten Abend dort oben hatte sie ihm lachend gesagt: »Denn Sie glauben natürlich, ich sei ein einfaches und leichtsinniges Frauenzimmer.«

Und merkte, daß sie den jungen Mann beleidigt hatte:

»Liebe Elizabeth, wenn sich zwei gleiche Seelen begegnen, ist ihre Vereinigung so natürlich wie unausweichlich. Wir sind auf das gleiche Ziel eingestellt, lassen Sie uns den Erfolg nicht aufs Spiel setzen, indem wir uns Vorurteilen unterordnen!«

Das ging so einen guten Monat lang. Harriet, die ein versöhnliches, vielleicht ein wenig nachgiebiges Wohlwollen bewiesen hatte, mußte sich von Miss Hitchener ins Gesicht sagen lassen, daß Shelley die Ehe wie jeder Mensch von überlegener Intelligenz als eine Institution betrachte, die des freien Menschen unwürdig sei; seine eigene Ehe betrachte er, sagte sie, als ein notwendiges Übel, ein Nachgeben vor der Konvention, zu dem ihn nur sein Pflicht- und Verantwortungsgefühl »einem unschuldigen Mädchen« gegenüber veranlaßt habe, »im Widerspruch zu seinem Gewissen«. Nur seine Redlichkeit und Güte, meinte Miss Hitchener ferner, hindere ihn daran, zu gehen ... mit ihr, der Schwester seiner Seele.

Die kleine Harriet Shelley lachte herzlich und überraschte die ältere Frau mit ihrer Sicherheit, die ihr durch die offensichtliche Verzweiflung der älteren zuwuchs. Harriet wußte, wie im Grunde auch Miss Hitchener, daß die Beschreibung nicht ganz zutraf; das heißt, sie traf in der Theorie zu, doch der Unterschied zwischen Theorie und Praxis bestand in Shelleys Alltag gleichfalls, wie sehr er auch bemüht war, nach seiner Lehre zu leben. Mehr als Redlichkeit und Güte war es im Augenblick *die* Aufgabe, die ihn daran hinderte, zu gehen. Eine große polemische und visionäre Dichtung, die er *Queen Mab* nennen wollte, hatte an den Tagen am Strand und den Abenden im Haus Gestalt anzunehmen begonnen. Alles andere mußte warten. Die Frauen, außer Miss Hitchener, die infolge intellektueller Verwandtschaft weiterhin eine Ausnahme bildete, gingen auf Zehenspitzen. Tatsächlich wurde ihm Miss Hitchener langsam lästig mit ihren langen Monologen, in denen sie nur wortreicher zu sagen versuchte, was er selbst gesagt hatte oder möglicherweise sagen würde. Harriet hatte eine erneuerte

Zärtlichkeit und Fürsorge von seiner Seite aus bemerkt; sie wußte, daß sein Gefühl der Verantwortung für sie tiefer steckte, als die Konvention ihn zu spielen zwingen konnte. Auch wenn sie es nicht Liebe zu nennen wagte, es war doch nicht *nur* die theoretisch reflektierte Güte, auf die Miss Hitchener ihre Hoffnung setzte, es war ihre Fähigkeit, die Verwirrung, die Angst (ob sich das Gedachte in einer Reihe von Zeilen genau fassen ließ) zu lindern, die sie bewiesen hatte. Sie war also ruhig, vollkommen ruhig; er war fertig mit Miss Hitchener.

Die Auseinandersetzungen im Haus in Lynmouth störten ihn wenig; er war in einer intensiven Korrespondenz begriffen, unter anderem mit William Godwin, und vertraute Harriet an, daß er die Hoffnung habe, die persönliche Bekanntschaft des Philosophen machen zu können. Ganz nebenbei versprach er Miss Hitchener (wie immer ohne die geringste Ahnung, wie er das Versprechen halten sollte) einen jährlichen Unterhalt von einhundert Pfund. Ihr blieb nur, abzureisen . . . zurück nach Hurstpierpoint und zu der offenen Schadenfreude, mit der die Selbstzufriedenheit immer über jemanden urteilen zu dürfen glaubt, der nach einem Strohhalm gegriffen hat. Wer gehandelt hat, ist immer der Verbrechen schuldig, die das Lächeln der anderen ihm zuschreibt.

In der Zeit vor der Entstehung der *Queen Mab* fand er einen Gesprächspartner in dem sieben Jahre älteren Thomas Love Peacock, der zwei längere Dichtungen veröffentlicht hatte, *Palmyra* und *The Genius of the Thames*. Er war mit Harriet (Eliza hatte sich dazu bewegen lassen, zu gehen, als feststand, daß Harriet schwanger war) wieder nach London gezogen und hatte zwei Zimmer in Cooks Hotel in der Albemarle Street gemietet. Von dort einige Minuten zu Fuß entfernt, in der New Bond Street, hatte der Verleger Thomas Hookham sein Büro und seine Buchhandlung. Dort begegnete Shelley anläßlich der Drucklegung einiger Pamphlete Thomas Peacock, den Hookham für den vielversprechendsten jungen Autor hielt, den er herausgab. Peacock war Kaufmannssohn und seit dem Tod des Vaters durch eine kleine Leibrente wirtschaftlich unabhängig. Wie Shelley war er radikal und Atheist; aufgrund seines nüchternen Humors und seiner umfassenden Belesenheit wurde er bald zum wertvollen Freund für Shelley, der im Gegensatz zu Peacock seine Griechen und Römer unversehens durcheinanderwerfen konnte. Es war eine kurze Zeit des Friedens und der Harmonie; Shelley hatte endlich die Bekanntschaft William Godwins gemacht, und zusammen mit Harriet verkehrte er im Haus des Philosophen in der Skinner Street, in das Godwins Tochter Mary von ihrem Besuch in Schottland bald zurückkehren sollte. Harriet nahm mit niedlichem Selbstbewußtsein alle Vorteile der Schwangerschaft in Anspruch. Eliza nähte und häkelte zu Hause beim Vater, und Hookham entschloß sich, *Queen Mab* zu drucken und zu distribuieren, jedoch ohne Nennung des Herausgebers im Buch, was sich als unklug hätte erweisen können. Es kam vor, daß Shelley und Peacock sich bei dem Verleger verabredeten und von dort aus lange Streifzüge durch die Stadt machten und sich unterhielten, Straße auf, Straße ab. Shelley hatte kürzlich Spinoza gelesen. Peacock hielt es für richtig zuzuhören, zog es jedoch vor, dabei zu sitzen, und als er eine umgekehrte Heringstonne vor einem Laden entdeckte, ließ er sich darauf nieder, die Jacke im Schoß zusammengeknüllt. Vor lauter Enthusiasmus war Shelley atemlos, er trat von einem Fuß auf den anderen, gestikulierte, doch im Sitzen war es möglich, ihm zu folgen, und im Schatten der Gasse war es kühl.

Peacock hörte also zu, nickte und dachte nach, lachte, und als Shelley seine Darlegung beendet hatte, ergriff er schließlich selbst das Wort:

»Spinoza neigte wahrscheinlich dazu, uns Menschen mehr zuzutrauen, als wir einzulösen vermögen. Und ich habe den Eindruck, das ist bei Philosophen nicht ungewöhnlich. Ideen bekommen offenbar nur unter der Voraussetzung Sinn, daß man erwartet, der Mensch sei vollkommen, sozusagen trotz seiner Geschichte. Oder zumindest, daß er zur Zusammenarbeit bereit sei.«

Shelley schnappte nach Luft. »Er hebt doch die Vernunft als Alternative zum Aberglauben und unseren lieben Illusionen hervor. Das ist großartig!«

»Ich habe das Gefühl, er macht eine Illusion aus der Vernunft, oder richtiger, aus dem Menschen, dem Menschen, wie er ihn sich vorstellt. Es ist schon richtig, daß das ›Gebot der Vernunft‹, wie er es nennt, den Menschen dazu aufruft, sich selbst zu lieben, seinen eigenen wahren Vorteil zu suchen, das eigene Dasein so weit wie möglich geltend zu machen, aber die Schlußfolgerung, wer das tue, wer, wie er sagt, unter ›Führung der Vernunft‹ das eigene Beste suche, der begehre für sich selbst nicht, was er nicht auch anderen wünscht, das ist an der Grenze der Logik. Das ist Geometrie! Und es zeugt wahrhaftig nicht von besonderer Menschenkenntnis. Ich frage mich«,

Peacock erhob einen Finger, um nicht unterbrochen zu werden, »ich frage mich, ob es nicht die trügerischste aller Illusionen ist, daß der Schlüssel zur Vervollkommnung der Menschennatur in der Vernunft zu suchen sei. Das heißt, sich Hoffnungen auf ein Paradies auf Erden zu machen, das von jedem einzelnen Individuum totale Unterwerfung verlangen würde, wenn man es verwirklichen will.«

»Ich kann nichts Schlechtes darin sehen, daß man das Gute träumt. Verdammt nochmal! Wenn man mit seinem Beispiel andere vom Richtigen überzeugt und alle sich nach und nach vereinigen...«

»Und ich kann, bei Zeus, nicht sehen, daß *alle* sich gehorsam nach *einer* Idee richten, und sei sie noch so beherzigenswert – wenn man das Ganze nicht überwiegend in Rot malt.«

Shelley trat einen Schritt näher und stellte sich vor seinen Freund, die Hände in die Seiten gestemmt, die Füße breit auseinander und die Waden angespannt; er sah hinunter in Peacocks Gesicht, wandte den Blick nicht ab, und sagte:

»Es ist meine feste Überzeugung, daß nur der, der wirklich die Kunst ausübt, das Gute zu träumen, in der Lage sein wird, gut zu sein. Nur wer sich entschlossen hat, an das Gute zu glauben, kann es verwirklichen.«

»Irgend etwas sagt mir, daß es eher genau umgekehrt ist«, sagte Peacock und erhob sich von der Heringstonne, um den Heimweg anzutreten. »Ich versichere dir, es schmerzt mich, diese Einwände machen und dich erzürnen, enttäuschen zu müssen, aber ich sehe mich außerstande, so zu denken wie du.«

Shelley seinerseits versicherte, er wäre eher enttäuscht und erzürnt, wenn Peacock es aus irgendeiner Rücksicht, »unwürdig denkender Menschen«, unterließe, seine Meinung zu sagen.

So unterhielten sie sich, an diesem Tag und anderen Tagen, ohne Hoffnung, sich gegenseitig überzeugen zu können, auch nicht mit dieser Absicht, und ließen ihre Wortwahl dabei fast nie von Prestige bestimmen, was sich in einer anderen Gesellschaft keiner von ihnen geleistet hätte. Es war eine Freundschaft von ernster Art.

»Ich habe den Eindruck«, sagte Peacock einmal, »daß die idealistische Tat alle Voraussetzungen hat, um die selbstsüchtigste zu sein.« Denn es kam vor, daß sie sich vorsätzliche Herausforderungen erlaubten.

Shelley blieb stehen und lehnte sich an das Brückengeländer; sie waren gerade auf der Brücke über den Serpentine.

»Ich meine«, sagte Peacock, »wenn der, der sie ausführt, nicht gleichzeitig, während er seinen Idealen Genüge tut, die Konsequenzen der Tat für andere bedenkt – und das tut ein Idealist ungern, meine ich.«

»Dein großes Dilemma, Thomas, ist, daß du so verdammt vernünftig bist! So viel Extravaganz kann sich keiner leisten, der das Richtige und Gute zu seiner Sache gemacht hat.«

»Genau das befürchte ich. Und ebenso, daß der Idealist nicht die Fähigkeit besitzt, mal ein bißchen Selbstironie zu zeigen. Große Ideale sind eine dankbare Methode, sich selbst eine Handlungsfreiheit zu verschaffen, die das Gewissen möglicherweise nicht erlauben würde.«

Shelley hatte sich halb abgewandt, einen Ellbogen

auf das Brückengeländer gestützt, betrachtete er das schwarze, stille Wasser.

»Ich verstehe deine Einwände. Bei Prometheus, ich habe eine Schwäche für sie! Aber wir dürfen uns nicht in die Unvollkommenheit fügen, die die Ursache unserer Irrtümer und Verfehlungen ist. Das hieße, den Menschen zu verraten! Aber da er allem Anschein nach noch nicht das vollkommene Geschöpf ist, das nur mit dem Gewissen und der eigenen Freiheit auskommt, muß der Mensch mit vernünftigen Argumenten dazu gebracht werden, das Richtige und Rechte zu sehen, er muß zum Guten herangebildet werden! Durch diese Bildung kann er eine tolerante Vernunft erlangen, die reif ist, sich ihrer Subjektivität zu bedienen.«

»Klingt wunderschön. Aber wie du es auch drehst und wendest, was du sagst, setzt voraus, daß unsere Vernunft tatsächlich unsere Vervollkommnung in sich schließt, wie dein Spinoza in Aussicht stellt. Das glaube ich nicht. Ich *kann* es nicht glauben! Aber ich glaube, daß unsere Unvollkommenheit ein *glückliches* Paradox ist. Doch! Eben! Vielleicht sind wir der Verantwortung, die auf uns ruht, nicht gewachsen, aber wenn sie uns genommen wird, wenn unsere Handlungsfreiheit durch ein vereinbartes Handlungsprogramm ersetzt wird, worauf Idealismus immer hinausläuft, dann wird unser Gewissen im Grunde überflüssig. Also, das einzige, zu dem wir im Grunde unsere Zuflucht nehmen können, wird außer Kraft gesetzt, mitsamt der Verantwortung. Und das kann nicht gut sein.«

Sie pflegten durch Kensington Gardens in Richtung Piccadilly zu gehen. Shelley warf den Kopf hin und her, breitete die Arme aus, blieb stehen, laut lachend, oder stumm an die ewigen Mächte appellierend. Peacock neigte weniger zur Körpersprache, er ging und redete, blieb stehen und wartete auf den anderen, wenn es notwendig war, lachte manchmal selbst, aber still. Shelley hingegen war in verzweifelten Augenblicken imstande zu schreien.

»Einen Menschen bilden, das heißt nicht, ihm die Handlungsfreiheit zu nehmen, Kerl! Es heißt, ihm einen Wink zu geben, was Freiheit ist! Ihn auf das Gute und das Wahre zu verweisen, das bedeutet, ihn zu befreien, verdammt noch mal! Wie soll man die Leute dazu bringen, das Gute zu tun, wenn sie nicht wissen, was das Gute ist? Kannst du mir das sagen? Nein! Sie müssen dazu herangezogen werden, zart, aber zielbewußt. Der vernünftige Mensch ist durchaus in der Lage, sich zur Redlichkeit zu entschließen, und sie auch zu praktizieren.«

So laut, daß die Leute guckten. Thomas Peacock sprach um so leiser, Schulter an Schulter.

»Es ist eine liebe Gewohnheit von Visionären, uns diese tour de force zu empfehlen: ›*Träume* das Gute und sei dann imstande, es zu sein.‹ Ich wünschte, ich könnte sagen, ob Klarsicht und Illusionslosigkeit oder eine Art intuitiver Menschenkenntnis diesem Gedanken zugrunde liegen. Aber ganz gleich, was von beiden, eine solche Anschauung will gewöhnlich als *Glaube an* den Menschen gelten. Aber beweist die Entschlossenheit, ihn zu erziehen, nicht das Gegenteil? Das ist mein Eindruck. Und die interessante Frage ist, wie ich es sehe, ob diese Philantropie die Konsequenz aus unserer Unvollkommenheit gezogen hat, oder ob sie sie, unbewußt, ganz einfach leugnet, in einer Art schätzenswerter Überzeugung. Oder ob sie sie aus bewußter Überzeugung leugnet, also wirklich damit rechnet, daß wir vollkommen sein können... vollkommen gut, vollkommen gerecht, vollkommen selbstlos, vollkommen...«

»Ich«, sagte Shelley, »halte es für unsere erste, unerläßliche Pflicht, mit dem Menschen zu sympathisieren, vollkommen oder nicht. Das ist es, was ich tue. Das ist das einzige, was ich tue. Ich bin loyal dem Menschen gegenüber.«

»Und ich bin es ebenfalls, ja, weiß Gott! Aber deswegen habe ich keine Erwartungen an ihn. Philosophen haben uns schon immer vorspiegeln wollen, wir trügen unsere eigene Vervollkommnung in uns. Das einzige, was wir tun müssen, ist, uns ein für allemal für das Gute zu entscheiden, in irgendeiner genau bestimmten Version, und uns täglich in der Technik des Gutseins zu üben, wie Heilige und Dichter es ständig vorschlagen. Aus dieser Perspektive wird der Mensch zu einem Geschöpf, das unfähig zu einem Gutsein ist, das er nicht gelernt hat, unfähig zu einem nicht überlegten Gutsein. Und wenn die Technik des Gutseins noch so vervollkommnet wird, dieses Gutsein bleibt doch völlig abhängig vom Willen zum Gutsein. Vielleicht ist es die einzige Art, das Gute hervorzubringen, vielleicht ist ein strenger Idealismus wirklich der einzige Ausweg; in dem Falle tun die Weisen recht daran, wenn sie uns die Fähigkeit zu einem nicht überlegten, selbstlosen Gutsein absprechen. Aber wenn der Mensch so ist, werden seine Visionen immer in totalitäre Tyrannei ausarten, wenn sie politisch verwirklicht werden sollen. Deshalb glaube ich nicht, daß gemeinsame Ideale unserem individuellen, subjektiven und moralisch unzuverlässigen Gewissen vorzuziehen sind. Folglich bin ich es also, der Misanthrop, der sein Vertrauen auf den Menschen setzt!«

Sie gingen und gingen. Nichts schien Shelley so viel Kraft zu geben wie diese ewigen Fragen. Peacock, der kräftiger gebaut und scheinbar in besserer Verfassung war, wurde müde; er führte seinen Freund in Cafés und Schankstuben, Milieus, die Shelley verabscheute. Doch er liebte Kekse und vergaß die Umgebung über dem, was er gerade auf dem Herzen hatte.

»Kann man sich eine glücklichere Verbindung als die des Frommen mit dem Christentum vorstellen? Wenn die Hunde der Religionskritik kläffen, tritt der Fromme bereitwillig vor und beruft sich auf seine persönliche Unvollkommenheit, seine Fehler und Mängel – auch als Christ! Hoch in die Luft hält er die Lehre, die zur Diskussion stand, unbefleckt und intakt. Da kannst du von Vollkommenheit sprechen! Er selbst erhält die Gelegenheit, einen persönlichen Sieg mit seiner Sanftmut zu erringen. Keiner kommt so zu seinem Recht wie der Christ, wenn er die Lehre verteidigt und sich in seiner ganzen verdammenswerten Erbärmlichkeit entblößt. Die Wahrheit interessiert ihn nicht. Die Wahrheit, sagt er, das ist Gott. So braucht er sich nicht selbst damit zu befassen oder die Verantwortung zu übernehmen, falls es zufällig einmal verlangt sein sollte.«

Peacock lachte; gewöhnlich hatte er nichts einzuwenden gegen den Inhalt dieser hitzigen Betrachtungen, aber es kam vor, daß er zum Beispiel folgendes sagte: »Vielleicht hat jeder seine eigene Wahrheit.«

»Sophistenquatsch! Nicht einmal ein Christ verfällt darauf. Er legt alles in Gottes Hände, lächelt fromm und zeigt seine eigenen leeren vor, dankbar, daß man ihm Gelegenheit dazu gibt.«

»Ich frage mich, ob du nicht im Grunde vom Scheinheiligen sprichst«, sagte Peacock.

»Natürlich.« Als sei das vorausgesetzt gewesen. »Es ist wichtiger, die Heuchelei und Bosheit zu untersuchen, als das Gute.«

Ungefähr diese Worte sagte er oft, so oft, daß Peacock eines Tages eine Erwiderung bereithielt:

»Ideale sind eine unsichere Garantie gegen die Bosheit, eher ein Umweg zu ihr. Ja, weiß Gott! Ein Umweg, den manchmal die Scheinheiligkeit, manchmal die wahre Überzeugung einschlägt. Das Unheimliche ist, daß man sie immer zusammen antrifft und nicht ohne weiteres den Unterschied zwischen ihnen erkennen kann.«

Im Laufe der Zeit ließen sie das Thema fallen. Shelley hatte dem Glauben an die Verläßlichkeit der Vernunft gewiß nicht abgeschworen, doch Peacock zog es vor, über Dinge wie die Vernunft ganz theoretisch und lange und gründlich zu reden, ausgehend beispielsweise von Anaxagoras' Annahme einer Vernunft als der treibenden Kraft für den Fortbestand der Welt. Shelley erfuhr im Zusammensein mit Peacock, daß Haarspaltereien um ihrer selbst willen eine angenehme Zerstreuung sein konnten, jedenfalls für eine Weile. Hin und wieder diskutierten sie ihre Gedichte. Peacock erkannte bald, daß Shelleys poetisches Genie das seine übertraf, und sagte es ihm auch bei Gelegenheit, doch er merkte, daß es dem Jüngeren unangenehm war. Es geschah also eher aus

Sorge um ihre Freundschaft, daß er sich allmählich in die Rolle des Hervorragenden, des Vorbilds, des Gelehrten fügte. Er hielt sich an Anaxagoras. Oder daran, zuzuhören. Denn Shelley hatte seinen Opiumkonsum ein wenig erhöht, und Peacock hatte nicht die Kraft mitzuhalten, schon gar nicht morgens um halb vier in einer kalten Gasse an der Themse, auf dem Heimweg.

Jane machte sich bereit zu gehen. Der Freitag hatte hohen Seegang und erneut starken Wind gebracht, der Sturmstärke erreichte. Sie hatte die Lähmung und Schwermut des Morgens dadurch überwunden, daß sie sie mit Hilfe des Sturms ganz einfach in ein angenehmes Gefühl verwandelte. Sie besaß nicht die Fähigkeit Mary Shelleys, sich selbst Mut einzureden, mit einem Sturm aber konnte sie, auf ihre maßvolle Weise, ihre Kräfte vereinen. Die Mauern von Casa Magni umschlossen sie mit einer weißgekalkten, feierlichen Kälte, jene, von der Mary sprach, wenn sie sagte: »... dieser jesuitische Geist, der hier weiterlebt, wider Erwarten, wenn man bedenkt, wie es in diesem verdammten Haus zieht.« Jane trotzte ihm weniger erfolgreich, aber mit immer entschlossenerem Widerstand, den sie Mary nachahmte, ohne jedoch deren Gewißheit zu erreichen.

Und angesichts ihrer Ungewißheit, oder richtiger, angesichts ihrer zurückgewiesenen Befürchtungen, hatte sie sich schließlich entschlossen, etwas zu tun.

»Ich fahre«, sagte sie. »Ich versuche, ein Schiff zu finden, das mich nach Livorno mitnimmt.«

Mary wandte wie erwartet ein: »Wenn du dich nur ein paar Stunden gedulden willst, dann ist die Post da. Heute ist Posttag. Ich bin sicher, wir werden heute etwas erfahren.«

Aber etwas zu erfahren war nicht das, worauf es Jane hauptsächlich ankam, sie überlegte einen Augenblick lang, ob sie versuchen sollte, es Mary zu erklären, unterließ es aber. Sie hüllte sich in ihren Schal, den tiefblauen mit grauen Streifen, den Edward ihr gekauft hatte. Es würde ihm gefallen, sie darin wiederzusehen.

So ging sie den kleinen Pfand am Strand entlang nach San Terenzo. Die Wellen spülten zu ihren Füßen herauf, und der untere Teil des Kleides wurde naß, was sie dazu zwang, mit kurzen, schleudernden Schritten zu gehen. Sie fragte bei verschiedenen Schiffen an, fand aber keine Besatzung, die bereit war, hinauszufahren, solange der Sturm anhielt. In einer Gasse begegnete sie einigen Fischern, die widerwillig stehenblieben, sie hörten ihre Bitte an, doch ihre anonymen Gesichter drückten Bedauern aus und wandten sich alle zu Boden oder zur Seite. Sie hörte, wie ihre eigene Stimme ärgerlich und laut wurde, zornig, verächtlich. Die Männer glitten fort, an ihr vorbei, und gingen ihrer Wege, gebückt und in ihr eigenes Leben eingeschlossen.

Als sie nach Casa Magni zurückging, mußte sie den Pfad hinter der Villa über den Hang nehmen. Die See ging immer höher. Als sie ankam, fiel Regen.

Tatsächlich kam ein Brief mit der Post. Er war an Shelley gerichtet, und der Absender war Leigh Hunt, der Kritiker, der Shelley zu Lord Byron nach Pisa begleitet hatte. Mary öffnete ihn. Hunt bat Shelley zu schreiben und zu berichten, wie er und Williams nach Casa Magni gekommen wären: »... denn Montag, als ihr losgefahren seid, gab es hier ein entsetzliches Wetter, und wir sind unruhig.«

»Dann ist es also aus«, sagte Jane. Sie konstatierte es bemerkenswert gesammelt.

So gesammelt, daß Mary, die sich vorgenommen hatte, die Starke zu sein, einfach deshalb, weil es immer ihr Los gewesen war (dieses »Godwinstonecraftsche«, wie Claire es nannte), den lockenden Abgrund verspürte: sich fallen zu lassen, alles loszulassen, sich der Fassung und inneren Kraft anderer zu überlassen ... Das einzige, wodurch es sich bei ihr verriet, war eine anfängliche keuchende Verwirrung, als sie sagte:

»Nein! Nein, nein, durchaus nicht. Nicht aus! Das braucht es nicht zu sein. Aber dieses Warten ist nicht auszuhalten. Laßt uns sehen, daß wir aus diesem alten Kloster herauskommen. Wir können über Land nach Livorno kommen. Um etwas zu erfahren.«

Sie nahmen einen Kutscher in San Terenzo und machten sich auf den Weg. Der Landweg nach Livorno führte über Pisa, und Mary bestimmte, daß sie dort haltmachten, am Palazzo Lanfranchi, um mit Byron zu sprechen.

»Irgend etwas wird er ja wohl wissen. Mir graut nur davor, in so einer Angelegenheit womöglich Hunt und seiner Familie zu begegnen. Ich habe sie zuletzt vor vier Jahren gesehen und könnte mir eine passendere Gelegenheit vorstellen, die Bekanntschaft zu erneuern.«

Jane antwortete nicht, traurig und erschöpft und unerreichbar. Oder richtete sie sich doch ein wenig gerader auf? Mary war sich dessen sicher, und auch die Ursache war ihr klar: es war diese unerwartete Oberflächlichkeit, die sie selbst manchmal an sich bemerkte, in unfreiwilligen Äußerungen wie der eben, in sozialen Koketterien bei schlecht ausgewählten Anlässen, und so etwas stärkte natürlich Jane, nämlich in ihrer Antipathie.

Ihr Wagen hielt ungefähr um zwölf Uhr nachts vor dem Palazzo Lanfranchi. Sie hatten vereinbart, daß Mary allein hineingehen sollte.

»Chi è«, rief die Haushälterin in der Halle, als Mary zum dritten Mal an das Tor gehämmert hatte.

»Mein Name ist Mary Shelley«, sagte sie. »Ich suche meinen Mann. Ich muß mit Lord Byron sprechen. Oder mit Mr. Hunt.«

Das Tor wurde geöffnet. Die kleingewachsene Haushälterin sah groß und unverwandt zu Mary hinauf, während sie erklärte, Hunt und seine Familie seien längst zu Bett gegangen, der Lord aber sei sicher noch auf; er habe jedoch die Gewohnheit, um diese Zeit zu arbeiten, und man sollte ihn besser nicht stören.

»Es hilft nichts. Bringen Sie mich zu ihm!«

Im Korridor eine Treppe höher kam ihnen Teresa Guiccioli entgegen. Mary hatte die Geliebte Byrons während ihres Besuchs in Pisa kennengelernt, doch als die junge Gräfin sie herzlich umarmte, vermochte sie es nur steif zu erwidern und blieb einfach stehen.

»Ich suche meinen Mann«, sagte sie. »Sapete alcuna cosa di Shelley?«

»Ah!« sagte Teresa. »Shelley.« Sie wisse nichts, sagte sie, und ihr Lächeln war pures Mitgefühl und Zuversicht und vollkommen aufrichtig.

Daher erwiderte Mary Shelley es schließlich, aber zu Boden gewandt, an ihrem tadellosen Äußeren herab, und ganz kurz. Und Lord Byron trat aus seinem Arbeitszimmer.

»Ich glaubte, deine Stimme zu hören,« sagte er und ging zu ihr. Wie immer, wenn ihm etwas unangenehm war, hinkte er mehr als notwendig; er faßte sie an den Schultern und küßte sie auf beide Wangen.

»Mein Mann«, sagte sie. »Percy . . .«

»Ich weiß wirklich nichts, Mary. Er ist am Sonntag hier abgefahren, um sich mit Williams in Livorno zu treffen und nach Casa Magni zurückzukehren. Das ist alles, was ich weiß.«

Aber er hatte ihre Schultern nicht losgelassen.

»Du verschweigst mir nichts? Du brauchst mich nicht zu schonen, wenn du etwas weißt, George.«

Denn sie bemerkte, daß es sich möglicherweise so verhielt.

Und er wußte, daß sie es bemerkte.

»Absolut nicht, Mary. Ich schwöre es dir.«

Er wußte im Grunde nicht mehr als sie, doch am Tag zuvor hatte er aus sachkundigem Munde gehört, man müsse davon ausgehen, daß Shelleys und Williams' Boot untergegangen war. Edward Trelawny, ein Kapitän und Abenteurer, der seit einigen Monaten zu Lord Byrons und Shelleys gemeinsamem Bekanntenkreis gehörte, war zu Pferd von Livorno gekommen und hatte es ihnen gesagt.

»Alles, was ich weiß«, sagte er, »alles, was ich mit Sicherheit weiß, ist, daß sie am Montag von Livorno losgefahren sind.«

»Ich verstehe«, sagte Mary.

»Du kannst hier übernachten«, sagte Teresa. »Dich ausruhen. Ich sage es der Haushälterin.«

Aber Mary schüttelte den Kopf. »Jane wartet im Wagen. Wir fahren weiter nach Livorno und übernachten dort.«

Sie erreichten Livorno nachts um kurz nach zwei Uhr. Weder der Wirt des Gasthauses, in dem sie abstiegen, noch einer von denen, die er in ihrem Namen fragte, wußte, wo Kapitän Roberts, der den Bau der Ariel geleitet hatte, oder Kapitän Trelawny sich aufhielten. Sie beschlossen, sich am nächsten Morgen auf die Suche nach ihnen zu machen, und verbrachten bis zur Dämmerung ein paar schlaflose Stunden, angekleidet auf den Betten in ihrem Zimmer liegend.

Etwa um sechs Uhr standen sie auf, tranken eine Tasse Tee unter bedrücktem Schweigen, worauf Mary dem Kutscher befahl, sie von einem Gasthaus zum anderen zu fahren, bis sie jemanden gefunden hätten, der etwas über ihre Männer wußte. So fanden sie schließlich Kapitän Roberts im Gasthaus Il Mondo am Frühstückstisch. Als er sie kommen sah, machte er keinen Versuch, seinen Kummer vor ihnen zu verbergen. Er selber hatte das Boot gebaut, zwar nach Shelleys und Williams' amateurhaften Zeichnungen und Instruktionen, die ganz und gar ästhetischen Forderungen untergeordnet waren, aber da er sich nicht geweigert hatte, eine Konstruktion auszuführen, die er selbst für zu rank und zierlich hielt, lag die Verantwortung, wie er meinte, auf ihm. Niemand wäre auf den Gedanken gekommen, ihm einen Vorwurf zu machen; Mary und Jane waren selbst Zeuge des Enthusiasmus gewesen, der Shelley ergriffen hatte, als das Boot gezeichnet wurde; beide wußten, daß er in diesem Zustand, wenn etwas in Einklang mit seiner Vision gebracht werden sollte, völlig taub war für Sachargumente. Alle Beteiligten, Shelley nicht ausgenommen, wußten, daß die Ariel eine Augenweide, aber als Boot nicht seetüchtig war.

Roberts konnte nur bestätigen, was Byron ihnen bereits gesagt hatte. Die Ariel hatte den Hafen von Livorno am Montag zwischen ein und zwei Uhr nachmittags verlassen. Er selbst hatte sie vom Leuchtturm aus noch auf der Höhe von Viareggio im Norden ausgemacht. Dort hatte Williams einen Versuch unternommen, das Toppsegel zu bergen, aber ohne Erfolg oder von Shelley daran gehindert, und kurz darauf hatte der Kapitän sie im Sturm aus den Augen verloren.

»Ich vermute«, sagte er, »sie sind in Korsika an Land getrieben.«

Mary lachte trocken auf, ärgerlich: »Ich frage mich, wie oft wir uns diese Hoffnung noch anhören müssen, bis wir die Wahrheit erfahren.«

»Ich glaube mich zu erinnern, daß du selbst sie einmal ausgesprochen hast«, sagte Jane. »Aber vielleicht ist es nicht das gleiche, ob man selbst sagt, oder ob man von anderen zu hören bekommt, was man im besten Falle hoffen darf.«

»Sophismen! In einem solchen Augenblick!« Mary ging mit knallenden Absätzen auf und ab. »Wir können Kapitän Trelawny nicht finden. Haben Sie eine Ahnung, wo er sich aufhalten könnte?«

Der Kapitän wandte sich halb von ihnen ab, zum Fenster, so daß die Morgensonne sein mildes, ein wenig unbestimmbares, aber gequältes Gesicht beleuchtete. Seines Wissens, sagte er, sei Trelawny in Viareggio. Man habe gehört, dort sei ein Kanu angetrieben worden, das so aussehe wie das, welches sich an Bord der Ariel befunden habe, und Trelawny sei hingeritten.

Mary befahl dem Kutscher, sie nach Viareggio zu fahren.

Während der Fahrt sagte keine von ihnen ein Wort. Jane ließ sich vom Schwanken des Wagens notdürftig in Schlummer wiegen, und Mary versuchte, einen Entschluß zu fassen, wie dem, was sie wahrscheinlich erwartete, am angemessensten zu begegnen war.

Trelawny war dort, am Strand, wie immer Herr der Lage, wenn auch anfangs ein wenig verlegen und bedrückt beim Anblick der beiden Frauen, die unerwartet auftauchten. Er hatte sich um das Kanu gekümmert, das zerbrochen, ganz gewiß aber identisch mit Shelleys liebstem Spielzeug war. Jane erkannte es sehr gut von einer Fahrt zu zweit wieder, zu der sie sich hatte überreden lassen, und die bei der geringsten unvorsichtigen Bewegung für sie beide zur ersten und letzten geworden wäre.

»Sie haben es im Sturm über Bord geworfen«, schlug der junge Kapitän vor.

Noch eine dieser infantilen Äußerungen, zu denen sich ein Ratloser – oder Gleichgültiger – angesichts der vollendeten Tatsache veranlaßt sieht. Trelawny war im Grunde beides nicht, nur war er mit der Situation nicht vertraut. Mary war nahe daran zu lachen. Doch jeder noch so gut gemeinte Versuch, ihr mit puren Dummheiten Mut einzureden, bedeutete, daß man sie trotz allem unterschätzte ... Es gefiel ihr nicht, dies bei jemandem zu erleben, der im Augenblick ihr kostbarster Freund war.

Sie sagte: »Shelley nicht. Und er hätte Edward niemals erlaubt, es über Bord zu werfen. Und Sie wissen das.« Sie stieg wieder in den Wagen. »Begleiten Sie uns nach Casa Magni? Sie können das Pferd hinten an den Wagen binden.«

Sie müsse, sagte sie, mit einem vernünftigen Menschen sprechen. Mit einem Freund. So wurde das Gespräch auf der Heimfahrt angestrengt und verlegen. Außerdem wirkte jeder Versuch, etwas zu sagen, unerträglich pathetisch neben Jane, die still und offen in ihrer Ecke weinte. Kapitän Trelawny fühlte sich hochgradig unwohl, und er schwitzte; er war ein in Herz und Seele einfacher Mann, aber Umstände wie diese machten ihm das sozusagen bewußt; am liebsten hätte er in den Wind gespuckt, irgendeine Frechheit von sich gegeben – um damit das Unbehagen loszuwerden.

Als sie abends in San Terenzo und Casa Magni ankamen, wurde im Dorf ein Fest gefeiert. Eine Hochzeit, dem Kutscher zufolge. Feste waren nicht ungewöhnlich in San Terenzo und endeten in der Regel in einem nächtlichen Bacchanal am Strand, aber solange es hell war, hielt man sich auf dem freien Platz oberhalb des Bootsschuppens auf, wo vormittags Fisch verkauft wurde. Das Ganze fand in Schwarzweiß statt, in glänzendem Schwarz und blendendem Weiß. Der Anblick war genau das, was Trelawny brauchte, um wieder er selbst zu werden. Doch bemühte er sich, seine Erleichterung vor Jane zu verbergen, die sich aus dem Wagen helfen ließ und sofort im Haus verschwand. Mary war nach wie vor gefaßt, sie stieg, auf seinen Arm gestützt, herunter und erklärte, sie habe »diese Wilden« allmählich ziemlich satt.

Aber nichts hinderte sie gerade jetzt daran, darüber zu lächeln, müde, doch erleichtert über die Ankunft nach den Stunden im Wagen, und verhältnismäßig generös in Trelawnys irisch abgemagertes Gesicht hinauf. Die Sonnenbräune war sein bester Schutz, wie sie bemerkte, als er das Lächeln beantwortete. So plauderte sie weiter auf dem Weg ins Haus.

»Hier herrscht Tag und Nacht ein Geschrei und Geschnatter, wenn sie ihre Feste feiern. Man wird nie schlau daraus, was sie eigentlich feiern. Trinkgelage zu Ehren des Dionysos, schlug Shelley einmal in einer Nacht vor, als sie sich selbst übertrafen.«

Claire und Percy-Florence kamen ihnen eine Treppe höher entgegen. Mary hob den Jungen zu sich herauf, während Trelawny Claire begrüßte und mit ihr auf die Terrasse ging. Dort erzählte er ihr alles, was er wußte, und gestand, daß er persönlich wenig Hoffnung habe. Er war sichtlich dankbar, es geradeheraus sagen zu können und sich nicht verstellen zu müssen – im Glauben, sie sei nicht so direkt engagiert wie die beiden anderen Frauen. Sie ließ ihn in diesem Glauben.

Trelawny nahm Marys Einladung an, ein paar Tage bei ihnen zu verbringen.

Sie sagte: »Es wäre mir wichtig, Sie hier zu haben, falls wir etwas erfahren. Und ich weiß, daß es Jane und Claire auch so geht.«

Am Abend, nach dem Essen und der anschließenden obligatorischen Plauderei, die unter Bekannten hilft, sich die Wirklichkeit vom Leibe zu halten, erzählte Trelawny ihnen Episoden aus seiner Zeit als Seeräuberkapitän, so gut wie alles erlogen, was alle akzeptierten; er war, wie er selbst sagte, ein Lügenmaul, jedoch eines, das verhältnismäßig wahr log. Er erzählte also, sie hörten zu, sogar Jane war gelegentlich zu einem Lächeln fähig, und auf diesem Wege, über das Meer und die Häfen, näherten sie sich doch wieder dem, womit sich ihre gezügelten Gedanken die ganze Zeit beschäftigten.

»Ich habe ihm einmal vorgeschlagen, ihm das Schwimmen beizubringen«, sagte Trelawny.

Man hätte von diesem Abenteurer und Mannsbild kaum etwas anderes erwarten können, als daß er sich ausgerechnet das unpassendste Thema aussuchte. Niemand hätte den Charme gerade in dieser etwas kantigen, aber männlichen Nonchalance bestreiten können, obwohl sie ein wenig hohl klang, wie Jane fand, als ob sie etwas ersetzen sollte – vielleicht Ehrlichkeit, Integrität, sie wußte es nicht. Mary schien amüsiert. Was Jane in der Auffassung bestärkte, daß Marys Liebe zumindest zum Teil ein Kleid war, das sie sich zu tragen entschlossen hatte und also trug, wie sie schließlich die Trauer und den Witwenstand tragen würde. Jane überlegte einen Augenblick lang, ob sie gehen sollte, blieb aber aus purer Müdigkeit sitzen. Nichts, am allerwenigsten ein demonstrativer Akt, konnte noch etwas nützen.

Und Trelawny war mitten in seiner Schnurre:

»... unten am Strand von Arnos. Ich sprang ins Wasser, während er in irgendeinem Buch las. Plötzlich kam ich auf die Idee, ihn aufzufordern, daß er ins Wasser kam und zu schwimmen versuchte. Ich glaube, ich sagte zu ihm: ›Leg dich auf den Rücken, dann schwimmst du oben.‹ Er tat es! Er zog sich bis aufs Hemd aus, ging schnurstracks ins Wasser, legte sich auf den Rücken und sank wie ein Stein auf den Grund. Und blieb liegen! Er lag einfach nur da! Zuerst glaubte ich, er hielte mich zum besten und könnte schwimmen. Was sollte ich glauben? Wie eine verdammte Statue! In zwei Metern Tiefe! Im letzten Moment tauchte ich und holte ihn herauf. Als er zu sich kam, wurde er entsetzlich wütend und nannte mich Lump und Schweinehund und Holzkopf. ›Wenn du mich liegengelassen hättest, hätte ich jetzt in einer anderen Welt sein können‹, sagte er. Als er sich angezogen und ein wenig erholt hatte, konnte ich es nicht lassen, ihn darauf hinzuweisen, daß er angeblich nicht glaubte und sich trotzdem ein Leben nach diesem vorstellte. Er starrte mich lange an, als überlegte er, wie weit ich fähig sei, eine Erklärung zu begreifen – ich hatte eigentlich die Hoffnung aufgegeben, eine zu bekommen, als er sagte: ›Ich kann Gott nicht mit Paulus und Luther gemeinsam haben, wenn es das ist, was man mit Glauben meint. Sie lehnen den Stolz der sogenannten Heiden auf ihre Philosophie und Kultur ab. Sie sind Feinde des Humanismus! Sie predigen Abscheu vor dem Werk des Menschen. Wie Calvin sagt, ist es auf jeden Fall nützlich, den Menschen von seiner falschen und eitlen Ehre zu entblößen, aber, hols der Teufel, nicht um Luthers Verachtung für den Humanismus an ihre Stelle zu setzen‹. ›Montaigne‹, sagte er, ›ist eher mein Mann, die Liebe des Einsamen zu den Gedanken, wenn er durch Studien das mögliche Maß des Menschen zu erkennen versucht. Das mögliche Maß des Menschen!‹ sagte er, und ›Für mich haben Platon und Dante über Diderot gesiegt!‹ Aber warum er sich dann immer noch Atheist nenne, fragte ich. ›Ja‹, sagte er, ›das ist ein Teufel, den ich gemalt habe, um die Dummköpfe auf Abstand zu halten‹.« Trelawny strahlte sie mit seinem traurigen Lächeln an.

Jane besaß eine Art von hochgradig liebenswürdigem Lächeln, wenn sie ihre Feinde richtig identifiziert hatte.

»Aber dich hält nichts auf Abstand«, sagte sie. »Willst du damit sagen, Percy sei religiös geworden? Du meinst, man kann ihm das einfach so zuschreiben, jetzt, da man weiß, daß er es nie wird widerlegen können?«

Statt Trelawny, dem nicht mehr einfiel, als über das empörte Frauenzimmer zu lachen, antwortete Mary:

»Er ist eine Doppelnatur, ebensosehr Mystiker wie Skeptiker. Diese Gespaltenheit ist das Besondere an ihm, und er hat sie mit allen gemeinsam, die dieses ›dem Menschen mögliche Maß‹ suchen, wie er es nennt. Ein innerer Konflikt. Aber er ist fruchtbar. Hat es je einen Menschen gegeben, der das eine oder andere in reiner Form war? Ich frage mich das. Shelley jedenfalls ist es weniger als alle anderen. Bei ihm haben sozusagen beide Seiten abwechselnd versucht, das Beste aus der Situation zu machen.«

»Das erklärt nicht, warum er sich angeblich das Leben nehmen wollte«, sagte Jane. »Was hätte ihn so unglücklich oder unzufrieden mit dieser Welt machen sollen? Das hätte ich gern gewußt.«

Aber Mary antwortete nicht darauf. Und Claire ebenfalls nicht.

Der Abend war warm. Claire, die Percy-Florence eine Weile gehalten hatte, übergab ihn Mary und ging auf die Terrasse, um Luft zu schnappen, wie sie erklärte. Gleichzeitig ging Jane hinaus, nicht ohne Geschmeidigkeit, um nach ihren Kleinen zu sehen.

»Du mußt sie entschuldigen«, sagte Mary, »du mußt uns alle entschuldigen. Hier ist keiner mehr richtig er selbst.«

»Sie ist auffallend empfindlich, was Shelley betrifft.«

»Die Freundschaft der beiden«, sagte Mary, »ist immer noch ganz jungfräulich«, sie sah ihm fest und direkt in die Augen. »Sie ist in einer besonders schwierigen Phase und allen beiden besonders kostbar. Oder sollte man vielleicht sagen *war*?«

»Noch ist nicht alle Hoffnung aus.« Er stand auf und ging zum Fenster. »Es ist sehr wohl möglich, daß sie irgendwo an Land getrieben sind und sich noch nicht mit uns in Verbindung setzen konnten. So etwas geschieht hier fast bei jedem Sturm. Das haben mir die Fischer in Viareggio gesagt.«

»Edward«, sagte sie, ließ es aber auf sich beruhen; sie wußte, daß niemand es ihm gesagt hatte, nichtsdestoweniger legte sie Wert darauf, es von ihm zu hören. »Ja! Hoffen wir, daß sie dieses Mal recht haben.«

In dieser Nacht, nachdem sie oben gewesen war und nach den Kindern gesehen hatte, verließ Jane (ohne daß sie die Absicht dazu gehabt hätte, und doch als wäre es völlig selbstverständlich) das stumme Dunkel von Casa Magni. Drüben beim Dorf glühten noch immer die Feuer der Dorfbewohner am Strand; einige schiefe, gebückte Gestalten entfernten sich und verschwanden oben zwischen den Schuppen, die letzte fiel, stand aber wieder auf und ging weiter. Sie ging langsam in diese Richtung, zum nächsten Feuer, und setzte sich dort hin. Ein warmer Wind war aufgekommen und fächelte über die Glut. Mit zerstreuten Bewegungen legte sie einige abgebrannte Pinienzweige nach. Sie brannten mit matten Flammen. In einem der nahegelegenen Häuser schlug ein Pferd oder Esel oder Maultier übermütig, aber hart im Gefängnis der Box aus. Leben hatte auch diese ländliche Bedeutung, tatsächlich vor allem diese, die beneidenswerten klapprigen Scheunen des Unveränderlichen. Sie hätte es niemandem sagen können, nicht einmal Edward, ihrem Edward. Es war zu einfach. Zu albern. Das Pferd, es war ein Pferd, wieherte trotzig und zerrte an seinem Halfter. Das hinderte die Frau dort draußen einstweilen daran, in sich selbst zusammenzuschrumpfen, doch konnte sie auf die Dauer nicht verhindern, daß sich ihr Zusammengehörigkeitsgefühl in eine recht feierliche Demut verwandelte: sie war menschlich schwach, ungeachtet dessen, was sie verstand. Das Pferd ließ sich von Zeit zu Zeit hören, es nagte am Holz der Krippe und trat aus. Die Funken erloschen bis auf ein lange betrachtendes Auge. Erst als die Dämmerung zu ahnen war und die Gefahr bestand, daß sie gesehen wurde, zwang sie sich, aufzustehen und wieder hineinzugehen.

Trelawny blieb bis zum Donnerstag bei ihnen, vier Tage insgesamt. Mit seiner gründlichen und ein wenig ungeschickten Liebenswürdigkeit entlockte er ihnen Einzelheiten über Shelleys Leben, wobei er offenbar den größten Wert auf das Unschuldsvolle und entzückend Pikante legte, wovon es einiges gab, und auf das Rührende, sonnig Heitere, das zu schildern Mary eine gewisse Neigung hatte.

Jane gefiel das nicht.

»Trelawny wird ihn zum Hanswurst machen! Begreifst du nicht, daß er genau darauf aus ist. Oder vielleicht ist er nicht darauf aus, aber es wird das Resultat sein. Er will ihn sich aneignen, ihn zu seinem Eigentum machen, um eine Menge lustiger Halbwahrheiten über ihn erzählen und selbst glänzen zu können, jetzt, wo Shelley...«

»Ihn sich aneignen, sagst du? Fühlst du dich bestohlen, Jane?«

»Nein«, sagte sie, von plötzlicher Müdigkeit überwältigt, »aber ich finde, du solltest es vielleicht, normalerweise...«

»Trelawny ist ein Freund. Einem Freund wollen wir nicht unrecht tun. Das können wir uns nicht leisten.«

Sie waren auf dem Heimweg am Strand. Jane trug einen Korb mit Fisch, der in ein Leinentuch gewickelt war, und Gemüse, das sie im Dorf gekauft hatten. Mary, neben ihr, schräg hinter ihr, bemerkte, daß die Last an ihrem Arm sehr leicht schien, so einfach zu tragen verglichen mit den anderen, die ihr das Schicksal mit einem

Schlage aufgebürdet hatte. Sie selbst hätte ihre Trauer gerne sichtbarer getragen, als eine innere Schwere, verschönend ... Zum Teil war es die noch immer gehegte Hoffnung, zum Teil ihre ewige Sachlichkeit, was dies verhinderte. Und sie war die weinerliche Eifersucht der Freundin herzlich leid.

»Er sieht eine Chance für sich«, sagte Jane. »Er plant, eine Biographie zu schreiben. Das sieht doch jeder. Und ihn zu seiner Figur machen. ›Shelley‹ von Edward Trelawny.«

Mary holte tief Luft. »Dazu ist er nicht fähig, aus dem einfachen Grunde, weil ihm jedes Interesse für den Shelley abgeht, den die Nachwelt in den Gedichten vorfinden wird. Shelleys bester Schutz ist er selbst. Er wird jede Biographie überschatten, die Trelawny zusammenbasteln könnte. Das wage ich dir hier auf der Stelle zu versprechen.«

»Wir sollten die Gedichte nicht überschätzen, nicht in dieser Hinsicht. Aber wenn schon, das ist es nicht, was mich beunruhigt. Er hat ein besseres Schicksal verdient, als zur Hauptfigur in einer Anekdotensammlung von jemandem wie Trelawny zu werden.«

»Ich glaube nicht, daß wir es verhindern können, wenn Trelawny wirklich die Absicht hat. Aber einerlei, ich bin sicher, du übertreibst seine Möglichkeiten, Shelley Schaden zuzufügen.«

Sie waren am Tor angelangt. Jane ging mit dem Korb in die Küche, und Mary blieb draußen im Park bei Caterina und den Kindern.

Gewiß wollte sie Jane zeigen, was sie meinte, als sie an diesem Abend, nach dem Essen, während sie wie an den

Abenden zuvor im Zimmer zur Terrasse und zum Meer saßen und sich unterhielten, den Band mit Petrarcas Liebesgedichten hervorholte, der Shelley gehörte. Sie gab ihn Trelawny.

»Den solltest du lesen«, sagte sie zu ihm. »Ich meine, falls du Klarheit über Shelley finden willst. Petrarca steht ihm näher als ich. Doch! Ich weiß nicht, wie oft ich mir das mit Bedauern gesagt habe. Oder es ihm vorgeworfen habe. Ihn dazu gezwungen habe, es abzustreiten. Jetzt ist es mein größter Trost«, sie lachte sogar kurz auf, »zu wissen, daß es für mich einen Weg zu ihm gibt, auf dem ich ihn, wenn ich will, auch garantiert erreiche, ich meine, *ihn.* Petrarcas Gedichte sind wie Beschwörungsformeln, verstehst du, die Shelleys wirkliches Ich zutage fördern. Ich habe oft gesehen, wie sehr sie ihn mit ruhigem Entzücken erfüllen, mit Stille, Kraft...«

»Petrarca«, sagte Trelawny.

»Petrarca.« Mary setzte sich. »Der Bergsteiger. Buchstäblich und bildlich: die Pfade der Einsamkeit auf den Mont Ventoux hinauf, oder auf die Hügel im Norden von Avignon. Oder in die Apenninen. Dort oben, in den grauen Massiven. Ich glaube, sein Haus hat auf dem höchsten Punkt eines Hügels in Arquà gestanden. Er suchte die Einsamkeit auf den Höhen. Und in den Büchern. Denn er war auch einer von diesen Zwergen, von denen Bernhard von Chartres spricht, die auf die Schultern der Riesen klettern und mit gespreizten Beinen über deren Köpfen stehend eine bessere Aussicht haben als diese selbst. Er wurde selbst am Ende ein Riese, der größte seiner Zeit. Höhen haben Shelley nie bezaubert, aber vielleicht die Einsamkeit... mit, sagen wir, Dantes

Vita nuova auf Petrarcas Schulter sitzend, und ganz zufrieden damit!«

Trelawny drehte und wendete das Buch, betastete die harten, abgenutzten Buchdeckel, nickend, nickend. Da er nicht wußte, was er mit dem Buch anfangen sollte, begann er, enthusiastisch mit ihm zu winken und versprach, es umgehend zu lesen; er zwängte es unsanft in die Innentasche seiner Jacke und klopfte darauf mit aller erdenklichen Unerschrockenheit.

Am Donnerstagmorgen nahm Mary Percy-Florence mit sich an den Strand, ein Stück von Casa Magni fort, zu einer Landspitze mit flachen Klippen, wo sie einen Platz im Schatten einer Akazie gefunden hatte, die irgend jemand dort eingepflanzt hatte. Während sie sich scheinbar ihrer Lektüre widmete, konnte sie den Jungen im Auge behalten, der am Wasser spielte. Das Buch lag aufgeschlagen auf ihren Knien, hin und wieder nahm sie es und fächelte sich Luft damit zu. Sie betrachtete das Meer und den Jungen. Steine zogen seine ganze Aufmerksamkeit auf sich, doch jeder einzelne Stein nicht länger als einen kurzen Augenblick, dann warf er ihn weg und nahm einen anderen. Mit jedem Tag erkannte sie deutlicher seinen Vater in ihm. Ja. Dieser Blick, eine Art sachlicher Neugier. Diese Stunden wären unerträglich gewesen, wenn sie für sie nicht auch ganz notwendig gewesen wären.

Möwen stürzten aufs Wasser herab.

Trelawny kam herbei. Offenbar bereiteten ihm seine Stiefelabsätze zwischen den kleinen Steinen und dem losen Sand Schwierigkeiten, er bewahrte die Haltung des stabilen und kräftigen Mannes nur mit großer Mühe. Aber ganz und gar als solcher nahm er Aufstellung vor ihr.

»Oh«, sagte er, »du liest. Das habe ich nicht gesehen.«

»Das macht nichts. Ich lese nicht. Nicht richtig.«

Sie ließ das Buch sinken und sah zu ihm auf, blinzelnd; er war vorausschauend genug gewesen, sich mit der

Sonne im Rücken aufzustellen, und sie konnte sein Gesicht nicht genau sehen.

»Ich suche gerade einen Abschnitt«, erklärte sie dann. »In diesem Buch. Ich mußte daran denken, als wir kürzlich abends über ihn sprachen. Er hat ihn mir ein paarmal vorgelesen. Gleichzeitig fasziniert und beunruhigt, glaube ich. Ich wünschte, du würdest ihn lesen. Er erklärt, was ich zu sagen versuchte. Falls es dich interessiert.«

Sie gab ihm das Buch, das sie auf der fraglichen Seite aufgeschlagen hatte, wie er bemerkte. »Da«, sagte sie, »mitten auf der Seite.«

Der Kapitän las, auf den Hacken schaukelnd, Wort für Wort, vor der Frau seines Freundes.

Als er den Blick erhob, richtete er ihn auf die Landspitze, auf den Horizont, und auf das, worüber er nachdachte, doch sie nahm es ihm nicht ab, und fest entschlossen, ihn nicht mit Schauspielerei davonkommen zu lassen, sagte sie:

»Etwas anzubeten, ohne sich selbst eine Vorstellung davon zu machen, wäre für ihn Heuchelei schlimmster Sorte gewesen. Wenn er nur ein bißchen scheinheilig gewesen wäre, hätte er es sich erlaubt und vielleicht, wie es üblich ist, versucht, dem eine Art mystischer Gültigkeit zu verschaffen. Er *hatte* immer eine Vorstellung, und gerade deshalb hat er geleugnet. Sein Atheismus war ein Protest und eine Provokation gegenüber dieser lauen und heuchlerischen Religiosität, die sich beispielsweise nicht die Mühe macht, sich das Angebetete genauer vorzustellen. Sein Atheismus war als Gelübde genauso bindend wie Loyolas Gelöbnis zu glauben, und er zwang ihn, die Vorstellung zu leugnen, die er selbst besaß. Das war seine Entdeckung. Aber wo das Leugnen aufhörte, begann nicht die Anbetung. Er erkennt seine Vorstellung an, bleibt ihr gegenüber aber gleichzeitig reserviert, gleichsam die ganze Zeit zu ihr hinschielend, wie dieser Spinoza.«

Trelawnys Unterlippe schob sich argwöhnisch nach vorn, denn er wollte bei ihr nicht den Eindruck erwekken, daß ihn Haarspaltereien langweilten. »Was für eine Art von Vorstellung hat er denn?« wollte er wissen.

»Tja. Eine Art Pantheismus...«

»Ah! Ich glaube, davon hat Byron neulich gesprochen. Ein Mann namens Hobbes, den er las, der hat gesagt, wenn man zum Beispiel behaupte, Gott sei im Grunde die Welt, sei es das gleiche, als wenn man sagt, es gebe keinen. Ich meine, keinen Gott. Also ist er wohl doch Atheist. Das wird Jane freuen.«

»Hobbes«, wimmerte Mary. »Hobbes!«

Trelawny ging wieder dazu über, in dem Buch zu blättern, zerstreut und ungeschickt. »Ja, ja«, sagte er, worauf er es zuklappte und ihr reichte.

»Ja.« Sie ließ es auf den Knien liegen, ließ das Thema trotz ihres Vorsatzes fallen.

Er sah müde aus. Oder überdrüssig. Seine Hände griffen unentwegt nach etwas in der leeren Luft.

Er habe beschlossen, nach Livorno zu reiten, sagte er. »Jetzt. Auf der Stelle. Vielleicht hat man etwas gehört. Vielleicht kann ich irgend etwas *tun*. Hier bin ich ja nicht zu erreichen.«

Mary Shelley hätte eigentlich gern etwas gesagt, denn er verdiente einen Beweis ihrer Freundschaft, Loyalität,

Achtung ... wie man das alles nun nannte. Aber obwohl sie ihn im Grunde nicht kannte, wußte sie, daß er sich entweder nicht erlaubt hätte, zu zeigen, daß er es bemerkt hatte, oder nur allzu erpicht darauf gewesen wäre, es in Anspruch zu nehmen. Die Jahre mit Shelley hatten sie gelehrt, daß es zum komplizierten Wesen der Aufrichtigkeit gehörte, daß sie mißlang, wenn man sie zum Instrument machte.

Trelawny verließ sie; er ging zum Haus zurück.

Als er sein Pferd sattelte, kam Claire heraus, um Abschied zu nehmen.

»Jane hat Kopfschmerzen«, erklärte sie.

»Das darf sie gern!« Aber es war nicht böse gemeint. Er lachte auch, wieder ganz er selbst, angesichts des bevorstehenden Abschieds. Er saß auf. »Falls ein Brief kommt, morgen mit der Post, an mich, möchte ich, daß du ihn öffnest. Es wäre vielleicht nicht günstig, wenn Mary oder Jane es täten. Du verstehst ... Man kann ja nie wissen.«

Sie verstand. Ihr gefaßtes oder, wenn man so will, auf Null gestelltes Gesicht garantierte dafür, daß sie mit jeder Eventualität aufs beste fertigwerden würde.

Es gibt Menschen, die bestreiten, daß sie eine Vorstellung von Gott haben, obgleich sie ihn, wie sie selbst sagen, verehren und lieben. Selbst wenn man ihnen die Definition und die Attribute Gottes vor Augen hält, erreicht man nichts; nicht mehr, beim Herkules, als wenn man einen blindgeborenen Menschen über die Unterschiede zwischen den Farben belehren wollte, wie wir sie sehen. Sofern wir aber diese Menschen nicht für eine neue Art von Wesen mitten zwischen Mensch und Tier halten wollen, sollten wir auf ihre Worte wenig geben. Wie anders, frage ich, kann man die Vorstellung einer Sache klar zur Anschauung bringen, als indem man ihre Definition gibt und ihre Attribute erklärt? Da wir aber genau das hinsichtlich der Vorstellung von Gott tun, brauchen wir uns um die Worte derer nicht zu bekümmern, die Gott einzig und allein deshalb leugnen, weil sie sich in ihrem Gehirn kein Bild von ihm machen können.

Mary hatte das Buch beiseitegelegt. Auf der Klippe konnte man sich relativ bequem ausstrecken und auf das Meer und den Strand in Richtung San Terenzo blicken. Der Junge war mit seinen Steinen beschäftigt. Sie war dankbar für den äußeren Frieden, der ihr erlaubte, Gedanken nachzuhängen, wenn er auch das Urteil nicht milderte, das sie über sich selbst fällen mußte: ganz gleich, ob jemand, der »sich keine Vorstellung bilden kann«, von sich behauptet, er »bete an« oder »leugne«, beides geschieht mit falscher Vollmacht. Das Pendant zu gespielter Anbetung ist ein Leugnen, das nur darauf hinausläuft, die Vorstellungen anderer abzulehnen. Mary selbst hatte meistens geschwiegen, meistens ... Aber war die Leidenschaft in Shelleys atheistischem Bekenntnis eine ausreichende Rechtfertigung seines Angriffs auf Religiosität und Frömmigkeit? War es seine schlummernde Vorstellung? Sie konnte es nicht sagen. Oder war nicht bereit dazu. Aber sie sagte sich, daß sie nicht vergessen durfte, mit ihm über diese Dinge zu sprechen, wenn er zurückkam.

Der Junge war müde geworden. Er warf Steine ins Wasser, zwei oder drei auf einmal, mit ausgeklügelt gelangweilten Gesten.

Während sie am Strand zurückgingen, der Junge an ihrer Hand oder auf gelegentlichen Streifzügen in ihrer Nähe, betrachtete sie das Haus. Durch den Verfall sehen protzig angelegte Villen leicht wie Festungen aus. Hinter kahlen Mauern ist das Schweigen des Vergessens düster und schal. Wo keine Geheimnisse mehr sein dürfen, grünt es nicht.

Man hatte ihr gesagt, Casa Magni sei von Jesuiten bewohnt gewesen, einer Handvoll Mönche. War die kühle Leere in den Räumen ihr Erbe? Kalk und Kargheit und grobe Steinplatten, um die Verflüchtigung des Ideals zu verhindern und das Ich davor zu bewahren, sich in die Loyalitäten des Privatlebens zu verstricken. Auf entsprechende Weise hatte er (hatte er?) durch sein Gelübde vollkommener Menschenliebe den Einfluß des Gewissens auf seine Handlungen eliminiert. Aus Antipathie gegen die feierliche Scheinfrömmigkeit, die sein Vater, Mitglied des Parlaments, praktiziert hatte, und um seinen eigenen Forderungen nach einer unbestechlichen und vollkommenen Güte zu entsprechen, war er zu einer Art Gegenteil von Scheinheiligkeit gelangt, das ebenfalls scheinheilig war, jedoch rigoros statt praktisch.

»Ich muß mit ihm darüber reden«, sagte sie. »Bei Gelegenheit. Wenn er... Wenn wir... wenn wir beide reif dafür sind. Wenn sie zurückkommen, Williams und er, und der arme Charles Vivians. Das muß ich.«

Sie nahm Percy-Florence auf den Arm und trug ihn das letzte Stück.

Am Freitag, dem Posttag, kam tatsächlich ein Brief für Trelawny von Kapitän Roberts in Livorno. Claire, die dem Postfahrzeug entgegenging, nahm ihn an sich und öffnete ihn erst, als sie wieder in ihrem Zimmer war. Roberts berichtete, zwei Körper seien angetrieben worden, einer in der Nähe von Viareggio, der andere nicht weit von der Mündung des Serchio. Sie beschloß, nichts von dem Brief und seinem Inhalt zu sagen, und steckte ihn zu ihren eigenen. Die Ertrunkenen, sagte sie sich, konnten andere sein als Shelley und Williams oder der Schiffsjunge Vivians. Sie wußte es natürlich besser, im Innersten: nichts in ihrem Leben hatte ihr Grund dazu gegeben, irgendein Erbarmen zu erwarten.

Eine Weile überlegte sie, ob sie Casa Magni ohne ein Wort verlassen sollte. Das am wenigsten Schmerzhafte. Es würde Abend werden, ehe sie sie vermißten. Aber das wäre nicht ihre Art gewesen. Sie ging also hinaus an den Strand, wo Mary sich mit Percy-Florence aufhielt.

»Er sucht einen Stein, der so aussieht wie ein Stein!« Mary betrachtete ihn mit mütterlichem Entzücken. »Einen, der nicht *komisch* ist!«

Hatte es je eine glücklichere Mutter, einen hübscheren Sohn gegeben?

»Nach einem solchen Stein muß man vielleicht lange suchen«, sagte Claire, die Tante, gleich ganz im Einklang.

Und so konnten sie über dieselbe Sache lachen, die beiden Schwestern, Gesicht an Gesicht.

»Ich habe mich entschlossen, nach Florenz zurückzufahren. Morgen«, sagte Claire dann, damit es gesagt war.

»Ja. Eigentlich gibt es ja keinen Grund, daß jemand von uns hierbleiben muß. Jetzt noch. Jane redet von Pisa. Aber ich bringe es nicht fertig. Nicht, bevor wir Bescheid wissen.«

Sie ging hinunter zu Percy-Florence, der auf seiner Jagd nach *dem* Stein dem Wasser ziemlich nahe gekommen war, und führte ihn einige Schritte an der Hand, bis er sich wieder freimachte.

»Vielleicht fahre ich später nach Wien«, sagte Claire. »Meinen Bruder besuchen. Das wollte ich schon lange.«

»Gibt es einen besonderen Grund, weshalb du jetzt reisen mußt, schon morgen?«

»Ich halte es nicht aus, hier herumzusitzen! Und nur zu warten. Ich kann nichts dafür.« Sie ging ein paar Schritte, veränderte die Stellung, zog sich auf festeren Boden zurück. »Ich fühle, es ist ein günstiger Zeitpunkt, um uns zu trennen, für diesmal. Ich will nicht noch einmal den Fehler machen, es zu lange aufzuschieben.«

»Wenn du es also für notwendig hältst.« Die Jahre der Symbiose hatten Mary gelehrt, sich den Entschlüssen, die Claire in ihrem Interesse faßte, mit Feinheit zu fügen.

Claire ging nach San Terenzo und bestellte ein Fahrzeug für den nächsten Tag.

Am Abend, nachdem sie die letzten Sachen gepackt hatte, hörte sie vom Fenster ihres Zimmers aus dem Gespräch zwischen Mary und Jane draußen auf der Terrasse zu. Oder vielleicht sprach jede für sich, die Gegenwart der anderen mehr als Vorwand benutzend.

»Wir haben nie geheiratet«, sagte Jane. »Ich habe irgendwo einen Ehemann. Auf der anderen Seite der Erde vermutlich. Er ... ging fort. Wir sind also nicht verheiratet, Edward und ich. Das ist *unser* Geheimnis. Ich frage mich, ob nicht alle Ehen auf einem Geheimnis beruhen. Im Grunde. Ich vermute es.« Es klang, als ob sie lächelte. »Das war es, was ich dir zu erzählen versprach, damals vor tausend Jahren, als du mich fragtest, ob es mich schockierte, daß ihr als Verheiratete zusammengelebt hattet, du und Percy, ohne es zu sein. Edward und ich haben es also die ganze Zeit getan, genau das; ich nenne mich sogar Mrs. Williams. Schockiert *dich* das, Mary?«

Mary antwortete nicht. Claire wünschte, sie hätte sie sehen können, das Gesicht oder den Nacken, oder auch nur den Rücken.

Tatsächlich lachte Jane. »Du, die du besorgt warst, daß es *mich* stören könnte, *du* tust mir *leid. Das* tust du!« Lachen. »Ich glaube mich zu erinnern, daß du dich ungefähr so ausdrücktest: ›stören‹. Das war deine Hoffnung, eine Art Keuschheit bei mir, eine Art Handikap ...«

»*Shelley*«, sagte Mary, »Shelley pflegt zu sagen, die Apenninen sähen von hier, in einem bestimmten Licht, manchmal wie die Hüfte einer ruhenden Frau aus. Ich habe es bisher nicht gesehen, aber jetzt glaube ich zu verstehen, was er meint. Tatsächlich. Sein Blick findet immer das Schöne... oder wählt, ja, *wählt* sich das Schöne, nimmt es zum Ausgangspunkt. Das ist sein Dilemma. Wenn er eine schöne Frau trifft, ahnt er ihre Konturen und Linien und in ihnen den eigenen Traum davon, was sie sein könnte, und tut sofort sein Bestes, um sie ebenfalls zu blenden, mit seiner Bewunderung. Anfangs können weder er noch sie der Intensität und Entschlossenheit widerstehen, der *Entschlossenheit* in seiner Verliebtheit. Sie ist wie die Liebenswürdigkeit eines scheinheiligen Menschen, der dem Verachteten unentwegt die Hand tätschelt, bis beide glauben, es sei Zuneigung. Aber er wacht rechtzeitig auf, gleichsam erschöpft, angeödet, seiner eigenen Darbietung überdrüssig. Dann kehrt er zu mir zurück.«

»Dieses Mal kehrt er nicht zurück, Mary!« Sie triumphierte in einem schwachen Augenblick, die unverheiratete Mrs. Williams.

»Oh, vielleicht gibt es sehr gute Aussichten, daß er es doch tut, Jane, wenn es nur auf die Verachtung, die Verliebtheit ankommt. Ich weiß nichts, das er mit solcher Liebe verachtet hat wie den Tod. Oder mit solcher Verachtung geliebt hat.«

Darauf schwieg sie. Und Jane ebenfalls. Stand da und zitterte.

»*Ich* habe Shelley...«, sagte Claire, aber ganz still, in ihre hohlen Hände. »Ich.«

»Edward«, sagte Jane, »träumte davon, etwas von der Welt zu sehen. Kairo, sagte er oft. Und vielleicht Amerika. Ja, mein Gott.«

»Es war einsam, ihn zu lieben. Denn ich habe ihn geliebt. Andere haben immer etwas gefunden, worüber sie sich aufregen konnten. Daß er las. Nicht so sehr über das Was. So ist es immer. Wenn man seine Nase aus Wißbegierde oder Interesse in eine Sache steckt, findet sich immer irgendein verbittertes Individuum, das nicht schnell genug zeigen kann, daß es seine schon längst darin geschneuzt hat.«

Als Trelawny Kapitän Roberts in Livorno getroffen und von den Leichen gehört hatte, suchte er das Büro der Gesundheitsbehörde auf, wo ihm der Beamte erklärte, man habe sie dort, wo sie gefunden worden seien, im Sand vergraben, in ungelöschtem Kalk, ›entsprechend der Vorschrift‹. Er konnte eine kurze Beschreibung der Leichen mit Hilfe der Informationen geben, die er von den Soldaten bekommen hatte, die man losgeschickt hatte, um sie einzugraben. Der erste, der bei der Mündung des Serchio, schien derjenige Williams' oder des Schiffsjungen Vivians zu sein. Hinsichtlich der Identität des anderen Leichnams gab es keinen Zweifel.

»Mann, um die dreißig, ziemlich groß, sehr feingliedrig, fast weibliche Glieder, hat man mir gesagt.« Der Beamte sah von seinen Aufzeichnungen auf. »Auffallend langes Haar. Für einen Mann, hieß es.«

Trelawny nickte. »Was sonst noch?«

»In den Taschen seiner Kleidung fand man ... ein paar Bücher. Das war alles, glaube ich.« Er sah nach. »Einen Band Sophokles, in einer Jackentasche. Und in einer anderen, der Innentasche, steckte ein sorgfältig aufgeschlagenes Buch, als ob der Sturm den Leser überrascht und er das Buch eingesteckt hätte, um die Lektüre bei nächster Gelegenheit fortzusetzen. Sie haben auch den Titel aufgeschrieben.« Er überflog erneut seine Notizen. »›Lamia, Isabella, The Eve of St. Agnes and other Poems.‹ John Keats.«

»Diese Bücher, wo sind sie? Ich meine, wäre es möglich, daß ich sie an mich nehme?«

»Die Bücher! Die wurden natürlich zusammen mit dem Körper eingegraben.«

»Eingegraben! In ungelöschtem Kalk!«

»Wertlos, so ein Buch, das zehn Tage im Wasser gelegen hat. Fällt auseinander...«

»Wertlos, Mann! Sie begreifen nicht, was dieses Exemplar von Keats wert sein könnte, und wenn es noch so zerfallen ist!«

»Dieses Detail«, sagte der Beamte, »ist ja sehr wichtig, ich sehe es ein, da es dazu beiträgt, den Ertrunkenen zu identifizieren, aber heilige Maria, ein Buch, das im Meer gelegen hat...«

Trelawny ging. Es war seine Aufgabe, die Frauen zu benachrichtigen, und er machte sich sofort auf den Weg, spornstreichs. Die Erleichterung, jetzt, da es keine Hoffnung mehr gab, und das Tempo, nicht zuletzt das Tempo, erfüllten ihn mit einer Art edler Sentimentalität; auch die Wichtigkeit des Bescheids, den er zu überbringen hatte, wärmte ihn. Zu Pferd war er ein womöglich noch aufrechterer Mann als sonst, das heißt, nachdem er das Pferd aus dem Galopp der ersten Minuten hatte in Trab fallen lassen.

Gegen sieben Uhr abends war er da. Er blieb eine Weile unten in der Tür stehen, um sicherzugehen, daß er bereit war für das, was ihn erwartete. Es erstaunte ihn, daß er es war... und erstaunte ihn nicht: er hatte es immer vorgezogen, die Fäden selbst in der Hand zu halten, hier erwartete man von ihm im Grunde nur, daß er der Mann war, als der er sich am wohlsten fühlte, eine Mischung aus Schiffskapitän, hingebungsvollem Freund und, ja, Mannsbild.

Caterina mit ihrer karierten Schürze schrie auf, als sie von der Küche aus die Gestalt auf der Treppe sah. Sie konnte es sich leisten, denn niemand hatte sie je aufgeregt gesehen. Als sie ihn erkannte, ging sie hinaus und stellte sich so hin, daß sie sein Gesicht sehen konnte. Er nickte.

Sie verstand. »Sie sind oben«, sagte sie: »Signora Clairmont ist abgereist.« Dann zog sie sich wieder zurück.

Mary saß am Fenster und war dabei, eine Hose für den Jungen zu flicken und zu verlängern. Als der Kapitän eintrat, kam Jane, die seine Schritte auf der Treppe gehört hatte, aus dem Nebenzimmer herein. Die beiden Frauen sahen ihn an, Jane, wie er meinte, mit einem Anflug der triumphierenden Befreiung zu endgültiger Gewißheit. Mit einem Schlag alle Hoffnung aufgeben zu können, das gewährte diese überwältigende Freiheit – oder die Illusion davon. Er selbst biß die Zähne fest zusammen, für den Fall, daß Mary seine Unterstützung brauchen sollte. Worauf an sich nichts hindeutete.

»Es gibt also keine Hoffnung mehr«, sagte sie.

»Es besteht kein Zweifel, daß der Körper, den man gefunden hat, derjenige Shelleys ist.«

Wie er erwartet hatte, zuckte Jane zusammen, krümmte sich in der Leere ihrer neuen Ungewißheit. »Und Edward?«

Während er sich auf Mary zubewegte, sagte er: »Nach der Beschreibung zu urteilen, ist es sein Körper, der in der Nähe der Festung Migliarino bei der Mündung des Serchio gefunden wurde.« Er wandte sich zu Mary oder, richtiger gesagt, in die gleiche Richtung wie sie, zum Fenster, und halb von der anderen ab. »Shelley wurde weiter nördlich gefunden, näher an Viareggio. Soweit ich weiß, hat man den Jungen noch nicht gefunden.«

Jane verließ das Zimmer abrupt und schloß die Tür zu sich und den Kindern mit einer gewissen Kraft. Trelawny setzte ganz einfach eine verständnisvolle Miene auf, und genau das gleiche tat Mary, als sie ihn ansah.

»Dann ist es also aus«, sagte sie.

Und er, wörtlich, wie er es sich vorgenommen hatte: »Liebe Mary! Nie hat ein Mensch ein leuchtenderes Angedenken hinterlassen. Wir werden gewiß keine zweite Menschennatur finden, die so edel ist wie die seine. Lassen wir sein Angedenken unsere Trauer erleuchten. Ich selbst empfinde in meinem Schmerz große Dankbarkeit, denn unsere Freundschaft, die Freundschaft zwischen dir und mir, liebe Mary, ist sein Werk, die Schöpfung seiner Großmut. Die Liebe und Güte eines so großen Herzens ...«

Sie erwog, seinem Erguß ein Ende zu machen, und sei es nur um seinetwillen. Und um Shelleys willen. Aber sie ließ ihn weitersprechen. Sie hatte von Anfang an seine Stimme gemocht, die klangvoll war und dumpf, und diese ganze zitternde Salbung war eine vorübergehende Verirrung. Er hatte offenbar eine lange Erklärung vorbereitet und geizte nicht mit intimen Wendungen, »wir«, sagte er, »du und ich, meine liebe Mary«. Sie hörte ihm mit abgewandtem, mit abwärts gewandtem Gesicht zu, um nichts zu zeigen, was man, wie sie wußte, als Belustigung hätte verstehen können. Von ihrer Stärke war sie nicht ganz sicher, ob sie sie vor ihm verbergen konnte. Da er diese Rolle ein für allemal sich selbst zugelegt hatte, hätte er es bei ihr nicht nur unpassend, sondern direkt verletzend gefunden. Nachdem er fertig war und abschließend versichert hatte, daß er zu ihrer Verfügung stehe, wann immer sie ihn brauche, schlug er vor, sie solle ihn für alle praktischen Einzelheiten sorgen lassen.

»Ja«, antwortete sie. »Wir wären dir von Herzen dankbar. Wenn du das tun willst. Wir werden wohl wieder nach Tre Palazzi di Chiesa in Pisa ziehen, Jane und ich und die Kinder. Bis auf weiteres. Du kannst uns dort in ein paar Tagen besuchen.«

Unten wartete Caterina auf ihn. Sie gab ihm einen Brief von Claire, der den Brief von Roberts an ihn enthielt, nebst einigen erklärenden Zeilen auf einem beigelegten Zettel: ». . . brachte es nicht über mich, es ihnen zu sagen. Und nun reise ich ab. Ich kann nicht anders.«

Er steckte den Brief ein, saß auf und ritt davon.

Sie verließen Casa Magni schon am nächsten Tag, die Kinder und Caterina, Jane und Mary. In die Trauer mischte sich beim Abschied eine gedämpfte Befreiung; sie überließen sich ihr dankbar, während sich der Wagen in Bewegung setzte und sie fortbrachte, zurück, oder weiter, nach Pisa, fort vom Vergangenen, das sich, als wolle es Trelawny entsprechen, auf ihren Spuren bereits zu »leuchtendem Angedenken« zu ordnen begann.

Mary Shelley lächelte gelegentlich sogar in ihrer Ecke. »Einmal, als wir uns für ein paar Tage trennen mußten – ich glaube, er mußte nach London, und ich sollte allein in Bath bleiben –, ich erinnere mich, wie er damals sagte: ›Halte das Sinnbild fest, Mary und küsse es!‹ Im Grunde war er vielleicht ein völlig illusionsloser Mensch.«

Einige Tage später kam Trelawny wie verabredet zu ihnen nach Tre Palazzi, wo jede von ihnen wieder die Zimmer bezogen hatte, die sie mit ihrem Mann vor dem Sommeraufenthalt in Casa Magni bewohnt hatte. Das elegante oder, wenn man so will, pompöse Tre Palazzi lag gleich hinter der alten Stadtmauer, mit Aussicht auf den Ponte Fortezza. Aus Marys beiden Zimmern im Obergeschoß blickte man auf die Stadt und die Landschaft zum Meer hinunter; von Janes Zimmer im Erdgeschoß sah man auf den Fluß und die Reihe der Schiffe und kleinen Boote. Auf der anderen Seite lag, leicht zu erkennen, der Palazzo Lanfranchi. Die phosphoreszierende Luftspiegelung war durch die Umstände im Leben der Frauen nicht zerstört, in gewisser Weise hatte sie sich als wirklich und beständig erwiesen, so daß ihre Trauer durch Ironie geläutert wurde.

Trelawny ging direkt in Marys Zimmer hinauf. Er traf dort beide an, Jane im Begriff zu gehen, aber als er jetzt auftauchte, blieb sie noch, um zuzuhören. Das war ihr gutes Recht, obwohl sie wußte, daß die beiden es vorgezogen hätten, alles unter vier Augen zu besprechen, nebeneinander vor der großartigen Aussicht stehend. Nun stellte Trelawny sich allein am Fenster auf, die Hände auf dem Rücken und ein wenig breitbeinig, und verlor sich in einem Wirrwarr unwichtiger Einzelheiten. Sie betrafen allesamt die Schwierigkeiten, die Dinge zu ordnen. Die Gesundheitsbehörden erlaubten aus sanitären Gründen nicht, daß die Leichen weggebracht wurden. Über den britischen Konsul in Florenz hatte er die Genehmigung erlangt, die Leichen an Ort und Stelle einzuäschern, am Strand. Er hatte eine Art Feuerstelle aus Eisen machen lassen, in der die Körper verbrannt werden konnten, ohne daß die Asche verlorenging. Er beschrieb die Konstruktion im Detail, eine Art Eisenbahre auf vier hohen Beinen mit einem gewölbten Blech unter dem Gitter, auf dem der Körper liegen sollte. Er hatte die Absicht, sie mit Pferd und Wagen an den Strand transportieren zu lassen, und die toskanischen Behörden hatten ihm versprochen, ein halbes Dutzend Soldaten abzukommandieren, die ihm helfen sollten.

»Den Schiffsjungen haben sie nun auch gefunden, Charles Vivians. Man fand den Körper oben bei Massa, in Baumwolljacke und blau-weiß-gestreiften Hosen. Die Behörden sorgen für die Bestattung.«

Es sei ihr Wunsch, sagte Mary, daß Shelleys Asche auf

den protestantischen Friedhof in Rom käme, neben ihren Sohn, William, der vor einigen Jahren gestorben war. »Dort will auch ich ruhen, wenn die Zeit kommt.«

»Ich habe daran gedacht, zwei kleine Urnen anfertigen zu lassen, oder Schreine, vielleicht in Mahagoni, für die Asche des jeweiligen Körpers.«

Mary fand, das klinge »fein«.

Jane schwieg, wie sie es sich in Anwesenheit des Kapitäns angewöhnt hatte. Bis er gegangen war. Da sagte sie: »›Jeweiliger Körper‹, welch eine pfiffige Art, von Toten zu sprechen. Das macht das Ganze ja wirklich richtig *fein*.«

»Manchmal frage ich mich, Jane, ob es einen Menschen gibt, der annähernd so anstrengend sein kann wie du.«

»Ach, entschuldige! Ich weiß ja, daß du es anstrengend findest, wenn man die Dinge ernst nimmt. Übrigens erinnere ich mich, daß er genau das einmal gesagt hat, um dich zu entschuldigen. Deshalb legte er so großen Wert auf unsere Gespräche, zwischen ihm und mir, sagte er. Wegen meines Ernstes.«

»Sagte er?« Mary Shelley lachte. »Ich hatte den bestimmten Eindruck, daß du meistens auf der Gitarre herumzupftest und sangst, während er dabeisaß und schlief.«

»Eine der Voraussetzungen dafür, daß wir miteinander sprechen konnten, war natürlich die, daß du nicht dabei warst.«

»Tatsächlich?«

Das Feuerbestattungsgerät stand am Morgen des 15. August an Ort und Stelle bei der Mündung des Serchio. Trelawny hatte beschlossen, Williams' Überreste zuerst zu kremieren, als Vorübung. Man hatte zwei Pfähle eingeschlagen, um die Stelle zu markieren, an der der Körper lag, und einige von den Soldaten, die er zu Hilfe bekommen hatte, gruben ihn aus, während die anderen Pinienäste sammelten, die Trelawny unter der Eisenbahre und ringsherum kreuzweise aufschichtete.

In dieser Phase kamen Lord Byron und Leigh Hunt an. Trelawny hatte sie benachrichtigen lassen, daß die Verbrennung bevorstand. Eine Weile schien es, als wollten sie im Wagen sitzen bleiben, vielleicht so lange, bis das Feuer brannte, doch Byron kam, ganz sicher von Trelawnys Blicken provoziert, bald herangehinkt. Unter dem Arm hielt er den kleinen, innen mit Blei ausgekleideten Mahagonischrein, den Trelawny ihn gebeten hatte zu besorgen. Er stellte ihn in den Sand und trat an die Grube, aus der die Soldaten gerade den Körper hoben. Die Glieder lösten sich vom Rumpf, so daß sie einzeln und unter Zuhilfenahme großer Zangen herausgehoben werden mußten. Sonne und Hitze lieferten Byron einen Vorwand, sich das Gesicht mit einem großen Taschentuch abzuwischen. Doch er schrak nicht zurück. Er trat sogar noch näher heran, neben Trelawny, der den Transport des Körpers aufmerksam überwachte, und als die Soldaten den Rumpf und den Kopf anhoben, ließ der Lord sie innehalten, um das Ganze näher zu untersuchen.

»Ich erkenne jeden Menschen, mit dem ich gesprochen habe, an den Zähnen wieder. Ich sehe dem Sprechenden immer auf den Mund, er verrät, was die Augen verbergen wollen.« Worauf er glaubte, feststellen zu können, daß es ›ohne Zweifel‹ Williams' Überreste waren, die man ausgegraben hatte.

Der Geruch, der diffus und bedrohlich war, und der wachsende Schwarm von Insekten führten dazu, daß die abschließenden Vorbereitungen mit forcierten, ruckhaften Bewegungen ausgeführt wurden. Nur Byron stand reglos vor dem Leichnam, nachdem man ihn auf der Eisenbahre bereitgelegt hatte.

»Seht«, sagte er und hob das schwarze Seidenhalstuch an Williams' Hals mit der Spitze eines Stöckchens an, »ein Fetzen Stoff behält seine Form und seinen Glanz länger als ein Menschenkörper. Welch ein erniedrigender Gedanke!«

Unter anderem um zu verhindern, daß die Darbietung des Lords völlig in überspanntes Theater ausartete, zündete Trelawny die vorbereiteten Fackeln an und steckte sie zwischen die Zweige. Nach wenigen Minuten brannte ein wildes Feuer. Da verließ Leigh Hunt den Wagen. Er kam mit Wein, Salz und Weihrauch zu den beiden anderen, und sie teilten es unter sich auf. Trelawny und er selbst streuten das Salz und den Weihrauch in das Feuer, und Byron begoß es schließlich mit Wein, auf griechische Art.

Hunt trat anschließend einige Meter zurück, belästigt von dem Zischen und dem Rauch, dann noch einige Meter, und schließlich erklärte er, er wolle einen Spaziergang machen, »bis dann«. Auch Byron ging, aber anstatt spazierenzugehen, zog er Hemd und Stiefel aus und stürzte sich in die Wellen. Dort blieb er, bis die Einäscherung beendet war und die Soldaten die Eisenbahre ans Wasser geschleppt hatten, um sie abkühlen zu lassen. Da kam er heraus, am Ufer stolpernd und schwankend, jedoch durch das Bad erfrischt und gestärkt. Er schneuzte sich in die Hand, wie man es auch bei Trelawny sah, auf Seemannsart.

Während Byron sich anzog und Hunt zurückkehrte, sammelte Trelawny die Asche in den kleinen Mahagonischrein. Bis auf den Kieferknochen, den er einsteckte, um ihn als Erinnerung aufzubewahren, nicht weniger an Byron wie an Williams. Den Schrein übergab er Hunt, der ihn nach Pisa mitnehmen und Jane übergeben sollte. Bevor sie auseinandergingen, verabredeten sie sich für den nächsten Tag bei Viareggio.

Der Tag der Einäscherung Shelleys war nicht ganz so warm wie der Vortag. Meer und Himmel flossen in einem grauen Dunst zusammen, einem milden, gleichzeitig aber aufgeladenen Licht. »Wie für unseren Dichter bestimmt«, sagte Trelawny, als er zu Pferd an der Stelle angekommen war, wo die Soldaten warteten. Keiner antwortete, einige von ihnen tauschten Blicke aus. In Wahrheit mochte keiner von ihnen diesen Engländer und Zivilisten, der sie mit einer Art frecher und kameradschaftlicher Herablassung behandelte, als sei er einer von ihnen. Sie sammelten schweigend das Holz zusammen und begannen dann, mit Stangen nach dem Körper im Sand zu suchen. Der genaue Ort war unzureichend markiert worden. Zu diesem Zeitpunkt kamen Lord Byron und Leigh Hunt in Byrons Wagen an. Hunt blieb wie am Vortag im Wagen sitzen; er hatte sich sogar Lektüre mitgebracht, wie der Kapitän bemerkte. Aber Byron kam und stellte sich neben der Eisenbahre auf, um die Suche zu verfolgen. Hin und wieder verspürten sie eine warme, trockene Brise aus Süden – der Sand Afrikas.

Eine Schar Kinder hatte sich auf einer Sanddüne versammelt und beobachtete das Vorhaben der Männer mit respektvollem oder skeptischem Schweigen. Andere kamen hinzu, auch Erwachsene, stellten sich hin und gafften.

Eine Stange traf auf etwas, das ein hohles Geräusch von sich gab. Man begann zu graben, die Schaufeln schütteten mit unlustiger Heftigkeit drauflos, um es hinter sich zu haben. Wie sich zeigte, hatte man den Kopf getroffen. Byron sah nicht hin, jedenfalls nicht, nachdem er es mit einem flüchtigen Blick gestreift hatte, und plötzlich entfernte er sich, ging ans Ufer hinunter und blieb dort stehen, mit dem Recht des nahen Freundes. Mit um so größerer Geschäftigkeit nahm Trelawny an der Arbeit teil. Die Überreste Shelleys waren in einem noch schlechteren Zustand als diejenigen Williams' am Vortag, der Körper war schwer geschädigt durch die Zeit im Wasser und hatte sich in der Grube in ein fragiles Stück Kalk verwandelt, eine überfeine Arbeit aus Gips, die in ihre Bestandteile zerfiel, als man sie anheben wollte. Trelawny untersuchte sorgfältig die Jacke, die mit Rumpf und Kopf auf die Bahre gelegt worden war. Aber von Keats' Buch – dem einzigen Exemplar, das in Italien zu finden war – war nur der Rücken übriggeblieben. Er drehte und wendete das steife Papierstück, entschloß sich jedoch, es mit dem Rest im Feuer aufgehen zu lassen.

Byron kam zurück, aufrechter, steif hinkend, um den Leichnam zu betrachten, dessen Teile notdürftig auf dem Gitter aneinandergelegt worden waren.

»Welch ein Wille«, sagte er, »eine Entschlossenheit, der alle Kompromisse fremd waren. Und doch liegt er jetzt hier. Der Befreier des Prometheus. Die Welt hat ihn sehr falsch beurteilt.« Er wandte sich von der Bahre ab, zu Trelawny. »Er war der selbstloseste Mensch, dem ich begegnet bin.«

»Eine rücksichtslose Selbstlosigkeit, wenn ich seine hübsche kleine Frau recht verstanden habe«, antwortete der Kapitän.

Byron sah ihn an und verbarg gegen seine Gewohnheit nicht, daß er überrascht war – und interessiert. »Ist es möglich?« sagte er, und dann: »Naja. Tochter zweier Philosophen. So etwas verpflichtet!«

»Gewiß.«

Seite an Seite nebeneinander.

Auf ein Zeichen Trelawnys zündeten die Soldaten den Holzhaufen an, eine Fackel in jeder Himmelsrichtung. Als Hunt den Wagen verließ und herbeikam, hörte er, wie Byron sagte: »Vermutlich hat sich seine hübsche kleine Frau das, was der Frankenstein mit so viel Erfolg benutzte, ein bißchen frischer vorgestellt.«

Und Trelawny, einer Situation wie dieser vollkommen gewachsen: »Vermutlich.«

Hunt blieb hinter ihnen stehen, in zwei, drei Metern Entfernung, bis die Flammen so hoch schlugen, daß sie den Körper verbargen. Da machte er sich bemerkbar, und zusammen traten sie vor, um das Ritual mit dem Wein, Salz und Weihrauch durchzuführen, worauf Byron die Worte sprach: »Mögest du dich jetzt also mit Platon vereinigen, mein einziger Freund.«

Doch es war ein zögerndes, unwilliges Feuer. Es brannte eher schön als effektiv. Leichte, zarte Flammen vor dem stahlgrauen Himmel und dem Marmor der Apenninen. Die Stille und das gesättigte Licht verliehen dem Augenblick diese unerwartete Feierlichkeit, die ein Gefühl der Unlust verursachte, wenn man nicht zu ihr bereit war. Von den Menschen, die sich in Gruppen versammelt hatten, war lange Zeit nur vereinzeltes, verstohlenes Gemurmel zu hören. Die meisten hatten sich hingesetzt, doch die Kinder, das heißt die Jungen, die durch ihre wache Ungläubigkeit vor dem allzu Griechischen der Szene beschützt wurden, waren ein wenig näher gerückt, schweigend.

Es dauerte eine Stunde, bis der Körper selbst brannte. Der Brustkorb riß auf, und gleich darauf spaltete sich der Schädelknochen. Die Hirnsubstanz rief ein stark zischendes Geräusch hervor, als sie sich über das Blech ergoß.

Lord Byron erhob sich und verließ die anderen; er ging ans Ufer hinunter, zog Hemd und Stiefel aus und stürzte sich wie tags zuvor in die Wellen, was die Gruppen der Zuschauer zum ersten Mal veranlaßte, sich bemerkbar zu machen. Jedoch nur flüchtig, mit einem ersterbenden Gemurmel. Die Gruppe der Jungen öffnete sich plötzlich, plappernd und deutend, worauf sie sich wieder schloß, dichter als zuvor, glucksend, während sie dem Mann nachschauten, der mit Kraft ins Meer hinausschwamm.

Schließlich schleppten die Soldaten die Eisenbahre ans Wasser. Leigh Hunt, der einen kurzen Spaziergang am Strand gemacht hatte, kam rechtzeitig zurück, um mitanzusehen, wie Trelawny das Herz, das nicht vom Feuer verzehrt worden war, aus dem Blech hob. Er hielt es in der Hand, wie eine prächtige Frucht, hielt es Byron hin, der, am Ufer auf einem Bein im Wasser knieend, keuchend vor dem Anblick, dem sie der Schiffskapitän offenbar aussetzen mußte.

»Ungewöhnlich groß, nicht wahr.« Und hielt es dann Hunt hin. »Ein ungewöhnlich großes Herz.« Und betrachtete es.

Hunt setzte sich in Bewegung, mehr und mehr vorwärts, auf matten Beinen in Richtung des Wagens. Hinter ihm begann Byron, sich anzuziehen, wobei er unverwandt Trelawnys Verrichtungen beobachtete. Dieser hatte einen Wasserkrug geholt, den die Soldaten mitgebracht hatten, und die Flasche mit dem übriggebliebenen Wein. Er schüttete das Wasser aus, legte das Herz in den Krug und goß den Wein darüber. Dann sammelte er die Asche in den Mahagonischrein und verschloß ihn.

»Ich werde dafür sorgen, daß Mary ihn bekommt«, sagte er zu Byron. »Sie kann ihn dann dem britischen Konsul übergeben. Er hat versprochen, sich um die Bestattung zu kümmern.«

»Gut.«

Die Menschen zogen allmählich ab. Die Soldaten luden die sperrige Eisenbahre auf den Wagen und ruckelten los, den Weg zum Pinienwald hinauf, gefolgt von Hunt und Byron in ihrem Wagen. Schließlich blieben nur Trelawny, sein Pferd und ein halbes Dutzend halbwüchsiger

Jungen übrig, die sich weigerten, dieses völlig nichtssagende Ende zu akzeptieren. Sie standen da und schlenkerten mit den Beinen, bewarfen sich gegenseitig mit Sand in hohen Federbüschen, Steine flogen in großem Bogen über das Wasser. Nichts hier bedeutete mehr etwas. Der Kapitän, um den sich alles abgespielt hatte, bewegte sich bald mit entsprechender Sorglosigkeit. Er zog seinem hellen, fast gelben Pferd den Sattelgurt stramm, saß auf und ritt davon, am Strand entlang, den Krug unter dem Arm, gefolgt von einer zerstreuten Schar von Jungen, die einander detailliert und eingehend schilderten, was sie alle mitangesehen hatten.

Es gibt eine Reihe von Büchern über Percy Bysshe Shelley, heitere Erinnerungsbilder wie die von Trelawny und Jefferson Hogg oder romantische Unterhaltung wie André Maurois, *Ariel. Shelleys Leben.* 1924. Gehaltvollere Biographien sind die von E. Dowden, *Shelley.* 2 Bde., London 1886, und E. Blunden, *Shelley. A Life Story,* London 1946 (dt. 1948). Eine außerordentlich zuverlässige Biographie ist Richard Holmes, *Shelley. The Pursuit,* London 1974.

Im wesentlichen von diesem Material ausgehend, habe ich mir die Freiheit genommen, die Frauen zu meinen gefügigen Romangestalten zu machen. Weniger auf ein Porträt und eher auf die Idee abzielend, die die Triebkraft des Aristokraten und Umstürzlers, des Jünglings und Dichters, Skeptikers und Mystikers war ... habe ich außer seinen Dichtungen die Briefsammlung *Letters of P. B. Shelley,* edited by F. L. Jones, 2 Bde., Oxford University Press, 1964, als wichtige Quelle benutzt.

R. J.

[illegible] Fülle von Büchern über Percy Bysshe Shelley, meist Erinnerungsbilder wie die von Trelawny und Jefferson Hogg oder romantische Unterhaltung wie André Maurois, *Ariel. Shelleys Leben*, 1924. Gehaltvoller Biographien sind die von E. Dowden, *Shelley*, 2 Bde., London 1886, und E. Blunden, *Shelley, a Life Story*, London 1946 (Neudr. 1965). Eine außerordentlich exzellente Biographie ist Richard Holmes, *Shelley. The Pursuit*, London 1974.

Im wesentlichen von diesem Material ausgehend, habe ich mir die Freiheit genommen, die Fragen zu meinem gültigen Romangestalten zu machen, weniger auf ein Porträt und eher auf die Idee abzielend, die die Triebkraft des Aristokraten und Umstürzlers, des Jünglings und Dichters, Skeptikers und Mystikers war. ... habe ich außer seinen Dichtungen die Briefsammlung *Letters of P. B. Shelley*, edited by F. L. Jones, 2 Bde., Oxford University Press 1964, als wichtigste Quelle benutzt.

R.J.

edition suhrkamp
Eine Auswahl

Abelshauser: Wirtschaftsgeschichte der Bundesrepublik Deutschland 1945-1980. NHB. es 1241
Abendroth: Ein Leben in der Arbeiterbewegung. es 820
Achebe: Okonkwo oder Das Alte stürzt. es 1138
Adam / Moodley: Südafrika ohne Apartheid? es 1369
Adorno: Eingriffe. es 10
– Kritik. es 469
– Ohne Leitbild. es 201
– Stichworte. es 347
Das Afrika der Afrikaner. es 1039
Arbeitslosigkeit in der Arbeitsgesellschaft. es 1212
Aus der Zeit der Verzweiflung. es 840
Bachtin: Die Ästhetik des Wortes. es 967
Barthes: Kritik und Wahrheit. es 218
– Leçon/Lektion. es 1030
– Mythen des Alltags. es 92
– Semiologisches Abenteuer. es 1441
– Die Sprache der Mode. es 1318
Beck, U.: Gegengifte. es 1468
– Risikogesellschaft. es 1365
Becker, Jurek: Warnung vor dem Schriftsteller. es 1601
Beckett: Endspiel. Fin de Partie. es 96
– Flötentöne. es 1098
– Mal vu, mal dit. Schlecht gesehen, schlecht gesagt. es 1119
Benjamin: Aufklärung für Kinder. es 1317
– Briefe. es 930
– Das Kunstwerk im Zeitalter seiner technischen Reproduzierbarkeit. es 28
– Moskauer Tagebuch. es 1020
– Das Passagen-Werk. es 1200
– Versuche über Brecht. es 172
– Zur Kritik der Gewalt und andere Aufsätze. es 103
Bernhard: Der deutsche Mittagstisch. es 1480
– Prosa. es 213
Bertaux: Hölderlin und die Französische Revolution. es 344
Biesheuvel: Schrei aus dem Souterrain. es 1179
Bildlichkeit. es 1475
Bloch: Abschied von der Utopie? es 1046
– Kampf, nicht Krieg. es 1167
Boal: Theater der Unterdrückten. es 1361
Böhme, Helmut: Prolegomena zu einer Sozial- und Wirtschaftsgeschichte Deutschlands im 19. und 20. Jahrhundert. es 253
Bohrer: Die Kritik der Romantik. es 1551
– Der romantische Brief. es 1582
Bond: Gesammelte Stücke. es 1340
Botzenhart: Reform, Restauration, Krise. NHB. es 1252
Bovenschen: Die imaginierte Weiblichkeit. es 921
Brandão: Kein Land wie dieses. es 1236
Brasch: Frauen. Krieg. Lustspiel. es 1469
– Lovely Rita. Rotter. Lieber Georg. es 1562

316/1/6.90

edition suhrkamp
Eine Auswahl

Braun, V.: Verheerende Folgen mangelnden Anscheins innerbetrieblicher Demokratie. es 1473
Brecht: Der aufhaltsame Aufstieg des Arturo Ui. es 144
– Aufstieg und Fall der Stadt Mahagonny. es 21
– Ausgewählte Gedichte. es 86
– Baal. es 170
– Buckower Elegien. es 1397
– Die Dreigroschenoper. es 229
– Furcht und Elend des Dritten Reiches. es 392
– Gesammelte Gedichte. Bd. 1-4. es 835-838
– Die Geschäfte des Herrn Julius Caesar. es 332
– Die Gesichte der Simone Machard. es 369
– Die Gewehre der Frau Carrar. es 219
– Der gute Mensch von Sezuan. es 73
– Die heilige Johanna der Schlachthöfe. es 113
– Herr Puntila und sein Knecht Matti. es 105
– Im Dickicht der Städte. es 246
– Der kaukasische Kreidekreis. es 31
– Leben des Galilei. es 1
– Leben Eduards des Zweiten von England. es 245
– Mann ist Mann. es 259
– Die Mutter. es 200
– Mutter Courage und ihre Kinder. es 49
– Der Ozeanflug. Die Horatier und die Kuratier. Die Maßnahme. es 222
– Prosa. Bd. 1-4. es 182-185
– Schweyk im zweiten Weltkrieg. es 132
– Die Tage der Commune. es 169
– Trommeln in der Nacht. es 490
– Der Tui-Roman. es 603
– Über den Beruf des Schauspielers. es 384
– Über Lyrik. es 70
– Über Politik auf dem Theater. es 465
– Über Politik und Kunst. es 442
– Über Realismus. es 485
– Das Verhör des Lukullus. es 740
Brunkhorst: Der Intellektuelle im Land der Mandarine. es 1403
Bubner: Ästhetische Erfahrung. es 1564
Buch: Der Herbst des großen Kommunikators. es 1344
– Waldspaziergang. es 1412
Bürger, P.: Theorie der Avantgarde. es 727
Celan: Ausgewählte Gedichte. Zwei Reden. es 262
Cortázar: Letzte Runde. es 1140
– Das Observatorium. es 1527
– Reise um den Tag in 80 Welten. es 1045
Denken, das an der Zeit ist. es 1406
Derrida: Die Stimme und das Phänomen. es 945
Determinanten der westdeutschen Restauration 1945-1949. es 575
Dinescu: Exil im Pfefferkorn. es 1589
Ditlevsen: Sucht. es 1009

316/2/6.90

edition suhrkamp
Eine Auswahl

Ditlevsen: Wilhelms Zimmer. es 1076
Doi: Amae – Freiheit in Geborgenheit. es 1128
Dröge / Krämer-Badoni: Die Kneipe. es 1380
Dubiel: Was ist Neokonservatismus? es 1313
Duerr: Traumzeit. es 1345
Duras: Eden Cinéma. es 1443
– La Musica Zwei. es 1408
– Sommer 1980. es 1205
– Vera Baxter oder Die Atlantikstrände. es 1389
Eco: Zeichen. es 895
Eich: Botschaften des Regens. es 48
Elias: Humana conditio. es 1384
Norbert Elias über sich selbst. es 1590
Enzensberger: Blindenschrift. es 217
– Einzelheiten I. es 63
– Einzelheiten II. es 87
– Die Furie des Verschwindens. es 1066
– Landessprache. es 304
– Palaver. es 696
– Das Verhör von Habana. es 553
Esser: Gewerkschaften in der Krise. es 1131
Faszination der Gewalt. es 1141
Feminismus. Inspektion der Herrenkultur. es 1192
Feyerabend: Erkenntnis für freie Menschen. es 1011
– Wissenschaft als Kunst. es 1231
Fortschritte der Naturzerstörung. es 1489
Foucault: Psychologie und Geisteskrankheit. es 272
Frank: Gott im Exil. es 1506
Frank, M.: Der kommende Gott. es 1142
– Motive der Moderne. es 1456
– Die Unhintergehbarkeit von Individualität. es 1377
– Was ist Neostrukturalismus? es 1203
Frevert: Frauen- Geschichte. NHB. es 1284
Frisch: Biedermann und die Brandstifter. es 41
– Die Chinesische Mauer. es 65
– Don Juan oder Die Liebe zur Geometrie. es 4
– Frühe Stücke. es 154
– Graf Öderland. es 32
Gerhard: Verhältnisse und Verhinderungen. es 933
Geyer: Deutsche Rüstungspolitik 1860-1980. NHB. es 1246
Goetz: Krieg/Hirn. es 1320
Goffman: Asyle. es 678
– Geschlecht und Werbung. es 1085
Gorz: Der Verräter. es 988
Gstrein: Einer. es 1483
Habermas: Eine Art Schadensabwicklung. es 1453
– Legitimationsprobleme im Spätkapitalismus. es 623
– Die nachholende Revolution. es 1663
– Die Neue Unübersichtlichkeit. es 1321
– Technik und Wissenschaft als Ideologie. es 287
– Theorie des kommunikativen Handelns. es 1502
Hänny: Zürich, Anfang September. es 1079

316/3/6.90

edition suhrkamp
Eine Auswahl

Handke: Die Innenwelt der Außenwelt der Innenwelt. es 307
– Kaspar. es 322
– Langsam im Schatten. es 1600
– Phantasien der Wiederholung. es 1168
– Publikumsbeschimpfung und andere Sprechstücke. es 177
Happel: Grüne Nachmittage. es 1570
Henrich: Konzepte. es 1400
Hentschel: Geschichte der deutschen Sozialpolitik 1880-1980. NHB. es 1247
Hesse: Tractat vom Steppenwolf. es 84
Die Hexen der Neuzeit. es 743
Irigaray: Speculum. es 946
Jahoda / Lazarsfeld / Zeisel: Die Arbeitslosen von Marienthal. es 769
Jakobson: Kindersprache, Aphasie und allgemeine Lautgesetze. es 330
Jasper: Die gescheiterte Zähmung. NHB. es 1270
Jauß: Literaturgeschichte als Provokation. es 418
Johnson: Begleitumstände. es 1019
– Der 5. Kanal. es 1336
– Jahrestage. es 1500
– Porträts und Erinnerungen. es 1499
– Versuch, einen Vater zu finden. Marthas Ferien. es 1416
Jones: Frauen, die töten. es 1350
Joyce: Werkausgabe in sechs Bänden. es 1434-1439
– Finnegans Wake. es 1524
– Penelope. es 1106

Kenner: Ulysses. es 1104
Kiesewetter: Industrielle Revolution in Deutschland 1815-1914. NHB. es 1539
Kindheit in Europa. es 1209
Kipphardt: In der Sache J. Robert Oppenheimer. es 64
Kirchhoff: Body-Building. es 1005
Kluge, A.: Gelegenheitsarbeit einer Sklavin. es 733
– Lernprozesse mit tödlichem Ausgang. es 665
– Neue Geschichten. Hefte 1-18. es 819
– Schlachtbeschreibung. es 1193
Kluge, U.: Die deutsche Revolution 1918/1919. NHB. es 1262
Koeppen: Morgenrot. es 1454
Kolbe: Bornholm II. es 1402
– Hineingeboren. es 1110
Konrád: Antipolitik. es 1293
– Stimmungsbericht. es 1394
Kriegsursachen. es 1238
Krippendorff: Staat und Krieg. es 1305
– »Wie die Großen mit den Menschen spielen.« es 1486
Kristeva: Geschichten von der Liebe. es 1482
– Die Revolution der poetischen Sprache. es 949
Kroetz: Bauern sterben. es 1388
– Furcht und Hoffnung der BRD. es 1291
– Heimarbeit. Hartnäckig. Männersache. es 473
– Mensch Meier. Der stramme Max. Wer durchs Laub geht … es 753

316/4/6.90

edition suhrkamp
Eine Auswahl

Kroetz: Nicht Fisch nicht Fleisch. Verfassungsfeinde. Jumbo-Track. es 1094
– Oberösterreich. Dolomitenstadt Lienz. Maria Magdalena. Münchner Kindl. es 707
– Stallerhof. Geisterbahn. Lieber Fritz. Wunschkonzert. es 586
Krolow: Ausgewählte Gedichte. es 24
Laederach: Fahles Ende kleiner Begierden. es 1075
– Der zweite Sinn. es 1455
Lehnert: Sozialdemokratie zwischen Protestbewegung und Regierungspartei 1848-1983. NHB. es 1248
Lem: Dialoge. es 1013
Lenz, H.: Leben und Schreiben. es 1425
Leroi-Gourhan: Die Religionen der Vorgeschichte. es 1073
Leutenegger: Lebewohl, Gute Reise. es 1001
– Das verlorene Monument. es 1315
Lévi-Strauss: Das Ende des Totemismus. es 128
– Mythos und Bedeutung. es 1027
Die Listen der Mode. es 1338
Löwenthal: Mitmachen wollte ich nie. es 1014
Lohn: Liebe. es 1225
Lukács: Gelebtes Denken. es 1088
Maeffert: Bruchstellen. es 1387
Marcus: Umkehrung der Moral. es 903
Marcuse: Ideen zu einer kritischen Theorie der Gesellschaft. es 300
– Konterrevolution und Revolte. es 591
– Kultur und Gesellschaft 1. es 101
– Kultur und Gesellschaft 2. es 135
– Versuch über die Befreiung. es 329
Maruyama: Denken in Japan. es 1398
Mattenklott: Blindgänger. es 1343
Mayer: Anmerkungen zu Brecht. es 143
– Gelebte Literatur. es 1427
– Versuche über die Oper. es 1050
Mayröcker: Magische Blätter. es 1202
– Magische Blätter II. es 1421
McKeown: Die Bedeutung der Medizin. es 1109
Meckel: Von den Luftgeschäften der Poesie. es 1578
Medienmacht im Nord-Süd-Konflikt: Die neue Internationale Informationsordnung. Friedensanalysen Bd. 18. es 1166
Meier, Chr.: Die Ohnmacht des allmächtigen Dictators Caesar. es 1038
Menninghaus: Paul Celan. es 1026
Menzel / Senghaas: Europas Entwicklung und die Dritte Welt. es 1393
Miłosz: Zeichen im Dunkel. es 995
Mitscherlich: Freiheit und Unfreiheit in der Krankheit. es 505

316/5/6.90

edition suhrkamp
Eine Auswahl

Mitscherlich: Krankheit als Konflikt. es 237
– Die Unwirtlichkeit unserer Städte. es 123
Mitterauer: Sozialgeschichte der Jugend. NHB. es 1278
Möller: Vernunft und Kritik. NHB. es 1269
Moser: Eine fast normale Familie. es 1223
– Der Psychoanalytiker als sprechende Attrappe. es 1404
– Romane als Krankengeschichten. es 1304
Muschg: Literatur als Therapie? es 1065
Mythos ohne Illusion. es 1220
Mythos und Moderne. es 1144
Nakane: Die Struktur der japanischen Gesellschaft. es 1204
Die neue Friedensbewegung. es 1143
Ngũgĩwa Thiong'o: Der gekreuzigte Teufel. es 1199
Nizon: Am Schreiben gehen. es 1328
Oehler: Pariser Bilder I (1830–1848). es 725
– Ein Höllensturz der Alten Welt. es 1422
Oppenheim: Husch, husch, der schönste Vokal entleert sich. es 1232
Paetzke: Andersdenkende in Ungarn. es 1379
Paley: Ungeheure Veränderungen in letzter Minute. es 1208
Paz: Der menschenfreundliche Menschenfresser. es 1064
– Suche nach einer Mitte. es 1008
– Zwiesprache. es 1290
Petri: Schöner und unerbittlicher Mummenschanz. es 1528
Politik der Armut und Die Spaltung des Sozialstaats. es 1233
Populismus und Aufklärung. es 1376
Powell: Edisto. es 1332
– Eine Frau mit Namen Drown. es 1516
Psychoanalyse der weiblichen Sexualität. es 697
Pusch: Alle Menschen werden Schwestern. es 1565
– Das Deutsche als Männersprache. es 1217
Raimbault: Kinder sprechen vom Tod. es 993
Ribeiro, D.: Unterentwicklung, Kultur und Zivilisation. es 1018
– Wildes Utopia. es 1354
Ribeiro, J. U.: Sargento Getúlio. es 1183
Rodinson: Die Araber. es 1051
Roth: Die einzige Geschichte. es 1368
– Das Ganze ein Stück. es 1399
– Krötenbrunnen. es 1319
Rubinstein: Nichts zu verlieren und dennoch Angst. es 1022
– Sterben kann man immer noch. es 1433
Rühmkorf: agar agar – zaurzaurim. es 1307
Russell: Probleme der Philosophie. es 207
– Wege zur Freiheit. es 447
Schedlinski: die rationen des ja und des nein. es 1606
Schindel: Geier sind pünktliche Tiere. es 1429
– Im Herzen die Krätze. es 1511

316/6/6.90

edition suhrkamp
Eine Auswahl

316/7/6.90

edition suhrkamp
Eine Auswahl

Weiss, P.: Die Ästhetik des Widerstands. es 1501
– Die Besiegten. es 1324
– Fluchtpunkt. es 125
– Das Gespräch der drei Gehenden. es 7
– Der neue Prozeß. es 1215
– Notizbücher 1960-1971. es 1135
– Notizbücher 1971-1980. es 1067
– Rapporte. es 276
– Rapporte 2. es 444
– Der Schatten des Körpers des Kutschers. es 53
– Stücke I. es 833
– Stücke II. 2 Bde. es 910
– Verfolgung … Marat/Sade. es 68
Sinclair (P. Weiss): Der Fremde. es 1007
Peter Weiss im Gespräch. es 1303
Die Wiederkehr des Körpers. es 1132
Wippermann: Europäischer Faschismus im Vergleich 1922-1982. NHB. es 1245
Wirz: Sklaverei und kapitalistisches Weltsystem. NHB. es 1256
Wissenschaft im Dritten Reich. es 1306
Wittgenstein: Tractatus logico-philosophicus. es 12
Wünsche: Der Volksschullehrer Ludwig Wittgenstein. es 1299
Ziviler Ungehorsam im Rechtsstaat. es 1214

316/8/6.90